El maestro de la fuga

Historia

Jonathan Freedland

El maestro de la fuga

El hombre que escapó de Auschwitz para alertar al mundo

Traducción de David Paradela López

Planeta

Título original: *The Escape Artist. The Man Who Broke Out of Auschwitz to Warn the World*

Avda. Diagonal, 662-664, 08034 Barcelona (España)
www.planetadelibros.com

Mapas: © Nicky Barneby, Barneby Ltd
Mapa Auschwitz I y leyendas del mapa Auschwitz II adaptados por © Nikola Zimring, base cartográfica de Rudolf Vrba Archives, LLC 2018, usados con permisos.

Adaptación de la cubierta: Booket / Área Editorial Grupo Planeta a partir de la idea original de John Gray
Fotografía de la cubierta: © Amanda Rose / Alamy / ACI
Primera edición en Colección Booket: febrero de 2024

Depósito legal: B. 20.433-2023
ISBN: 978-84-08-28373-7
Impresión y encuadernación: Liberdúplex, S. L.
Printed in Spain - Impreso en España

Biografía

Jonathan Freedland es columnista del *Guardian* y excorresponsal extranjero. Escribe un artículo al mes para *The Jewish Chronicle*, y también ha colaborado con el *New York Times* y con la revista bimensual *New York Review of Books*. Es presentador de la serie de historia contemporánea de la BBC Radio 4 *The Long View*, así como de dos pódcast: *Politics Weekly America* y *Unholy*. En 2014 recibió el premio especial Orwell de periodismo. Sus libros incluyen siete novelas de suspense escritas bajo el seudónimo de Sam Bourne, entre las que cabe mencionar *Los 36 hombres justos* y *El testamento final*.

Para mi padre, Michael Freedland, 1934-2018.
Su recuerdo es una bendición.

Índice

PARTE III
LA FUGA

PARTE IV
EL INFORME

PARTE V
LA SOMBRA

Nota del autor

Cuando tenía diecinueve años, fui al cine Curzon, en el barrio londinense de Mayfair, para ver *Shoah*, el épico documental de nueve horas de duración dirigido por Claude Lanzmann. Aquella no fue una experiencia cinematográfica al uso. En parte, por el metraje de la película; en parte, por el público. En la sala había varios supervivientes del Holocausto. Un amigo mío cometió el error de llevar palomitas, pero no le dio tiempo a comer muchas. Apenas había empezado a masticar cuando una mujer sentada en la otra fila se inclinó hacia él y le dio una fuerte palmada en el muslo. Con un marcado acento que hacía pensar en la Europa de antes de la guerra, le dijo: «¿Es que no tienes respeto?».

La película me dejó profundamente marcado, pero uno de los entrevistados caló en mí más que el resto. Se llamaba Rudolf Vrba. En el documental aparecía dando testimonio de los mayores horrores de la historia de la humanidad, horrores que él había presenciado en primera persona y a los que había sobrevivido. Como de paso, mencionaba algo extraordinario, algo que lo convertía en un caso único entre los supervivientes del Holocausto: a los diecinueve años —la edad que yo tenía cuando vi la película—, se había fugado de Auschwitz.

Jamás olvidé su nombre ni su cara, a pesar de que, con el paso del tiempo, comprobé que muy poca gente había oído hablar de él. Hasta que un día, unos treinta años después de aquella noche de 1986 en el cine, Rudolf Vrba reapareció en mi vida. Vivíamos en la era de la posverdad y las noticias falsas, el propio concepto de *verdad* era blanco de ataques, y me acordé una vez más de aquel hombre que lo había arriesgado todo para que el mundo conociera una verdad aterradora escondida bajo una montaña de mentiras.

Empecé a indagar en la vida de Rudolf Vrba y di con un puñado de personas que lo habían conocido, habían trabajado con él o lo habían querido. Resultó que su novia de juventud y primera esposa, Gerta, de noventa y tres años, vivía sola en Muswell Hill, en el norte de Londres. Durante media docena de tardes de verano, en el año de la peste de 2020, Gerta y yo nos sentamos en su jardín y conversamos sobre aquel joven que por entonces se llamaba Walter Rosenberg y del mundo que ambos habían conocido. Me entregó una maleta roja llena de cartas de Rudi, algunas de las cuales hablaban de un dolor personal casi insoportable. Pocos días después de nuestra última entrevista, cuando Gerta ya me había contado toda la historia, recibí una llamada telefónica de su familia comunicándome que había fallecido.

La segunda esposa y viuda de Rudi, Robin, vivía en Nueva York, y con ella también pasé horas y horas conversando. Me habló del hombre en que Rudolf Vrba había acabado convirtiéndose, de los recuerdos que le había confiado, del amor que habían compartido. Si algo quedó claro enseguida mientras yo escuchaba y me zambullía en aquel montón de documentos oficiales, testimonios, memorias, cartas, informes y relatos históricos en los que se basa este libro, fue que aquello era más que el relato verídico de una fuga sin precedentes. También era el relato de cómo la historia puede cambiar la vida de la gente, también la de quienes no la han vivido; de cómo la diferencia entre la verdad y la mentira puede suponer la diferencia entre la vida y la muerte; y de cómo las personas pueden negarse a creer en la posibilidad de su destrucción inminente, incluso —quizá sobre todo— cuando esa destrucción es segura. Todas estas eran realidades descarnadas y muy vívidas en la Europa de los años cuarenta del siglo xx, pero parecían resonar con un eco nuevo y terrible en nuestra época.

Asimismo, me di cuenta de que esta es una historia sobre cómo los seres humanos pueden llegar al límite y, aun así, resistir; sobre cómo quienes han sido testigos de tanta muerte son capaces, pese a todo, de conservar la capacidad y las ganas de vivir; y sobre cómo las acciones de un individuo, aunque sea un adolescente, pueden inclinar la balanza de la historia si no hacia la justicia, sí hacia algo similar a la esperanza.

Aquella noche salí del cine convencido de que el nombre de Rudolf Vrba merecía figurar junto al de Anne Frank, Oskar Schindler y Primo Levi en la primera fila de los relatos que definen la Shoá. Puede que ese día no llegue nunca. Pero quizá, con la ayuda de este libro, Rudolf Vrba consiga llevar a cabo un último truco de escapismo: quizá logre escapar a nuestro olvido y ser recordado.

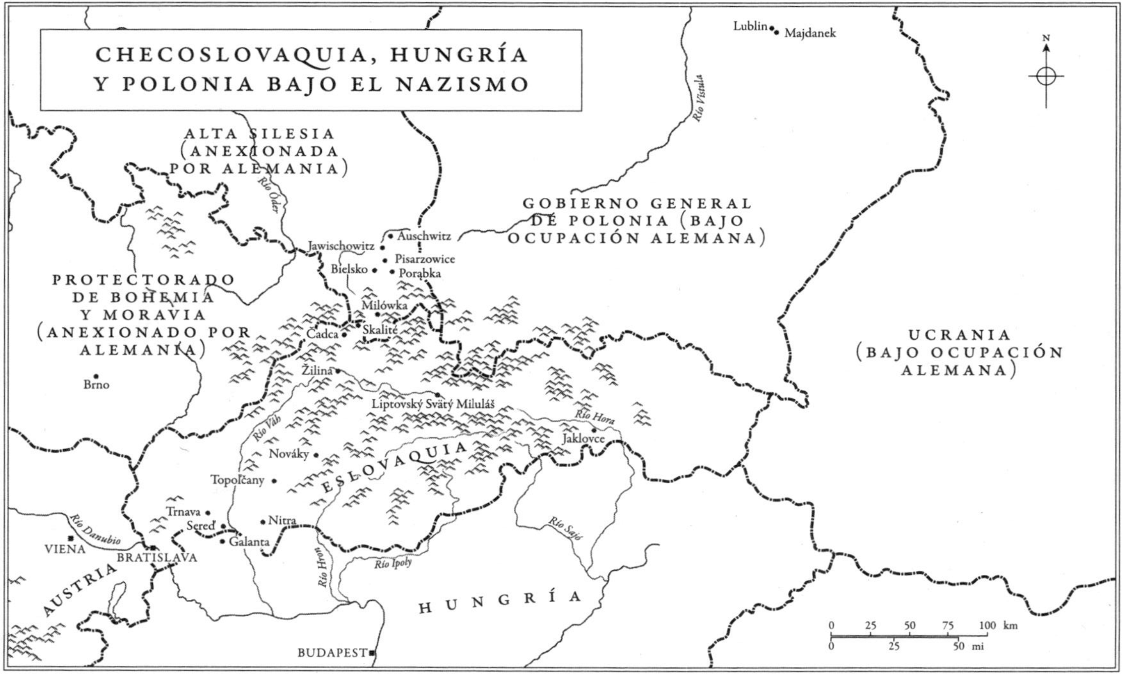
CHECOSLOVAQUIA, HUNGRÍA
Y POLONIA BAJO EL NAZISMO
ALTA SILESIA (ANEXIONADA POR ALEMANIA)
PROTECTORADO DE BOHEMIA Y MORAVIA (ANEXIONADO POR ALEMANIA)
GOBIERNO GENERAL DE POLONIA (BAJO OCUPACIÓN ALEMANA)
UCRANIA (BAJO OCUPACIÓN ALEMANA)
ESLOVAQUIA
HUNGRÍA
AUSTRIA
Lublin
Majdanek
Río Vístula
Río Óder
Auschwitz
Jawischowitz
Pisarzowice
Bielsko
Porąbka
Milówka
Skalité
Cadca
Žilina
Brno
Liptovský Svätý Mikuláš
Río Hora
Jaklovce
Río Váh
Nováky
Topoľčany
Trnava
Sereď
Nitra
Galanta
Río Danubio
VIENA
BRATISLAVA
Río Sajó
Río Hron
Río Ipoly
BUDAPEST
0 25 50 75 100 km
0 25 50 mi
N

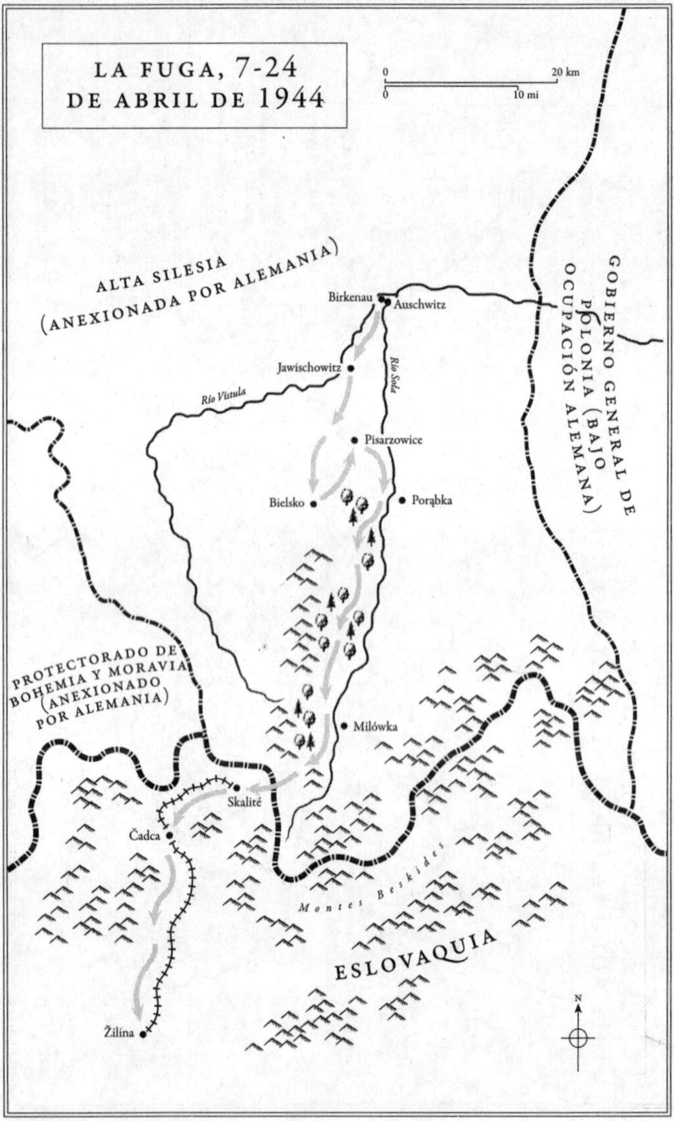
LA FUGA, 7-24 DE ABRIL DE 1944
0
20 km
0
10 mi
ALTA SILESIA
(ANEXIONADA POR ALEMANIA)
GOBIERNO GENERAL DE POLONIA (BAJO OCUPACIÓN ALEMANA)
Birkenau
Auschwitz
Jawischowitz
Río Vístula
Río Sola
Pisarzowice
Bielsko
Porąbka
PROTECTORADO DE BOHEMIA Y MORAVIA (ANEXIONADO POR ALEMANIA)
Milówka
Skalité
Čadca
Montes Beskides
ESLOVAQUIA
Žilina
N

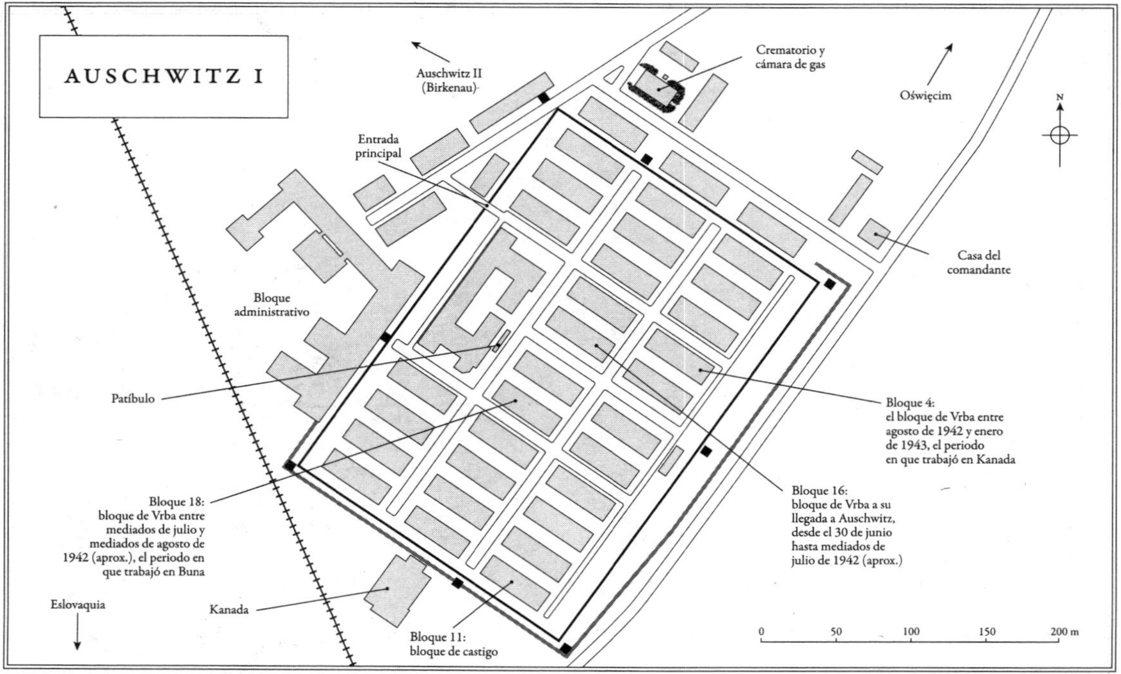
AUSCHWITZ I
Auschwitz II
(Birkenau)
Crematorio y
cámara de gas
Oświęcim
N
Entrada
principal
Casa del
comandante
Bloque
administrativo
Patíbulo
Bloque 4:
el bloque de Vrba entre
agosto de 1942 y enero
de 1943, el periodo
en que trabajó en Kanada
Bloque 18:
bloque de Vrba entre
mediados de julio y
mediados de agosto de
1942 (aprox.), el periodo en
que trabajó en Buna
Bloque 16:
bloque de Vrba a su
llegada a Auschwitz,
desde el 30 de junio
hasta mediados de
julio de 1942 (aprox.)
Eslovaquia
Kanada
Bloque 11:
bloque de castigo
0
50
100
150
200 m

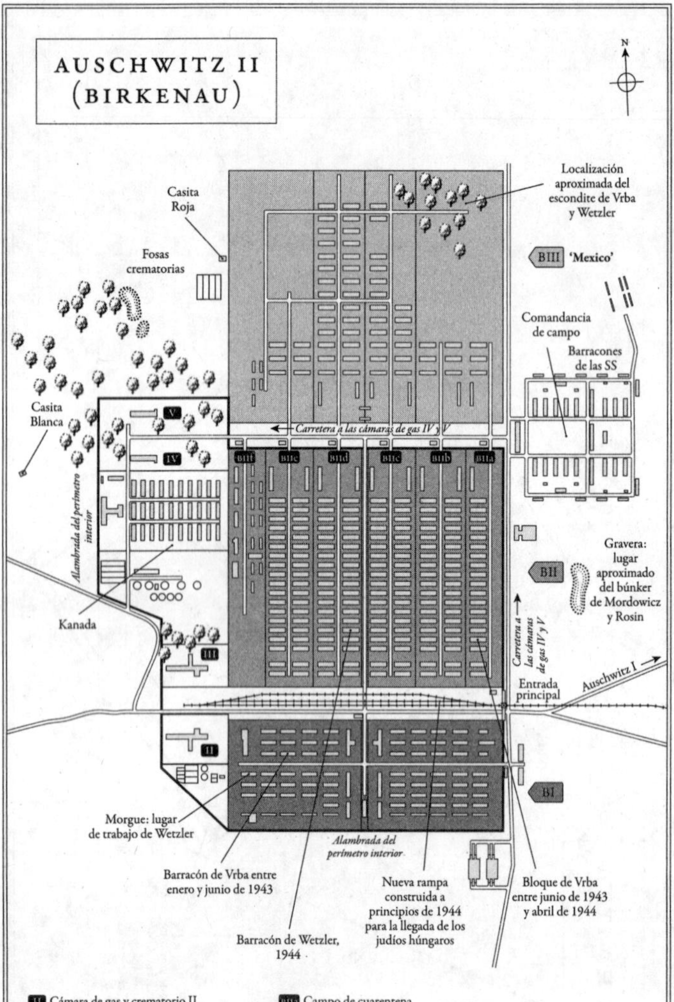
AUSCHWITZ II
(BIRKENAU)
N
Localización aproximada del escondite de Vrba y Wetzler
Casita Roja
Fosas crematorias
BIII 'Mexico'
Comandancia de campo
Barracones de las SS
Casita Blanca
V
IV
Carretera a las cámaras de gas IV y V
BIIf
BIIe
BIId
BIIc
BIIb
BIIa
Alambrada del perímetro interior
Kanada
Gravera: lugar aproximado del búnker de Mordowicz y Rosin
BII
III
Carretera a las cámaras de gas IV y V
Entrada principal
Auschwitz I
II
BI
Morgue: lugar de trabajo de Wetzler
Alambrada del perímetro interior
Barracón de Vrba entre enero y junio de 1943
Nueva rampa construida a principios de 1944 para la llegada de los judíos húngaros
Bloque de Vrba entre junio de 1943 y abril de 1944
Barracón de Wetzler, 1944
II Cámara de gas y crematorio II
III Cámara de gas y crematorio III
IV Cámara de gas y crematorio IV
V Cámara de gas y crematorio V
BIIa Campo de cuarentena
BIIb Campo familiar
BIIc Campo de hombres
BIId Campo de mujeres
BIIe Campo gitano
BIIf Campo de la enfermería de hombres
0 100 200 300 400 m

Prólogo

7 de abril de 1944

Después de varios días de retraso, semanas de obsesiva preparación, meses observando las tentativas fallidas de otros y dos años contemplando las profundidades a las que puede llegar a rebajarse el ser humano, por fin había llegado el momento. Era la hora de escapar.

Los otros dos prisioneros ya estaban en el lugar designado. Sin decir nada, hicieron un gesto de asentimiento con la cabeza: «Vamos allá». Walter y Fred no dudaron. Se subieron a los maderos, encontraron la abertura y, uno tras otro, se metieron dentro. Al cabo de un segundo, sus compañeros recolocaron los tablones encima de sus cabezas. Uno de ellos susurró: «*Bon voyage*».[1] Después, todo quedó oscuro y en silencio.

Sin perder un instante, Walter se puso manos a la obra. Sacó el *machorka*, el tabaco soviético barato del que le habían hablado. Lo había preparado siguiendo unas instrucciones muy precisas: empapando el tabaco en gasolina y dejándolo secar. Poco a poco, lo introdujo en los resquicios de los tablones, a veces soplando suavemente para colocarlo en su sitio, esperando con todas sus fuerzas que el prisionero de guerra soviético que le había enseñado ese truco estuviera en lo cierto y el olor repeliera a los perros. De todos modos, no todo dependía de la pericia de Walter. Antes de eso se habían asegurado de que el suelo que rodeaba el escondrijo estuviera generosamente rociado con el tabaco tratado, para que los perros de las SS ni siquiera se acercasen.[2] Si la confianza en aquel soldado del Ejército Rojo estaba justificada, Walter y Fred podrían pasar todo el tiempo que necesitaban —tres días y tres noches— agazapados en silencio en aquel agujero abierto bajo la pila de leña sin que nadie los molestase.

Walter se quedó mirando las manecillas fosforescentes del reloj.[3] El tiempo no avanzaba. Quería levantarse y estirarse, pero no podía. A pesar de los calambres en los brazos y las piernas, era consciente de que había que aguantar, y aguantar en silencio. Hablar era demasiado arriesgado. En un momento dado, Walter notó que Fred, seis años mayor que él, le cogía la mano y se la apretaba.[4] Walter tenía diecinueve años.

¿Qué había sido eso? Se oían pisadas, y estaban cada vez más cerca. ¿Sería ese el fin para ellos, cuando apenas habían comenzado? En un acto reflejo, ambos echaron mano a sus cuchillas. Una cosa estaba clara: podían capturarlos, pero jamás llegarían a interrogarlos.[5] Antes dejarían el pellejo en aquel hoyo bajo tierra; su escondrijo sería su tumba.

Aun así, los SS los sacarían de ahí. Arrastrarían sus cadáveres hasta el campo y los recostarían sobre unas palas o los colgarían en la horca con un letrero de advertencia colgado al cuello. Cada vez que fracasaba una fuga, montaban el mismo espectáculo. Convertirían los cadáveres en trofeos.

Walter tenía la impresión de que los nervios se le agarrotaban más y más con cada segundo que pasaba. El hoyo era minúsculo. Pero entonces las pisadas, si es que eso eran, se alejaron.

Ese viernes, a las seis de la tarde, estalló el alarido de la sirena. Su gemido estremecía el aire y helaba la sangre en las venas: era como mil manadas de lobos aullando al unísono. Los dos compañeros la habían oído en multitud de ocasiones; su sonido era tan penetrante que hasta los hombres de las SS se tapaban los oídos con los dedos. Un ruido insoportable, pero que los reclusos escuchaban satisfechos: significaba que al menos uno de los suyos había faltado al recuento de la tarde; y que, a lo mejor, un prisionero se había escapado de Auschwitz.

Era la señal. Fred y Walter salieron del espacio principal, construido para albergar a cuatro personas, y se introdujeron en el ramal lateral, una especie de pasadizo donde solo cabían dos. Pretendía ser una capa adicional de protección: un escondrijo dentro del escondrijo. Se apretujaron y se quedaron quietos como dos muertos, uno junto al otro.[6] Para Walter, fue casi un alivio. Ahora, por fin, la espera había terminado; comenzaba la batalla.[7] Ambos se habían tapado la boca con una tira de franela, para no delatarse —ni delatar al otro— tosiendo.[8] Lo único que se movía eran las manecillas fosforescentes del reloj.

Ellos no lo verían, pero sabían lo que anunciaba la sirena. Enseguida pudieron oírlo: había empezado la caza al hombre. El trote de casi dos mil pares de botas retumbaba en el suelo, los oficiales de mayor rango proferían blasfemias y ladraban órdenes a grito pelado —a la vista de lo sucedido un par de días atrás, otra fuga podía ser humillante—, los perros husmeaban jadeantes en busca de la más frágil y mínima señal de vida humana: doscientos canes adiestrados y preparados justo para ese propósito.[9] Los SS registrarían cada montículo, peinarían cada arbusto, examinarían cada zanja y alumbrarían cada trinchera de aquella enorme metrópolis de la muerte llamada Auschwitz.[10] La búsqueda había comenzado y no acabaría hasta pasados tres días.

Fred y Walter podían estar totalmente seguros de eso, porque los nazis tenían un protocolo de seguridad del que nunca se desviaban. Se encontraban en la parte exterior del campo, donde los prisioneros trabajaban como esclavos, que solo se vigilaba durante las horas de luz, mientras los internos estaban trabajando. No hacía falta vigilarla por las noches, cuando los prisioneros regresaban en rebaño al interior del campo, con su doble fila de alambradas eléctricas. Solo había una excepción a esa regla: cuando faltaba un recluso que quizá hubiera intentado fugarse, los SS mantenían el anillo exterior de centinelas armados y en cada torre de vigilancia se apostaba un hombre con una ametralladora.

Ese sería el panorama durante las setenta y dos horas siguientes, mientras durase la búsqueda. Después, se daría por hecho que los fugitivos habían escapado: a partir de ese momento, la encargada de ampliar la zona de búsqueda y encontrarlos sería la Gestapo. Los centinelas del cordón exterior recibirían la orden de retirarse, dejándolo sin vigilancia. Lo cual quería decir que había una brecha en las defensas nazis. No exactamente una brecha, sino más bien una laguna. Si de algún modo, después de que sonara la alarma, un prisionero conseguía aguantar tres días y tres noches escondido en el perímetro exterior mientras los SS y sus perros intentaban dar con su rastro, a la cuarta noche se encontraba con que en el campo exterior no había vigilancia. Y entonces, podía escapar.

Walter oyó una voz conocida. Aquel borracho asesino, el *Unterscharführer* Buntrock, andaba por ahí cerca, dando órdenes a sus infortunados subalternos. «Mirad detrás de esos tablones —decía—. ¡Pensad con la cabeza!».

Fred y Walter se prepararon. Los hombres de las SS se acercaban. Oyeron cómo sus botas pisaban los tablones de encima, espolvoreando de arena fina la cavidad donde se escondían. Los perseguidores estaban tan cerca que Walter alcanzaba a oír hasta su respiración jadeante.[11]

A continuación llegaron los perros, que arañaron la madera, resoplaron y olfatearon entre los tablones; sus bufidos podían oírse a través de las paredes y el techo de madera. ¿Se habría equivocado el prisionero soviético con su receta especial para el tabaco? ¿O habría entendido mal Walter sus instrucciones? ¿Por qué el olor no hacía recular a aquellos animales?

Esta vez Walter echó mano a la navaja en lugar de a la cuchilla; quería un arma para usar contra otros, no contra sí mismo. Notó cómo le latía el corazón.

Milagrosamente, el instante pasó. Los hombres de las SS y sus perros se alejaron. Dentro de la pequeña fosa que les servía de escondrijo, Fred y Walter se permitieron reconfortarse esbozando una sonrisa.

Pero el alivio no duró mucho. Toda la tarde y la primera noche fue un ir venir de pisadas y ladridos de perros; primero más fuertes, después más tenues, posteriormente otra vez más fuertes: la patrulla volvía a registrar su rincón del campo. A Walter le agradaba pensar que percibía cierta frustración en la voz de los hombres de las SS cada vez que batían aquella porción de terreno. Oyó cómo maldecían al rastrear por segunda y hasta por tercera vez un montón de maderas o tejas, peinando una zona que ya habían peinado hasta en dos ocasiones.

Ambos se morían de ganas de flexionarse o estirarse, pero apenas se atrevían. Walter estaba ansioso por calentarse las manos y los pies helados, pero al menor movimiento sentía un calambre espantoso que le atenazaba el cuerpo entero. Cuando uno de los dos se adormecía, el otro permanecía en guardia, atento a cualquier indicio de movimiento. Ni siquiera el sueño traía descanso, solo pesadillas de un presente interminable, encallados en aquel cajón subterráneo: estar bajo tierra era el infierno, y lo de arriba era aún peor.

Oyeron el inicio del turno de mañana, el familiar sonido de los trabajos forzados. Dado que se encontraban en una zona en construcción, enseguida empezó a oírse el estruendo de la madera, el fragor del metal, el ladrido de los perros y los gritos de los SS y sus secuaces.[12] Fred y Walter sabían que el riesgo de que los trabajadores tocaran su pila de madera era mínimo —no estaba previsto que aquellos tablones fueran a utilizarse en breve—, pero igualmente les costaba relajarse. Pasaron unas diez horas hasta que el ruido se calmó y el *Kommando* regresó a los barracones.

Durante todo ese tiempo, los dos se mantuvieron inmóviles, conscientes de que en el campo interior los SS debían de estar registrando cada chamizo, cada almacén, cada baño, cada letrina y cada cobertizo, poniendo patas arriba hasta el último barracón. Naturalmente, seguían un sistema: el método consistía en buscar describiendo una serie de círculos concéntricos, con los perros rastreadores en el centro para acechar a la presa. Cuando terminaban con el último círculo, vuelta a empezar.

Los nazis se les acercaron tanto y en tantas ocasiones que a Walter le parecía un milagro que no los hubiesen descubierto hacía horas. Fred era de otro parecer. «¡Cabrones, mira que son idiotas!», decía cada vez que era seguro romper el silencio.[13] Quizá lo hacía para disimular el miedo. Al cabo de veinticuatro horas, ni Fred ni Walter habían sido capaces de comer o beber nada. Habían almacenado algunas provisiones en aquel angosto pasaje: varios kilos de pan, cuidadosamente racionados en trozos,[14] así como algo de margarina[15] y una botella llena de café frío.[16] Sin embargo, los nervios estaban tan a flor de piel, que ninguno de los dos se veía con estómago para tocar nada.

De alguna manera, las horas transcurrieron hasta que llegó el domingo. Por fin decidieron moverse. Por primera vez desde que habían sonado las sirenas, salieron de la cavidad lateral al búnker, relativamente amplio en comparación. Aunque Walter había intentado rellenar con tabaco las rendijas de la pared y del techo, algunas habían quedado destapadas y la neblina helada de la mañana se filtraba a través de ellas.[17]

Estaban agarrotados de tanto estar quietos. Fred no podía mover el brazo derecho y había perdido la sensibilidad en los dedos.[18] Walter masajeó el hombro de su compañero para que volviera a circular la sangre. No se quedaron mucho rato en la parte amplia del escondrijo.

Los SS seguían buscando. Fred y Walter se quedaron helados al oír a dos hombres, alemanes, a pocos metros de distancia. Era primera hora de la tarde y acertaron a oír cada palabra.

—Es imposible que se hayan escapado —dijo uno—. Tienen que estar todavía en el campo.[19]

Los alemanes se pusieron a especular sobre el posible escondite de Fred y Walter.

—¿Qué me dices de esa pila de madera? —preguntó uno, señalando claramente algo.

Walter y Fred se quedaron quietos.

—¿Crees que podrían estar escondidos ahí abajo? —dijo la segunda voz—. A lo mejor han abierto una pequeña zanja.

El primero lo consideró improbable.

—Al fin y al cabo, los perros han pasado por allí una docena de veces —dijo como reflexionando en voz alta, y era cierto.

Salvo que los judíos desaparecidos hubieran encontrado algún método ingenioso de despistar a los perros. Continuaron discutiendo y uno de los dos comentó que «valía la pena intentarlo». Oyeron cómo los soldados se abrían paso hacia los tablones.

Walter sacó otra vez el cuchillo. Fred hizo lo mismo.

Los dos alemanes se subieron a la pila de madera y empezaron a desmontarla, tablón por tablón. Retiraron la primera capa, luego la segunda y, con cierto esfuerzo, la tercera y la cuarta.

Si hubiera ocurrido diez segundos después, habría sido demasiado tarde. No era la primera vez, sino la octava o novena, que Walter salvaba la vida gracias a un golpe de suerte; en esta ocasión, gracias a uno que parecía cronometrado al segundo.

A lo lejos había estallado una conmoción. Voces distantes, excitadas. Fred y Walter oyeron que los hombres que estaban justo encima de ellos se detenían, aparentemente para aguzar el oído y averiguar qué estaba sucediendo. Pasó un segundo. Luego otro. Por fin, uno de los dos dijo:

—¡Los tienen! Vamos... ¡Corre![20]

Desde abajo, Fred y Walter oyeron alejarse a los que habrían podido ser sus descubridores.

La noche del domingo dio paso a la mañana del lunes. Empezaba la cuenta atrás. Walter no hacía sino mirar las manecillas de su reloj, consciente de que si conseguían aguantar un poco más...

Empezó el turno de mañana, y con este, otras diez horas de ruido y ladridos, tanto humanos como animales. Cada minuto transcurría a un ritmo agonizante.

Finalmente, el *Kommando* regresó a los barracones. Los tres días ya casi habían terminado.

A las 18:30, Walter y Fred oyeron por fin el sonido que tanto habían esperado: «*Postenkette abziehen! Postenkette abziehen!*». Era la orden de retirar la *grosse Postenkette*, el anillo exterior de puestos de guardia, que pasaba a gritos de una torre de vigilancia a la siguiente y la siguiente, y así por todo el perímetro, haciéndose más fuerte conforme se acercaba, desvaneciéndose conforme se alejaba, hasta completar la vuelta entera. Para Fred y Walter, aquellas palabras, gritadas por los mismos hombres que habían esclavizado y asesinado a cientos de miles de personas, sonaban como la más dulce de las músicas. Suponía la admisión de la derrota por parte de las SS, el reconocimiento de que no habían logrado capturar a los dos prisioneros extraviados.

Tal como exigía el protocolo de las SS, el anillo exterior de torres de vigilancia fue desalojado y el cordón de guardia se limitó a la zona interna. Walter oyó que los guardias de las SS regresaban a las torres de la parte interior. Ese era el gran fallo del sistema de Auschwitz, la fisura a través de la cual él y Fred hacía tiempo que habían planeado evadirse.

Sintieron la imperiosa tentación de echar a correr, pero se contuvieron. Primero tenían que salir de la cavidad lateral. Para Walter, incluso dar un paso al frente era causa de un agudo dolor en los brazos, las piernas, el tronco y el cuello.[21] Tenía los músculos rígidos y fríos; sus primeros movimientos fueron bruscos e inseguros, como si su cuerpo necesitara reaprender sus funciones motoras básicas. Tardaron un rato, pero por fin llegaron al foso principal. Se pusieron en cuclillas y se estiraron, haciendo rotaciones con las muñecas y los pies; se abrazaron en la penumbra.[22]

Después de eso, inspiraron profundamente y presionaron el techo con las palmas de las manos, intentando levantar el tablón de madera. Pero no se movía. Probaron en otro punto. Tampoco. ¿Sería ese el error fatal de su plan? ¿Se habían encerrado por accidente en su propia tumba? Era lo único que no habían practicado ni se habían planteado. Habían dado por hecho que el tablón, igual que podía ponerse, también podría quitarse. Pero levantar tablones es fácil desde arriba, cuando puedes retirarlos uno a uno. No lo es tanto desde abajo, cuando el peso de la pila hace presión.

Empujando a la par, gruñendo de dolor, consiguieron levantar uno de los tablones inferiores apenas un centímetro. Suficiente para tener un punto de agarre. Ahora podían manipularlo, lo justo para empujarlo hacia un lado. Fred se giró hacia Walter sonriendo.

—Gracias a Dios que esos alemanes casi nos encuentran —murmuró—. Si no hubieran movido los tablones, nos habríamos quedado atrapados.[23]

Tardó más de lo que habían imaginado, pero finalmente apareció una abertura en el techo de lo que, desde el viernes, había sido su casa. Se vislumbraba el cielo iluminado por la luna.

Volvieron a reunir fuerzas para empujar las tablas, hasta que, haciendo un descomunal esfuerzo, pudieron levantarse y salir. Por fin lo habían conseguido. Estaban fuera del hoyo.

Pero aún no habían salido del campo. Todavía les quedaba mucho terreno por recorrer si querían convertirse en dos de los primeros judíos que se fugaban de Auschwitz para no volver. Aun así, para el joven Walter Rosenberg fue una sensación embriagadora, si bien es cierto que no del todo novedosa. Porque aquella no era su primera fuga. Ni sería la última.

Parte I

Los preparativos

1

La estrella

Siempre se había sabido especial. Todavía no era Rudolf Vrba, eso vendría después. Se llamaba Walter Rosenberg y no tenía más que mirar a los ojos de su madre para saber que era un niño único. Ilona Rosenberg había esperado desesperadamente su llegada desde hacía mucho tiempo. Ella ya era madrastra —su marido, Elias, tenía tres hijos de un matrimonio anterior—, pero no era lo mismo que abrazar a un bebé salido de sus entrañas. Llevaba diez años anhelando tener un hijo; los médicos le habían quitado todas las esperanzas. Por eso cuando Walter llegó al mundo el 11 de septiembre de 1924, su madre lo recibió como un milagro.

Ilona lo adoraba, al igual que sus hermanastros, dos niños y una niña, todos ellos más de diez mayores que él. Sammy y Fanci, en especial, parecían más un tío y una tía que un hermano y una hermana. El pequeño Walter, depositario de las atenciones que habitualmente se reservan a un hijo único, salió dotado de una precoz inteligencia. Tenía cuatro o cinco años cuando Fanci, deseosa de verse con su novio, lo dejó un día en el colegio donde trabajaba una amiga suya para que alguien que no fuera ella pudiera vigilarlo. La idea era que el niño se quedara jugando o dibujando en un rincón, pero cuando volvió a recogerlo se encontró con que la maestra señalaba a Walter Rosenberg como ejemplo a los demás niños, algunos de los cuales le doblaban la edad.[1]

—Mirad qué bien hace su trabajo —les decía.

Cuando no era mucho mayor, su familia se lo encontró un día pasando las páginas de un periódico como si tal cosa.

Había nacido en Topol'čany, en el oeste de Eslovaquia, pero cerca del centro del nuevo Estado de Checoslovaquia, creado apenas seis años antes. Al poco tiempo, la familia vendió sus propiedades y se instaló en el extremo oriental del país, cerca de Ucrania, concretamente en Jaklovce, un rincón del mapa tan olvidado que hasta los trenes pasaban de largo sin detenerse, entre otras cosas porque no había estación, ni siquiera un andén. Fue el padre de Walter, propietario de un aserradero, quien construyó un apeadero con una modesta sala de espera, estructura que, para deleite de Walter, la familia utilizaba como choza o *sucá* durante la semana de otoño en que los judíos deben demostrar su fe en el Todopoderoso comiendo en cabañas provisionales, a la vista del cielo.

El joven Walter disfrutaba de la vida rural. La familia criaba pollos y tenía una gallina ponedora que ocupaba el lugar de honor. Un día, los padres se percataron de que faltaban huevos. Fanci recibió orden de montar guardia: a lo mejor había un zorro que asaltaba el gallinero. Una mañana, la muchacha descubrió que el culpable era un depredador inesperado: por lo visto, a su hermano pequeño le había dado por colarse en el gallinero, robar los huevos y comérselos crudos.

Los Rosenberg no se quedaron mucho tiempo en aquella aldea. Elias murió cuando Walter tenía cuatro años, e Ilona regresó al oeste, donde la familia tenía sus raíces. Ahora debía ganarse la vida por su cuenta, así que empezó a trabajar como vendedora ambulante, suministrando o arreglando la lencería y la ropa interior que ella misma confeccionaba. Pero aquella no era la situación ideal para criar a un niño. Un día dejó a Walter con una amiga, una de esas mujeres a las que Ilona calificaba de «mantenidas». La mujer, que estaba furiosa con un hombre del que había sido amante y que la había abandonado, sobornó a Walter para que fingiera ser hijo ilegítimo suyo y se paseó con él por la ciudad, lamentándose a voces y repitiendo el nombre de aquel hombre aborrecible que los había abandonado a ella y al pequeño. La actuación de Walter fue recompensada con una visita a la panadería y el pastel que le apeteciera.

Después de eso, Ilona prefirió que su hijo se fuera a vivir a Nitra con los abuelos. La decisión se reveló acertada. Walter enseguida forjó un fuerte vínculo con su abuelo, que lo educó en las costumbres de un judaísmo estrictamente ortodoxo. De vez en cuando, hacía algún recado que lo obligaba a pasar por la casa del muy respetado rabino de la ciudad,[2] y los viernes acudía con su abuelo y otros hombres al río, que les servía como *micvé*, es decir, para realizar el baño ritual previo al *sabbat*.

A Walter le gustaba la tradición y amaba a sus abuelos: era feliz. El único nubarrón en el horizonte era una especie de rivalidad fraterna con Max, su primo de Viena, un par de años mayor que él. Walter sabía que su abuelo estaba orgulloso de sus logros en el colegio, pero sospechaba que en el fondo Max era su favorito.

Al cabo de un tiempo, la abuela de Walter sufrió una caída y el abuelo decidió que no podía seguir criando solo al chiquillo, de modo que lo internaron en un orfanato judío de Bratislava. Allí volvió a impresionar a los profesores con su aplicación en los estudios. Cuando le preguntaban cuáles eran sus aficiones, respondía que los idiomas y la lectura, aunque también encontraba tiempo para jugar al fútbol. El director le sugirió a Ilona que matriculara a su hijo en uno de los institutos de élite de la ciudad. Eso implicaba establecerse de manera permanente en Bratislava y contratar a alguna joven para que ejerciera como tutora de Walter durante los periodos en que ella estuviera de viaje, pero Ilona estaba resuelta a hacer lo que fuera para que su hijo tuviese lo mejor.

Hay una fotografía del otoño de 1935 en la que vemos a Walter con sus compañeros de clase y vislumbramos ya al hombre en que se acabaría convirtiendo. Solo tiene once años y parece algo nervioso, pero irradia cierta presencia. Lleva el cabello oscuro peinado hacia un lado, y luce ya esas pobladas cejas que lo acompañarán de por vida. Está sentado con la espalda recta, mirando al objetivo con intensidad. El resto de los chicos hacen lo que les han dicho y posan con los brazos cruzados. Pero Walter no.

Seguía llevando el *talit*, el chaleco tradicional de los varones judíos devotos, pero su madre le había hecho una faja para que no se le vieran los flecos o *tzitzit*. Los *peyot* o rizos, que Walter seguramente lucía cuando vivía en Nitra, habían desaparecido. Por primera vez, era libre de tomar sus propias decisiones en materia religiosa, sin el influjo de su abuelo ni del orfanato. Una tarde, paseando por las calles de Bratislava con algo de dinero en el bolsillo, decidió poner a Dios a prueba: entró en un restaurante y pidió carne de cerdo. Dio un bocado y esperó a que lo fulminara un rayo.[3] Como el rayo no caía, el muchacho decidió tomar una nueva senda.

Los alumnos del instituto podían elegir su formación religiosa: católica, luterana, judía o ninguna.[4] Walter eligió ninguna. En sus documentos de identidad, en el espacio reservado para la nacionalidad, podría haber puesto la palabra *judío*, pero en lugar de ello eligió *checoslovaco*. Ahora, en el colegio, ya no solo estaba aprendiendo alemán, sino también alto alemán (había llegado a un trato con un alumno emigrado: cada cual le daría al otro lecciones avanzadas de su lengua materna). En la foto de clase de 1936, se lo ve con una expresión segura, incluso altanera. Tiene la mirada fija en el futuro.

Sin embargo, en la fotografía del curso 1938-1939 no encontramos ya el menor rastro de Walter Rosenberg. Todo había cambiado, hasta la forma del país. Tras los Acuerdos de Múnich de 1938, Adolf Hitler y sus aliados húngaros se habían repartido Checoslovaquia y, en la primavera de 1939, lo que quedaba del país estaba fragmentado. Eslovaquia se presentaba como una república independiente, aunque en realidad era una criatura concebida con el beneplácito y la protección del Tercer Reich, que veía en la ultranacionalista Guardia de Hlinka, perteneciente al Partido Popular Eslovaco, un reflejo de sí mismo. Al final, los nazis se anexionaron e invadieron el resto del territorio checo e instauraron el Protectorado de Bohemia y Moravia. Hungría, por su parte, se apoderó de un último trozo del país. Terminado el reparto, los habitantes de lo que había sido Checoslovaquia quedaron, en mayor o menor medida, a merced de Adolf Hitler.

En Eslovaquia, el adolescente Walter Rosenberg notó el cambio de inmediato. Le comunicaron que, independientemente de su elección en la materia de estudios religiosos o de lo que hubiera puesto en la casilla correspondiente a «nacionalidad», satisfacía la definición jurídica de judío y era mayor de trece años; por consiguiente, su plaza en el instituto de Bratislava ya no estaba disponible. Su formación había concluido.

De un lado a otro del país, los judíos como Walter comprendieron que, a pesar de que el nuevo jefe del Gobierno era un sacerdote católico —el padre Jozef Tiso—, la religión estatal de la república recién nacida era el nazismo, en su variante eslovaca. Según el inmutable credo de los antisemitas, los judíos no solo eran poco fiables, indignos de confianza e irremisiblemente extranjeros,[5] sino que además poseían poderes casi sobrenaturales que les permitían ejercer una influencia social y económica desproporcionada en comparación con el tamaño de su comunidad. Por supuesto, las autoridades de Bratislava se apresuraron a culpar a la minúscula minoría judía del país —89 000 personas en una población de 2,5 millones de habitantes— de la suerte que le había tocado a la nación, incluida la pérdida de su preciado territorio a manos de Hungría. Aparecieron carteles propagandísticos pegados en las paredes de ladrillo; uno de ellos mostraba a un eslovaco joven y orgulloso, vestido con el uniforme negro de la Guardia de Hlinka, dándole una patada en el trasero a un judío con rizos y nariz aguileña, al cual se le caía una faltriquera al suelo. En su primer discurso radiofónico como líder de la nueva república independiente, Tiso hizo una sola promesa política firme: resolver la cuestión judía.

Tras la expulsión de Walter de la escuela, Ilona dejó su trabajo como vendedora ambulante y los dos se trasladaron a Trnava, una pequeña ciudad cincuenta kilómetros al este de Bratislava. Después de haber residido en la capital, el cambio fue duro: las múltiples callejuelas de Trnava convergían en una plaza central llamada de la Santísima Trinidad —dominada no por una, sino dos iglesias—, en torno a la cual giraba toda la vida. En verano, la ciudad se convertía en una nube de calor y polvo, la plaza del mercado apestaba a estiércol, heno y sudor humano, y el tufo que emanaba de la cercana fábrica de azúcar donde se procesaba la remolacha lo impregnaba todo. Aun así, uno podía evadirse en el campo, con sus planicies de trigo maduro y sus brisas frescas a solo un paseo en bicicleta.[6]

Pero si los Rosenberg, madre e hijo, esperaban encontrar allí un refugio, se habían equivocado de sitio. La determinación del Gobierno de abordar la llamada *cuestión judía* llegó hasta la pequeña ciudad de Trnava, con una comunidad de menos de tres mil judíos y dos sinagogas situadas a pocos metros una de la otra. A decir verdad, las buenas gentes de Trnava tampoco necesitaban que las azuzaran mucho: en diciembre de 1938, pocas semanas después de que Eslovaquia obtuviera la autonomía, habían prendido fuego a ambas sinagogas.[7]

Walter se integró enseguida en un grupo de adolescentes judíos que, como él, habían sido apartados de la enseñanza. El primer día de clase, los colegios habían colgado en la puerta unos letreros donde se informaba de que no se admitía ni a judíos ni a checos, y los antiguos amigos de estos coreaban: «Fuera judíos, fuera checos».[8] A partir de entonces, Walter y los demás jóvenes judíos de Trnava —los de octavo curso en adelante— quedaron abandonados a su suerte y, al no tener clases a las que asistir ni sitio adonde ir, pasaban el tiempo deambulando por la ciudad. Según la nueva legislación, incluso tenían prohibido estudiar por su cuenta. Tanto es así, que Walter y su amigo Erwin Eisler tuvieron que presentarse un día en el edificio del ayuntamiento para entregar sus libros de texto, en cumplimiento de una orden destinada a evitar la amenaza de que los niños judíos estudiaran en casa. Walter cumplió a rajatabla y entregó sus libros, pero su amigo lo sorprendió. Normalmente, Erwin era un muchacho tímido que se sonrojaba ante la mera mención de las chicas y buscaba siempre alguna excusa para no ir con la pandilla al café del barrio. Sin embargo, ese día dio muestras de un valor inesperado.

—No te preocupes —susurró—. Todavía tengo el libro de química.

Se había quedado uno de los dos volúmenes de química inorgánica y orgánica del científico checo Emil Votoček.[9] A partir de entonces, Walter y Erwin se dedicaron a estudiar con ese manual y a adquirir en secreto los conocimientos que su propio país se empeñaba en negarles.

Los muchachos estudiaban allá donde podían. A veces se reunían en un prado conocido como la Laguna por haber sido tal en el pasado; allí se sentaban y trataban de hallar sentido a un mundo que parecía haberse vuelto del revés. Walter no tardó en convertirse en una presencia dominante, ya que su inteligencia lo hacía destacar. Gerta Sidonová, una niña de trece años, se sentía cada vez más fascinada por él y escuchaba embelesada todo lo que decía. Los padres de Gerta lo contrataron como profesor particular, aunque sin duda a la joven le costaba concentrarse en las explicaciones.[10] Ella tenía la esperanza de acabar siendo su novia, pero las intenciones de Walter no estaban claras. Un día concertaron una cita, pero él la dejó plantada, cosa que Gerta le reprochó. Walter alegó que había acudido a la cita, pero que al acercarse había visto que ella llevaba puesto un sombrero de pompones, así que había dado media vuelta y se había ido en dirección contraria.[11] Le dijo que con ese sombrero parecía una niña de nueve años. Él tenía quince y no quería que lo vieran con una mocosa.

Los adolescentes judíos de Trnava tenían pocas opciones fuera de su círculo. Tanto ellos como sus familias se fueron quedando al margen de la vida de la ciudad que había sido su hogar. En el resto del país se repetía el mismo patrón. El régimen de Tiso estaba decidido a arruinar y aislar a los judíos, primero vetándolos de la función pública y después imponiendo cuotas a su presencia en las profesiones liberales. Con el tiempo, se prohibió que los judíos poseyeran automóviles, radios o incluso material deportivo. Cada nueva ordenanza se publicaba en un tablón de anuncios del centro de la ciudad que los judíos consultaban a diario para ver qué nueva humillación les esperaba.[12]

Walter y su madre no tenían patrimonio ninguno, pero

los judíos con propiedades se vieron despojados de ellas poco a poco: primero les confiscaron las tierras, luego les expropiaron los negocios. *Arianización*, lo llamaban las autoridades. El padre de Gerta trató de conservar su carnicería poniendo como titular de esta a un ayudante que había tenido la astucia de afiliarse al Partido Popular Eslovaco.[13] Era lo que se conocía como *arianización voluntaria*, en virtud de la cual las empresas de propiedad judía cedían una participación de al menos el 51 % a un «candidato cristiano cualificado». La terminología del programa era un tanto impropia, ya que los nazis no consideraban arios a los eslovacos, sino que los clasificaban entre los eslavos, y como tales eran de todo punto *Untermenschen*, infrahumanos. Con todo, se los consideraba superiores a los judíos, y eso era lo importante.

Las palizas se convirtieron en algo habitual. Se propinaban sobre todo a los judíos, pero a veces también a los gentiles que no atormentaban a sus vecinos judíos con el celo requerido. Los paramilitares nacionalsocialistas presionaban a los habitantes de Trnava y del resto de los pueblos y ciudades eslovacos para que boicotearan los negocios judíos y a la población hebrea en general.

No había dónde esconderse, ni siquiera dentro de la propia casa a puerta cerrada. A partir de 1940 —mientras los londinenses soportaban los bombardeos aéreos nocturnos de lo que enseguida daría en conocerse como el *Blitz*—, los gendarmes eslovacos trasladaron la política de expropiación de propiedades judías a un nivel más directo y literal. Entraban en los hogares judíos y los saqueaban, y los niños no podían hacer más que quedarse mirando. Podían llevarse una raqueta de tenis, un abrigo, una cámara de fotos o alguna preciada reliquia familiar, o incluso, como ocurrió en al menos un caso, un piano. A veces se aventuraban fuera de la ciudad, y si daban con una granja familiar de propiedad judía, requisaban los animales. Se había abierto la veda.[14] Todo lo que fuera de los judíos podían quedárselo los eslovacos.

Pero aquello era apenas el principio de la nueva república. Cuando Walter cumplió diecisiete años, en septiembre de 1941, el Gobierno de Tiso introdujo su particular versión de las leyes de Núremberg: el Código Judío. A partir de entonces, a los judíos se les prohibía participar en actos públicos, clubes y organizaciones sociales de cualquier tipo. Solo se les permitía salir o hacer compras dentro de unos horarios establecidos. Solo podían desplazarse hasta una determinada distancia. Si adquirían propiedades, estaban sujetos a un recargo del 20 %: una tasa judía. Tampoco podían elegir libremente dónde vivir: estaban obligados a residir en ciertas calles, un primer paso hacia la creación de guetos. El titular de un periódico progubernamental se jactaba de que, dentro de la tácita competición existente entre los Estados fascistas, «las leyes antijudías de Eslovaquia son las más estrictas».[15]

Pero el cambio que tuvo un efecto más inmediato y visible sobre Walter fue también el más crudo. En adelante, todos los judíos de Eslovaquia mayores de seis años tendrían que identificarse con una estrella de David amarilla de quince centímetros de diámetro en el exterior de la ropa.[16] Si a Walter y los demás niños judíos les daba por aparecer por la pista de patinaje o por el cine de Trnava, bastaba con ver la estrella amarilla para expulsarlos. Mientras sus amigos de antes salían hasta tarde por la calle principal, los judíos estaban sujetos a toque de queda. A partir de las nueve de la noche, no podían dejarse ver en ningún lado.

Walter no se rebeló contra ninguna de esas normas. Ni siquiera se escandalizó, acaso porque el torniquete había ido apretándose despacio, con el tiempo, de suerte que cada nuevo tirón no parecía tan extraordinario si se tenía en cuenta el anterior. Sea cual sea la explicación, Walter aceptó llevar la estrella amarilla igual que aceptó que, dado que no podía seguir estudiando, necesitaba encontrar empleo. Desempeñó algún que otro trabajo manual, pero los patrones solo contrataban a judíos cuando no había nadie más disponible. Cualquier judío que tuviera la suerte de conseguir empleo recibía el jornal más bajo, pues había dos escalas salariales, una para los judíos y otra para los demás.

Así pasaba la vida el adolescente Walter Rosenberg: comiendo *schnitzel* con patatas fritas en la angosta cocina de la casa donde vivían él y su madre; intentando aprender nuevos idiomas —además de los que ya hablaba: alemán, checo, eslovaco y un húngaro algo rudimentario—, normalmente con la ayuda de un manual bastante gastado; reuniéndose con sus amigos en la Laguna; debatiendo los méritos de los *-ismos* del momento; discutiendo sobre si sería el socialismo, el comunismo, el liberalismo o el sionismo el que acudiría a rescatarlos. Por un lado, el orgulloso y esperanzador mensaje del sionismo era un bálsamo para esos jóvenes judíos machacados por la humillación y la exclusión diarias.[17] Por otro, seguramente el sionismo fuera otro nacionalismo condenado a fracasar en un mundo que solo tenía arreglo a través de la fraternidad universal; además, ¿no eran los socialistas quienes lideraban la lucha contra el nazismo?[18] Y en esas discusiones pasaban las largas horas que compartían juntos, ninguneados por sus vecinos y marcados por la estrella amarilla que lucían en el pecho.

Y pese a todo, no dejaban de ser adolescentes. También encontraban tiempo para reír y para flirtear, para que los chicos fueran tras las chicas y las chicas tras los chicos, y para que unos y otros se rompieran el corazón. Walter no era alto —no llegaba al metro setenta—, pero se comportaba como si lo fuera. Las cejas oscuras, el cabello espeso y la sonrisa amplia y traviesa contribuían a que nunca le faltara atención.

Entonces, en febrero de 1942, llegó la carta. Parecía una citación judicial o un aviso de reclutamiento militar. En ella se le ordenaba a Walter que se personase tal día, a tal hora y en tal lugar con un equipaje de no más de veinticinco kilos y que no contuviera oro.[19] El mensaje era bastante claro. El país de Walter ya no se contentaba con acorralarlos a él y al resto de los judíos en espacios cada vez más reducidos en los que no había ni trabajo ni oportunidades. Ahora quería desterrarlos definitivamente. Los judíos iban a ser despojados de su ciudadanía y enviados al otro lado de la frontera, a Polonia, donde los alojarían en un lugar que Walter y los demás imaginaban como una especie de «reserva», como esas tierras valladas que decían que había en América y donde solo vivían los «indios».

La orden estaba redactada en un lenguaje cordial, incluso amable. Los judíos no iban a ser «deportados», ni mucho menos expulsados. No, lo que iban a hacer era «reasentarlos». Y ni siquiera a todos los judíos. Solo a los varones, solo a los sanos y solo a los de edades comprendidas entre los dieciséis y los treinta años. Si accedían a irse voluntariamente, en silencio y sin armar revuelo, a sus familias no les pasaría nada, se les permitiría quedarse y reunirse con ellos más adelante.[20] En cuanto al oro, las razones de la prohibición eran obvias: los judíos que tenían oro lo habían obtenido sin duda mediante argucias y no con el sudor de su frente; por tanto, todo ese oro era patrimonio legítimo de la nación eslovaca, a la que, con independencia de dónde hubieran nacido o cuán antigua fuera su ciudadanía, los judíos ya no pertenecían.

Todo formaba parte del plan pergeñado con el visto bueno de un oficial de las SS, el *Hauptsturmführer* Dieter Wisliceny, enviado a Bratislava desde Berlín casi dos años antes. La estrategia era muy sencilla: dejar a los judíos sin recursos confiscando sus propiedades, decomisando sus bienes e impidiéndoles ganarse la vida, y luego señalarlos como un lastre económico para la hacendosa y sufrida nación eslovaca. Cuando había judíos ricos, ya era fácil tacharlos de parásitos; ahora que no tenían nada, sería aún más fácil. Según las previsiones del Gobierno del Partido Popular Eslovaco y sus padrinos alemanes —hermanos en el nacionalsocialismo—, cuando los judíos hubieran sido abocados a la miseria, la población eslovaca accedería encantada a que los arrojasen al otro lado de la frontera. Y, por supuesto, tenía sentido empezar por los jóvenes como Walter. Si el Gobierno aspiraba a librar a la nación de toda una minoría, lo mejor era eliminar primero a los más sanos y fuertes, los que podían integrar el núcleo de cualquier futura resistencia.[21]

Walter se quedó mirando la carta que acababa de llegar y en la que se le decía dónde y cuándo debía presentarse. El invierno de 1942 empezaba a ceder ante la primavera incipiente, y Walter solo sabía que se negaba a que lo expulsasen de su país. Aquella orden le parecía una estupidez.[22] No, no iba a permitir que lo facturaran en un tren con destino desconocido. Ni hablar. Había nacido en Eslovaquia, el eslovaco era su lengua materna. Era eslovaco. No iba a dejar que lo arrojasen por ahí como si fuera un saco de basura, dejando a su madre indefensa.[23] Esa noche, mientras Ilona preparaba la invariable cena a base de *schnitzel* y *strudel* de manzana, Walter le comunicó su decisión.

—Me voy a Inglaterra —anunció—. Pienso alistarme en el Ejército checoslovaco en el exilio.

Su madre lo miró como si hubiera perdido el juicio. Discutieron durante una hora, él en una habitación y ella al lado, en la cocina. A intervalos, por encima del entrechocar de ollas y sartenes, Ilona dejaba escapar una expresión de burla ante semejante ocurrencia.

—Ya puestos, ¿por qué no te subes a la luna y te cortas un trozo de queso verde? Eso sí, ¡vuelve a tiempo para la cena![24]

A Ilona, aquello le parecía típico de su hijo y de sus disparatados planes, como aquella locura de aprender inglés y ruso por su cuenta.

—¡Ruso! ¿Por qué no sientas la cabeza como todo el mundo y te pones a aprender un oficio decente?

En aquellos tiempos, había un hombre en la vida de Ilona. Era cerrajero.[25] Ella decía que era una ocupación perfectamente respetable. Pero no, Walter siempre tenía que hacer lo que le daba la gana.

—No sé a quién has salido tú. Desde luego no a mi parte de la familia.[26]

Ilona le preguntó cómo se proponía llegar a Inglaterra.

—Pasando por Hungría —respondió él. El Gobierno de Budapest era aliado de los nazis, sí, pero por lo menos Hungría no deportaba a sus judíos—. Después, por Yugoslavia.

Eso dio pie a otra ronda de discusiones durante la cual Walter no supo especificar cómo atravesaría la Europa ocupada, si por tierra o por mar, ni cómo llegaría finalmente a Inglaterra. Sin embargo, tenía un plan de contingencia por si no conseguía ir más lejos de Yugoslavia: se alistaría con los partisanos liderados por Josip Tito y lucharía con la resistencia.

Más ruido de cacerolas. La conversación empezaba a girar en círculos. Ilona estaba convencida de que aquello era una locura, una misión tan demencial como volar a las estrellas, y con las mismas posibilidades de éxito. Pero Walter no daba el brazo a torcer. Finalmente, la miró a la cara y, con voz firme y serena, le dijo:

—Mamá, no me van a deportar como a un ternero en un vagón.

El ruido y los gritos cesaron. Ilona Rosenberg comprendió que la decisión estaba tomada.

A partir de entonces, se convirtió en su cómplice, lo ayudó a conseguir la ropa que pudiera necesitar y reunió el poco dinero que tenía. También le dio una solución a su problema más inmediato: cómo salir de Trnava y llegar a Sered', ciudad que cinco años antes se encontraba en el corazón de Eslovaquia, pero que ahora lindaba con la frontera húngara.

—Tendrás que ir en taxi —dijo.[27]

Ahora era a Walter a quien le apetecía señalar que aquello era absurdo. ¿Dónde se había visto que alguien llamara a un taxi para huir hacia la libertad?

Pero Ilona no veía otra manera. Conocían a un conductor que podía estar dispuesto a hacerlo, a pesar del riesgo que aquello implicaba: llevar tan lejos a un judío estaba terminantemente prohibido. No obstante, en Trnava todavía quedaba gente que no había olvidado a quienes en otra época consideraba sus vecinos, y algunos incluso recordaban las deudas de la amistad.

Y así fue como, una noche de principios de marzo de 1942, el joven Walter Rosenberg acabó en los desgastados asientos de cuero de uno de los pocos automóviles de Trnava, una ciudad en la que lo habitual eran los carros de caballos, en dirección a la frontera húngara. No miró hacia atrás. Ni pensaba en el pasado ni se imaginaba el futuro; debía centrarse en lo que tenía que hacer ahora mismo, en el presente.

Bajó la mirada y arrancó la estrella amarilla del abrigo.

2

Quinientos marcos imperiales

Aquella noche de marzo de 1942, el futuro se reducía a la vacía penumbra que lo separaba de la frontera entre Eslovaquia y Hungría. Al cabo de media hora, el taxista lo hizo bajar; acercarse más no era seguro. Walter haría el resto a pie. Se revisó los bolsillos: un mapa y una brújula, una cajita de cerillas y algo de dinero.[1] Doscientas coronas que le había dado su madre, a la que acababa de abandonar.

Caminó durante la noche por senderos estrechos y campos llanos y vacíos. Estaba sobrexcitado. Era cierto que estaba saliendo de un país gobernado por el fascismo para meterse en otro, un paso minúsculo para alguien que busca la libertad. Pero era el primer paso. Y al menos en Hungría no metían a los judíos en trenes para enviarlos a quién sabe dónde.

Mientras caminaba, lo que había empezado como una suave nevada fue ganando intensidad. Walter continuó la marcha, pero el frío le calaba los huesos. Al principio, la adrenalina le había servido de abrigo, pero el efecto se estaba diluyendo, así como también su audacia adolescente.

Empezaba a sentirse solo y asustado; era un niño en la oscuridad.

Las horas fueron avanzando al son del crujido de las botas sobre la nieve recién caída. Hacia las cinco de la mañana, cuando todavía faltaba una hora para el amanecer, divisó unas luces. Menos de las que había visto en Sered', porque se trataba de la ciudad de Galanta, algo más pequeña. Entonces supo que lo había conseguido. No había ninguna frontera formal, ninguna valla vigilada, pero había cruzado el confín. Estaba en Hungría.

Tenía la dirección de los familiares de un amigo del colegio. Se llevaron una sorpresa al ver a un chico en la puerta de casa al amanecer, con la ropa sucia de barro, pero lo hicieron pasar, le dieron un baño y algo de comer, y le explicaron que tenía que irse enseguida: si un húngaro era descubierto ayudando a un refugiado eslovaco, se arriesgaba a ir a prisión por encubrir a un espía.

Lo llevaron a la estación, le pusieron en la mano un billete y un ejemplar de un periódico nacionalista antisemita —mejor curarse en salud— y lo metieron en un tren con destino a Budapest. Allí también tenía una dirección que le habían facilitado unos amigos de Trnava, rebeldes como él. Su contacto, que pertenecía a un grupo socialista clandestino, accedió a que Walter se alojara con él mientras intentaba, sin éxito, hacerse con documentación falsa y un trabajo. Sin ambas cosas, era imposible permanecer mucho tiempo en Budapest; alguien lo acabaría denunciando a la policía.

Al cabo de diez días, sus camaradas de la clandestinidad le hicieron una propuesta totalmente inesperada. Habían llegado a la conclusión de que lo mejor era que Walter volviera por donde había venido; en Trnava se reuniría con un contacto que le proporcionaría documentos arios falsos. Cuando los tuviera, podría seguir adelante con su plan de fuga.

De modo que Walter tuvo que repetir su huida, pero esta vez en dirección contraria. Con la diferencia de que, cuando intentaba cruzar la frontera eslovaca, dos guardias fronterizos húngaros le dieron el alto apuntándolo con sus fusiles. El instinto lo empujó a salir corriendo, hasta que oyó el sonido de los disparos y otro instinto lo hizo detenerse.

Los guardias se acercaron, uno de ellos le golpeó la cabeza con la culata del arma y el otro lo saludó con una fuerte patada en la entrepierna. Se lo llevaron a la fuerza hasta el puesto fronterizo más próximo, donde le dieron un puñetazo en la boca y lo empujaron contra una pared. Entonces llegó un cabo que, ansioso por unirse a la diversión, golpeó a Walter varias veces con su pistola.

Los húngaros insistían en que era un espía, acusación que acompañaban con un puñetazo o un puntapié cada vez que la proferían. Walter lo negó, insistiendo en que era un judío de la vecina Eslovaquia que había cruzado la frontera con Hungría para buscar refugio en la capital. No estaba volviendo de Budapest, sino que se dirigía allí. Con lo que no contaba era con el trozo de papel que aquellos hombres encontraron en su bolsillo. En él no aparecían los nombres ni la dirección de los contactos que le habían dado cobijo: todo eso lo había memorizado. Tampoco habían encontrado su dinero: en Hungría, el hijo de un experimentado fabricante de ropa interior femenina le había cosido los billetes en las cremalleras de los pantalones. No, lo que encontraron era menos valioso, pero mucho más incriminatorio. Era un billete de tranvía. De Budapest.

El jefe del grupo tenía claro que, como había mentido, obviamente tenía que ser un espía. Lo que ahora quería saber era la identidad de sus cómplices.

El interrogatorio se trasladó a una mesa, donde continuó durante tres brutales horas. Pero Walter, de diecisiete años, aguantó. Puede que eso acabara convenciendo al agente de que, después de todo, quizá solo fuera un refugiado judío que trataba de evitar que lo deportasen. Dejó que una pareja de soldados se lo llevaran.

Mientras los hombres lo arrastraban hasta tierra de nadie, Walter estaba convencido de que lo matarían y dejarían su cuerpo allí tirado. Sacó el dinero que tenía escondido y se lo dio, pero no sirvió de nada. Siguieron arrastrándolo hacia lo que parecía una muerte segura. Y entonces, de repente, les entró el pánico. Cayeron en la cuenta de que habían metido la pata: sin fijarse, habían cruzado la frontera. Ahora estaban en Eslovaquia. Si le pegaban un tiro al chico, alertarían a los guardias fronterizos eslovacos, así como a sus perros y sus ametralladoras. Por un momento, amenazaron con cortarle el cuello a Walter con una bayoneta, pero el miedo pudo más y lo soltaron.

Walter corrió tan deprisa como pudo, pero tenía el cuerpo demasiado magullado como para llegar muy lejos. Tropezó y cayó. Había deseado escapar con todas sus fuerzas, pero aquello era el fin, lo sabía. Perdió el conocimiento.

Cuando volvió en sí, oyó a alguien que hablaba. La voz no le resultaba familiar, pero el idioma sí. «Madre mía, aún está vivo», fueron las palabras que oyó. Habían sido pronunciadas en eslovaco.

Los húngaros tenían razón. Habían cruzado la frontera con Eslovaquia: los hombres que le apuntaban a la cara con una linterna eran unos guardias fronterizos eslovacos que acababan de encontrarse con lo que a primera vista parecía un cadáver.

Lo llevaron a una posada donde le dieron brandi y pudo limpiarse la sangre y las heridas. Pero la tregua no duró mucho. Estaba otra vez en su país natal, el único del que había sido ciudadano..., pero también en el país del que había intentado huir, un lugar gobernado ahora por unos fascistas que se jactaban de ser líderes mundiales en el negocio de hostigar a los judíos.

Así que, inevitablemente, la vuelta a casa incluyó una visita a la comisaría de policía local, donde lo tildaron de «sucio y asqueroso judío»[2] que no quería que lo reasentasen porque era demasiado holgazán para trabajar, como todos los judíos, y luego lo encerraron en una celda donde pasó la noche.

A la mañana siguiente, los carceleros de Walter lo trasladaron a un campo de la pequeña ciudad de Nováky, a un centenar de kilómetros de distancia. Walter podía consolarse pensando que había evitado que lo deportasen: seguía en Eslovaquia. Lo malo era que estaba preso y tan lejos de Londres y de la libertad como antes.

Lo metieron en un enorme barracón donde había varios cientos de hombres, y enseguida se enteró de lo que estaba ocurriendo.[3] Ese sitio, le explicaron, tenía dos funciones. Era un campo de tránsito, un centro de internamiento donde se retenía a los judíos antes de cargarlos en unos trenes con destino desconocido que, al principio, se llenaban con gente como Walter —varones y mujeres jóvenes y solteros que habían recibido la citación y habían sido seleccionados para la deportación—, pero que luego empezaron a llenarse también con familias enteras provenientes de las montañas y los pueblos de los alrededores. Quienes los habían encerrado ahí no eran alemanes de las SS, sino eslovacos que se habían arrogado la tarea de sacar a sus vecinos judíos de sus escondites y arrestarlos. Resultó que, en su afán por deshacerse de los judíos, los eslovacos pagaban a los alemanes por ello, y lo hacían generosamente. Por cada judío deportado, Bratislava gratificaba a Berlín con quinientos marcos imperiales, en teoría para cubrir los gastos de alimentación, alojamiento y supuesta formación. Había un cargo extra por el transporte, que se abonaba a la Deutsche Reichsbahn, la ferroviaria estatal alemana. Era caro, pero el servicio de deportación nazi incluía una garantía de por vida: la promesa de que, a cambio de esos quinientos marcos, el judío en cuestión no iba a volver jamás. Por si fuera poco, los nazis permitían que Eslovaquia se quedase con todas las propiedades confiscadas a los judíos expulsados. Si a los vecinos de los Rosenberg, de los Sidonová o de cualquier otro judío exiliado les gustaba el aspecto de la casa de donde los habían desalojado, podían quedársela.

En el campo de tránsito de Nováky la actividad era frenética. Desde el 25 de marzo de 1942, hacia la época en que Walter llegó allí, hasta el 20 de octubre del mismo año, se deportó exactamente a 57 628 judíos desde Nováky y otros campos similares diseminados por toda Eslovaquia. Su destino era la región polaca de Lublin o un campo mucho más próximo a la frontera eslovaca, construido cerca de la ciudad de Oświęcim, que los alemanes llamaban Auschwitz.

Pero Nováky también tenía otra finalidad. Dentro había un campo de trabajo en el que se alojaban contra su voluntad mil doscientos judíos o más a los que se empleaba como mano de obra esclava. Walter no tardó en darse cuenta de que no trabajaban para Alemania, sino para el país del que hasta entonces habían sido ciudadanos. Unos trescientos cincuenta judíos trabajaban en Nováky como sastres, costureros y bordadores, confeccionando, entre otras cosas, uniformes para la policía eslovaca. Los productos se destinaban al mercado nacional, donde sin duda se vendían a precios ultracompetitivos gracias a la ausencia de costes laborales.

En Nováky se trabajaba a la fuerza y los reclusos vivían encerrados detrás de una valla con alambre de espino. Al menos, el trabajo se hacía a cubierto y no era agotador. La comida era muy sencilla —pan y mermelada, sopa de guisantes y patatas—,[4] pero era comida. Había una guardería y una escuela de primaria, así como una biblioteca y, de vez en cuando, recitales de música o espectáculos. Las familias podían vivir juntas, en barracones subdivididos en pequeños cubículos.

Todo esto era observado con envidia por los hombres del campo de tránsito —entre los que estaba Walter—, quienes, encerrados durante días, intercambiaban migajas de rumores y especulaciones infundadas, haciéndose preguntas que ninguno de ellos podía responder. Hablaban de cargamentos y fechas, y discutían si su tren había de llegar hoy, mañana o nunca. Quienes no conseguían una de las codiciadas plazas en el campo de trabajo, se quedaban en aquellos barracones, con dos guardias de Hlinka en la puerta y una única certeza: que lo peor estaba por llegar.

Pero Walter no tenía carácter para esperar de brazos cruzados a ver qué le deparaba el destino. Un día, como quien no quiere la cosa, se metió en una conversación y preguntó algo que le rondaba por la cabeza desde su llegada.

—Decidme una cosa: ¿qué posibilidades hay de salir de aquí?

El barracón se quedó en silencio. Finalmente, uno de los reclusos se echó a reír, como si compadeciera a un niño pequeño.

—¡Este quiere irse a casa! —dijo.

—Lo que nos faltaba —añadió otro—. Un maldito alborotador.[5]

Después de eso, Walter se guardó sus intenciones para sí. No obstante, y pese a ser el último en llegar al campo por culpa de su intento fallido de cruzar la frontera, seguía teniendo plena confianza en su capacidad para lograr lo que, visto lo visto, ninguno de esos hombres se había planteado siquiera. Estaba convencido de que podía evadirse.

Ser pobre, estar solo y tener diecisiete años tenía sus ventajas. Una de ellas era que cuando los guardias de Hlinka que vigilaban la puerta ordenaban que alguien del barracón fuera al campo de trabajo y ayudara a traer comida, Walter era el candidato más evidente. Era joven y estaba en forma, y hasta los más gruñones de sus compañeros reconocían que necesitaba alguna distracción: él no tenía a nadie que lo cuidara.

Walter aprovechó su primer viaje al otro lado de la barrera para hacer un reconocimiento. Le llamó la atención la sensación de amplitud que había en el campo de trabajo: le daba mucha luz natural y tenía una vista despejada sobre los trigales de los alrededores. Y lo que es más importante, Walter reparó enseguida en que el perímetro de esa parte del campo estaba delimitado por una valla con alambre de espino totalmente inadecuada, al menos desde su punto de vista adolescente.[6] Mejor aún: solo alcanzó a ver a un guardia encargado de patrullarla. Un único hombre para vigilar un lindero de mil metros de largo. Dentro del universo cerrado de Nováky, aquello obedecía a una lógica perversa: todo el mundo quería salir del campo de tránsito y entrar en el de trabajo. Una vez ahí, ¿para qué iban a querer escapar?

Walter estuvo tentado de echar a correr ahí mismo. Se veía capaz de conseguirlo y sabía que no había tiempo que perder: podían subirlo a un tren de deportados cuando menos lo esperase. Sin embargo, su fiasco anterior le había enseñado una cosa: la preparación lo es todo. Necesitaba un plan. Y también un aliado.

En los estrechos y atestados barracones de tránsito se había topado con Josef Knapp, un joven de Topol'čany, la población natal de Walter, que, como él, había soñado con la libertad de Gran Bretaña y que, como él también, había tratado de encontrarla huyendo a través de Hungría, fracasando en el intento. El joven Josef, alto y con buena planta, sufría por la novia que había dejado en Topol'čany. Durante una conversación, se le había escapado que tenía dinero: se había librado de que lo cachearan al llegar a Nováky y había conseguido esconder algo de efectivo. Para Walter, era el cómplice ideal.

El plan empezó a tomar forma. Walter trataría de convencer al guardia de que, con tantos recién llegados, lo de llevar la comida desde el campo de trabajo al de tránsito se había convertido en tarea para dos personas. El guardia, al no ver en ello ninguna amenaza para lo que más le importaba —tener acceso a la cocina y todos sus productos—, aceptó la propuesta. Ahora Walter y Josef podrían cruzar juntos al campo de trabajo de Nováky sin que nadie les pusiera trabas.

Una vez dentro, el resto era fácil. Al guardia solitario de la valla perimetral no se lo veía por ningún lado, de modo que la pareja se escurrió por debajo de la alambrada y corrió lo más aprisa posible. Al cabo de tres minutos, llegaron a un arroyo de agua fresca que salía del bosque. Bajaron por el talud, lo vadearon y siguieron corriendo. En menos de diez minutos, se encontraban ya en lo profundo del bosque, los árboles dejaban pasar apenas la luz del sol y el único ruido era el de sus propias risas. Lo habían conseguido. Se habían escapado.

Continuaron caminando. Finalmente, y de acuerdo con el plan, se separaron: Josef se dirigiría a una aldea donde tenía amigos que podían esconderlo, mientras que Walter tomaría un tren hacia Topol'čany para encontrar a Zuzka, la novia de Josef. Este no se atrevía a presentarse por ahí: era demasiado probable que alguien lo reconociera y lo delatara. Walter esperaría en Topol'čany y, en breve, Josef le haría llegar noticias... y dinero. Con eso, Walter podría terminar el viaje que había quedado interrumpido varias semanas atrás: volvería a Trnava y recogería los falsos documentos arios que le habían preparado sus contactos socialistas de Budapest.

Walter cumplió lo acordado: encontró la casa de Zuzka y llamó a la puerta. La muchacha se fue a ver a su novio y Walter se armó de paciencia y esperó, confiando en la buena voluntad de los padres de ella, gentiles ambos, que corrían un gran riesgo al permitirle entrar en su casa.

Esperó y esperó. Pero Josef no daba señales de vida ni enviaba el dinero. Walter enseguida comprendió que lo había traicionado. Se despidió de los padres de la chica y del cobertizo donde lo habían escondido, y decidió valerse por sí mismo en su ciudad natal.

Pasaron unas cuantas horas hasta que cometió un grave error. Entró en una casa de comidas para refrescarse. Dentro vio a un gendarme eslovaco. Walter trató de salir lo más discretamente posible, pero no sirvió de nada. El gendarme lo siguió afuera y exigió ver su documentación.

Walter trató de huir, pero estaban en desigualdad de condiciones: el gendarme, que tenía una bicicleta, no tardó en alcanzarlo y se lo llevó a comisaría. Antes de dejarlo ahí, le preguntó a Walter si sabía qué lo había delatado. Walter negó con la cabeza. El policía se había dado cuenta de que llevaba dos pares de calcetines a pesar de que era verano y hacía calor. ¿Quién iba a hacer algo así, a menos que fuera un fugitivo?

Ya en la comisaría, parecían conocer todo su historial.

Se había emitido contra él una orden de detención que incluía una descripción completa del prófugo Walter Rosenberg. La habían enviado a todos los rincones del país tan pronto como se había escurrido por debajo de la alambrada de Nováky. Aquella fuga lo había convertido en un hombre buscado.

Por la noche lo metieron en una celda, luego cerraron la comisaría y lo dejaron sin vigilancia ni custodia. Como regalo de despedida, le dieron unos cuantos cigarrillos y le advirtieron que no se quitase la vida.

Al día siguiente entregaron a Walter Rosenberg a la Guardia de Hlinka. El viaje fue breve: el tren recorrió en minutos un trayecto que Josef y él habían tardado varias horas en cubrir. A pesar de su ingeniosa fuga, volvía a estar detrás de la alambrada, en Nováky. Otra vez prisionero.

3
Deportación

Walter se lo tomó como un cumplido. A su regreso a Nováky, fue recibido con una paliza por parte de los guardias de Hlinka, cuya reputación se había visto erosionada por culpa de su fuga. Se vengaron de la humillación por turnos, propinándole puñetazos y patadas, y golpeándolo con la culata del fusil, hasta que llegó un oficial que parecía temer que acabaran matándolo. La noticia de que habían asesinado a un prisionero podía extenderse por Nováky, sobre todo entre los reclusos del campo de tránsito, y acabar sembrando el pánico, cosa que, por razones que Walter comprendería más tarde, era lo último que querían quienes supervisaban el proceso de deportación. Ahí terminó, pues, la paliza. Luego se dio orden de encerrar a Walter en una celda especial —en la que solo estaban él y otro hombre—, a la espera de incluirlo en el siguiente cargamento.

Y, en efecto, cuando llegó el siguiente tren destinado a transportar judíos, su nombre figuraba en la lista. Sus captores no estaban dispuestos a permitir que Walter Rosenberg los dejara en ridículo una segunda vez. En el andén, mientras el resto de los judíos del cargamento hacían cola para que los registrasen y revisasen sus documentos, a Walter le asignaron un guardia especial que, armado con metralleta, lo vigilaba a él y solo a él. Cuando llegó el momento de partir, los guardias de Hlinka le dieron un último consejo:

—Intenta escaparte otra vez y eres hombre muerto.[1]

Una vez más, Walter se sintió halagado por semejante grado de atención.

Sería incorrecto decir que los pasajeros «subieron» al tren. Los judíos de Nováky eran mercancía y los trataban como tal. En lugar de ir sentados en coches de pasajeros, iban hacinados en furgones de carga. A primer golpe de vista —y Walter tenía buen ojo para los números—, debía de haber ochenta personas apiñadas solo en su vagón, además del equipaje. Iban pegados los unos a los otros, pecho contra espalda.

La mayoría eran o mucho mayores o mucho más jóvenes que él: el vagón estaba lleno de ancianos y de niños con sus padres. A los judíos eslovacos de su edad los habían deportado en una primera fase, mientras Walter llevaba a cabo su primer intento de fuga. La presencia de los pequeños cambiaba las cosas. En la estación, los guardias habían tenido suficiente con golpear a uno de los adultos para evitar desórdenes.[2] La imagen de ese golpe había amedrentado tanto a pequeños como a mayores, que de manera instintiva habían comprendido que lo mejor era reprimirse, acatar las instrucciones que les dieran y mantener la ilusión de calma. Había que dar a entender a los niños que lo que había sucedido era una aberración y que no volvería a ocurrir.

Al principio, los ocupantes del vagón intentaron adaptarse a la nueva tesitura. Hubo colaboración, incluso camaradería. Los deportados compartieron la comida que tenían y Walter repartió el salami que su compañero de celda de la noche anterior le había dado como regalo de despedida. Incluso intentaron hacer un brindis en honor de una pareja recién casada que, como tantas parejas jóvenes, habían contraído matrimonio a toda prisa, movida por la promesa del padre Tiso de que las familias no se verían separadas durante la deportación. Pasaban las horas, el tren seguía avanzando a trompicones y su cargamento humano trataba de mantener la dignidad. Había un acuerdo tácito para apartar la vista y dar cierta apariencia de intimidad a quienes, por turnos, usaban el único cubo del vagón.

Walter se dio cuenta de que esa era la suerte de la que tanto se había esforzado por escapar. Había cruzado fronteras, vadeado ríos y atravesado bosques para que no lo metieran en un cajón como si fuera un ternero. Y, sin embargo, ahí estaba.

Durante esas primeras horas, estuvieron conversando, sobre todo acerca de la nueva vida que les esperaba. ¿Adónde se dirigían exactamente? ¿Cómo sería aquel lugar? Los niños les preguntaban a sus padres si habría colegios y parques infantiles. Otros estaban casi seguros de que los mandaban a un gueto o sencillamente a un campo de trabajo. La vida sería dura, pero soportable. Además, sin duda, el reasentamiento era una medida temporal, una extraña e indeseada consecuencia de una guerra que ya no iba a durar mucho.

Una de las pruebas clave en esas deliberaciones —cuyos participantes llevaban varias horas de pie y apenas podían girarse para mirar a sus interlocutores— fueron las cartas que enviaban los primeros que habían sido deportados. Varios de quienes viajaban en el vagón habían recibido noticias de hijos, hijas, primos o sobrinas a los que ya se había deportado y que habían escrito para decir que estaban bien. Sus cartas eran siempre de signo positivo, hablaban bien de la comida y la vivienda que les habían asignado, y les explicaban a quienes seguían en Eslovaquia que, en el fondo, lo del reasentamiento no era tan grave.

Sin embargo, aparte de esas notas de optimismo para reconfortar a la familia, había en esas cartas un motivo recurrente. No todas, ni mucho menos, pero varias de ellas contenían comentarios extraños, detalles que no encajaban. Una mujer hablaba de una carta de un primo suyo que, al despedirse, insistía como si tal cosa en que su madre le enviaba recuerdos. Solo que la madre de su primo había fallecido tres años antes.[3] Otra mujer decía que ella también se había quedado desconcertada al leer que a uno de sus antiguos vecinos las cosas parecían irle viento en popa en su nuevo hogar: tanto el remitente de la carta como la destinataria sabían que el vecino llevaba años muerto y enterrado.

Walter escuchaba, pero no tenía mucho que añadir. Él no había recibido ninguna carta, y mucho menos con errores inexplicables. Además, en ese momento, su preocupación principal consistía en mirar por la abertura que hacía las veces de ventana y observar el paisaje. Intentaba memorizar la ruta para poder regresar. Como siempre, solo pensaba en escaparse. La idea no lo abandonó ni siquiera cuando, ya por la tarde, hacia las cinco, el tren se detuvo en Zwardoń, en la frontera entre Eslovaquia y Polonia. Los judíos recibieron orden de desalojar los vagones y ponerse en fila para el recuento. A partir de ahí, la Guardia de Hlinka cedía el testigo a las SS y los alemanes pasaban a ocuparse del tren, sustituyendo al maquinista por uno de los suyos. Ni aun así, Walter dejó de tramar la huida.

Sin embargo, a partir de ese punto, la ruta dejó de tener sentido. El tren avanzaba muy despacio y hacía largas paradas, aparentemente en medio de la nada. El vagón permanecía cerrado en todo momento, por lo que no había manera de saber qué había alrededor. ¿Estarían en Cracovia? ¿O quizá en Katowice? A lo mejor ni en una ni en la otra; a lo mejor habían llegado a Częstochowa. Era imposible saberlo. Daba la impresión de que el tren estuviera describiendo un largo y sinuoso rodeo, o incluso de que hubiera dado media vuelta. Walter se preguntaba qué lógica podía tener aquello, pero no encontraba ninguna.

El tiempo parecía dilatarse. Costaba creerlo, pero su reloj de pulsera decía que llevaba veinticuatro horas encajonado en aquel vagón. Muchos de los deportados, incluido Walter, habían subido con comida, pero pocos habían pensado en llevar suficiente agua. Después de un día entero metidos en un vagón de ganado, los niños se quejaban de una sed terrible. Tenían los labios resecos y se mareaban. En poco tiempo, la necesidad se trocó en desesperación. Ansiaban agua. La simple imagen de un río o de un anuncio de cerveza visto a través de las rejillas del vagón se convirtió en una tortura.

La camaradería de las primeras horas, del brindis nupcial y de la comida compartida, había desaparecido hacía rato. Se desataban peleas, entre otras cosas por acceder al cubo de la esquina, ahora desbordado. La sed impedía pensar con claridad a la gente, despojándola de esa pátina de educación y cortesía de la que había hecho gala al salir de Nováky. Desde que se había acabado el suministro de agua, los reproches y las acusaciones habían ido en aumento.

Walter seguía sin verle ningún sentido a ese viaje. Se dirigían hacia el este, luego entreveía el letrero de una estación por la que ya habían pasado y caía en que ahora rodaban hacia el oeste. De vez en cuando, el tren se desviaba hacia un apartadero, quizá para dejar paso a un convoy militar más prioritario, pensaba Walter. La espera allí podía durar veinte minutos o dieciséis horas, no se sabía hasta que terminaba.[4] En ninguna parte había agua. O, si la había, no había forma de conseguirla: el vagón permanecía cerrado y no se daba permiso a nadie para bajar a buscarla.

Durante una de esas paradas, Walter vio a través de las rejillas del vagón que el tren se había detenido al lado de una locomotora a la que, en ese momento, le estaban rellenando el tanque de agua. Se veía la manguera, que manaba agua a borbotones; parte del agua iba a parar a la locomotora, pero el resto salpicaba sobre las vías. La imagen era demasiado tentadora. Walter introdujo un brazo por el hueco, alargó la taza y pidió un poco de agua al maquinista.

El hombre fingió no oírlo, de modo que Walter insistió. Sin mirarlo siquiera, el maquinista respondió:

—No pienso dejar que me fusilen por vuestra culpa, malnacidos.[5]

Para entonces llevaban veinticuatro o cuarenta y ocho horas en el tren, quizá más, y, sin embargo, eso fue lo que más tocado dejó a Walter. Los judíos del vagón no solo se estaban degradando los unos ante los otros, sino que además el mundo exterior los repudiaba. El maquinista podía ver y oír a los niños enfermos que suplicaban un poco de agua y ni siquiera era capaz de mirar en su dirección. «Malnacidos», los había llamado con la vista vuelta hacia otro lado.

Walter lo maldijo por ser un cerdo egoísta y sin corazón. Solo más tarde supo que las SS habían emitido un edicto por el que cualquier persona sorprendida ayudando a los deportados sería fusilada en el acto. Más tarde comprendió que, antes de que su tren apareciera en la campiña polaca, había pasado otro, y otro; a lo mejor alguien había dado agua a quienes iban en aquellos convoyes y luego él mismo o su esposa e hijos lo habían pagado con la vida, acribillados por las ametralladoras de las SS. A lo mejor el maquinista había presenciado ese castigo y había aprendido que, si quería seguir con vida, lo mejor era no ver aquellas manos humanas que asomaban desde el interior de los vagones de ganado sosteniendo vasos vacíos, ni oír los gritos de los niños que jadeaban de sed.

El viaje se prolongó —entre parones y arranques, entre la sed y el hedor— durante tres días. O quizá más, era difícil saberlo. Cuando el tren se detuvo al fin y se abrió la puerta del vagón, quienes estaban apiñados dentro sintieron alivio y, por extraño que parezca, gratitud. Estaban seguros de que lo peor de aquel calvario había pasado. De que, dondequiera que estuvieran, tenía que ser mejor que lo que acababan de soportar.

Esas eran sus expectativas al ver que el tren avanzaba lentamente por la estación central de la ciudad de Lublin y se detenía justo pasada esta. Puede que la esperanza durase incluso uno o dos segundos después de que las puertas del vagón se hubieran abierto, dejando a la vista al comité de bienvenida: una falange de hombres de las SS armados con fusiles, ametralladoras, porras y fustas.

Pero entonces llegó la orden:

—Los hombres aptos para trabajar de entre quince y cincuenta años deben abandonar los vagones. Los niños y los ancianos se quedan dentro.[6]

Los hombres de las SS recorrían el tren ladrando una versión de esas instrucciones, siempre en alemán, aunque a veces de manera más concisa:

—¡Todos los hombres de entre quince y cincuenta años, fuera!

¿Qué? Aquello no tenía sentido. Les habían dicho una y otra vez que las familias no se separarían, que las reasentarían *juntas* en su nuevo destino. El propio presidente eslovaco, el padre Tiso, les había dado su palabra. Por eso aquellas parejas se habían apresurado a unirse en matrimonio.

Quizá no fuera una separación real; quizá era solo una cuestión de orden: los hombres de entre quince y cincuenta años se apearían del tren primero, y luego las mujeres, los niños y los ancianos. ¿Podía ser eso?

La respuesta no se hizo esperar. Tan pronto como los hombres más jóvenes hubieron bajado de los vagones —como buenamente se lo permitían las piernas entumecidas después de tantas horas de inmovilidad— y formado una fila junto a la vía del tren, según se les había ordenado, las puertas de los coches volvieron a cerrarse. Tras echar un vistazo, Walter se dio cuenta de que la estación estaba rodeada, principalmente por unos guardias vestidos con un peculiar uniforme y armados con armas automáticas, que resultaron ser lituanos.

En un acto reflejo, quienes se habían quedado en el interior de los vagones alargaron las manos hacia sus maridos, sus hijos y sus hermanos a través de los huecos abiertos entre los maderos. No era tanto un gesto de despedida como una súplica, la desesperada búsqueda del consuelo del tacto. Los hombres de las SS lo vieron y reaccionaron con suma eficacia, moviéndose a lo largo del tren para golpear esas manos extendidas con sus fustas y porras, ya fueran de una abuela desamparada, un niñito azorado o una muchacha recién casada. Finalmente, y no sin esfuerzo, el tren se alejó. Los hombres observaron cómo se perdía en la distancia. Sus familias se habían ido.

Se consolaron pensando que, quizá, después de todo, sus seres queridos iban a ser reasentados. Por lo menos no estaban ahí, aguantando que los SS los colocasen en fila a golpe de porra y fusta, como si fueran animales, mientras les advertían de que estaban a punto de ponerse en marcha y que les quedaba un largo camino por delante.[7]

También les dijeron que, si lo creían oportuno, podían poner sus maletas en un camión y se las entregarían más tarde. Muchos aprovecharon el ofrecimiento, pero no Walter. Él viajaba ligero, solo con una mochila a la espalda. Además, tenía algo de lo que los otros hombres carecían: pese a ser casi el más joven de todos, tenía experiencia. La suficiente para saber que confiar era de necios. ¿No era esa la lección que había aprendido al fiarse de Josef, con el que se había fugado de Nováky? La bolsa se quedaría en manos de la única persona en la que Walter podía confiar: él mismo.

La columna se dirigió hacia la ciudad de Lublin, aunque Walter reparó en que sus captores evitaban tomar las carreteras principales. Los SS preferían ceñirse a las vías secundarias, como para evitar que la procesión —similar a los antiguos desfiles de esclavos y negreros— pudiera ser vista. En cuanto hubieron atravesado Lublin y estuvieron en despoblado, con rumbo hacia el sudeste de la ciudad, los guardias se dejaron de disimulos. Uno de los hombres de las SS vio el reloj de pulsera de Walter y, a punta de pistola, le exigió que se lo diera. Walter obedeció.

Al cabo de un rato, pasaron por delante de una fábrica de ropa. En el patio, alineados, había cientos de prisioneros, quizá un millar, obviamente judíos. Todos iban vestidos igual, con un uniforme de rayas sucias, y hacían cola para que les dieran comida. Walter se quedó observándolos y sintió que se le caía el mundo encima.

El destino de los recién llegados era un espacio concebido en su origen como campo para prisioneros de guerra y conocido en la zona como el «Pequeño Majdan», debido a su proximidad al suburbio de lublinés de Majdan Tatarski. En polaco, Majdanek. Pero su designación oficial era *Konzentrationslager*, «campo de concentración». Claro que eso, como Walter descubriría más adelante, era un eufemismo.

4

Majdanek

Su primera imagen del campo llegó en lo alto de una pequeña elevación desde la que se divisaban las torres de vigilancia, los barracones y la alambrada. Sin embargo, Walter y sus compañeros no vieron a quienes ya estaban ahí presos hasta que las puertas de Majdanek se hubieron abierto. Más que hombres, parecían muertos vivientes. Llevaban la cabeza afeitada y sus cuerpos raquíticos estaban cubiertos con unos uniformes raídos con aquellas rayas macabras. Algunos iban calzados con zuecos de madera, pero otros iban descalzos, con los pies visiblemente hinchados. Walter no sabía quiénes eran ni qué les había ocurrido.

Ninguno de ellos miró a los recién llegados. Sin embargo, sí les hablaron. Uno de los prisioneros se acercó a Walter enseguida para advertirle de que pronto les arrebatarían sus pertenencias. El resto continuaba trabajando —trajinando cosas de un lado para otro, barriendo, cavando—, pero de reojo les preguntaban: «¿Tenéis comida? ¿Lleváis algo en los bolsillos?».[1] Era una rutina aprendida, las palabras les salían sin pensar. Cuando alguien les lanzó un pedazo de comida

—entregársela en mano habría sido demasiado arriesgado—, Walter descubrió por su reacción todo cuanto hacía falta saber sobre la vida en Majdanek. Los prisioneros se abalanzaron sobre las migajas, peleándose entre sí. Parecían gruñir como perros hambrientos. Inmediatamente, los guardias cargaron contra los prisioneros y los golpearon con las porras, pero estos, ajenos a todo, seguían encorvados sobre la comida, como si la posibilidad de disfrutar de un diminuto trozo de pan o queso compensara el dolor.

A Walter y los demás les quedaba poco rato como turistas en Majdanek. Los trasladaron a toda velocidad a través de los distintos sectores del campo, claramente delimitados: uno para las SS, otro para la «administración» y un tercero para los prisioneros, dividido a su vez, mediante alambradas, en cinco secciones o «campos» —Walter estaría en la Sección de Trabajo n.º 2, junto con muchos otros judíos checos y eslovacos—, cada una con una torre de vigilancia en la esquina, y otras dos hileras de alambrada eléctrica rodeando todo el perímetro. Walter reparó en que en aquella cárcel al aire libre, compuesta tan solo por unos tristes barracones de madera, no crecía nada. No se veía ni un árbol. Era como si hubieran quemado la tierra.

El proceso de admisión comenzó enseguida. Primero, tal como le habían advertido, a pesar de que Walter había decidido no confiar en nadie, lo separaron de su mochila. Le ordenaron que la depositara en un barracón identificado como «consigna de equipajes». Lo absurdo de esa denominación —más aún, la burla, el escarnio que suponía para quienes por allí pasaban— resultaba evidente enseguida, incluso para los novatos de Majdanek. Cuando un prisionero dejaba allí su equipaje, le entregaban un resguardo, pero eso no hacía más que exacerbar la mala fe de todo aquel montaje: una vez depositado, ya nadie lo reclamaría nunca.

A continuación pasaban al «baño», aunque eso también era engañoso. Se encontraba en otro barracón, equipado con unas pilas que apestaban a desinfectante. Los nuevos prisioneros recibían la orden de desnudarse y sumergirse en aquella agua pestilente, como si fueran ovejas. A los que titubeaban, los golpeaban con palos.

Luego los esquilaban. En pocos segundos les quitaban todo el pelo de la cabeza. Seguidamente, los hacían ponerse de pie sobre unos taburetes para afeitarles el vello corporal, incluidas las axilas y las partes íntimas. En teoría, la finalidad de todo aquello era prevenir plagas y eliminar los piojos, pero para las SS la operación tenía un beneficio adicional: privaba a los prisioneros de una parte de su humanidad. Por último, les entregaban la ropa: la chaqueta y los pantalones a rayas, los zuecos de madera y la gorra de prisionero de campo de concentración.

Al término de cada fase, Walter se parecía un poco menos a sí mismo. Ahora él y todos los que unas horas antes habían bajado del vagón eran iguales entre sí y se asemejaban un poco más a quienes ya estaban en el campo. Al mismo tiempo, y de un modo extraño, conforme los recién llegados perdían su individualidad, la de los prisioneros veteranos se acentuaba, al menos a ojos de Walter. Poco a poco, iba distinguiendo unos de otros a aquellos espectros rayados. Empezó a reconocer algunos rostros. No eran sombras del inframundo, sino judíos de Eslovaquia, como él: el hijo de un rabino al que Walter había conocido, un maestro de escuela, el dueño de un garaje, un bibliotecario, el hijo de un herrero al que le gustaba impresionar a los demás doblando monedas con los dientes. Todos estaban ahí.

En la puerta de uno de los campos reconoció a Erwin Eisler, su antiguo compañero de estudio en Trnava, el muchacho que había desafiado las reglas y se había quedado ilícitamente un manual de química. Ahora, demacrado, empujaba una carretilla y buscaba comida.[2]

Walter comprobó que había una categoría de presos que ocupaba una zona gris entre los cautivos y los captores. Algunos iban vestidos de manera ligeramente distinta, con una chaqueta o unos pantalones que se apartaban de las rayas reglamentarias, y a menudo lucían en el pecho un triángulo verde, que, como pronto averiguó, en el universo concentracionario identificaba a los presos que no eran judíos —los triángulos de estos eran amarillos—, sino delincuentes comunes. El triángulo rojo identificaba a los presos políticos; el rosa, a los homosexuales; el morado, a los testigos de Jehová. Pero entre los reclusos de aquella categoría, el triángulo era casi siempre de color verde. Eran los *kapos*, quienes, por encargo de las SS, hacían el trabajo sucio de velar por la disciplina, imponiéndola con violencia sobre el resto de los reclusos a la menor provocación o, en ocasiones, sin ni siquiera una razón. Los hombres que habían apaleado a los prisioneros que peleaban por hacerse con los restos de comida de los recién llegados eran *kapos*. A juicio de Walter, lo que les faltaba en rango dentro de la jerarquía nazi lo compensaban en crueldad.

Walter había de encontrarse con otra cara familiar en Majdanek. La de Sammy, su hermano mayor.

Llevaba aún poco tiempo en el campo cuando un amigo, cuyo trabajo consistía en transportar madera de una sección a otra, le dijo que lo había visto, que Sammy, efectivamente, estaba en el campo de al lado.

Costaba creerlo. Walter sabía que sus dos hermanos se encontraban en la misma situación que él, que los habían puesto en la lista de deportación y supuesto reasentamiento. Pero ¿ahí, en el mismo campo que él? Walter tuvo que refrenar el impulso de correr en ese mismo instante hacia la alambrada que separaba ambos campos. Sabía que aquello entrañaba un peligro mortal. Al poco de llegar a Majdanek, había visto a un hombre que trabajaba cerca de la valla y que, enloquecido acaso por la desesperación, había echado a correr súbitamente en dirección a la alambrada. Habría dado apenas unos pasos cuando sonó el disparo. Walter no necesitó que le repitieran la lección: entendió que cualquiera que fuera visto cerca de la valla podía morir en un abrir y cerrar de ojos. Si quería ver a Sammy, tenía que seguir un protocolo que exigía proceder con paciencia.

Para hablar con alguien de otra sección, había que esperar hasta el anochecer, cuando había menos *kapos*. Congregarse junto a la valla era imposible porque habría llamado la atención. En lugar de ello, había que hacer cola lejos de la alambrada, fuera de la vista, y esperar a que le llegara el turno a uno.

El mismo sistema regía en todos los campos, así que Walter pudo ver cómo, al otro lado, a cierta distancia de la valla, iba formándose un pequeño grupo que, como el suyo, esperaba entre las sombras. A pesar de que la luz ya declinaba, alcanzó a verlo: la silueta espigada de su hermano. Se reconocieron al instante. Los dos a la vez levantaron los brazos en señal de saludo.[3]

Pero todavía no era su turno. Walter y Sammy vieron cómo otros dos reclusos se acercaban cautelosamente hasta la verja para conversar unos instantes de manera clandestina. Walter estaba preparado, como un resorte a punto para saltar. Observaba a los dos prisioneros de la alambrada, a la espera del primer indicio de que su conversación hubiera terminado.

Por fin, el que se encontraba en su lado de la valla se apartó un poco. Había llegado el momento. Walter se adelantó y vio que Sammy hacía lo mismo. Enseguida estarían hablando, de hermano a hermano. Ahí, en Majdanek; quién lo hubiera dicho.

Pero, de repente, de un momento para otro, se rompió la tranquilidad de aquel punto de encuentro crepuscular. Una cuadrilla de *kapos* surgió de la nada con las porras en alto y se pusieron a apalear al hombre que acababa de hablar con su amigo. Lo golpearon en la cabeza hasta dejarlo inconsciente. Cual bandada de pájaros que se dispersa al oír un ruido inesperado, quienes habían estado esperando su turno desaparecieron entre las sombras.

Al día siguiente le dijeron a Walter que Sammy había sido trasladado a otro campo. No habría reunión nocturna. De hecho, Walter no volvería a ver a su hermano. Pese a ello, el recuerdo de aquel breve saludo a la luz del crepúsculo, cada uno levantando la mano en dirección al otro, de hermano a hermano, permanecería con él para siempre.

Walter, de diecisiete años, era de los que aprenden rápido, una cualidad necesaria en un campo de concentración, donde el periodo de transición se medía en segundos. La orientación, aparte de las breves instrucciones que el *Oberkapo* —el jefe de los *kapos*, pero aun así un cero a la izquierda a ojos de los verdaderos amos de Majdanek— les había ladrado el primer día, había sido casi nula. El *Oberkapo* había explicado a Walter y al resto de los recién llegados cómo funcionaba el ritual del *Appell*, el recuento, que tenía lugar dos veces al día, por la mañana y por la tarde: debían reunirse en una plaza situada en el centro del área de prisioneros, rodeada por los distintos campos, y formar en filas de diez. Cuando se acercaba algún miembro de las SS, había que quitarse la gorra, y cuando se alejaba, había que volver a ponérsela. Estuvieron practicando varias horas bajo una lluvia torrencial. Aparte de eso, estaba prohibido mover ni un músculo, so pena de muerte. El más leve error o alteración del orden se castigaba con una paliza.

Así pues, Walter conocía ya dos de las múltiples formas en que uno podía morir en Majdanek. Podían pegarte un tiro o apalearte hasta la muerte. Pero también había otras maneras. Los barracones estaban tan mal construidos, eran tan endebles, tan fríos y estaban tan sobreocupados —a veces hasta mil personas en tugurios pensados para albergar a doscientas o menos— que era fácil enfermar.[4] Algunos barracones no tenían cristales en las ventanas; muchos ni siquiera disponían de literas y los internos tenían que dormir en el suelo. Las camas eran poco más que largos tableros colocados unos sobre otros que se extendían a lo largo de todo el barracón, supuestamente formando literas de tres pisos.

La ropa y los medicamentos escaseaban, y los reclusos carecían incluso de las instalaciones sanitarias más básicas: no había dónde asearse o lavar la ropa; tampoco sistema de aguas residuales; los pozos negros, totalmente destapados, hacían las veces de letrinas durante el día, y en cada barracón había unos contenedores grandes de madera que por la noche servían como retretes comunitarios. Walter descubriría enseguida que la disentería campaba por sus respetos. Aunque la enfermedad de por sí no matase, contraerla suponía una sentencia de muerte, ya que impedía trabajar. Y quien no podía trabajar era hombre muerto.

Algunos plantaban cara a la enfermedad acudiendo a trabajar como si estuvieran sanos, pero acababan haciéndoselo todo encima.[5] Walter recordaba la suerte de cierto prisionero llamado Eckstein, un rabino de la ciudad eslovaca de Sered', que se había contagiado. Un día se presentó al recuento con unos cuantos minutos de retraso. Sus captores no podían tolerarlo. El oficial de las SS a cargo ordenó a sus hombres que aprehendieran al rabino y lo sumergieran de cabeza en una de las letrinas, hundiéndole la cara en las aguas residuales. Después, él mismo le arrojó agua fría por encima, como para limpiarlo. Hecho esto, el oficial desenfundó su revólver y mató al rabino de un disparo.[6]

Las enfermedades eran frecuentes y apenas había comida ni agua. Por la mañana se despertaban a las cinco o las seis y, antes del recuento, tomaban un café de achicoria o una infusión de hierbas. Por la noche, quizá un cuarto de kilo de pan con mermelada o un tosco sucedáneo de mantequilla, grasa artificial de la peor calidad que deglutían acompañándola con el mismo brebaje que habían tomado al principio del día.[7] Dos veces por semana podía ser que les sirvieran una rodaja de salchicha de caballo o remolacha. Con razón Erwin estaba tan esquelético.

A la vista de todo eso, Walter no debería haberse sorprendido al reparar en cierto aspecto del recuento matutino al que el *Oberkapo* no se había referido en la sesión informativa. Pero se sorprendió. Mientras que él y los demás hacían lo posible por formar en filas de diez cuidadosamente dispuestas, como les habían ordenado, había otra categoría de prisioneros que estaba exenta de hacerlo. Eran los muertos, que yacían amontonados en una pila detrás de los vivos y a los cuales se pasaba lista de manera igualmente metódica antes de trasladar sus cuerpos al crematorio para incinerarlos. Eran los hombres que habían fallecido durante la noche, ya fuera debido al hambre, a la violencia o a algo menos visible, como la falta de voluntad para vivir, que era como una luz que apagaba poco a poco. Walter se esforzaba por contabilizar los muertos y recordar su número, como si llevara una lista. Se convirtió en una costumbre.

Tras el recuento, tocaba trabajar, casi siempre en tareas agotadoras. El trabajo, como Walter comprendió enseguida, era la vida. Ese era el mensaje que machaconamente les metían en la cabeza obligándolos a cantar una y otra vez la canción del campo —que había tenido que aprenderse durante los primeros días en Majdanek—, de pie durante horas, incluso después de todo un día de trabajo extenuante, cosa que requería un enorme esfuerzo físico.[8] Una vez memorizada, la letra se le quedó grabada a Walter durante mucho tiempo. No podía quitársela de la cabeza:

Aus ganz Europa kamen, wir Juden nach Lublin.
Viel Arbeit gibt's zu leisten, und dies ist der Beginn.
[De toda Europa vinimos los judíos a Lublin.
Mucho trabajo queda por hacer, y esto es solo el principio].

Para algunos, trabajar significaba que los *kapos* los llevasen a pie fuera de Majdanek, a las fábricas y plantas industriales de los alrededores. Walter observaba a los hombres que abandonaban el campo, con ese himno a la nobleza del trabajo resonando en sus oídos, hasta que cierta idea empezó a arraigar en su cabeza, una idea que no crecería y maduraría hasta mucho más tarde.

A Walter no se le permitía tomar parte de esas salidas. Su trabajo tenía lugar en el interior del campamento y consistía en acarrear ladrillos y madera a toda velocidad, siempre bajo la presión de los *kapos*, que golpeaban a cualquiera que dejase de correr.

De modo, pues, que aquel día del verano de 1942, Walter Rosenberg se convirtió en uno de los trece mil varones judíos eslovacos enviados a Majdanek para trabajar como esclavos. Lo que nadie sabía era qué estaban construyendo él y el resto de los prisioneros. Nadie se lo había dicho.

Como es obvio, nunca dejó de pensar en fugarse. Estaba totalmente decidido a hacerlo, pero era evidente que se podía hacer bien o se podía hacer mal. La suerte de aquel hombre que había salido corriendo hacia la valla confirmaba que el mero hecho de ser sospechoso de intentar escapar constituía un delito capital. Después de eso, Walter ni siquiera se acercaba a la barrera, por si alguien creía que intentaba fugarse. Para escapar de Majdanek iba a necesitar mucha más imaginación que para fugarse de Nováky.

La oportunidad se presentó antes de lo esperado. Un día oyó a un *kapo* que iba por los barracones gritando que hacían falta cuatrocientos voluntarios para realizar tareas agrícolas.

Walter no se lo pensó dos veces. Trabajar en el campo abría un mundo de posibilidades. Significaba salir del recinto, probablemente en algún medio de transporte, a lo mejor un tren. Todo eso eran opciones. El trabajo podía ser al aire libre, lejos de la estrecha vigilancia a la que los sometían en el campo. En esas condiciones, la fuga era algo cuando menos concebible. Del millar de hombres que se ofrecieron voluntarios, Walter fue de los primeros.

—Pronto me iré del campo —le comentó con un dejo de orgullo a uno de los prisioneros más veteranos—. El tren saldrá dentro de unos días.[9]

El otro, un preso político checo, le dio una patada.

—¿Estás loco? ¿Sabes adónde va ese tren?

—No —respondió Walter, soltando la carga que llevaba.

—Escúchame bien, idiota. Yo he estado en Dachau, que ya era bastante horrible.

Le explicó a Walter que en Dachau, cuando las SS querían castigar de verdad a alguien, lo enviaban adonde se dirigía ese tren. El checo insistió: Walter estaba a punto de cometer un grave error.

—Si vas, te puedes dar por muerto —sentenció.[10]

Pero la suerte estaba echada. A Walter, el destino del tren lo traía sin cuidado. Lo importante era salir de Majdanek y la posibilidad de escapar que representaba. Tal como le dijo a su camarada:

—Cualquier cosa será mejor que este lugar de mala muerte.

Cuando llegó el día de partir, Walter buscó al checo para despedirse. En lugar de desearle suerte, el otro se limitó a decirle:

—Lo lamentarás.[11]

Después de eso, Walter se puso en fila con el resto de los voluntarios mientras les decían que se despojaran de los uniformes rayados y se vistieran con ropa de calle. Les entregaron pantalones, chaqueta, camisa y gorra, todo desconjuntado y de la talla equivocada. Walter miró la ropa y se preguntó quién la habría llevado antes. Podía haber pertenecido a cualquiera de los cuatrocientos voluntarios, o a alguno de los reclusos a los que ahora iban a dejar atrás. Podía ser incluso la ropa de los muertos, aquellos cuyos cuerpos se apilaban y contabilizaban cada mañana a la hora del recuento.

Walter entendió enseguida por qué era necesario ese cambio de vestuario. Estaban a punto de dirigirse a la estación de Lublin, es decir, que había que volver a atravesar las calles de la ciudad. Era evidente que los hombres de las SS no querían que los lublineses vieran en qué condiciones vivían los esclavos. De ahí las gorras, para cubrir sus cabezas afeitadas.

Sea como fuere, la ropa era de verdad y tanto Walter como los demás se alegraban de poder llevarla. Gracias a eso, se les hizo menos pesado esperar de pie a que los guardias terminaran de revisarlos y registrarlos, operación que se prolongó varias horas. Finalmente, se formó una columna, los hombres de las SS tomaron posiciones a ambos lados y emprendieron la marcha. Después de solo doce días en Majdanek, Walter ya se iba. Era una mañana agradable de finales de junio y el muchacho estaba concentrado en lo que le esperaba: la posibilidad de un cambio; y, por encima de todo, la posibilidad de fugarse.

Nada más llegar a la estación de Lublin, como si le hubiera leído la mente, el oficial de las SS a cargo se dirigió a Walter y a sus futuros compañeros de trabajo. Explicó que les darían comida para el viaje, pero que debían administrársela porque no tenía ni idea de cuánto tiempo podía durar el trayecto.

—Y recordad —añadió— que es inútil intentar escapar.

Naturalmente, eso solo hizo que Walter se obsesionara más con la idea. En cuanto las pesadas puertas del vagón de ganado se hubieron cerrado y el tren se puso en marcha, empezó a buscar vulnerabilidades en las defensas del enemigo. Antes incluso de eso, mientras los introducían en el convoy, ya se había puesto a buscar a un posible cómplice.

Quiso la suerte que encontrara una cara conocida, un antiguo veterano de Nováky. Se llamaba Josef Erdelyi y, además, compartían otro vínculo: Walter había ido al colegio con la novia de Josef.

Walter, que había aprendido a calar rápidamente a las

personas, enseguida determinó que Josef era un tipo decente y que se podía confiar en él: después de la experiencia con el otro Josef, el enamorado de Topol'čany, Walter tenía claro que esa era la única cualidad indispensable. Nada más susurrarle la palabra *fuga*, Josef se mostró receptivo. Ambos se pusieron a examinar el vagón con atención. La ventana estaba enrejada, pero el suelo ofrecía posibilidades. Si conseguían abrir un agujero en él, podían esperar a que el tren redujera la velocidad para pasar a través del hueco y escapar. Acordaron no hacer nada hasta que hubiera anochecido. La huida sería más fácil al amparo de la oscuridad.

Esa esperanza no tardó en desvanecerse. En la primera parada, después de veinticuatro horas de viaje, las puertas se abrieron y el oficial de las SS a cargo ladró nuevas instrucciones. Se haría un recuento en esa y en el resto de las paradas. Como faltase alguien, diez de los hombres de su vagón serían fusilados.

Imposible seguir adelante con el plan. Una cosa era arriesgar su vida, pero ¿arriesgar la vida de otros diez hombres? No. Y si algo había aprendido Walter en esos últimos meses era que las SS no amenazaban en vano.

Pasaron otras treinta y seis horas metidos en el vagón de ganado. El viaje seguía la misma pauta que el que había llevado a Walter de Nováky a Majdanek menos de quince días antes. La ración inicial de comida —algo de pan, mermelada y salami— se agotó junto con la poca agua que les habían dado. La sed era tan intensa como la vez anterior, quizá incluso más, dado el calor sofocante de un vagón en el que se hacinaban ochenta hombres adultos. Como entonces, era imposible aliviar la sed: el tren se detenía fuera de las estaciones, donde ni siquiera había nada que beber. Cada vez que hacían un alto, Walter y sus compañeros de cautiverio tenían que ver cómo los hombres de las SS bebían de sus cantimploras, que parecían rebosantes de agua fresca.

Finalmente, el tren se detuvo en su destino. Walter echó una ojeada a través de una ranura entre las puertas del vagón. Vio unas torres de vigilancia que parecían bastante familiares, pero también unos edificios de ladrillo que nada tenían que ver con los primitivos galpones de madera de Majdanek.[12]

Se abrieron las puertas y los SS sacaron a los prisioneros del tren y los pusieron en fila. Cuando les pareció oportuno, les ordenaron ponerse en marcha.

Walter notó otra diferencia. Caminaban por una carretera asfaltada, no por un camino de tierra como el de Majdanek. Lo más llamativo eran los árboles y arbustos, cuya imagen era muy bienvenida después de la desolación de aquel campo a las afueras de Lublin.

Algo parecido al optimismo se alojó en su corazón esa tarde de verano, mientras caminaban hacia ese misterioso lugar. La sensación no se diluyó ni siquiera al ver el haz lumínico del reflector situado a la entrada del campo, que enfocaba a un pelotón de las SS que aguardaban con un arma en una mano y, en la otra, la correa de un pastor alemán. El optimismo de Walter se vio reforzado al pasar por el patio limpio y bien cuidado y las altas puertas dobles que custodiaban el lugar, sobre las cuales se leía un sencillo lema consistente en tres palabras: «*Arbeit macht frei*» («El trabajo os hace libres»). Si los habían llevado allí para trabajar, no había por qué preocuparse. Él era joven y estaba en forma;

sin duda podría trabajar. Gracias a Dios, había hecho caso omiso de los consejos del tipo que no quería que saliera de Majdanek. La fortuna parecía sonreírle.

Eran las nueve de la noche del 30 de junio de 1942. Y Walter Rosenberg acababa de llegar a Auschwitz.

Parte II

El campo

5

«Éramos esclavos»

Walter Rosenberg se fijó en las dos hileras de postes de hormigón blanco, equipados todos con aisladores de porcelana y unidos por lo que parecían cables de alta tensión, y dedujo que el campo estaba rodeado por una doble alambrada eléctrica. Vio las torres de vigilancia, en cada una de las cuales estaba apostado un SS con las manos en una ametralladora montada sobre un soporte; vio el reflector que en todo momento barría el campo tras ponerse el sol; y vio los perros altamente disciplinados que acompañaban a sus amos de las SS.[1] Lo observó todo con detenimiento y se preguntó qué secreto se guardaba en ese lugar para que fuera tan imperativo evitar que nadie se evadiera.[2]

Esa primera noche, Walter todavía tenía motivos para creer que aquello suponía una mejora con respecto a la suciedad y el caos de Majdanek. Los barracones no solo eran sólidos —edificados con ladrillo, con varias alturas y del tamaño de una escuela de secundaria—, sino que cada uno tenía su propio número, indicado junto a la puerta con un cartel y un farol eléctrico.

Ya estaba oscuro cuando los enviaron al bloque 16 y los hicieron bajar al sótano. Allí recibieron unas breves instrucciones del jefe de bloque, un *kapo* que llevaba el distintivo triángulo verde de los criminales (resultó ser un asesino convicto). El *kapo* advirtió a los recién llegados que, por mucha sed que tuvieran, no debían beber el agua del grifo que había en la pared: era la manera más rápida de contraer disentería. Walter memorizó bien el consejo. Esa noche durmió en el suelo.

Al día siguiente se despertaron a las cinco de la madrugada y se prepararon para el *Appell*, que tendría lugar a las seis. Como ya sabía de Majdanek, el recuento incluía tanto a los vivos como a los muertos, categoría esta última que abarcaba también a los moribundos. Si todas las cifras cuadraban y no había desaparecidos ni prófugos aparentes, el recuento se daba por concluido y los cadáveres podían retirarse. Cada cuerpo era transportado por un prisionero que se lo cargaba a la espalda, con la cabeza sin vida colgando sobre el hombro. Cuando Walter los veía alejarse con paso cansino, pensaba que parecían monstruos de dos cabezas. Era como si el prisionero y el cadáver se hubieran fusionado y arrastraran los pies despacio en dirección a la morgue: se hacía difícil distinguir quién era el vivo y quién el muerto, dado que ambos eran apenas piel y hueso.[3]

A él y al resto de los compañeros, alineados con sus ropas de civiles, se les hizo extraño ver que los reclusos acudían a realizar trabajos forzados y que ellos se quedaban allí. Los dejaron deambular por el campo, o al menos por las partes al aire libre, mientras se preguntaban qué sentido tenía todo aquello. No fue hasta el día siguiente cuando los sometieron al ritual de admisión, una réplica del proceso por el que Walter había pasado dos semanas antes en Majdanek.

Lo primero fue una visita forzosa a las duchas. Los *kapos* metieron a palo limpio a cuatrocientos hombres en una sala pensada para treinta como máximo, y después volvieron a sacarlos a golpes y patadas hasta dejarlos desnudos y de pie en el frío. Todavía sin ropa y temblando, los enviaron a hacer cola para que les tatuasen su número de Auschwitz. Dos prisioneros cualesquiera hacían de secretarios e iban anotando el nombre y lugar de nacimiento de cada recluso: a Walter lo inscribieron como nacido en Pressburg, el antiguo nombre austrohúngaro de Bratislava. En cuanto a su profesión, declaró que era cerrajero, adoptando así el oficio de aquel hombre que, sin ser exactamente su padrastro, frecuentaba a su madre. Hecho esto, llegó el momento del marcaje. Hasta poco antes, para tatuar a los reclusos, uno de los prisioneros los apoyaba contra la pared y a continuación apretaba un punzón especial —una especie de sello con números de metal— en el lado izquierdo del pecho, justo debajo de la clavícula.[4] Esto a menudo se hacía con tal brutalidad que muchos deportados se desmayaban.[5] Ese día, sin embargo, a Walter lo dejaron elegir. Podían marcarlo en la parte interior o exterior del antebrazo derecho o izquierdo. Walter eligió la parte exterior del antebrazo izquierdo, donde la marca fuera bien visible, y así se hizo. Durante los dos años y medio siguientes, no volvió a utilizar oficialmente su nombre. A partir de ese día, se llamó 44 070. Pronto aprendería hasta qué punto los números eran importantes en Auschwitz, cómo un número bajo y «viejo»[6] te marcaba como veterano y te acercaba a la élite jerárquica del campo, cuyas disposiciones y privilegios los internos observaban con escrupulosidad.

Por fin, les dieron ropa. Les quitaron la de civil, para no devolvérsela, y les hicieron ponerse el ya familiar uniforme de tela basta con el patrón de rayas grises y blancas. Walter sería una cebra humana como los demás. Aun así, al ponerse la túnica-camisa —con su número cosido junto al símbolo habitual de los reclusos judíos, una estrella formada por dos triángulos, uno rojo de preso político y otro amarillo—,[7] los pantalones, la gorra holgada y los zuecos de madera, sintió cierto alivio, y no solo por el hecho de que ya no estaba expuesto a los elementos. También le gustaba saber que ahora era indistinguible del resto de la manada, al menos a primer golpe de vista; que si se esforzaba, podía fundirse inadvertidamente entre la multitud. Desaparecer equivalía, a su manera, a una especie de evasión.

Pero era imposible evadirse de la muerte. La veía en el rostro de quienes salían a trabajar, en ordenadas filas de cinco y columnas de cien, nada más acabar el recuento. Había algo extraño en la forma de caminar de muchos, que, marionetas más que humanos, se movían con ademán desmañado y espasmódico esforzándose por no quedarse atrás. Al salir, eran inspeccionados bajo la supervisión de alguien a quien Walter llegaría a temer por su especial brutalidad, el *SS-Oberscharführer* Jakob Fries, un hombre increíblemente alto, como una montaña, de rostro ancho y ojos despiadados, armado siempre con un garrote casi tan grande como él. Su tarea consistía en apartar a los que estuvieran demasiado débiles para trabajar. Su método favorito consistía en poner a prueba su fuerza con el garrote o con la bota: si podían resistir el golpe o la patada, les permitía seguir trabajando; si no, su destino quedaba sellado.

Había un término para referirse a esos hombres acabados, y Walter lo aprendió enseguida. A los muertos vivientes, los esqueletos ambulantes de la cabeza gacha y los ojos hundidos, se los conocía en el campo como *Muselmänner*: no hombres cuyos músculos y carne se habían consumido y que expiraban a ojos vistas, seres a los que el aliento de la vida abandonaba lenta, pero inexorablemente.[8] Y, sin embargo, en algunos latía aún la voluntad de sobrevivir. Antes de una inspección, no era raro ver a dos *Muselmänner* dándose bofetadas en la cara para enrojecerse las mejillas y fingir vitalidad.[9] Walter observaba cómo aquellos a los que Fries consideraba no aptos regresaban tambaleándose al campo donde, con un poco de suerte, les asignaban alguna tarea que pudieran realizar, quizá en el aserradero. Si no, los enviaban al hospital del campo. Eso, como Walter averiguó enseguida, era tanto como una sentencia de muerte.

La muerte asomaba por todas partes. Aquel primer día, Walter vio a una cuadrilla de prisioneros que cargaba un carro con lo que serían doscientos cadáveres, apilándolos como reses muertas en el carro de un carnicero. Cerca había un par de prisioneros a los que reconoció de Trnava.

—¿Qué está pasando aquí? —le preguntó a uno señalando a los muertos.

—Es la cosecha de hoy —respondió el otro sin aparentar ningún tipo de emoción.[10]

Eran los cadáveres de quienes habían expirado la noche anterior, ya fuera por una paliza, por el hambre o por alguna enfermedad. Había que llevarse sus cuerpos y quemarlos. A Walter no le cupo duda de que lo que acababa de ver era algo cotidiano.

Gracias a esos dos prisioneros, Walter averiguó también otra cosa, algo importante que no había de olvidar. Tenía que ver con el destino del resto de los hombres que habían llegado con esa pareja de reclusos en un cargamento procedente de Trnava. Al principio eran seiscientos y ahora no quedaban más que diez: ellos dos, Otto y Ariel, y otros ocho. Al resto les habían encomendado una tarea espantosa: la de quemar los cuerpos de los prisioneros de guerra soviéticos asesinados por las SS. Poco después, los que habían sobrevivido a ese suplicio habían sido ejecutados, explicó Otto, «porque sabían demasiado».[11]

Walter oía historias como esa de manera fragmentaria y las iba reconstruyendo poco a poco, con el tiempo. En aquellos primeros días en Auschwitz, lo único que sabía era que había que mantenerse fuerte y en forma —ahora se alegraba de haber pasado tanto tiempo jugando al fútbol en el orfanato— y que trabajar era un requisito para sobrevivir.

Inicialmente lo asignaron al almacén de alimentos de las SS, pero eso no duró mucho. Tanto él como Josef pasarían por múltiples cuadrillas de trabajo. El primer sitio al que los trasladaron fue a Buna.[12]

Buna iba a ser un gigantesco *Industriekomplex*, una red planificada de fábricas y plantas industriales que ocuparía un área mucho mayor que la resultante de la unión del campo principal de Auschwitz y el aledaño Birkenau, conocido como Auschwitz II. *Buna* era el nombre del producto que allí se fabricaría: un caucho sintético que se consideraba necesario para el esfuerzo bélico. Pero primero había que construir las plantas, y eso se haría utilizando mano de obra esclava. Ahí es donde entraban Walter y Josef.

Los despertaron a las tres de la madrugada, demasiado temprano para el recuento. Un *kapo* alemán con triángulo verde les aconsejó que, a partir de entonces, consumieran solo la mitad de su asignación nocturna de pan y que guardaran el resto para la mañana siguiente, ya que no les darían de comer hasta el mediodía e iban a necesitarla. «Vais a trabajar como no habéis trabajado en vuestra vida», les dijo.[13] Pero antes, tenían una pesada marcha por delante. Walter, Josef y los demás se colocaron en la ya consabida formación de cinco por cien hombres, pasaron frente a la mirada escrutadora del *Oberscharführer* Fries y cruzaron la puerta.

La primera vez que Walter salió por aquella puerta, en cuanto vio alzarse la segunda barrera de color blanco y negro, se permitió pensar fugazmente en huir. El mero hecho de salir así del recinto quería decir que, al menos en teoría, era posible. Sin embargo, ese consuelo se disipó el día que subió a uno de los pisos más altos del edificio que albergaba el almacén de alimentos de las SS.[14] Desde ahí se veía que incluso la parte exterior de Auschwitz tenía su propio perímetro, formado por una hilera de torres de vigilancia muy similares a las que había en el interior del campo: unas estructuras con ventanas en tres de sus lados y el cuarto lado abierto para el SS que manejaba la ametralladora. Walter comprendió que el campo había sido diseñado de tal modo que cualquiera que intentara cruzar la valla exterior pudiera ser visto al instante desde aquellos nidos de cuervo. Antes de que pudiera acercarse lo habrían acribillado.

Por lo tanto, aquel día que Walter, Josef y los demás se adentraron a oscuras en lo desconocido no había motivo alguno para sentirse optimista; no cabía la menor esperanza de que pudieran encontrar una brecha en las defensas nazis. Solo había miedo.

Llegaron a una vía férrea. Allí esperaron hasta que un largo tren de mercancías —compuesto por unos setenta u ochenta vagones— se detuvo. De repente, los hombres de las SS empezaron a utilizar las porras y los perros, y a amenazar con las armas automáticas para que el grupo se metiera en los vagones. La presión era asfixiante. El furgón estaba dividido en dos partes, una para lo que Walter calculaba que serían un centenar de prisioneros,[15] y la otra para el *kapo* y tres o cuatro de sus esbirros.[16] La última vez que a Walter lo habían metido a empujones y puntapiés en un vagón de ganado como ese, su primer instinto había sido buscar una abertura, una trampilla, alguna vía de escape. Ahora ya no tenía esos pensamientos. Su único objetivo era sobrevivir.

El viaje fue horroroso. Estaban tan apelotonados que el olor a sangre, sudor y heces le provocaba arcadas. Uno de los hombres que tenía cerca se sujetaba el brazo que le había roto un *kapo*; otro tenía disentería. Walter estaba desesperado por salir de ese tren.

Pero ni siquiera eso supuso un alivio. No bien se hubieron abierto las puertas del vagón, Walter comprendió que lo que había soportado hasta entonces no era nada comparado con lo que se avecinaba. Los *kapos* estaban coléricos y, a golpe de porra y fusta, hacían caminar a los prisioneros a un paso frenético mientras les gritaban: «¡Más rápido, cabrones!». Los hombres de las SS, armados con fusiles y pastores alemanes, parecían estar de un humor similar y repartían patadas entre los *kapos* si no se movían con suficiente rapidez.

Walter vio cómo, justo delante de él, un *kapo* daba un porrazo a un hombre que había cometido el error de tropezar. El golpe hizo que el hombre trastabillara y se saliera de la fila, ante lo cual un oficial de las SS decidió pegarle un tiro. El disparo falló y mató al prisionero que se encontraba al lado de su objetivo. Después de eso, uno de los *kapos* ordenó al prisionero que había tropezado que recogiera el cadáver y lo llevara a cuestas.

—¡Esto no es un cementerio! —le gritó.

Esa era la pauta. Hombres hambrientos y privados de sueño, azotados como si fueran bestias de carga bajo el caluroso sol del verano, obligados a usar unas fuerzas que no tenían para caminar cada vez más deprisa. La caminata fue de algo más de tres kilómetros, aunque pareció mucho más larga. En torno a las ocho de la mañana, sin comer ni beber nada desde que los habían despertado cinco horas antes,[17] llegaron por fin a los terrenos en construcción.

Walter presenció una estampa diabólica. A primera vista, era lo que cabía esperar: hormigoneras, vigas de hierro, madera, postes de hormigón, barras metálicas, estructuras a medio terminar a la espera de ser rellenadas. Alrededor, sin embargo, la gente corría de un lado para otro a un ritmo anormal, como en una película reproducida al doble o triple de velocidad.

Los prisioneros, sometidos a un hostigamiento constante, hacían eses entre los *kapos*, que les daban patadas o los golpeaban con porras y tubos de metal si bajaban el ritmo,[18] y los hombres de las SS, que disparaban a la más mínima provocación. La tensión no aflojaba ni un instante, en el aire restallaba el sonido de los balazos y los azotes que laceraban la carne humana, los prisioneros caían muertos y, aun así, los *kapos* exigían a los vivos que se movieran más deprisa.

El trabajo de Walter consistía en trasladar sacos de cemento. Le echaban un saco sobre la espalda y tenía que moverse lo más rápido posible entre las hileras de *kapos*, que cada diez o quince metros lo azotaban, lo golpeaban y lo increpaban para que corriera cada vez más. Walter veía cómo sus compañeros caían y los *kapos* les reventaban el cráneo, dejando en el suelo un cadáver con el que Walter debía tener cuidado de no tropezar. Una vez en la hormigonera, no había tiempo para descansar. Había que volver a paso ligero para recoger otro saco. Y luego otro, y otro. Y así, durante horas, bajo el calor y el polvo, sin comer ni beber ni hacer pausas.

Esa era la manera de trabajar en Buna, donde unos hombres tiranizados y embrutecidos intentaban cumplir un plazo imposible y muchos se desplomaban al suelo debido al hambre y al agotamiento, cuando no a las balas o los garrotazos de sus amos.[19]

Aunque Walter apenas tenía tiempo de levantar la vista, no pudo dejar de fijarse en otro elemento dentro de ese cuadro ya de por sí demencial, un elemento que elevaba la crueldad directamente a la categoría de lo surrealista. Y es que los prisioneros y sus torturadores no eran los únicos actores de ese drama. Entre ellos se encontraban algunos civiles: hombres trajeados y equipados con cuadernos y reglas plegables, como un equipo de distinguidos arquitectos ocupados en inspeccionar la construcción de un nuevo edificio de oficinas o una sala de conciertos. Esos hombres, que parecían no verlos —de hecho, era como si su mirada pasara a través de ellos, incluso cuando caminaban por una zona sembrada de cadáveres—, no eran oficiales de las SS ni *kapos*, sino ingenieros y gerentes del titular de los terrenos, el conglomerado industrial alemán IG Farben.

Al cabo de cuatro horas, sonó un silbato y Walter pudo parar. Josef estaba cerca, postrado en el suelo, con la cabeza entre las rodillas. Era mediodía y apareció la comida. Una especie de sopa, la misma de todos los días, hecha a base de patata o nabo,[20] servida en un cuenco de más o menos un litro, para compartir entre cinco personas. No había cucharas.[21] Es decir, que unos hombres desesperados, famélicos por el trabajo y sedientos por el calor habían de tener la disciplina suficiente para no engullir más que los dos o tres bocados que les correspondían. Después de la sopa, más de lo mismo: un cuenco entre cinco, esta vez con un sucedáneo de té.

La sed acumulada a lo largo de la mañana se dejaba sentir. Había un grifo, pero a los prisioneros les habían advertido de que también estaba infectado. Quien bebiera de él, moriría. Pese a todo, algunos no pudieron aguantar más y bebieron de la fuente contaminada.[22] Al poco tiempo fallecieron.

A la una de la tarde, el silbato volvía a sonar y de algún modo, de algún lugar, tenían que sacar fuerzas para reanudar el trabajo. No todos eran capaces. Algunos se quedaban tendidos en el suelo, donde los *kapos* les daban una buena patada o un porrazo para ver si el agotamiento era fingido. A menudo era algo más que simple cansancio; no podían moverse porque estaban muertos.

Walter y Josef tuvieron suerte. Fueron reclutados por un civil francés que los quería para una tarea menos extenuante: doblar barras de metal para formar armaduras que luego se revestirían con hormigón. El francés les explicó que su parcela tenía unos cuarenta metros cuadrados y que dentro de ella era él quien mandaba. Ahora bien, si Walter o Josef se salían de sus límites, él no podía hacer nada: quedarían a merced de los *kapos* y los SS.

Walter se lo creyó porque ya había visto que gran parte de los terrenos de Buna estaban parcelados en sectores más pequeños, de unos diez metros por diez, cada uno de ellos vigilado por un hombre de las SS armado. Quien pusiera aunque fuese un pie fuera de su sector durante las horas de trabajo recibía un tiro sin previo aviso por «intento de fuga».[23] Esto era motivo de gran diversión para los oficiales de las SS y sus subordinados. Un *kapo* cogía el sombrero de un prisionero, lo lanzaba por encima de la cerca perimetral de los diez metros y le decía: «Corre a buscarlo».[24] Si el prisionero se negaba, los *kapos* lo apaleaban por desobedecer sus órdenes; si hacía lo que le decían, los SS le pegaban un tiro.

Gracias a su patrón, Walter y su amigo se libraron de ese trato. Cuando al atardecer sonaba el silbato que anunciaba el final de la jornada, solo hacía falta ver el estado del resto del grupo para darse cuenta de lo afortunados que habían sido. Los vivos caminaban hombro con hombro con los muertos y los moribundos. Las reglas de Auschwitz exigían que toda cuadrilla de cien personas que abandonara el campo principal debía tener el mismo número de miembros al regresar. Eso significaba que quienes habían sobrevivido a la jornada en Buna tenían que llevar de vuelta consigo a quienes no habían aguantado: cada cadáver era cargado a hombros por dos prisioneros, a la manera de una alfombra enrollada.[25] Contar se había convertido en una costumbre, y Walter hizo un cálculo rápido. Según sus cuentas, cada grupo de cien personas incluía entre cinco y diez cadáveres.[26]

Muertos y moribundos también tenían que estar presentes para el recuento vespertino que seguía a la jornada de trabajo. A quienes no podían tenerse en pie, los apilaban en el suelo en montones de diez. Para ello se seguía siempre el mismo método: se colocaba el primer cadáver, el de abajo, con las piernas separadas, de tal modo que el segundo pudiera colocarse encima, pero en sentido contrario, con la cabeza entre las piernas del primero. A continuación, se separaban las piernas del segundo para colocar a un tercero encima, orientado en la misma dirección que el primero, es decir, con la cabeza entre las piernas del de abajo. Así, cada pila era fácil de contar —cinco cabezas por un lado, cinco por el otro—,[27] lo cual facilitaba considerablemente el trabajo de los SS, que solo tenían que considerar cada pila como una unidad de diez. El sistema no dejaba de ser un reflejo del que se utilizaba para contar a los vivos, que también se alineaban en filas de diez, de suerte que el oficial de las SS pudiera contarlos rápidamente. Contar un barracón en el que se alojasen, pongamos, 953 personas requería apenas un minuto: noventa y dos filas de vivos, más tres en la última fila, más tres pilas de muertos. Fácil.

Una vez hecho esto, se hacía sonar un gong que indicaba que nadie debía moverse. Al que se movía le pegaban un tiro. Entonces, aprovechando la quietud del campo, un segundo equipo de SS repasaba las cuentas de cada barracón para luego trasladarle esas cifras al comandante del campo, que esperaba sentado ante una mesa junto al bloque de la cocina. Su equipo de supervisores sumaba las cifras y comunicaba el número de prisioneros presentes en el campo. No se especificaba cuántos estaban muertos y cuántos vivos.[28] Esto se hacía cada mañana y cada tarde, todos los días.

Quizá porque eran jóvenes, quizá porque, gracias a su protector francés, el trabajo que hacían en Buna era más liviano que el de otros, Josef y Walter aguantaron un mes o más en un lugar que devoraba a casi todos los que entraban en él. Según sus cálculos, de la columna inicial de cien hombres que había marchado hacia Buna aquel primer día, ellos dos eran los únicos que habían sobrevivido.

Eso quiere decir que seguían vivos cuando se suspendió temporalmente el traslado diario de trabajadores a Buna a raíz de un brote de tifus, que por lo visto tenía su origen en el campo de mujeres.[29] Los prisioneros que de algún modo habían soportado aquel trabajo agotador, el hambre y la brutalidad de los *kapos* sucumbían ahora a la enfermedad. La tasa de mortalidad en Buna, que ya era alta, iba en aumento; las autoridades temían que los empleados civiles de IG Farben pudieran contagiarse. Walter, Josef y los demás fueron reasignados. Su nuevo lugar de trabajo fueron las graveras.

Situadas justo fuera del perímetro, se trataba de unas canteras naturales, abundantes en grava, a las que las autoridades de Auschwitz habían encontrado un uso. La grava se utilizaba para fabricar los postes de hormigón del campo. Extraerla no era fácil, pero para eso estaban los esclavos judíos, incluido Walter.

Los pozos de grava eran tan profundos que, aun de pie, la cabeza de los prisioneros quedaba por debajo del nivel del suelo. Desde ahí, debían cargar la grava a paladas en un carro tirado por un caballo que esperaba al borde del pozo. La labor era dura por múltiples motivos. Para los prisioneros, débiles de inanición, el mero hecho de levantar la pesada pala era un suplicio. Y no bastaba con levantarla. Los presos tenían que levantarla por encima de la cabeza si querían tener al menos la posibilidad de cargar la grava en la plataforma del carro. El problema era que la grava estaba impregnada de agua, lo que no solo incrementaba su peso, sino que hacía que los reclusos se empapasen cada vez que echaban una palada. El agua se les escurría por el cuello y los hombros, empapándolos hasta los dedos de los pies. Como los pies de los prisioneros estaban protegidos apenas por un par de zuecos de madera, enseguida se les hinchaban.[30] A pesar de su juventud y su vigor, eso fue lo que le ocurrió a Walter: al cabo de poco tiempo, notó que le costaba moverse.

El problema estaba tan extendido que los capataces pidieron que una «comisión» médica llevara a cabo una inspección. A Walter no hacía falta que le dijeran qué les ocurriría a quienes no fueran aptos para seguir trabajando.

Cuando llegó el momento, se alineó con los demás para el examen. Tuvo que hacer acopio de todas sus fuerzas para poner la espalda bien erguida y aguantar en la postura. Necesitaba controlarse e impedir que su expresión lo delatara. Quería gritar, pero no podía dejar que esos hombres descubrieran sus pies hinchados y el intenso dolor que sentía.

Doscientos hombres no pasaron la prueba y los enviaron inmediatamente al campo aledaño de Birkenau. Pero Walter no estuvo entre ellos. Su actuación había dado el pego; había sabido controlar el dolor.[31] Todavía estaba vivo.

¿Habría sobrevivido un día más en la gravera? Nunca tuvo que responder a esa pregunta porque —gracias a otro golpe de suerte— volvieron a trasladarlo. Lo destinaron a trabajar en la Deutsche Ausrüstungswerke (DAW, Fábrica Alemana de Equipamientos), una empresa propiedad de las SS cuyas inmensas instalaciones se encontraban justo al lado del campo principal de Auschwitz y eran ocho veces mayores que este.

La DAW estaba especializada en equipamiento destinado al Ejército alemán: botas, uniformes y material militar. Entre los artículos que producía, destinados tal vez a las tropas alemanas del frente oriental en pleno invierno, había esquís. El trabajo de Walter consistía en pintarlos.[32] Después de lo que había visto en Buna y de lo que había pasado en la cantera, aquello debió de parecerle unas vacaciones. Para empezar, trabajaría bajo techo, y, además, ¿qué gran esfuerzo podía requerir pintar esquís?

Pero lo cierto es que la tarea era cualquier cosa menos sencilla. Cada trabajador tenía la obligación de pintar un número mínimo de esquís en cada turno: ciento diez. Quien no alcanzara esa cifra, o no los pintase bien, se llevaba una azotaina. Eso quería decir que no se podía descansar.

Walter solo tuvo que fijarse en otro grupo de la DAW para ver cuáles eran las consecuencias de no cubrir el objetivo de producción o de no cumplir las normas establecidas por los captores. Cerca de su puesto, había un grupo encargado de fabricar cajas para obuses. Un día llegó un pedido de quince mil cajas. El lote se completó, pero al inspeccionarlo resultó que las cajas eran demasiado pequeñas. Los SS determinaron que el error había sido deliberado y fusilaron a varios judíos por sabotaje.[33]

Pronto apareció una nueva amenaza. Una noche de agosto, los prisioneros, al regreso de la jornada de trabajo, se encontraron con que en el campo había un gran ajetreo. El recinto estaba iluminado no solo por los habituales reflectores, sino también por otros dispositivos portátiles alimentados con unas baterías que los hombres de las SS cargaban a la espalda. Todo el mundo parecía estar en danza. Los trabajadores de los turnos de noche y de día se hallaban congregados en la plaza principal, pero no estaban alineados para hacer recuento. Walter oyó un sonido como de madera sobre piedra: eran los zuecos, que se deslizaban por el suelo a una velocidad frenética. Los prisioneros corrían de acá para allá, como si hubieran enloquecido y se hubieran puesto a hacer ejercicio en plena noche.

Walter tardó un rato en entender lo que estaba ocurriendo. Los mantuvieron de pie y en silencio varias horas; pasó la medianoche y seguían esperando, y esperando, hasta que a las tres de la madrugada Walter vislumbró, bajo el resplandor del reflector, la mole humana de Jakob Fries, que, empuñando un garrote, presidía aquella macabra olimpiada nocturna.

Como quien examina a un atleta antes de una competición, Fries había dado orden de que los prisioneros fueran pasando de uno en uno frente a él. Cuando tenía uno delante, le inspeccionaba las piernas. Si se veían hinchadas, el oficial señalaba con el pulgar y mandaba al hombre hacia la izquierda. Si no, ordenaba al preso que corriera: veinte metros hacia un lado, veinte metros hacia el otro.[34] A los que corrían bien los mandaba a la derecha con el dedo. A los que les costaba moverse o mantener el equilibrio los enviaba a la izquierda, con el resto de los excluidos.

Uno tras otro, iban pasando por delante de Fries. «Corre». A la izquierda. «Corre». A la derecha. «Corre». A la izquierda. A la izquierda. A la izquierda. «Corre». A la derecha...

Walter echó una ojeada al grupo de la izquierda, a los que habían mandado retirarse para que otros ocuparan su lugar. Llevaba en Auschwitz el tiempo suficiente, y había oído suficientes historias, para saber lo que les ocurría a quienes no superaban las pruebas de aptitud de Fries. Mientras tanto, la fila de la inspección se iba acortando. Pronto le tocaría a él.

Estaba tan cansado que el agotamiento le roía la médula. Durante la larga espera, llegó a dormirse de pie. Por fin llegó su turno. A pesar del cansancio y del hambre, sabía que estaba a punto de correr por su vida.[35] Tenía que buscar en lo más profundo de sí mismo y encontrar, enterrada en algún sitio, una última reserva de energía. Arrancó.

Corrió el primer tramo tan rápido como pudo, pisando

el suelo con fuerza. Al dar media vuelta, vio al monstruoso Fries de pie con su garrote, esperando.

En breve llegaría el veredicto.

El *Oberscharführer* levantó la mano, cerrada casi en un puño, y señaló con el pulgar. Había evaluado a Walter Rosenberg, que se preciaba de ser un muchacho fuerte y sano que no tenía ni dieciocho años, y había decidido enviarlo no a la derecha, sino a la izquierda.

Pese a la fatiga, pese a que le faltaba el aliento, Walter sintió que el miedo lo invadía. Ahora el que corría era su amigo Josef, que tropezaba cada pocos pasos. Cuando Fries lo envió también a la izquierda, junto a Walter y otras cuarenta personas, fue como si todo se hubiera acabado. Ninguno de los dos había superado la prueba. Walter miró a sus compañeros y reparó en algo que, por fin, explicaba lo que estaba ocurriendo. Aquellos hombres temblaban, pero no de frío. Tenían fiebre. Y eso solo podía significar una cosa. Tifus.

Conque por eso estaban examinando las piernas de los prisioneros. Buscaban sarpullidos con manchas oscuras o indicios del dolor articular y muscular que caracterizaban los primeros síntomas de la enfermedad. Ahora lo entendía. Las autoridades de Auschwitz temían que en el campo pudiera declararse un nuevo brote. En marzo habían combatido uno en el campo de mujeres sumergiendo a las infectadas en baños de Lysol, pero eso no había hecho más que empeorar las cosas acelerando la propagación. Poco después, el tifus se cobraba medio millar vidas al mes.[36] Si los prisioneros hubieran sido los únicos en riesgo, las SS no se habrían desvelado: sus vidas eran prescindibles. Pero los nazis temían que la enfermedad pudiera afectarlos a ellos. Los piojos que la transmitían no respetaban rangos ni categorías raciales: podían transferir la sangre de un judío infectado a un ario en un santiamén. Además, los SS comprobaban que a los enfermos bien alimentados les costaba más recuperarse que a los hambrientos.[37] Si querían erradicar el piojo, tenían que erradicar a sus portadores. Dicho de otro modo, no iban a hacer nada por curar a los enfermos. Iban a matarlos.[38]

Y así fue como quienes no lograron superar la prueba de velocidad de Jakob Fries aquella noche de agosto fueron condenados a muerte: el 29 de agosto de 1942 murieron un total de 746 prisioneros.[39] Walter y Josef, debilitados después de tantas horas sin comer ni dormir, estaban entre los condenados. Se había decretado que debían morir.

A menos de veinte metros se encontraban los que habían conseguido que Fries los indultase señalando con el pulgar hacia la derecha. Walter calculó la distancia entre ambos grupos, el suyo y el de los otros, preguntándose si habría alguna manera de dar el cambiazo. Pero por todas partes había hombres de las SS, armados y vigilantes. Parecía imposible.

Las filas de los rechazados aumentaban. Gracias a su habilidad para sacar cuentas con rapidez y precisión, Walter calculó que serían ya unos ochenta. A juzgar por lo que había visto, los guardias esperarían hasta que fueran cien y entonces los harían marchar. Si esperaba mucho más, lo mandarían a morir, estaba seguro. Y, sin embargo, escapar era garantía de lograr el mismo resultado. Aquellos de sus compañeros de grupo que se hubieran parado a pensar en su destino habrían llegado sin duda a la misma conclusión: débiles, enfermos y rodeados de hombres armados de las SS, no había nada que pudieran hacer. Josef y él intercambiaron unos susurros desesperados.

Y entonces, una vez más, Walter se vio bendecido con un golpe de buena suerte y un inesperado acto de bondad que se manifestó en forma de dos repentinos y agudos golpes en el hombro.

—¡Eh, cabrones! ¿Qué demonios estáis haciendo aquí?[40]

El que había hablado era un *kapo* al que Josef conocía mejor que Walter. Los amonestaba por no obedecer las órdenes y ponerse en el grupo equivocado. Sin dejar de gritar, los sacó a empellones del grupo de los muertos y se los llevó al de los vivos. Una vez allí, dejó de actuar y señaló al que hasta unos segundos antes había sido el grupo de Walter y Josef, que se dirigía ya hacia el crematorio.

—Estáis de suerte, chicos —dijo.[41] Y era cierto.

Seguidamente, los condujeron a una abertura en la valla que separaba la sección de los hombres de la de las mujeres. Desde su llegada, Walter apenas había lanzado algún que otro vistazo a las reclusas, lo justo para ver que no se asemejaban a ninguna mujer que hubiera conocido. Estaban famélicas, vestían unos uniformes harapientos del Ejército Rojo e iban descalzas o con zapatos de madera. Tenían el pelo rapado.[42]

A Walter y a los demás les dijeron que se desnudaran y cruzaran la abertura. Antes de eso, una pareja de *kapos* les examinaron una última vez las piernas y les frotaron el cuerpo desnudo con un paño empapado en desinfectante. Solo entonces les permitieron cruzar al que había sido el campo de las mujeres, ahora vacío. A la mitad de las anteriores ocupantes se las había considerado demasiado enfermas para vivir; a la otra mitad las habían trasladado al campo de mujeres de Birkenau.

Aquella noche hubo una tremenda escabechina. Por radio macuto se decía que la mitad de los prisioneros del campo habían sido asesinados. Con todo, eso no resolvió el problema del tifus. A mediados de octubre hubo otra purga de enfermos, y otra en enero, y otra en febrero.

Para Walter y los demás, aquello marcó un nuevo comienzo. Volvieron a raparles la cabeza, los lavaron y les entregaron un nuevo uniforme de rayas. Vivirían en el antiguo campo de mujeres y, gracias al descenso de la población, habría más espacio. También se organizaron nuevas unidades de trabajo. Walter no volvería a Buna ni a la cantera ni al taller de pintura de esquís, sino que lo enviarían a otro lugar: a Canadá.

6

Kanada

Canadá era otro país y otro mundo. Una tierra de abundancia, donde los estómagos se saciaban, el vino era bueno y el menú siempre estaba lleno de delicias exóticas. Un lugar de placeres sensuales, sábanas limpias, calcetines de seda y pieles suaves y afelpadas. Había una fortuna en divisas, oro y plata, diamantes y perlas. Era probable que fuera el lugar más rico y lujoso de Europa. Y estaba en Auschwitz.

Walter había oído hablar de Canadá, o más bien de «Kanada», El Dorado de Auschwitz, donde nadie jamás pasaba hambre; donde, al contrario, la duda más acuciante consistía en decidir qué manjar degustar primero. Allí solo llegaban quienes habían sido tocados por la suerte más inverosímil. Y Walter, una vez más, fue uno de ellos.

Sucedió después de la purga del tifus, mientras todavía estaba desnudo, con la piel aún reluciente de desinfectante. Entre la multitud de hombres que habían sobrevivido a la criba, oyó a alguien que hablaba en eslovaco. Instintivamente, Walter se le acercó. El hombre resultó ser un dentista de una ciudad cercana a Trnava. Laco Fischer, que llevaba cinco meses prisionero, era un veterano curtido y les tomó aprecio tanto a Walter como a Josef, que al igual que él eran judíos y eslovacos.

Les explicó que en una ocasión había pisado los suelos sembrados de oro de Kanada y que estaba decidido a volver a hacerlo. Había oído que buscaban reclutas y él todavía tenía algo de mano entre los *kapos* de allí. Usó su influencia para postularse a sí mismo y a los dos jóvenes. Su edad, su fuerza y su aceptable condición física los convertían en candidatos idóneos para lo que Walter pronto descubriría que era una unidad de élite. Gracias a la recomendación del dentista, y una vez superada una pequeña prueba física —un esprint de ida y otro de vuelta—, los *kapos* dieron el visto bueno: Walter y Josef estaban admitidos.

Después del sudor y las vicisitudes de las primeras semanas en Auschwitz, en las que cada día suponía un esfuerzo frenético y agotador por sobrevivir, todo mejoró. Los alojaron en el sótano del bloque 4 y les permitieron lavarse en duchas de verdad, en las que el agua no salía ni helada ni hirviendo. Cada hombre tenía su litera y su manta. Al margen de las crueldades que las SS y sus subordinados pudieran cometer fuera de ese edificio, dentro los *kapos* les hablaban moderando la voz, sin gritar ni gruñir. Y lo más llamativo: no había palizas. Walter no daba crédito a su suerte.

Por la mañana, el *Appell* confirmó lo mucho que habían cambiado las cosas. Parecía que hubiera la mitad de reclusos en el doble de espacio. Los *Muselmänner* habían desaparecido; solo estaban los prisioneros capaces de mantener la cabeza en alto y los hombros rectos. Para Walter, Auschwitz parecía ahora un cuerpo al que le hubieran amputado las extremidades enfermas. Resultaba vergonzoso admitirlo, pero al ver aquello sintió una especie de alegría.

Luego llegó la orden para que el *Aufraumungskommando*, el comando de ordenación, se pusiera en marcha hacia al trabajo. Ese era el grupo de Kanada, y Walter estaba orgulloso de pertenecer a él.

Su destino se encontraba cerca del último lugar donde había trabajado Walter, la DAW. Consistía en seis barracones de dimensiones considerables.[1] Cinco eran de madera, cada uno del tamaño de un establo grande, mientras que el sexto estaba hecho con ladrillo y tenía un porche desde el cual el SS al mando podía supervisar lo que ocurría en el enorme patio cuadrado de delante. Walter calculó que debía de ocupar más o menos una hectárea.[2] La zona estaba rodeada de alambre de espino, con una torre de vigilancia en cada esquina, defendida por guardias armados con ametralladoras. Lo que sorprendió a Walter fue la montaña que había formada en el centro, un gigantesco montón con toda clase de equipaje: maletas, mochilas, baúles, fardos y petates. Al lado había otra montaña similar, compuesta en exclusiva por mantas, miles y miles de mantas. Y al lado de esta, otro montículo con ollas y sartenes de acero, viejas y abolladas.

Ese era el lugar conocido oficialmente como *Effektenlager*, el almacén de efectos personales. Allí se llevaban las pertenencias de todos los recién llegados a Auschwitz, confiscadas en cuanto estos ponían los pies en el campo. El comando de ordenación se encargaba de abrir bolsas y maletas, y de clasificar lo que hubiera dentro, separando los artículos potencialmente útiles de los que debían desecharse.

Walter apenas tuvo un momento para asimilar lo que estaba viendo antes de ponerse a trabajar. Los prisioneros tenían que ir corriendo hacia la montaña de equipaje, recoger cuantos más bultos mejor, a poder ser dos maletas en cada mano, correr con ellos hasta uno de los almacenes del tamaño de un establo y depositarlos sobre una enorme manta tendida en el suelo. Luego, los trabajadores del almacén abrían las maletas y los baúles y esparcían su contenido sobre la manta para que los especialistas pudieran clasificarlo. Estos, veloces como rayos, iban formando nuevos montones: ropa de hombre, ropa de mujer, ropa de niño, etcétera, y luego esos montones pasaban a manos de unos grupos de prisioneras que se encargaban de clasificarlos de manera más meticulosa. El grupo de Walter tenía tres tareas fundamentales. Primero se les ordenó separar lo que estuviera dañado o roto de lo que pudiera aprovecharse. En segundo lugar, debían eliminar cualquier indicio de que un determinado artículo hubiera pertenecido a un judío: generalmente, eso significaba arrancar las estrellas amarillas de las chaquetas y los abrigos, aunque las etiquetas donde se leyeran nombres judíos también se consideraban indeseables. Por último, y lo más importante, tenían órdenes estrictas de buscar objetos de valor ocultos.[3] Para eso había que pasar el dedo con cuidado por todas las costuras, en busca de joyas o dinero que pudieran haberse escondido ahí.[4]

Eso explicaba una escena, a primera vista desconcertante, que le había llamado la atención a Walter: al lado de uno de los almacenes había una fila de unas veinte mujeres sentadas a horcajadas en un banco rodeado de cubos de zinc.[5] Los cubos de un lado estaban llenos de tubos de pasta de dientes que, según cabía suponer, habían salido de los baúles y maletas. Las mujeres exprimían la pasta y luego tiraban el tubo vacío. Parecía un trabajo absurdo. Hasta que alguien le explicó que, de vez en cuando, aparecía un diamante que algún deportado de Auschwitz había escondido en el tubo de pasta de dientes con la esperanza de que le sirviera como póliza de seguro. Otras veces, lo que encontraban no eran joyas, sino monedas o fajos de billetes enrollados.

Según cierta teoría, Kanada debía su nombre a la labor de las exprimidoras de pasta de dientes, o mejor dicho, a la idea que había detrás de su labor. Se decía que, a menudo, mientras clasificaban objetos, los miembros de habla alemana del escuadrón de ordenación preguntaban: «*Kann er da nicht was drin' haben?*» (¿Podría haber algo [de valor] ahí dentro?). *Kann er da* se convirtió en *Kanada*. También podía deberse a que, en los años anteriores a la guerra, muchos eslovacos y polacos habían emigrado a Canadá, lo cual había dado pie a la leyenda de que allí hasta un campesino incapaz de ganarse la vida en su país podía encontrar un trozo de tierra y prosperar. En el imaginario centroeuropeo, Canadá era una tierra mítica de riquezas incalculables.

Sea como fuere, no había tiempo para pensar demasiado en lo asombroso que era ese lugar: Walter estaba destinado a ejercer de mula y recibir los golpes y las patadas de los dos *Unterscharführers* de las SS que había en Kanada, dos hombres cuyos nombres jamás olvidaría: Otto Graf y Hans König, este último conocido como *der König von Kanada*, el Rey de Kanada. En el mundo real, antes de Auschwitz, ambos habían sido actores en Viena. En Kanada, su papel consistía en aguijar y azuzar constantemente a aquellas bestias de carga humanas que tenían delante y en administrar una injusticia brutal y sumaria. Walter llevaba apenas unos minutos trabajando cuando vio a König flagelar hasta la muerte a un prisionero por haberse adueñado de algo que había encontrado entre la montaña de maletas: una manzana y un pedazo de pan.

Walter comprendió enseguida cuál era el error que había cometido el muerto. Un día, mientras iba y venía entre el patio y los almacenes, a Walter se le abrió una de las maletas que llevaba encima. Entre los zapatos y las camisas desparramados por el suelo, había unos sándwiches y un trozo de salami. La imagen de la comida lo dejó paralizado, en parte porque no había comido en casi dos días y en parte porque recordó el consejo de su amigo el veterano: en Kanada, le había advertido, era mejor ir con calma. Los primeros dos días, solo pan seco; para un estómago acartonado tras dos meses a base de raciones de Auschwitz, más que eso podía resultar excesivo.

Así pues, Walter se abstuvo de recoger la comida que había caído de la maleta. Aunque hubiera querido hacerlo, no había tiempo. König y Graf se le echaron encima nada más romperse la valija y lo golpearon para que siguiera andando. Sin embargo, aprovechando la distracción de los hombres de las SS, el prisionero que iba justo detrás de Walter, se abalanzó sobre el salami cual pájaro que avista un gusano y lo engulló sin detener el paso. Conque así era como los prisioneros de Kanada saciaban el apetito. Walter aprendió la lección. Aprendió a ver venir las palizas que los *Unterschar-*

führers les propinaban a otros reclusos, a prepararse, casi a esperarlas. Porque cuando llegaban, él podía robar, comer y sobrevivir.[6]

En Kanada había comida por doquier, siempre y cuando uno supiera cuándo y cómo procurársela. Por eso, sin duda, las mujeres de Kanada parecían mujeres de verdad, no como las *Muselmänner*, aquellos espectros afeitados y macilentos cuyos barracones acababan de quedar vacíos. Eran mujeres de carnes vistosas y sangre caliente, jóvenes y rebosantes de salud, cuya mera presencia distraía al adolescente Walter Rosenberg. Estaban vigiladas por mujeres *kapos*, que a su vez desprendían un aire lozano y, cosa más extraña aún, elegante.

El muchacho caminaba como aturdido ante todo aquello, procurando hacer lo que le decían para no acabar bajo las botas y las porras de los hombres de las SS. Poco a poco, sin embargo, cuando se acostumbró al trabajo y cuando tuvo suficiente comida en el estómago como para pensar en algo más que el hambre y la supervivencia física más inmediata, empezó a ver lo que realmente ocurría en Kanada.

Quizá fueran las fotografías familiares que a menudo caían de un baúl o una mochila. O a lo mejor la pila de zapatos de los niños. O la sección abarrotada de cochecitos de bebé, cientos de ellos, algunos lujosos y otros modestos, algunos nuevos y otros más viejos, algunos relucientes y otros más usados. Fuera lo que fuera, Walter llegó inevitablemente a una conclusión que debería haber sido obvia desde el principio.

Lo habían mandado a Auschwitz en un vagón de ganado en el que solo viajaban aquellos a los que se consideraba aptos para trabajar como esclavos. A partir de ese momento, esa era la única clase de personas que había visto en el campo: hombres y mujeres destinados a realizar trabajos forzados. Ciertamente, había visto cómo muchos recibían palizas y se morían de hambre, o bien eran enviados a la enfermería, de la que salían convertidos cadáveres destinados a la quema. Sin embargo, para quienes lograban escapar a esa suerte, Auschwitz era un campo de trabajo: brutal e infernal, sí, pero un campo de trabajo. ¿Era eso lo que venía diciéndose a sí mismo? Porque ahora había llegado el momento de afrontar una verdad mucho más oscura.

Había tenido vagas sospechas, por supuesto que sí.[7] ¿Cómo no tenerlas, viendo lo que tenía alrededor? Pero, siendo sinceros, había intentado desecharlas. Ahora que había visto Kanada, eso ya no era posible.

Resultaba evidente que a Auschwitz no habían llegado tan solo personas aptas y capaces como él. No había más que ver aquellos montones de ropa, los vestidos de anciana, los pantalones de hombre mayor. Los zapatos de niño. Los cochecitos.

Ahora lo entendía. Los limones, las latas de sardinas, las tabletas de chocolate, los chales, las camisas, los zapatos de piel, los juguetes de los niños, las manzanas, los higos, los sándwiches, los abrigos de invierno, el coñac, la ropa interior, los relojes de pulsera, las fotos descoloridas de excursiones familiares: todo aquello lo habían empacado madres ansiosas y abuelos preocupados que partían con el convencimiento, o la esperanza, de que iban a reasentarlos para que pudieran emprender una nueva vida. Cada artículo había sido elegido con cuidado, ya que el espacio era limitado.

Solo les habían permitido quedarse lo que pudieran llevar encima, y ellos se habían aferrado a sus últimos bienes mundanos mientras los hacinaban en aquellos sucios vagones donde era imposible respirar. Por eso había una montaña de ollas y sartenes: porque aquella gente creía que se estaba mudando de casa. Se habían presentado con sus ancianos y sus hijos. Los más pesimistas habían tomado precauciones —cosiendo un diamante en un dobladillo, escondiendo efectivo en el forro de una maleta, metiendo billetes de un dólar en un condón que luego introducían en aquellos tubos de dentífrico— y habían apartado unos ahorros con vistas al futuro, para gastarlos en el improbable caso de que todo saliera bien o para usarlos como soborno si las cosas se ponían difíciles.

Aquella gente nunca había puesto los pies en el Auschwitz que Walter conocía, el Auschwitz del *Arbeit macht frei*, el recuento matutino y los *Kommandos* de trabajo. Sin duda habían entrado en el recinto de Auschwitz; ahora eso estaba claro. Tenías las pruebas justo delante. Pero habían desaparecido, se los había tragado la noche.[8] En Kanada, las pruebas se acumulaban por todas partes, aunque los SS se esforzaran en disimularlas. Walter se había fijado en que, una vez que las maletas y mochilas habían sido vaciadas en el almacén, otro grupo de prisioneros se apresuraba a llevárselas para quemarlas, junto con cualquier documento de identificación. Al parecer, para los nazis era importante que las personas que habían llegado allí, y cuyas pertenencias más personales se apilaban en el *Effektenlager*, no dejaran rastro alguno.

El pensamiento no se formó inmediatamente. Hizo falta

un tiempo, acaso porque era demasiado imponente, demasiado alejado de todo lo que Walter sabía y quería creer con respecto a la ciencia, el progreso y la civilización. Al final, no obstante, se vio obligado a concluir que el lugar donde estaba encerrado no solo era un campo de concentración, un *Lager* de mano de obra esclava, sino algo completamente nuevo: una fábrica de muerte. Un lugar donde los hombres y las mujeres a los que se consideraba superfluos —o mejor dicho, aquellos que por su mera existencia eran vistos como una amenaza mortal para la salud de la nación alemana y la raza aria— eran asesinados, junto con sus padres ancianos, sus hijos y sus bebés. Walter había visto aquellas montañas de zapatos con sus propios ojos. Era imposible negar la realidad. Los nazis se habían propuesto aniquilar al pueblo hebreo y lo estaban haciendo ahí, en Auschwitz.

Hasta entonces, se había dicho a sí mismo que el humo del crematorio situado en el campo principal era el de los muertos que caían al borde del camino en Buna, los que se desplomaban durante la marcha de regreso al campo tras un día de trabajo en la gravera, los que desfallecían debido al hambre, los que sucumbían a las palizas de los *kapos*, los que no superaban la prueba de tifus de Fries o los que sencillamente expiraban en la oscuridad de los barracones. ¿No se daba cuenta de que se quemaban más cuerpos de los que arrojaba ese recuento macabro? Si hasta entonces no había atado cabos, ¿era porque el dolor, el hambre y la necesidad de seguir vivo le nublaban el juicio o porque hay verdades que cuesta demasiado digerir?

No debía de ser fácil creer en la existencia de una fábrica de muerte, un complejo diseñado y gestionado con la finalidad principal de asesinar a seres humanos veinticuatro horas al día. A fin de cuentas, nunca había existido nada igual. Era algo ajeno a la experiencia y quizá incluso a la imaginación humana.

Walter tenía dieciocho años, era un muchacho despierto y con un agudo entendimiento. Sin embargo, ahora se enfrentaba a algo casi imposible de comprender.

7

La solución final

Esto es lo que Walter no sabía ni podía imaginar.

Auschwitz no se había construido con el fin de que se convirtiera en sinónimo de asesinato y muerte. En los meses anteriores a la llegada de Walter Rosenberg aquella tarde de verano de 1942, su propósito principal era otro, vagamente perfilado en un proyecto que Walter había intuido ya antes de llegar allí, cuando todavía se encontraba en uno de los círculos exteriores del infierno en Majdanek.

Cuando los alemanes invadieron Polonia a finales de 1939, aquel lugar sito a las afueras de la ciudad de Oświęcim, en la Alta Silesia, era un cuartel abandonado que, en origen, se había construido para el Ejército polaco: de ahí esas sólidas edificaciones de ladrillo que tanto habían impresionado a Walter a su llegada. Fue un industrioso jefe de policía de las SS quien supo apreciar su potencial como recinto para retener y aterrorizar a los miembros problemáticos del país recién ocupado. Era cierto que los veintidós edificios de dos plantas, los establos de madera y el antiguo almacén de tabaco se encontraban en un estado lamentable, que la tierra de los alrededores era pantanosa y tanto el alcantarillado como el suministro de agua dejaban bastante que desear. Pero aquellos defectos no contrarrestaban su singular ventaja: la proximidad a la red ferroviaria. Cerca de allí se encontraba el empalme con la línea principal que conectaba Cracovia y Katowice. A efectos de la función que debía desempeñar, era perfecto. Gracias a la mano de obra esclava de trescientos judíos de Oświęcim, no tardaron demasiado en adecentarlo.

A principios de 1940, Auschwitz, como lo llamaron sus nuevos propietarios alemanes, abrió sus puertas a multitud de prisioneros políticos polacos, y el comandante del campo, Rudolf Höss, empezó a construir nuevas estructuras, algunas de ellas en el antiguo patio de armas, y dio nuevos usos a las ya existentes. Una de las primeras cosas que hizo fue reconvertir un antiguo almacén de municiones en una instalación que pronto se convertiría en esencial: una morgue. Los prisioneros presentaban cierta tendencia a morir en el campo, por lo que pronto hubo que mejorarla y equiparla con hornos que permitieran incinerar los cadáveres de los reclusos en el propio campo, ahorrándole así a Höss la engorrosa y costosa tarea de trasladarlos hasta el crematorio local.

Los alemanes llevaban un año gobernando Polonia cuando las SS llegaron a la conclusión de que el potencial de Auschwitz no estaba bien aprovechado. El lugar funcionaba como una simple cárcel de incómodos disidentes polacos. Pero podía generar dinero.

Resulta revelador que los campos de concentración dependieran de las SS-Wirtschafts und Verwaltungshauptamt o SS-WVHA, la Oficina Principal de Administración y Economía de las SS. Aquí la palabra clave es *economía*. El jefe de las SS, Heinrich Himmler, tenía la ambición de igualar el poderío económico del Tercer Reich con su poderío militar, y el plan para ello consistía en levantar ni más ni menos que un emporio industrial en el sureste de Polonia. Para conseguirlo, se serviría de una ventaja económica clave de la que también habían disfrutado los grandes imperios del pasado: la mano de obra esclava. Decenas de miles de prisioneros construirían las fábricas y plantas destinadas a transformar ese nuevo territorio alemán en una potencia industrial, y al Reich no le costaría casi nada. Walter había divisado un atisbo de aquel ambicioso plan en Majdanek, donde los *kapos* enviaban a las distintas cuadrillas de prisioneros a trabajar en los talleres y las fábricas de los alrededores de Lublin. Sin embargo, en octubre de 1940, Himmler decidió que fuera Auschwitz, con su excelente red de transporte y su proximidad a las minas de carbón de Silesia, el que se convirtiera en motor del proyecto: un potente generador de riqueza para el nuevo imperio nazi, alimentado con el trabajo no voluntario del pueblo que ahora gobernaba. Su trabajo lo era todo. De ahí el lema, tomado del campo de concentración de Dachau: «*Arbeit macht frei*».

Himmler ordenó una ampliación ingente del campo, que enseguida engulló la población vecina de Brzezinka, a la que los alemanes pusieron el encantador nombre de Birkenau, que traducido literalmente significa «Prado de los Abedules». En enero de 1942, Himmler ordenó que cien mil hombres y cincuenta mil mujeres judíos fueran enviados a Auschwitz-Birkenau para trabajar.[1]

Pero en pocos meses Auschwitz iba a adquirir un nuevo papel. La llegada de Walter coincidió con la azarosa integración del campo, en julio de 1942, en lo que los nazis denominaron la solución final a la cuestión judía.[2] El objetivo se había adoptado formalmente seis meses antes en el arbolado barrio berlinés de Wannsee, donde los jefes de los distintos organismos gubernamentales encargados de gestionar a la población judía se reunieron el 20 de enero de 1942 a la hora del almuerzo en una espléndida mansión con vistas al lago y, presididos por Reinhard Heydrich, se pusieron a perfilar la última fase de su guerra contra ese pequeño pueblo: la eliminación.

Para cuando Walter fue deportado, las matanzas llevaban casi un año sucediéndose, concretamente desde la Operación Barbarroja, la invasión nazi de la Unión Soviética en junio de 1941. Se habían llevado a cabo en los bosques de Lituania y Polonia, en la campiña de Bielorrusia o en el barranco de Babi Yar, a las afueras de Kíiv, donde unas unidades de ejecución itinerantes, los *Einsatzgruppen*, reunían a cientos de civiles judíos y los disparaban a bocajarro, normalmente en la nuca o en la espalda. Los cadáveres se arrojaban en zanjas o fosas. A finales de 1941, unos seiscientos mil judíos de todas las regiones orientales recién conquistadas habían sido asesinados de esa manera.[3]

Esos fusilamientos masivos nunca dejaron de producirse. De hecho, en la Unión Soviética ocupada por los nazis se intensificaron a medida que las SS desalojaban los guetos y masacraban a sus habitantes. Sin embargo, después de Wannsee la idea fue complementar esas operaciones con un método más limpio y racionalizado, consistente en transportar a los niños judíos, junto con sus madres, padres y abuelos, a centros de exterminio en la Polonia ocupada. Una vez allí, podían asesinarlos de inmediato o someterlos a «aniquilación por trabajo»; dicho de forma más sencilla: explotarlos hasta que murieran.

El primer centro de este tipo fue Chełmno, en el oeste del país, donde las matanzas de judíos se iniciaron el 8 de diciembre de 1941, un día después del ataque japonés a Pearl Harbor, que provocaría la entrada de Estados Unidos en la guerra. El sistema consistía en introducir a las víctimas en furgones, cerrar las puertas del vehículo y, aprovechando el gas del tubo de escape, envenenar a quienes hubiera dentro. Tan solo hicieron falta cuatro meses para matar a más de cincuenta mil personas con ese sistema, la mayoría judíos del gueto que los nazis habían establecido en Łódź.

Pero los nazis no querían fiarlo todo a esas cámaras de gas sobre ruedas. Preferían disponer de campos fijos, construidos para ese propósito. Entre finales de 1941 y principios de 1942, construyeron Belzec, Sobibor y Treblinka, y perfeccionaron el método del asesinato por gas. A estos campos se les unió Majdanek, más o menos hacia la época en que Walter pasó por allí. En cuanto a Belzec, allí fue adonde llevaron a los ancianos y las mujeres que iban apiñados en el tren de Nováky —incluida la joven que había extendido la mano hacia su marido—, y donde los asesinaron.

Auschwitz no era como esos tres primeros campos, construidos con el único propósito de asesinar judíos, sino que siempre, desde el inicio, había tenido varias funciones. La destrucción de vidas judías se incorporó a su catálogo de servicios relativamente tarde. Adquirió esa función de manera gradual, progresiva, incluso errática; el típico proceso que cualquier industrial conoce muy bien: una expansión constante, pareja al aumento de la capacidad para hacer frente a la demanda.[4]

Después de un par de pruebas a pequeña escala en agosto de 1941, el primer experimento de asesinato masivo tuvo lugar al mes siguiente, en el sótano del bloque 11 del campo principal: el 4 de septiembre de 1941 fueron gaseados doscientos cincuenta reclusos polacos procedentes de la enfermería, a unos seiscientos prisioneros de guerra soviéticos y a otras diez personas. La matanza salió bastante bien, pero el lugar resultó no ser del todo idóneo. Para llegar al sótano había que recorrer un laberinto de pasillos, lo cual dificultaba retirar los cadáveres y ventilar el bloque. Además, no era lo bastante discreto.[5] El bloque 11 se encontraba dentro del perímetro del campo y, por tanto, a la vista de los presos. Afortunadamente, para los dirigentes de Auschwitz, había una ubicación alternativa, alejada de las miradas.

Al principio era conocido como el «antiguo crematorio», pero con el tiempo lo llamaron «crematorio I». En él se quemaban cadáveres desde agosto de 1940,[6] pero, después de la prueba del bloque 11, las SS decidieron dar un nuevo uso a la sala más grande del edificio. Hasta entonces, aquella estancia alargada y sin ventanas —de 16 metros de largo por 4,5 metros de ancho y 2,7 metros de alto— había servido de morgue.[7] Ahora la morgue se convertiría en cámara de gas. Eso implicaba aislar las puertas y practicar varias aberturas en el techo a través de las cuales pudieran verterse los gránulos de Zyklon B. En aquel espacio podían caber fácilmente entre setecientas y ochocientas personas, mil en caso necesario. Una vez más, los prisioneros soviéticos sirvieron como conejillos de Indias. Cuando les ordenaron que se desvistieran en la antesala, pensaron que los llevaban al depósito de cadáveres para despiojarlos. Entraron en silencio, pero cuando los gránulos de Zyklon B empezaron a caer del techo y quedaron expuestos al aire de la sala, hubo gritos de «¡gas!» y los prisioneros se abalanzaron chillando contra las puertas.[8]

Poco tiempo después, la cámara de gas empezó a utilizarse con los judíos. Los elegidos para morir llegaban a las puertas del crematorio en camiones o, si los habían enviado a Auschwitz en trenes de mercancías, podía ser que cubrieran la última etapa del trayecto a pie, marchando de forma ordenada en columnas de cinco en fondo. Cuando la mayoría del grupo eran ancianos, caminaban despacio, con el semblante ajado por el viaje y todo lo que habían soportado. Las estrellas amarillas se veían enormes en sus ropas raídas.[9]

Los hombres de las SS parecían ir desarmados, aunque en realidad llevaban pistolas escondidas en los bolsillos. Hablaban a los judíos en tono animado y tranquilizador, tratando de convencerlos de que pronto les asignarían un trabajo adecuado a su oficio o profesión. A continuación, los dos hombres de las SS a cargo se situaban en el techo del crematorio para dirigirse a los judíos congregados abajo. Uno de ellos era Maximilian Grabner, jefe del Politische Abteilung, el Departamento Político, el encargado de perpetrar la matanza. Su voz era cálida, amistosa incluso: «Ahora se bañarán y desinfectarán. No queremos epidemias en el campo. Luego los llevaremos a sus barracones, donde les servirán una sopa caliente. Se les asignará un empleo de acuerdo con sus cualificaciones profesionales. Ahora desvístanse y dejen la ropa en el suelo, delante de ustedes».[10]

Los cautivos estaban agotados; deseaban desesperadamente creer que su calvario iba a terminar, de modo que entraban en el antiguo depósito de cadáveres. Los niños se aferraban a sus madres y padres; algunos se sentían desconcertados por el fuerte olor a productos de limpieza, tal vez a lejía. Otros buscaban las tuberías y duchas en el techo, pero no veían ninguna. Un escalofrío de miedo recorría al gentío agolpado en la sala, cada vez más numeroso. La gente iba apretándose más y más en la estancia. Y, sin embargo, los hombres de las SS seguían allí, en medio de ellos, pidiéndoles que avanzaran, charlando, soltando alguna broma. Pocos se daban cuenta de que, a pesar de su actitud sonriente y amistosa, los SS no dejaban de mirar hacia la puerta, a la espera de la señal para salir.

La señal llegaba en cuanto el último judío había entrado y la sala se daba por llena, momento en el que los nazis desaparecían. De repente la puerta se cerraba y quedaba herméticamente sellada gracias a su marco de goma. Luego se oía el sonido de un pesado cerrojo.

En ese instante, el temor derivaba en una convulsión de terror absoluto que se extendía entre los ocupantes de la sala. Algunos golpeaban la puerta, pidiendo que los dejasen salir. La aporreaban con los puños. Los guardias de las SS ya no les ofrecían palabras de consuelo, sino que algunos se reían; otros incluso se burlaban: «¡Cuidado con escaldarse durante la ducha!».

Los que no miraban hacia la puerta sellada, miraban hacia arriba y se daban cuenta de que habían quitado las tapas de los seis agujeros del techo. Probablemente la visión más aterradora era la de una cabeza con una máscara antigás en una de las aberturas; quienes la veían rompían a gritar.

La cabeza pertenecía a uno de los «desinfectadores» que a golpe de formón y martillo abrían las latas en cuya etiqueta ponía: «¡Gas venenoso! Zyklon». Las latas estaban llenas de unos gránulos azules, no más grandes que un guisante. Se trataba de cianuro de hidrógeno en estado sólido; bastaba con exponerlo al aire para que el ácido prúsico escapara de los gránulos y se transformara en un gas mortal. Los desinfectadores no se arriesgaban a inhalarlo: en cuanto abrían la lata, vertían su contenido por los agujeros. Cuando la lata quedaba vacía, volvían a tapar el conducto de ventilación, si bien un SS vio en cierta ocasión que un compañero levantaba la tapa y escupía sobre quienes estaban abajo, añadiendo el insulto a la herida mortal.

Grabner lo observaba todo con atención. Una vez vertido el Zyklon, le hacía una señal al conductor de un camión estacionado cerca para que pusiera el motor en marcha. La idea era hacer suficiente ruido para ahogar los gritos de los jóvenes y los ancianos que, de lo contrario, se habrían propagado por todas partes.

La mirada de Grabner permanecía fija en el segundero de su reloj. Iba contando los dos minutos que solían transcurrir hasta que aquel berrear animalesco, los llantos y rezos desesperados y los violentos golpes cedían el paso a un gemido doloroso y, por fin, otros dos minutos más tarde, al silencio.[11]

Entonces el camión se alejaba y los guardias se retiraban. La brigada de ordenación —los hombres del comando Kanada— acudía a recoger los montones de ropa, cuidadosamente dispuestos según las indicaciones de los SS. Por último, cuando se consideraba que la sala se había ventilado y no quedaba gas, los prisioneros del comando especial, el *Sonderkommando*, entraban para llevarse los cadáveres. Solían encontrarlos apiñados frente a la puerta, en el lugar por donde, en sus últimos momentos, habían intentado salir a la fuerza. A menudo, tenían los miembros entrelazados, formando una maraña de brazos y piernas, rígidos por efecto del gas, que daba fe del caos y del terror de los últimos momentos. Los cuerpos parecían apoyados los unos sobre los otros, y sus bocas, a veces todavía espumosas, estaban abiertas de par en par, como en un gesto de espanto.

Así eran las cosas al principio, cuando la única cámara de gas en uso era la que se había improvisado en el campo principal de Auschwitz. Pero poco a poco las cosas fueron cambiando. A medida que el campo crecía y se expandía hacia Birkenau, tenía sentido instalar estructuras de gaseamiento también allí, en lugar de depender de una única cámara de gas situada a cierta distancia y que, además, pronto empezaría a deteriorarse debido al exceso de uso. También había otro factor que tener en cuenta. Pese a encontrarse fuera del perímetro, y por mucho que se esforzaran en disimular, la actividad en el crematorio I llamaba la atención. Demasiada gente se percataba de lo que estaba ocurriendo. Aunque el camión tuviera el motor en marcha o pusieran una moto a dar vueltas por la zona para contrarrestar el ruido,[12] los prisioneros que estaban cerca oían el sonido de los fuertes tosidos, las arcadas y los gritos, sobre todo los de los niños.[13] La solución fue una granja aislada y vacía —cuyos propietarios habían sido desahuciados—, cerca del bosque de abedules que daba nombre a Birkenau.

Las SS llamaron al edificio Búnker 1 o, más cariñosamente, «la Casita Roja». Acondicionarlo no fue difícil: se limitaron a tapiar las ventanas con ladrillos, reforzar y colocar juntas herméticas en las puertas, abrir agujeros en las paredes para verter los gránulos de Zyklon B y cubrir el suelo con virutas de madera para que absorbiera la sangre, la orina y las heces de los moribundos. En mayo de 1942 ya estaba en funcionamiento. Un mes después, había otro edificio gemelo activo a unos cientos de metros de distancia. Al igual que el primero, se trataba de una granja aislada acondicionada de manera similar, y era conocida como Búnker 2 o «la Casita Blanca». Entró en funcionamiento a finales de junio o principios de julio de 1942, justo cuando Walter llegó a Auschwitz.

Precisamente por esa época, Auschwitz cobró un papel más destacado en la solución final. Durante la primera parte del año, los gaseamientos habían sido esporádicos y regionales. Habían consistido sobre todo en traslados irregulares de judíos de los alrededores de Silesia. Sin embargo, a mediados de verano, justo cuando Walter empezaba a trabajar en Buna, se produjo un cambio.

A partir de julio, comenzaron a llegar a diario —en ocasiones, hasta dos veces al día— cargamentos de unas mil personas provenientes de toda Europa. Entre ellos se encontraban los antiguos vecinos de Walter en Eslovaquia, pero también judíos de Croacia, Polonia, Países Bajos, Bélgica y Francia: unas sesenta mil personas solo entre julio y agosto.[14] Sin duda, estas cifras parecen modestas si se comparan con las de los núcleos principales de la Operación Reinhard: en Belzec, Sobibor y Treblinka se mató aproximadamente a un millón y medio de personas en 1942, más de ochocientas mil solo en Treblinka. Aparte de un número relativamente pequeño de «gitanos», sobre todo romaníes y sintis, todos eran judíos. Ese mismo año, la cifra en Auschwitz fue de ciento noventa mil, menos de una octava parte.[15] No obstante, para cuando Walter recibió el número 44 070, los asesinatos en masa por los que Auschwitz se acabaría distinguiendo ya habían comenzado.

Y, sin embargo, Walter no se dio cuenta hasta ese día en que la verdad, transfigurada en un montón de zapatos de niño, se quedó mirándolo tan fijamente a la cara que ya no pudo apartar la vista. Quizá se le podía perdonar que hubiera tardado tanto en comprender lo que con el tiempo acabó pareciendo obvio, en asimilar las pruebas diseminadas a su alrededor, en traducir en conocimiento lo que eran hechos evidentes. Las SS habían hecho cuanto estaba en su mano por mantener oculta aquella operación, incluso para quienes vivían en el escenario del crimen.

El primer matadero, el antiguo crematorio, ya estaba alejado de los barracones, pero las SS intentaron disimularlo aún más tapándolo con árboles y arbustos, de tal modo que lo que en realidad era un búnker subterráneo que en su día había tenido funciones de depósito de armas pareciera un montículo natural.[16] El segundo y el tercer matadero, la Casita Roja y la Casita Blanca, fueron elegidos con toda la intención por ser caseríos abandonados, a salvo de todas las miradas.

Los cargamentos llegaban de noche, al abrigo de la oscuridad. Además, el Birkenau del verano de 1942 no era el Birkenau que sería más tarde, con miles de prisioneros. Por entonces, la población todavía era escasa. Había pocos testigos.

Tampoco existía aún la reveladora y casi permanente nube de humo que escupían las chimeneas de los crematorios. Eso no llegaría hasta el año siguiente, entre primavera y verano de 1943, con la construcción de las máquinas de matar conocidas como crematorio II y crematorio III, a los que más tarde se sumarían el crematorio IV y el crematorio V, más pequeños y sencillos. Cuando el II y el III funcionaban a pleno rendimiento, podían quemar hasta mil cuatrocientos cuarenta seres humanos al día. Aunque se construyeron para ser aún más eficientes —la cámara de gas y los hornos se encontraban en el mismo nivel, en la planta baja, lo que hacía innecesario el uso de un montacargas para transportar los cuerpos desde el lugar de la muerte hasta el de la incineración—, los crematorios IV y V trabajaban a marchas forzadas. La experiencia acumulada por los fogoneros y los operadores de los hornos del *Sonderkommando* —que clasificaban los cadáveres en función de su combustibilidad y utilizaban los que estaban mejor alimentados para acelerar la combustión de los más escuálidos—[17] ayudaba, pero no era suficiente. Pese a haberse diseñado para ser el último grito en tecnología crematoria, ni siquiera esos hornos y chimeneas podían aguantar el fenomenal ritmo de producción de cadáveres de Auschwitz. Aun así, las SS podían felicitarse por haber construido una instalación que funcionaba con la agilidad de una línea de producción fordista y que garantizaba que el gaseamiento y la incineración de los judíos tuviese lugar en un único espacio adecuadamente diseñado y debidamente ventilado.

Pero el verano en que Walter se convirtió en recluso de Auschwitz, la situación se había recrudecido mucho. Los cadáveres de los gaseados se enterraban sin más en unas zanjas profundas excavadas en el bosque de Birkenau. La propia tierra parecía protestar, negándose a engullir a aquellos muertos: era como si, con el calor, partes de los cadáveres emergieran de ella. El hedor era nauseabundo y se esparcía por todo el campo. Los cuerpos en descomposición exudaban unos fluidos negruzcos y malolientes que se filtraban al suelo y contaminaban las aguas freáticas. Aun obviando el riesgo que eso representaba para la salud en toda la zona, apenas servía para disimular lo que los nazis estaban haciendo.

Como los nuevos crematorios todavía no habían entrado en funcionamiento y los enterramientos masivos eran una práctica repulsiva, había que encontrar otras opciones. Las SS contaban con una unidad secreta de especialistas encargada de discurrir el mejor sistema para deshacerse de los cuerpos. El método más eficaz parecía ser uno que se había ensayado en Chełmno. Primero, se cavaba una fosa profunda. Luego, se llenaba con los muertos. A continuación, se prendía fuego a los cadáveres. Una vez hecho esto, se enviaba maquinaria pesada para triturar los restos óseos hasta convertirlos en polvo, que luego se podía esparcir sin dejar rastro.

A Höss, el comandante de Auschwitz, le pareció tan

buen sistema que ordenó destinar el *Sonderkommando* a una nueva tarea: exhumar los cuerpos ya sepultados en Birkenau. Eso suponía que los prisioneros tenían que desenterrar los cadáveres en descomposición con las manos desnudas y luego, a punta de pistola, amontonarlos en zanjas y prenderles fuego para que ardieran al aire libre. Después, gracias a la pesada máquina trituradora, no quedaban más que cenizas y fragmentos de hueso, que se recogían y se arrojaban a los ríos y pantanos de los alrededores, donde ya no representaban un indicio incriminatorio. El resto se utilizaba para fertilizar los campos y las tierras de labranza circundantes. Aun reducidos a cenizas y polvo, los judíos estaban obligados a servir al Reich.

Walter fue entendiendo todo esto de manera lenta y fragmentaria. Debían de correr rumores, por supuesto, con origen en los pocos prisioneros que conocían los secretos de Auschwitz, empezando por los del propio *Sonderkommando*. Pero seguramente esas habladurías circulaban tan solo entre quienes ostentaban un mayor rango dentro de la jerarquía de los internos; es improbable que llegaran a oídos de un muchacho que apenas llevaba un par de meses en el campo.

De modo que los conocimientos de Walter se limitaban a lo que podía ver en Kanada: los bienes mundanos que los muertos habían dejado tras de sí, una pieza de equipaje por cada alma extinguida por los hombres que gobernaban ese lugar. Debió de deducir, por lógica, que si Kanada manaba leche y miel era porque quienes habían llevado hasta allí tales delicias habían sido asesinados.

Walter tenía aún dieciocho años cuando dejó de resistirse a la evidencia, cuando empezó a asimilar que estaba prisionero en un lugar donde se mataba a escala industrial y que el colectivo que se pretendía erradicar era el suyo.

Pero casi no tuvo tiempo de asimilarlo porque hubo nuevos descubrimientos: otra revelación relacionada con la anterior y que, a su manera, resultó igual de impactante.

8

Un gran negocio

Lo que Walter vio en Kanada era la prueba de que Auschwitz no había perdido su ambición fundacional, concebida por Heinrich Himmler. Aunque su principal negocio fuera ahora el del asesinato en masa, los nazis estaban claramente resueltos a que Auschwitz continuara siendo un centro económico y a que, a pesar de su nueva misión, reportara beneficios.

Porque Kanada era una empresa comercial. Todo lo que no estuviera roto se recogía, clasificaba, almacenaba y reempaquetaba para su consumo en la madre patria. En solo un mes, unos ochocientos veinticuatro contenedores de carga se despacharon por ferrocarril desde Auschwitz hacia el Reich,[1] y eso solo por lo que respecta a los que transportaban productos textiles y de cuero. Walter era testigo de ese tráfico en primera persona: veía cómo cada día de la semana los trenes de mercancías se detenían para que los cargaran con bienes robados. Podían ser camisas de hombre de alta calidad los lunes, abrigos de pieles los martes, ropa para niños los miércoles... Nada se desperdiciaba. Hasta la ropa inservible se apartaba para clasificarla: grado 1, grado 2, grado 3; las prendas de esta última categoría, la peor, se enviaban a las fábricas de papel, donde las reducían a las fibras básicas para reciclarlas. Todo cuanto tuviera una gota de valor, los nazis lo exprimían. El asesinato y el latrocinio iban de la mano.[2]

Algunos de esos bienes se distribuían gratuitamente entre los alemanes necesitados, quizá a través del Winterhilfswerk, el Auxilio de Invierno. A una madre de Düsseldorf, cuyo marido estuviera luchando en el frente oriental, podía levantarle los ánimos recibir un capote grueso de invierno o un par de zapatos nuevos para los niños, siempre y cuando no se fijase demasiado en las marcas que indicaban el lugar donde había estado la estrella amarilla o no pensara en las criaturas que habían llevado esos zapatos antes.

Además de ropa de mujer, ropa interior y ropa de niño, los alemanes racialmente puros podían optar a colchones de plumas, edredones, mantas de lana, chales, paraguas, bastones, termos, orejeras, peines, cinturones de cuero, pipas y gafas de sol, así como espejos, maletas y cochecitos de bebé procedentes del abundante suministro que tanto llamaba la atención a Walter. Había tantos cochecitos que solo para trasladar un lote de varios cientos al patio de carga —empujándolos a la manera habitual en Auschwitz, es decir, en filas de cinco— hacía falta una hora entera.[3] Los alemanes étnicos asentados en los territorios recién conquistados también podían acceder a ayudas, en forma de muebles y artículos domésticos, quizá ollas, sartenes y utensilios varios. Las víctimas de los bombardeos aliados que hubieran perdido sus hogares también tenían derecho a beneficiarse del botín almacenado en Kanada: podían recibir manteles o implementos de cocina. En cuanto a los relojes, lápices, maquinillas de afeitar eléctricas, tijeras, billeteras y linternas, si era necesario se reparaban y se enviaban a las tropas del frente,[4] sin olvidar a los pilotos de caza de la Luftwaffe, a los que se entregaban las plumas estilográficas con las que los judíos, en su día, habían plasmado por escrito sus palabras y pensamientos.[5]

Algunos artículos encontraban nuevo dueño sin salir del depósito. Los SS que podían permitírselo se regalaban un viaje a Kanada en compañía de sus esposas y revolvían el tesoro en busca de algo que les hiciera gracia, ya fuera una elegante pitillera para él o un vestido sofisticado para ella. El lugar rebosaba de lujos para todos los gustos.

Sin embargo, no eran estas delicias las que conferían a Kanada su valor económico o las que acercaban a Auschwitz a su objetivo fundacional de convertirse en una empresa lucrativa. El gran tesoro se encontraba en ese banco donde las mujeres exprimían los tubos de pasta de dientes en busca de joyas o rollos de billetes. Aparte de los productos de alta calidad, en Kanada abundaban las piedras y los metales preciosos y el dinero en efectivo.

Walter veía aquellos bienes con sus propios ojos, a menudo apenas ocultos, simplemente guardados por las víctimas en el equipaje. Podían ser dólares o libras esterlinas, cualquiera de las monedas fuertes que los deportados hubieran obtenido con la venta de sus propiedades: casas y negocios eran vendidos a precio de saldo durante las apuradas horas previas a su expulsión de los países donde sus familias habían residido desde hacía generaciones. Había un equipo especializado en encontrar dinero y joyas, pero en Kanada todo el mundo se sabía el argot: los *napoleones* eran las monedas de oro que tenían la efigie del emperador francés; los *cerdos*, las que lucían, todavía un cuarto de siglo después de la revolución bolchevique, la cara del zar ruso. Parecía haber divisas de todos los rincones del mundo, no solo francos y liras, sino también pesos cubanos, coronas suecas o libras egipcias.

Walter nunca había visto tamaña riqueza, una fortuna colosal que se depositaba billete a billete y moneda a moneda en un baúl reservado para tal fin. Todos los objetos de valor robados iban a parar a ese baúl: relojes de oro, diamantes, anillos, así como el dinero. Al final de cada turno, el baúl solía estar tan lleno que los SS eran incapaces de cerrarlo. Walter observaba cómo el nazi a cargo presionaba la tapa con la bota, forzándola a cerrarse.[6]

Para el Reich, esto representaba un gran negocio. Más o menos una vez al mes, hasta veinte maletas colmadas de riquezas pertenecientes a las personas asesinadas, junto con varias cajas repletas con otros objetos de valor, se cargaban en camiones y se trasladaban con escolta armada al cuartel general de las SS en Berlín.[7] Su destino era una determinada cuenta del Reichsbank, a nombre de un individuo formidablemente rico —y del todo ficticio—: Max Heiliger.

No todo el oro que se enviaba para enriquecer al inexistente *herr* Heiliger procedía de alianzas, brazaletes y collares, y no todo pasaba por Kanada. También había otra fuente. Los nazis habían decidido que no bastaba con saquear las pertenencias de los asesinados: de sus cuerpos también podía extraerse un capital. A los hombres del *Son-*

derkommando a cuyo cargo estaba sacar los cadáveres de las cámaras de gas minutos después de su muerte se les asignó una tarea adicional. Debían raparles el pelo a los muertos. El pelo tenía valor tanto comercial (hubo fardos de tela hechos con pelo humano que terminaron en fábricas alemanas)[8] como militar (podía utilizarse en bombas de acción retardada, como parte del mecanismo de detonación).[9] El mejor pelo era el de las mujeres, ya que era más grueso y largo que el de los hombres y los niños.[10]

A los cadáveres se los despojaba también de las prótesis, que se guardaban para su reutilización o reventa. Sin embargo, el activo más lucrativo era uno interno. Algunos miembros del *Sonderkommando* tenían orden de abrir las bocas de los muertos, a menudo todavía espumosas, y revisarlas por si tenían dientes de oro. Si encontraban alguno, se lo arrancaban con unos alicates. Era una tarea dura, interrumpida de vez en cuando por breves descansos para que los «dentistas» pudieran vomitar.[11] Pieza a pieza, el trabajo iba sumando. Entre 1942 y 1944, se depositaron unas seis toneladas de dientes de oro en las cámaras del Reichsbank.[12] Cierta «Lista de bienes judíos recibidos para su entrega» elaborada a principios de febrero de 1943, de uso interno y altamente secreta, estimaba que, durante el año anterior, el botín procedente del archipiélago de campos de exterminio operados por los nazis en toda Polonia había ascendido a un total de 326 millones de marcos: en términos actuales, equivaldrían a unos 2000 millones de euros.[13]

Walter solo se enteraba de lo que veía en aquel rincón del campo donde se llevaban a cabo la clasificación, el empaquetado, la carga y el envío. A primer golpe de vista, habría parecido un almacén cualquiera, un negocio dinámico y próspero. No obstante, aunque Walter no pudiera percibir el impacto general de Kanada en la economía de guerra del Tercer Reich, pronto entendería cómo influía en ese extraño mundo al revés que era Auschwitz.

Al final de su primer día haciendo de mula de carga, esquivando las porras y los garrotes de sus supervisores nazis, acarreando maletas y baúles de un lado a otro, Walter asistió a una primera demostración de cómo funcionaban las cosas. Como siempre, él y el resto de los prisioneros se alinearon en filas de cinco, listos para marchar de regreso al campo. Sin embargo, antes había que hacer una inspección.

Seleccionaron a unos quince hombres y los registraron a fondo. Si se descubría que habían robado, aunque solo fuera una lata de sardinas, los azotaban. Veinte golpes de fusta por un par de limones, veinticinco por una camisa. Un trozo de pan conllevaba un castigo más leve: una buena patada y un puñetazo. Después de eso, el comando de ordenación se puso en marcha, pero al llegar a la puerta del campamento principal se llevó a cabo un segundo control. Allí, Fries y sus secuaces los esperaban dispuestos a registrar de arriba abajo a los hombres de Kanada. Descubrieron que uno de los prisioneros se había apropiado de una camisa y Fries lo asesinó en el acto, apaleándolo hasta matarlo. Fue el único. Los demás llegaron al bloque 4, donde tuvieron ocasión de meditar sobre lo que habían visto ese día.

Para Walter fue un momento de asombro y de oscuros presentimientos. Para los demás, la jornada transcurrida en Kanada había dado frutos más tangibles. De algún modo, aquellos prisioneros se la habían jugado no una, sino dos veces para llevarse todo tipo de tesoros. Uno se había escondido una pastilla de jabón; otro, varias salchichas. Ahora, todo iba saliendo: seis latas de sardinas por aquí, dos libras de higos por allá, limones, salami, un jamón, incluso un paquete de aspirinas. Y eso por no hablar de los pies de aquellos hombres: con gran discreción, casi todos ellos se habían deshecho de los zuecos de madera que se les entregaban a los prisioneros de Auschwitz y los habían cambiado por zapatos de verdad, algunos de ante, otros de una piel de cocodrilo que resultaba cómica por incongruente. Walter pronto hizo lo mismo, en cuanto los más veteranos le garantizaron que robar calzado no conllevaba ningún castigo. Se consideraba un beneficio extra.

Lo cierto es que trabajar en el comando de ordenación permitía que un puñado de reclusos se dieran una vida de lujos improbable y surrealista. Las clasificadoras podían llevar ropa y zapatos nuevos cada día, además de ropa interior fresca. Podían dormir en camisones de seda y con sábanas de algodón. Tenían acceso a perfumes y medias, y, si trabajaban en el turno de noche, podían pasar la tarde tomando el sol, refrescándose con agua o leyendo alguno de los muchos libros que los condenados habían metido en las maletas.[14] Mientras tanto, el aire se llenaba de olor a carne quemada.

Pero el botín que los prisioneros del bloque 4 se estaban sacando de las mangas, los pantalones y las guerreras en esos momentos tenía una finalidad distinta. Los prisioneros de Kanada no se habían llevado aquellos artículos para uso y disfrute propio. Su función era otra, porque en Auschwitz, un limón no era un simple limón. Era una unidad monetaria. Igual que el resto de los artículos que se guardaban en Kanada.

Entre ellos lo llamaban «organizarse». Si uno quería sobrevivir a Auschwitz, tenía que «organizarse», es decir, hacerse con cosas que no eran oficialmente suyas, ya fuera robándolas o comerciando con quien las tuviera. La moneda básica del reino era la ración de comida. Los encargados de servir la sopa o de repartir el pan se guardaban una parte para poder «organizar» algún favor gracias a un trozo extra de margarina o un pedazo de patata. Pero gracias a la existencia de Kanada, la economía de los prisioneros de Auschwitz se volvió mucho más elaborada.

Con delicatesen y artículos de lujo, uno podía comprar lo que le hiciera falta, aunque a menudo el tipo de cambio fuera perverso. Un anillo de diamantes podía cambiarse por un vaso de agua; una botella de champán, por pastillas de quinina; una piedra preciosa, por una manzana para alimentar a un amigo enfermo y hambriento.[15]

El valor del dinero en efectivo era distinto en Auschwitz. En cierta ocasión, Walter estaba clasificando la mercancía de un cargamento de judíos polacos procedentes de Grodno, que, para lo que habitualmente se veía en Kanada, era de mala calidad, desde luego nada comparable a los tesoros que llegaban con los judíos de Francia, Países Bajos o Bélgica, comunidades que no habían sufrido la ocupación nazi, y sus consiguientes privaciones, desde hacía tanto tiempo. Había una hogaza de pan que tenía algo extraño. Su consistencia no era la adecuada. Partió un trozo y vio que habían vaciado parte del pan. Dentro encontró veinte mil dólares en billetes de cien.

Walter hizo un cálculo rápido. Podía cumplir las órdenes y depositar el dinero en efectivo en el baúl reservado para las divisas y los objetos de valor. O podía intentar quedárselo. Ahora bien, ¿para qué le iba a servir? Las necesidades de un prisionero de Auschwitz eran casi infinitas, pero no era mucho lo que podía conseguir con dinero.

Aun así, Walter decidió arriesgarse. Se escondió los doscientos billetes y esperó hasta que le dieron un descanso para ir al baño. No tenía sentido, lo sabía. Si lo pillaban con el dinero, el castigo sería la muerte, estaba seguro. Pero se arriesgó de todos modos. Y esa vez nadie lo detuvo.

Cuando llegó al baño, o al agujero en el suelo que hacía las veces de retrete, no lo dudó: cogió el dinero y lo arrojó dentro. ¿Fue un acto de resistencia? En parte. Él y el resto de los prisioneros de Kanada ya habían adquirido la costumbre de usar los billetes de veinte dólares como papel higiénico (aunque para eso eran preferibles las libras inglesas, ya que estaban impresas por una sola cara).[16] Mejor eso que permitir que los nazis se hicieran con moneda fuerte. De modo que sí, fue un pequeño acto de sabotaje. Pero destruir veinte mil dólares era también un acto de rencor.[17] Walter no podía quedarse con ese dinero. Tampoco podía regalárselo a nadie. Aun así, no se le ocurría ningún buen motivo para que se lo quedaran los alemanes. Si no lo destruía, el Reich se enriquecería aún más. Las personas que se lo habían ganado habían sido destruidas, así que lo correcto era destruir también el dinero. Esa era la lógica de Walter. Y las letrinas parecían el lugar adecuado para ello.

Lo cual no quiere decir que en Kanada no encontrara cosas de valor. Dos de los hallazgos más patéticos que había en el equipaje de las víctimas eran los libros de texto y los cuadernos de ejercicios: confirmación de que los nazis habían engañado con éxito a los judíos haciéndoles creer que las «zonas de reasentamiento» eran auténticas comunidades, con escuelas para sus hijos. Todos los papeles tenían que ser quemados, por supuesto, pero un día Walter encontró un atlas infantil. El instinto le hizo hojear las páginas hasta encontrar un mapa de Silesia: recordó sus tiempos de colegial —parecía haber transcurrido una eternidad desde entonces— que esa era la región triangular que confinaba con Alemania, Polonia y Checoslovaquia, por lo menos entonces. Arrancó la página y se la escondió bajo la camisa.[18]

Cuando llegó el momento, volvió a la letrina. Esta vez, sin embargo, se tomaría un momento antes de destruir lo que se había quedado. Se puso a estudiar el mapa lo más metódicamente posible para calcular con exactitud dónde estaba el campo y dónde estaba él. Luego se deshizo del papel, no sin antes haber memorizado la información y lo que esta significaba para su sueño de evadirse.

La mayoría de las cosas que se encontraban en Kanada eran valiosas en un sentido más directo: por aquello que podía comprarse con ellas. Y es que en Auschwitz existía un intrincado mercado negro, sobre todo entre los «veteranos», aquellos que se habían ganado un puesto como *kapos* o como decanos de bloque. Intercambiaban los bienes que podían obtener por privilegios, pero también por seguridad y vidas humanas: las suyas y las de aquellos a quienes les apeteciera proteger. Un decano de bloque tenía acceso a las raciones destinadas a los prisioneros a su cargo. Un *kapo* en la cocina tenía acceso a la carne. Ambos podían utilizar esas mercancías para comprar un trato preferente, para ellos o para otros.

En el sistema financiero de Auschwitz, Kanada desempeñaba las funciones de banco central: era donde se almacenaba la riqueza. Y, sin embargo, se daba una paradoja perversa: los prisioneros judíos que trabajaban ahí tenían mayor acceso a esa riqueza que los *kapos* o los nazis. La mayoría de los hombres de las SS no podían entrar como si nada, revolver entre la mercancía y quedarse lo que les viniera en gana. Necesitaban que un interno robara las cosas para ellos. A cambio, el prisionero obtenía la seguridad de que ningún SS lo registraría al salir. Artículos de valor a cambio de hacer la vista gorda. Ese intercambio acabaría sentando las bases de las relaciones comerciales que se desarrollaron entre los miembros de las SS y el puñado de prisioneros de Auschwitz que podían poner los pies en Kanada.

Esas relaciones pronto crearon una jerarquía entre la población presidiaria. Los presos con acceso a las riquezas de Kanada podían sobornar a los *kapos* y a los SS con el fin de obtener mejores puestos de trabajo para ellos, sus familiares o amigos. Podían comprar al decano del bloque un espacio mejor en el barracón o un muy necesario descanso en la enfermería, además de la promesa de que los protegerían, en lugar de dejarlos morir.

Oficialmente, las SS no toleraban la corrupción. Inspeccionaban los barracones, en teoría para buscar artículos robados; pero lo que hacían en realidad era extorsionar a los decanos del bloque para que les pagasen con alguna de las delicias salidas de Kanada. Los decanos tenían que dar a los SS lo que pidieran, y para ello confiaban en los reclusos capaces de «organizarse». A cambio, esos reclusos obtenían una mejora de sus condiciones.

Así funcionaba la peculiar economía política de un campo de exterminio en el que los bienes mundanos de un pueblo condenado se robaban y almacenaban formando una montaña de riquezas que crecía cada día. Y ahora que trabajaba en Kanada, Walter Rosenberg se hallaba en el meollo del asunto.

Demostró ser un trabajador fiable. Al poco tiempo, los veteranos lo llamaban ya por su nombre. Lo ascendieron, ya no se limitaba a acarrear baúles y maletas hasta los almacenes, sino que pasó a la fase siguiente del proceso: transportar mantas llenas de ropa hasta el puesto de clasificación, operado por mujeres, muchas de ellas compatriotas eslovacas. Como todo el mundo allí, aprendió a comerciar constantemente: a deslizarles una tableta de chocolate a las chicas a cambio de un poco de pan y queso, un sorbo de limonada o una simple sonrisa.

El supervisor directo de Walter, un *kapo* con triángulo verde llamado Bruno, lo utilizaba como mensajero personal y le mandaba llevar regalos a su amante, una vienesa preciosa que a su vez supervisaba a las clasificadoras eslovacas. Walter iba de un lado para otro, ora con una naranja fresca, ora con una botella de buen vino. La pareja de *kapos* tenía hasta un nido de amor, hecho con montones de mantas, escondido en uno de los almacenes.

Sin embargo, durante un turno Bruno forzó demasiado la máquina. Cargó a Walter de tal forma que este parecía una heredera en unos grandes almacenes: una botella de Chanel, sardinas de Portugal, salchichas *gourmet* de Alemania, una tableta de chocolate suizo elegantemente envuelta, todo ello escondido entre un montón de ropa. Fue entonces cuando el SS a cargo de Kanada, el *Scharführer* Richard Wiegleb,[19] decidió registrar a Walter y le mandó que dejara lo que llevaba en el suelo. Allí salió todo el cargamento.

—Vaya, vaya, qué ropa tan curiosa —dijo Wiegleb mientras registraba los artículos uno a uno.

Exigió saber quién había metido a Walter en eso. Sabía que era Bruno, pero quería una confirmación. Y tenía la intención de apalear a ese joven judío hasta conseguirla. Ordenó a Walter que se agachara.

—¿Quién te lo ha dado? —le preguntó, antes de descargarle un golpe de vara en las nalgas—. ¿Quién te lo ha dado?

Repitió la pregunta una y otra vez mientras le hacía saltar la piel a tiras. Cada vez que la vara subía y bajaba, Walter sentía los ojos de toda la cuadrilla de Kanada clavados en él; aunque siguieran con sus tareas, lo observaban.

Ese día Wiegleb le administró cuarenta y siete golpes.[20] Algunos de los veteranos de Kanada dijeron que había batido un récord. Y aunque el tormento lo hizo desplomarse al suelo inconsciente, Walter Rosenberg nunca respondió a la pregunta del hombre de las SS.

Cuando volvió en sí, el dolor era insoportable. Casi no podía moverse. Sabía que no estaba en condiciones de trabajar, lo que en Auschwitz era presagio de muerte. Los azotes infligidos por Wiegleb le habían dejado una herida abierta que se había infectado, y su sistema inmunitario apenas podía defenderse debido al deficiente régimen de alimentación, higiene y sueño que imperaba en Auschwitz. Las piernas y las nalgas se le hincharon como globos. En la nalga izquierda le salió un absceso que requería drenaje. Si no se lo curaban, se moriría. Había que operarlo.

En Auschwitz, la simple idea de una operación resultaba ridícula. Haría falta una «organización» a gran escala: médicos, camilleros, decanos de bloque. Y habría que sobornarlos a todos. Muy pocas personas en el campo tenían mano para lograr algo así. Lo cual quería decir que el destino de Walter dependía de Bruno, el *kapo*: ¿reconocería que tanto él como su amante vienesa le debían la vida a Walter? Nada lo obligaba a interceder. De hecho, lo más fácil era dejar que Walter se muriera y se llevara su secreto con él. Ahora bien, si lo dejaba morir, ningún recluso, ni siquiera un *kapo*, volvería a jugársela por Bruno. Esta era la clase cábalas que uno hacía en Auschwitz.

De modo, pues, que Bruno pactó y negoció hasta que consiguió que atendieran a Walter y le suministrasen medicamentos, comida y bebida, todo ello procedente de Kanada. La gente le debía tantos favores que lo logró. La operación, que tuvo lugar el 28 de septiembre de 1942 —mientras las fuerzas alemanas y el Ejército Rojo libraban una batalla sin cuartel en Stalingrado—, fue traumática. Walter sintió la incisión de la cuchilla antes de que la anestesia hiciera efecto. Intentó gritar, pero no pudo emitir sonido alguno. Poco después, se desmayó del dolor.[21]

No obstante, la operación fue un éxito: Walter recibió el alta una semana más tarde.[22] No era la primera vez que lo derribaban y volvía a levantarse. Ahora debía reincorporarse de inmediato al trabajo. El problema era que lo habían destinado a las obras del complejo industrial de Buna. Dado el estado en que se encontraba, ese tipo de trabajo podía matarlo.

Walter mencionó el nombre de Bruno a uno de los médicos del hospital,[23] y eso bastó para que la orden fuera revocada y lo reasignasen al comando de ordenación. Presentarse en Kanada resultaba demasiado arriesgado: Wiegleb lo vería e interpretaría aquello como un desafío. Pero Bruno tenía una solución. Walter iría a la fuente. Trabajaría en la rampa.

9

La rampa

Aquella no era la primera rampa de descarga —en realidad, un andén ferroviario— que se utilizaba en Auschwitz. Walter conocía la primera: del lugar donde subían y bajaban de los vagones de ganado él y los demás prisioneros que eran enviados a Buna en tren a trabajar. La nueva rampa sustituía a esa y acababa de entrar en funcionamiento. Se encontraba en la estación de mercancías que en su momento daba servicio a la ciudad de Oświęcim, situada entre el llamado campo madre, Auschwitz I, y su vástago Birkenau, o Auschwitz II, que pronto lo aventajaría en tamaño. Ahí era adonde llegaban los cargamentos masivos de judíos. La llamaban la *alte Judenrampe*: la vieja rampa judía.

Walter trabajaría en el pelotón de esclavos que recibía a los condenados cuando estos bajaban de los trenes. Su labor consistía en ocuparse de los equipajes y desalojar por completo los vagones de ganado que los habían llevado a Auschwitz.

Este no era un trabajo muy buscado entre los prisioneros de Kanada. Desde el punto de vista físico, era más exigente que trabajar en los almacenes y las mesas de clasificación, y también más peligroso. La tasa de mortalidad de quienes trabajaban cerca de Wiegleb y sus hombres era alta, pero la de la rampa lo era aún más. A veces, los SS perdían la paciencia y la tomaban con ellos. Querían que todo se hiciera muy rápido.

Walter trabajó en la rampa diez meses seguidos.[1] Durante ese tiempo, ayudó a descargar unos trescientos cargamentos, y vio las caras atónitas y asustadas de unos trescientos mil judíos, si no más: niños y padres, ancianos y jóvenes, personas humilladas y personas desafiantes procedentes de todo el continente en lo que para la mayoría serían sus últimas horas de vida. A medida que pasaban las noches y los días se convertían en semanas y luego en meses, y a medida que aquellas decenas de miles de rostros pasaban frente a él, el viejo sueño de la fuga no remitía. Aunque sí cambiaba. Se convirtió en algo más duro y afilado, templado no tanto por la esperanza como por la determinación. Lo que aspiraba a lograr trascendía a su propia persona.

El trabajo funcionaba de la manera siguiente: los cargamentos solían llegar por la noche. Cuando el tren que transportaba una nueva remesa de judíos se encontraba a unos veinte kilómetros de distancia, se mandaba un aviso a Auschwitz, donde el oficial de guardia hacía sonar un silbato y gritaba: «¡Llega el transporte!».[2] A continuación, el equipo de recepción —oficiales de las SS, médicos, *kapos*, conductores— ocupaba posiciones y los hombres de las SS se dirigían a la *Judenrampe* en camión o en moto. Mientras, un destacamento del comando de ordenación, formado por unos doscientos prisioneros y conocido como *Rollkomman-*

do,[3] o grupo rodante, recibía la orden de prepararse.[4] Daba igual que fuera entrada la noche o las cuatro de la madrugada: un hombre de las SS acudía al bloque 4, los despertaba y los hacía salir a pie, hasta que dejaban atrás las vallas eléctricas, las torres de vigilancia y las ametralladoras del campo principal de Auschwitz, escoltados por un grupo de las SS que los había estado esperando junto a la entrada principal.

Desde ahí, marchaban los doce o trece minutos que se tardaba en llegar a un andén de madera junto a un tramo de vía férrea que se desviaba de la línea principal.[5] El andén era largo y estrecho, de apenas tres o cuatro metros de ancho por unos quinientos metros de largo; suficiente, en cualquier caso, para una locomotora con cincuenta vagones de ganado.[6] Walter y el *Rollkommando* ocupaban sus puestos y aguardaban.

Seguidamente, un grupo de hombres de las SS, quizá un centenar, ocupaban también sus puestos: se colocaban uno cada diez metros por toda la plataforma, de tal modo que esta quedara rodeada por los cuatro costados. Llevaban fusiles y perros. Solo entonces se retiraba la escolta que había traído a Walter y a los demás, ya que los hombres del *Kanadakommando* se encontraban ahora dentro de un cordón armado. Cuando se encendían las luces eléctricas, la rampa quedaba iluminada como si fuera mediodía. Aunque hiciera un frío glacial, los prisioneros debían esperar con sus bastos uniformes a rayas en filas de cinco, como de costumbre.

La vía principal distaba no más de veinte metros. Era una línea importante que conectaba Viena con Cracovia, y a veces los trenes regulares de pasajeros pasaban lo suficientemente despacio como para que los prisioneros pudieran ver a los viajeros. Walter miraba el vagón restaurante y se preguntaba qué pensarían aquellas damas y aquellos caballeros de los espectros que formaban en fila junto al andén iluminado.[7] A lo mejor parpadeaban y, en cuanto se daban cuenta, ya habían pasado de largo. A lo mejor ni siquiera los veían.

Poco después llegaba otro grupo, integrado por los oficiales de las SS, hombres de un rango más elevado que el de los guardias que formaban el cordón. Walter pensaba en ellos como en una élite de gánsteres:[8] pulcros como mafiosos, con sus impecables uniformes y sus botas bien lustradas, con esos aires que confieren los galones. Los botones de sus uniformes eran dorados, no plateados, y en vez de burdos garrotes, sostenían bastones de caballero; algunos llevaban guantes blancos.[9] Eran entre una docena y una veintena, incluido un médico. Este grupo era el que estaba al frente de la operación.

Por fin, se daba la señal y el tren entraba despacio, con la locomotora por delante. Walter observó que los maquinistas de la cabina siempre eran civiles.

Los guardias del cordón exterior no se movían. El comandante del tren hacía entrega de unos papeles y unas llaves a su homólogo del andén. Después, el oficial a cargo distribuía las llaves entre sus subordinados y estos se colocaban delante de los vagones, generalmente un SS por cada dos o tres vagones. Entonces, a una señal convenida, daban un paso al frente y abrían los coches. Walter y los demás veían por fin a la masa humana que iba dentro.

«Alles raus! Alles raus!».[10] A veces, para recalcar las órde-

nes, los SS daban patadas o bastonazos a las primeras personas que salían del vagón. Cerca de ellos estaban los *kapos*, armados con sus propios garrotes y porras. Walter sabía en qué condiciones se encontraban los recién llegados: sedientos, hambrientos, desorientados tras varios días hacinados en aquel espacio minúsculo y fétido con tanta otra gente. Y ahora, antes de que sus ojos se hubieran adaptado a la luz deslumbrante de los reflectores, los bajaban a empellones y los hacían moverse a toda prisa. «¡No cojáis el equipaje! ¡Dejadlo todo dentro!».

Inmediatamente, los deportados eran agrupados en dos columnas de a cinco, una para los hombres y otra para las mujeres y los niños. En un visto y no visto, las familias quedaban divididas, los maridos separados de las esposas, las madres de los hijos. En el cielo nocturno empezaba a resonar el llanto de las despedidas.

Mientras tanto, y bajo la batuta de los *kapos* y sus garrotes, Walter y sus compañeros se encargaban de vaciar los vagones. A toda velocidad, Walter se subía a uno de los coches y, ajeno al hedor, recogía un par de bolsones pesados, bajaba de un salto y los arrojaba al montón que rápidamente se iba formando en la rampa. Durante los primeros días, su atención se centró en dominar los requisitos físicos del trabajo y en ver qué podía sacar de aquella tarea. Privados de la generosidad, mucho más accesible, del cuartel general de Kanada, él y los otros doscientos hombres del *Rollkommando* tenían que buscarse la suerte por su cuenta.

Walter aprendía rápido y enseguida supo distinguir a simple vista si en una maleta había ropa, utensilios de cocina o comida. Al poco tiempo, ya era capaz de correr con dos maletas mientras le daba bocados a un salami que luego le pasaba a otro recluso, todo ello sin que lo descubrieran. Además, desarrolló una nueva habilidad: la de abrir latas y engullir su contenido en pocos segundos sin ser visto.[11]

Los chicos de Kanada sabían de dónde eran los judíos del cargamento por las provisiones que llevaban consigo. Si encontraban queso, señal de que acababan de llegar judíos de los Países Bajos. Si encontraban sardinas, señal de que eran judíos franceses. La *halva* y las aceitunas identificaban a los judíos griegos de Salónica,[12] que vestían con colores que Walter no había visto nunca y hablaban una lengua nueva para sus oídos asquenazíes: el ladino o judeoespañol de los judíos sefardíes.[13] Llegaban a Auschwitz procedentes de todas partes, y lo hacían por miles.

Cuando la última bolsa o maleta había sido descargada del tren —y cargada en los camiones para llevarla a Kanada—, el *Rollkommando* procedía a registrar a los muertos. El orden de prioridades era muy claro, y cualquier desviación era punible.[14] A fin de cuentas, el principal negocio de Kanada consistía en la sustracción de bienes mundanos. Los equipajes eran lo primero; los muertos, lo segundo.

La recuperación de los cadáveres era una tarea imprevisible. En pleno invierno, los cargamentos procedentes del este tardaban diez días y podían arrojar un saldo de hasta una tercera parte de los pasajeros, unas trescientas personas, muertas al llegar. En cambio, si el tren provenía del oeste, de Praga, Viena o París, donde los nazis tenían que mantener cuando menos la apariencia de que aquella era una operación de reasentamiento civilizada, y si el viaje no duraba más de un par de días, podía ser que solo hubiera tres o cuatro cadáveres a bordo. Lo mismo valía para los agonizantes, aquellos que aún no estaban muertos, pero que no tenían fuerzas ni para levantarse ni para bajar del tren, ni siquiera bajo la amenaza de las porras de bambú de los SS. De ellos también había que ocuparse, y *Laufschritt*: aprisa, siempre aprisa.

Eso significaba agarrar todos los cuerpos inmóviles —a razón dos reclusos por cadáver o semicadáver, uno levantando por los tobillos, el otro por las muñecas— y correr, espoleados por los garrotes y porras del *kapo* y los SS, hasta el fondo del andén, donde una flota de camiones, a veces media docena, esperaban para trasladar a los fallecidos al lugar donde hubiera que deshacerse de ellos. Los camiones eran basculantes, de los que pueden levantar la caja para volcar la carga de arena o grava, pero para esa operación la plataforma permanecía plana y abierta. Walter y su compañero portacadáveres tenían que subir los escalones situados en la parte trasera del vehículo —«*Laufschritt, Laufschritt*»—, donde otros prisioneros recibían el cadáver y lo apilaban. Mientras, Walter y su compañero ya habían dado media vuelta y regresaban corriendo al tren vacío para recuperar a otro de los judíos que no habían sobrevivido al viaje. En ningún momento se separaba a los muertos de los agonizantes.[15] No había tiempo ni medios para distinguir entre ambas categorías. Respirasen o no, los cuerpos se arrojaban al camión y este cubría el breve trayecto hasta el crematorio, donde los incineraban.

Las dos columnas de deportados avanzaban ahora hacia la élite mafiosa, el comité examinador que decidiría su destino. Ellos no lo sabían, pero los recién llegados estaban a punto de pasar una criba. Si los enviaban a la derecha, partirían los primeros, los registrarían como prisioneros y les darían la oportunidad de trabajar y, por consiguiente, de vivir, aunque solo fuera por un tiempo. Si los mandaban a la izquierda, su destino inminente era la muerte.[16]

La persona a cargo solía ser el médico de guardia, a veces Josef Mengele, a veces un simple cabo del servicio sanitario,[17] al que correspondía apartar a quienes no fueran aptos para el trabajo: viejos, enfermos, niños. Walter reparó en que las mujeres atractivas de entre dieciséis y treinta años solían pasar al grupo de las supervivientes, pero las ponían en una fila aparte.[18] Podía haber mujeres que estuvieran sanas y fuertes y en perfectas condiciones de trabajar, pero si tenían hijos pequeños, el dedo del SS señalaba hacia la izquierda: los nazis no querían que las madres montaran un drama en la rampa al verse separadas de sus hijos. Era más sencillo, y más limpio, mantenerlos juntos y asesinarlos a ambos.

Todo eso ocurría a gran velocidad y, a veces, en medio del ruido del andén y de la cacofonía de los diferentes idiomas, el seleccionador prescindía del gesto con el dedo y usaba la empuñadura del bastón para agarrar por el cuello al judío que tuviera delante y enviarlo a derecha o izquierda.[19] Eso resultaba útil sobre todo cuando, por ejemplo, un hijo y un padre suplicaban que no se los separasen: entonces, el oficial de las SS los separaba físicamente.

Dentro de las SS, quienes tenían capacidad de decisión, discutían sobre qué proporción de los judíos deportados convenía asesinar de inmediato y qué proporción convenía indultar, o más exactamente, asesinar a un ritmo más lento, mediante la «aniquilación por trabajo». Algunos querían que se esclavizase al mayor número posible de judíos: ¿por qué desperdiciar su valor como trabajadores sin haberlo explotado? Aunque estuvieran demasiado débiles para trabajar más de una o dos semanas, sin duda unas pocas horas de mano de obra eran mejor que ninguna. Otros opinaban que era una necedad lastrar la productividad de Auschwitz con judíos que no estuvieran sanos ni fuertes: lo mejor era enviarlos a las cámaras de gas sin malgastar, por poco que fuera, los recursos del campo.[20]

La discusión se repetía constantemente, sin que Heinrich Himmler, el jefe de las SS y el único hombre con autoridad para decidir al respecto, ordenara cómo resolverla. Ya que no en la teoría, por lo menos en la práctica el debate estaba zanjado. Cuatro de cada cinco judíos que llegaban a Auschwitz eran seleccionados para la muerte inmediata. Quienes parecían demasiado viejos o demasiado jóvenes para trabajar, así como quienes estaban visiblemente débiles o enfermos, iban a la izquierda. Una vez ahí, durante la mayor parte del tiempo que Walter estuvo trabajando en la rampa, les indicaban que se subieran a uno de los camiones de las SS o bien que recorrieran a pie los dos kilómetros y medio que separaban el campo de la Casita Roja o la Casita Blanca, donde los esperaba la muerte.

En este proceso de selección, que tenía lugar cada noche, el *Rollkommando* no tenía otra función que la de observar. En Buna o en las graveras, Walter había realizado tareas que le partían el lomo a uno, pero la que ahora tenía encomendada le partía el corazón. Bajo la luz deslumbrante de los reflectores, en medio del caos y el barullo, los gritos y las lágrimas, tenía ocasión de ver de cerca el rostro de los condenados. Y eran muchos. Un muchacho de menos de veinte años, obligado a contemplar el último adiós de madres e hijos, de padres e hijas, minutos antes de ser asesinados, y a apenas unos metros de ellos. Había aprendido a soportar el hambre, la suciedad, la fatiga y la violencia constante y arbitraria, a dejar que su cuerpo absorbiera los golpes. Pero ahora era su alma la que recibía las palizas.

En los almacenes de Kanada, entre los montones de mantas y zapatos, podía intuir la existencia de aquellas víctimas e imaginar sus vidas. Pero ahí, en la rampa, podía verlas. Y con cada tren que llegaba, revivía un terror que la mayoría de la gente solo experimentaba una vez: el terror de llegar a Auschwitz.

Ver todo aquello destruía a algunos y hacía perder la cordura a otros. Ambas cosas eran frecuentes en Auschwitz. Para Walter, desde luego, fue un mazazo, hasta el punto de que el resto de los prisioneros notaron en él un cambio. El adolescente altivo, incluso arrogante, que había llegado a Auschwitz empezaba a mostrar signos de nerviosismo y depresión.[21] Según algunos, se había vuelto emocionalmente volátil.

Y aun así, ni sucumbió ni perdió la cordura. Al contrario, aplicó su precoz entendimiento —el entendimiento de quien había sido capaz de aprender química solo, sin más ayuda que un manual prohibido— a lo que veía. Quizá solo fuera su manera de afrontar la situación, una especie de distanciamiento voluntario; la cuestión es que, mientras que otros habrían preferido no ver, Walter decidió observar hasta el último detalle.

Eso le permitió apreciar ciertos cambios: un día, los SS

se comportaban amablemente y, al siguiente, se hartaban de dar porrazos y patadas; una noche llegaba un único cargamento y, a la siguiente, cinco o seis; a veces, el porcentaje de recién llegados destinados a la cámara de gas era del 75 % y otras del 95 %. Walter sabía suficiente de ciencias como para saber que lo importante era detectar patrones, y en poco tiempo encontró uno. Con el tiempo, el patrón se le hizo cada vez más evidente y eso volvió a infundirle la determinación, urgente y categórica, de salir de allí.

Había mucho que asimilar, sobre todo para una persona tan joven: Walter era a la vez testigo y objetivo de un proyecto homicida a escala industrial que afectaba a todo el continente, un proyecto cuyo fin consistía tanto en erradicar a un pueblo entero como en obtener réditos para los asesinos. Ahora empezaba a ver qué era lo que hacía posible toda aquella empresa. Poco a poco comprendió que los nazis habían urdido una enorme y devastadora trampa, y que el crimen que tenía lugar ante sus ojos se basaba en un elemento único y crucial: el engaño.

Los nazis mentían a sus víctimas a cada paso de aquel viaje rumbo a la destrucción, una y otra vez, y otra, y otra. La gente que salía de aquellos vagones hediondos había subido a ellos convencida de que la llevaban a emprender una nueva vida: el «reasentamiento en el este», lo llamaban. Aquellos judíos empacaban sus pertenencias y se aferraban a ellas porque creían que iban a construir un nuevo hogar donde necesitarían ollas y sartenes, ropa de abrigo y juguetes para sus hijos. Y si lo creían, era porque se lo habían dicho los nazis, e incluso sus amigos y familiares, a través de aquellas postales que nadie sabía que habían sido escritas a punta de pistola —mensajes de alegría forzada como los que Walter había oído leer en el tren de camino a Majdanek—, con el único propósito de corroborar aquella patraña.

La mentira continuaba en cuanto los hombres de las SS abrían los vagones. Si tenían prisa porque había que procesar cinco o seis cargamentos en un día, actuaban con brutalidad. Pero si tenían tiempo, cuando el clima era agradable y el aire cálido, los SS alargaban el paripé: fingían que el espantoso viaje que los recién llegados habían tenido que soportar era una anomalía, un error que estaba a punto de ser rectificado.[22] «Por el amor del cielo —decían—, ¿en qué condiciones les han hecho viajar esos malditos eslovacos? Esto es inhumano». Quienes llegaban desde París o Ámsterdam, personas educadas para esperar lo mejor de los civilizados alemanes, estaban predispuestos a creerlos y suspiraban aliviados al ver que, por fin, estaban en manos de oficiales alemanes, los cuales, como no podía ser de otro modo, se asegurarían de que no les faltase ni comida ni agua, de que su equipaje estuviera bien cuidado y de que todo volviera al orden.

Si el tiempo no apremiaba, la farsa proseguía mientras los recién llegados subían a los camiones que los trasladaban a las cámaras. Los SS, con unos modales impecables, ayudaban a los enfermos a subir a los vehículos. En cuanto a los que se dirigían a pie a las cámaras de la muerte, los nazis los distraían preguntándoles por sus cualificaciones profesionales o por el oficio que ejercían en su país. ¿Por qué les preguntaban todo eso, si no tenían la menor intención de servirse de las habilidades de los deportados?

Cuando alguien preguntaba adónde los llevaban, la respuesta era: «A desinfección». Teniendo en cuenta las deplorables condiciones en que habían hecho el viaje, parecía lógico. Para mayor tranquilidad de todos, a la altura de Birkenau, aparecía una ambulancia —una furgoneta militar de color verde que lucía una cruz roja— que se paraba a recoger a quienes no podían terminar el trayecto por su propio pie. Dentro del vehículo iba un médico, pero su misión no era curar a los enfermos ni salvar vidas. El médico, que pertenecía a las SS, era el encargado de supervisar el gaseamiento y el vehículo iba lleno de botes de Zyklon B. Walter lo sabía perfectamente porque la furgoneta con la cruz roja salía de Kanada y a él mismo le había tocado alguna vez cargar en ellas los mortíferos botes.[23]

El escenario del crimen en sí estaba tan camuflado como el arma homicida. Los condenados creían que los habían llevado a un lugar apartado y bucólico, una granja rodeada de árboles frutales, con un par de cabañas de madera donde podían desvestirse. Al lado de los crematorios IV y V había parterres con flores.[24]

Una vez allí, el engaño continuaba. Para los judíos, eran sus últimos minutos de vida, pero los nazis los animaban a creer en un futuro inexistente. «¿Y usted a qué se dedica? ¿Zapatero?» —volvía a preguntar alguno—. Nos hacen muchísima falta, ¡después de esto, venga a verme inmediatamente!».[25] Mientras las víctimas obedecían la orden de quitarse la ropa, los SS les decían que estaban a punto de bañarse, que estuvieran tranquilos y que después les darían «café y algo de comida».[26] Luego les recordaban que atasen los zapatos por pares, para que no se extraviasen y «después no hubiera que perder el tiempo buscando la pareja».[27] En realidad, lo que hacían los SS era ser pragmáticos: en Alemania, los zapatos de los niños asesinados solo eran útiles si llegaban en pares.[28] El engaño no terminaba ni siquiera cuando los judíos accedían a la cámara de gas. El cartel de la puerta decía: «A los baños». En el crematorio II, del techo de la cámara propiamente dicha, asomaban varias duchas falsas[29] (incluso el propio gas formaba parte del engaño: los fabricantes de Zyklon B habían modificado su producto, eliminando el olor artificial que hasta entonces alertaba a quien se encontrase lo bastante cerca para inhalarlo; ahora, lo único que delataba su presencia era el olor a almendras amargas del cianuro de hidrógeno).[30] Walter pronto comprendió que todo aquello no era una broma cruel y elaborada, sino que obedecía a un fin claro y racional. Resultaba evidente para cualquiera que, como él, trabajase en la rampa.

Él y sus compañeros del comando Kanada tenían órdenes estrictas de no decir ni media palabra a nadie que bajara de los trenes. No se permitía ningún tipo de contacto. Y Walter había visto lo que ocurría cuando alguien infringía esa regla.

Una noche llegó un cargamento procedente del campo-gueto de Theresienstadt, en Checoslovaquia. Era uno de esos cargamentos occidentales con los que los nazis se esforzaban por mantener las apariencias, y en los que la mercancía humana llegaba en condiciones relativamente aceptables. Una de las deportadas era una madre checa bien vestida que llevaba a sus dos hijos pequeños de la mano. Se la veía claramente aliviada de haber llegado a su destino. «Gracias a Dios que ya estamos aquí», le dijo a un oficial alemán. Era una de esas personas convencidas de que la nación de Goethe y Kant aportaría por fin un poco de cordura a todo aquel asunto.

Aquello fue demasiado para uno de los jóvenes compañeros de Walter, que, al pasar junto a ella, siseó unas palabras que pretendían a la vez regañarla y prevenirla: «Pronto estaréis muertos».

La mujer parecía menos asustada que ofendida ante semejante intromisión por parte de aquel hombre cadavérico y de hálito repulsivo con la cabeza afeitada y vestido con un pijama de rayas al que, sin duda, habían hecho prisionero por haber cometido algún crimen. ¿Por qué si no iba a estar ahí, con ese aspecto? Acto seguido, se acercó a un oficial alemán cual clienta agraviada de unos grandes almacenes de Praga que exige hablar con el gerente. «Caballero, uno de esos facinerosos me ha dicho que nos van a matar a mí y a mis hijos», protestó en perfecto alemán. El hombre de las SS, con las manos enguantadas y el uniforme bien planchado, le dirigió su más honrada y benévola sonrisa y dijo: «Querida señora, aquí somos gente civilizada. ¿Cuál de estos indeseables le ha dicho eso? Señálemelo, si es tan amable».[31] La mujer hizo lo que le pedía, y el oficial sacó un cuaderno y anotó en silencio el número del prisionero, visible en la camisa. Más tarde, cuando todo había terminado y la gente se había ido, el oficial buscó al prisionero y mandó que se lo llevaran al otro lado del tren y le pegasen un tiro. Walter fue uno de los que cargaron el cadáver de regreso al campo. Más o menos al mismo tiempo, la mujer que se había quejado era gaseada, junto con sus dos hijos pequeños.

Otros presos trataban de ser más discretos o de dar consejos útiles cuando se acercaba la selección. «Di que tienes dieciséis años», le susurraban a algún adolescente. «Diles que tienes treinta y cinco años», le sugerían a otro que hubiera superado la cuarentena. «Ponte erguido. Di que te encuentras bien. Sé fuerte». Lo más duro de todo era el consejo que les daban a las madres: «Abandonad a vuestros hijos, dejad que se los lleven los mayores». ¿Qué se supone que debe hacer una madre cuando le dicen algo así? ¿Cómo comprender un consejo cuya premisa es: «Tus hijos morirán de todos modos, sálvate al menos tú»?

Quienes transmitían esas advertencias se arriesgaban a acabar como el muchacho al que habían asesinado ante los ojos de Walter. Los nazis hacían todo lo posible para disimular sus intenciones, generalmente cortando el suministro de información. Walter y el resto del *Rollkommando* tenían órdenes de evitar que los cargamentos dejasen ningún rastro: nada debía revelar que alguien había pasado por la misma *Judenrampe* apenas unas horas antes. Había que limpiar hasta la última mancha. También había visto cómo los hombres de las SS caminaban entre los judíos mientras estos se alineaban en la plataforma, exigiendo silencio «¡A callar todo el mundo! —gritaban—. ¡Esto no es la sinagoga!».[32] Tenían su motivos para pedir eso: si nadie hablaba, nadie podía compartir rumores ni expresar posibles dudas o conjeturas. Nadie podía preguntar en voz alta: «¿Qué nos van a hacer?».

Las SS no querían que se filtrase el menor indicio de las matanzas que allí se perpetraban. Ese es uno de los motivos por los que los nazis desarrollaron un elaborado repertorio de eufemismos destinados a encubrir lo que estaban haciendo. Los judíos que llegaban no eran asesinados, sino que se los sometía a *manipulación especial* o a *tratamiento especial*. Quienes luego tenían que despedazar sus cadáveres, cortarles el pelo y arrancarles los dientes de oro eran miembros del *escuadrón especial*, nombre anodino para una tarea horripilante. Ese era también el motivo por el que los SS intentaban amortiguar los gritos de los moribundos con el ruido de los motores al ralentí; el motivo por el que las cámaras de gas se ubicaban en lugares remotos y apartados de la vista; el motivo, en definitiva, por el que Auschwitz había sido elegido para efectuar esas matanzas: en parte, porque estaba aislado. Era algo que no debía saber nadie.

A fuerza de correr de un lado a otro por la rampa durante diez largos meses, ya fuera cargando cadáveres o maletas, Walter comprendió por qué los nazis se empeñaban tanto en que sus víctimas ignorasen su destino hasta el final.

Necesitaban que la maquinaria de matar funcionara fluidamente y sin interrupciones, y eso requería que sus víctimas estuvieran tranquilas o, cuando menos, se mostraran dóciles. Dadas las presiones de tiempo a las que a menudo se veían sometidos los SS, con otros cargamentos en camino, no había tiempo para retrasos motivados por el pánico o, peor aún, la rebelión. Lo ideal era organizar un desembarque plácido y cordial para que las víctimas mantuvieran la calma. Ahora bien, cuando el tiempo apremiaba, también era posible poner orden a golpe de porra. Sea como fuere, lo primordial era asegurarse de que los judíos que bajaban de esos trenes no supieran el destino que los aguardaba. De lo contrario, podía darles por gritar y empujar, por negarse a formar en filas de cinco, por correr hacia las alambradas o, quién sabe, incluso por atacar a sus captores. Evidentemente, al final los nazis los habrían sometido y apaciguado: los SS iban armados con subfusiles y sus víctimas solo contaban con su cuerpo, debilitado por el hambre y la sed. Aun así, a veces en aquel andén llegaban a congregarse más de mil personas, en una proporción de diez a uno frente a los nazis. Permitir que los judíos supieran lo que los esperaba habría sido como arrojar arena en los engranajes de la máquina que se disponía a devorarlos. Quizá no habrían logrado detenerla, pero un gesto de desafío, por modesto que fuera, podía ralentizarla.

Walter lo tenía cada vez más claro. La fábrica de muerte que los nazis habían construido en ese lugar maldito dependía de un principio básico: que las personas que llegaban a Auschwitz no supieran adónde iban ni para qué. Esa era la premisa sobre la cual se sostenía todo el sistema.

No hacía falta una revuelta a gran escala para perturbar aquel equilibrio. Incluso un leve estallido de pánico entre los condenados podía desestabilizar a los nazis y sus planes. Para Walter, Auschwitz era un matadero, y él había visto suficientes mataderos en la Eslovaquia rural como para saber que es mucho más fácil sacrificar corderos que cazar ciervos.[33] Atrapar animales individualmente, cazándolos uno por uno, es tarea lenta y laboriosa. Ni punto de comparación, en cuanto a rapidez y eficiencia, con conducir a miles de personas en manada hacia la muerte de manera pulcra y ordenada. Los nazis habían ideado un método que se asemejaba más a un matadero bien regentado que a un pelotón de fusilamiento.

Walter lo había entendido bien porque cada día y cada

noche se asomaba al umbral de ese matadero. El mero hecho de ver aquello lo rompía por dentro. Durante esos diez meses, hubo compañeros que temieron que Walter Rosenberg pudiera tocar fondo. Sin embargo, justo cuando parecía que iba a derrumbarse, lo invadió un impulso ardiente e imparable: tenía que actuar.

No tardó en darse cuenta de lo que tenía que hacer. Si el complot nazi para aniquilar a los judíos dependía de que las futuras víctimas ignorasen totalmente su destino —para que se comportasen como corderos y no como ciervos salvajes—, el primer paso para frustrar aquel plan asesino consistía en acabar con la ignorancia, en informar a los judíos de que los nazis habían dictado contra ellos la pena capital. Era el único modo de poner fin a aquella escabechina. Alguien tenía que evadirse y dar la voz de alarma, avisar de que Auschwitz era sinónimo de muerte. Hacia la época en que cumplió dieciocho años, en septiembre de 1942, harto de ver cómo los SS decidían quién debía vivir y quién morir con solo mover un dedo, Walter decidió que ese alguien sería él. Y la oportunidad se le presentó antes de lo que habría imaginado.

10

Un chico memorioso

La oportunidad se presentó por accidente y sin avisar. Era de noche y Walter estaba en la rampa haciendo lo de costumbre: trotando de un lado a otro del andén, acarreando maletas de dos en dos, mientras los oficiales de las SS les decían a los recién llegados del último cargamento que no se preocupasen por el equipaje, que el «escuadrón de criminales» —es decir, los prisioneros del *Rollkommando*— se encargaría de todo y les ahorraría la molestia de cargar con las maletas. Los criminales, añadían los SS, estaban sometidos a la más estricta disciplina, «de modo que no tienen que preocuparse por sus pertenencias. Déjenlo todo aquí».[1]

En un momento dado, mientras llevaba una maleta en cada mano y una mochila a la espalda, Walter tropezó y se fue al suelo. El pie se le había enganchado en un tablón suelto de la plataforma de madera. Al caer de bruces, reparó en algo en lo que nunca se había fijado: a través de los tablones, vio que entre la plataforma y el suelo había unos tres metros. La idea se apoderó de él al instante. Ahí mismo, bajo la rampa, había un hueco. Lo cual quería decir que había un escondite.

Terminó su turno, pero la idea empezaba a cobrar forma. La rampa estaba desgastándose por el uso constante: cientos, a veces miles de personas, pisaban la superficie de madera noche tras noche. Tenía que haber más tablones sueltos. Si conseguía arrancar aunque fuera uno, lejos de la vista de la muchedumbre, podría deslizarse a través del hueco y esconderse.

El truco era esperar. El procedimiento de las SS con cada nuevo cargamento consistía, en un primer momento, en rodear todo el tren, pero a medida que el comando Kanada terminaba con un vagón y pasaba al siguiente, el cordón se iba estrechando: los SS no se molestaban en rodear los vagones ya vacíos. Eso quería decir que si uno esperaba el tiempo suficiente debajo de la rampa y luego reptaba hasta el final del tren, donde no lo viera nadie, se encontraría con el andén vacío y sin vigilancia. Estaría fuera del cordón.

Además, la ubicación era perfecta. La rampa estaba en tierra de nadie, entre el campo principal de Auschwitz y Birkenau, fuera del perímetro exterior de ambos.[2] Uno podía esperar hasta que la selección de esa noche hubiese terminado —hasta que los SS despachasen a los últimos deportados al campo como prisioneros o a las cámaras de gas y regresasen por fin a su cuartel— y luego escapar a pie a través de la campiña polaca.

La noche siguiente y las sucesivas, Walter se dedicó a inspeccionar la rampa y a planear la evasión. Tendría que esconder comida y ropa, robada de Kanada. Se fijó en si los SS apostaban algún guardia al fondo del andén. En caso afirmativo, si solo era un hombre, Walter contaba con que podría dejarlo fuera de combate con un cuchillo sin hacer ruido.

Sobre todo, examinó el suelo de madera en busca de un tablón más débil y manejable que pudiera levantarse y recolocarse en su sitio en uno o dos segundos. Enseguida se hizo un mapa mental de toda la superficie. Se sentía a punto para intentarlo cualquier día, en cualquier momento, esa noche mismo.

Pero entonces el *Rollkommando* regresó a la rampa para ocuparse de otro cargamento y Walter vio que todo estaba distinto. Los huecos habían desaparecido. Previendo quizá que la plataforma podía venirse abajo, el comandante del campo había ordenado que la reforzaran con hormigón. Había ocurrido de un día para otro. Walter tardó apenas un instante en llegar a la triste conclusión de que ya no era posible escapar por esa vía.

Eso significaba que tendría que seguir trabajando en la rampa, viendo cómo enviaban a los judíos a la muerte, tomando nota mental de todo lo que presenciaba, en previsión del día en que pudiera contárselo al mundo. Más tarde entendería que, en cierto modo, necesitaba esa misión que él mismo se había encomendado. Lo ayudaba a sobrellevar el día a día y a soportar lo que ocurría no solo a su alrededor, sino también —y esto ya era más difícil de expresar— en su interior.

Con solo dieciocho años, Walter fue testigo de unos acontecimientos tan desgarradores que le habrían cambiado la vida a cualquiera. Y tuvo que presenciarlos no una ni dos veces, sino un día tras otro. Porque estaba en Auschwitz, un lugar donde los límites morales se habían disuelto hacía tiempo y donde todo estaba permitido.[3] Un lugar donde el doctor Mengele castigó en una ocasión a una mujer judía convirtiendo a su hijo en perro porque ella, en defensa propia, había matado a un perro de ataque de las SS: Mengele hizo que adiestraran al niño a latigazos para que corriera a cuatro patas, ladrara sin cesar, y atacara y mordiera a los judíos.[4] Walter vivía en un lugar donde un prisionero podía robarle el pan a otro, aun cuando ese prisionero estuviera muriéndose y el pan estuviera cubierto de heces.[5] Un lugar donde, después de un fusilamiento, los prisioneros se acercaban corriendo a los cadáveres todavía calientes para comerse las partes que pudieran de ellos. Alguno llegó a asegurarle a otro que el cerebro humano es tan delicado que puede consumirse crudo, sin cocinar.[6]

En la rampa, Walter veía cómo los nazis blandían varas de bambú para dirigir a los niños y a cualquiera mayor de cuarenta años hacia la muerte en las cámaras de gas, y no hacía nada para impedirlo. Él mismo cargaba los botes de Zyklon B. Sin duda, tenía el deber moral de correr hacia el primer SS que encontrase, echarle las mano al cuello y estrangularlo sin pensar en las consecuencias.[7] ¿No era ese su deber?

A fin de cuentas, no podía alegar ignorancia. A diferencia de esas familias que se habían subido ordenadamente al tren con destino a Auschwitz, acatando las instrucciones de no llevar más que los veinticinco kilos de equipaje autorizados, él *sí* sabía. La venda del engaño se le había caído de los ojos hacía mucho tiempo.

Walter quería actuar; resultaba humillante permanecer en silencio a la vista de toda aquella muerte.[8] Peor aún, su trabajo en la rampa lo convertía en colaborador de aquella gran mentira: al limpiar esos vagones, al eliminar hasta el último rastro de cada cargamento, contribuía a mantener en la ignorancia al siguiente lote de víctimas, y al siguiente, y al siguiente.

Al mismo tiempo, sabía que no podía hacer nada. El motivo no era tanto la certeza de su muerte instantánea, sino las inevitables represalias que se seguirían, no contra él, que ya estaría muerto, sino contra sus compañeros, los que quedasen allí. Cualquier acto de resistencia obtenía como respuesta un castigo instantáneo y absolutamente desproporcionado. Si Walter hubiera atacado a un solo hombre de las SS y lo hubiera matado, los SS habrían matado ¿a cuántos?, ¿cien prisioneros? Y que los matasen era lo de menos; la muerte sería una liberación después del suplicio al que sus captores los habrían sometido antes. Las SS tenían imaginación en ese aspecto; Walter había oído historias sobre aquel infierno conocido como bloque 11, el bloque de investigación, o más exactamente, el bloque de las torturas.[9] De modo que no, cualquier acto de heroico sacrificio en la *Judenrampe* quedaba descartado porque uno nunca se sacrificaba solo. Y a los reclusos los unía cierto sentido de la responsabilidad mutua. No solo eran prisioneros; eran rehenes.

Y, sin embargo, como tantos jóvenes inteligentes antes y después que él, Walter anhelaba que su vida, y sobre todo su forzoso silencio y su inacción ante el mal extremo, tuviera algún sentido. Si vivía lo suficiente como para escapar y prevenir a los judíos de cuál era su destino en ese lugar maldito, ¿podría eso justificar el que hubiera contemplado impotente cómo se cometía una masacre ante sus ojos? Si era capaz no solo de observar ese horror, sino también de dar testimonio de lo que había visto, ¿podría eso justificar su supervivencia?[10] Aquel Walter adolescente todavía no conocía la expresión *culpa del superviviente*, pero la intuía y trataba de anticiparse a ella.

Fue entonces, con esa misión autoimpuesta en mente, cuando Walter se propuso una tarea que pudiera dar sentido a su descenso a los infiernos y cambiar el curso de la historia: registraría todo lo que viera. No en un diario lleno de agudas observaciones humanas, ni tampoco en notas y bocetos de los que algún día pudieran derivarse grandes obras de arte (por otra parte, y aunque él no lo supiera, en Auschwitz ya había otros que se ocupaban de eso). No, Walter era un estudiante que había destacado en matemáticas y ciencias naturales. Su lenguaje eran los números y los datos concretos. Recabaría pruebas relacionadas con la industrialización del asesinato.

Y luego las memorizaría: el número de trenes, el número de vagones por tren, el número aproximado de pasajeros, el punto de origen. No tenía ni idea de cómo conseguiría sacar de allí esa información, pero el instinto le decía que, para que fuera efectiva —para que fuera *creíble*—, tendría que ser detallada y precisa. Pronto ideó un método que funcionaba como los juegos de memoria infantiles.[11] Todos los días se repetía a sí mismo lo que ya sabía, y al final añadía la nueva información que hubiera obtenido ese día. El truco estaba en aprenderse la montaña de datos que acumulaba en su cabeza a fuerza de escalarla a diario, familiarizándose una y otra vez con todas sus capas antes de añadir una nueva. Hay que admitir que los nazis se lo pusieron fácil.

El sistema de numeración que habían impuesto —por el que a cada deportado que sobrevivía a la selección y se convertía en prisionero le grababan en la carne una serie de dígitos que lucía también en el uniforme— hacía las veces de precioso archivo y recordatorio de los cargamentos anteriores. Porque los números no eran aleatorios, sino que seguían un orden cronológico: cuanto más reciente era el cargamento, mayor era el número.

Con el paso del tiempo, Walter aprendió a interpretar esas cifras y las historias que contaban. Si veía una camisa con un número entre el 27 400 y el 28 600, sabía que estaba ante alguien digno del mayor respeto, un superviviente del primer convoy de varones judíos eslovacos, llegado en abril de 1942.[12] Si el número se encontraba entre el 40 150 y el 43 800, era muy probable que el portador hubiera llegado a Auschwitz procedente de Francia, en alguno de los tres cargamentos de junio de 1942. Un número entre el 80 000 y el 85 000 denotaba que el prisionero era de los pocos seleccionados para trabajar entre los deportados de los camiones (no trenes) que durante un periodo de treinta días habían ido llegando sin interrupción cargados de judíos polacos provenientes de los guetos de Mława, Maków, Ciechanów, łomża, Grodno y Białystok. Aparte de esos cinco mil, el resto eran lo que Walter y sus compañeros llamaban «civiles»: mujeres, hombres y niños que nunca trabajarían como esclavos en Auschwitz y cuya única experiencia del campo se reducía al andén, el camión y, finalmente, la cámara de gas.[13]

Walter tenía ejemplos de esos números por todo el campo, en las camisas de quienes habían sido enviados a la derecha en lugar de a la izquierda en la *Judenrampe*. Ellos eran un registro viviente de los trenes y camiones que habían pasado por Auschwitz repletos de condenados a muerte.

Gracias a su quehacer diario en la rampa, vaciando cargamentos sin parar, Walter tenía una perspectiva que pocos tenían. Y trabajar en el *Kommando* de ordenación le había permitido ver lugares que otros no veían o no vivirían para recordar. En noviembre de 1942, por ejemplo, un grupo de trabajadores de Kanada fueron enviados a recoger un montón de ropa a la cámara de gas del campo principal de Auschwitz. Walter fue uno de ellos. Desde fuera, vio el tejado cubierto de tierra y, una vez dentro del edificio, las puertas tipo garaje de la cámara de gas y las dos aberturas laterales. Incluso entró en la cámara propiamente dicha y miró hacia las tinieblas.[14]

Quizá su proyecto de ver y recordar, de contabilizar a las víctimas de los nazis conforme llegaban, era quijotesco y estaba condenado al fracaso; podían matarlo en cualquier momento y todo ese saber metódicamente acumulado en su cabeza perecería con él. Ahora bien, si aquello tenía algún sentido, Walter Rosenberg era uno de los más indicados para intentarlo. Gozaba de acceso a mucha información y tenía la capacidad para recordarla.

A medida que pasaban los meses y seguía subiéndose a esos asquerosos vagones de ganado para descargar bagajes repletos de objetos de valor y baratijas sentimentales, provisiones de víveres y reliquias familiares, no hacía sino convencerse más y más de que había entendido bien a los nazis.

El deseo de las SS se cifraba en llevar a cabo el proceso de destrucción sin contratiempos, y, para conseguirlo, era imprescindible que reinase la más absoluta y hermética ignorancia.[15] Un incidente ocurrido en la rampa confirmó esa hipótesis.

Fue un instante tan fugaz que bien podría haberse evaporado. Pero Walter no lo olvidó jamás. Era una noche fría de finales de 1942 y, durante unos segundos, la burbuja de ignorancia bajo la cual los nazis habían tratado de esconder a sus víctimas se punzó.

Ocurrió en torno a la medianoche. Walter y los demás habían recibido un cargamento de judíos franceses: de esos que solían facilitarles el trabajo a los nazis. Eran judíos de Europa occidental que no se habían curtido el pellejo en los guetos, los pogromos ni las recientes persecuciones; habían tenido una vida en general cómoda y su primer instinto los movía a creer lo que dijeran las autoridades. Y, en efecto, esa noche de invierno estaban haciendo exactamente lo que les decían. Acababan de formar en fila para ser seleccionados.

De repente, entre la oscuridad apareció un camión. Walter y los demás estaban acostumbrados; era la rutina de cada noche. Dentro, iban los cadáveres de los prisioneros fallecidos ese día —los que habían muerto a golpes, aplastados bajo el peso del trabajo, el hambre, la enfermedad o rematados en la enfermería—, que se llevaban desde el campo principal de Auschwitz hasta Birkenau para incinerarlos. El trayecto obligaba a cruzar las vías del tren, justo por delante del andén.

Por lo común, cuando el vehículo se acercaba, se daba

una señal y las luces de arco voltaico que inundaban la rampa se apagaban durante dos o tres segundos para que el camión cruzase. Pero esa noche el interruptor falló y las luces permanecieron encendidas.

Eso supuso que los deportados franceses, perfectamente alineados a la espera de nuevas instrucciones, vieran —a plena luz de las farolas— cómo el vehículo se aproximaba a la vía férrea. En el momento de cruzar las vías, el vehículo se encalló debido al peso excesivo de la carga.

La gente del andén se quedó mirando, bajo la blanca luz eléctrica, cómo el camión rebotaba y se mecía de un lado para otro cada vez que intentaba avanzar, pero retrocedía nuevamente. A cada golpe de gas, la plataforma temblaba y los cadáveres se desplazaban.[16] Walter y los recién llegados contemplaron cómo los miembros sin vida asomaban como ramitas por el lateral del vehículo. Los brazos parecían señalar una macabra despedida.

Los judíos franceses, con sus abrigos de invierno, lo vieron y su reacción fue involuntaria. Soltaron un gemido, un débil grito de horror colectivo ante la imagen de aquellas decenas de cadáveres amontonados como si fueran basura. Pero había algo más en aquel gemido: había desesperanza, pues algunos habían comprendido a buen seguro lo que aquel grotesco espectáculo auguraba en relación con su destino.

Por un segundo, Walter pensó que había llegado el día: ese iba a ser el instante de histeria colectiva, el detonante del pánico incontrolado que había estado esperando. ¿Se volverían esos judíos de París, Marsella, Niza o de dondequiera que fueran hacia sus captores y les exigirían saber qué demonios estaba ocurriendo? ¿Se abalanzarían los más fuertes sobre los SS y reducirían quizá a alguno para arrebatarle el arma? Aprovechando el tumulto que sin duda seguiría, mientras los nazis intentaban restablecer el control, alguien podría huir adentrándose en la oscuridad. Podía ser cualquiera de los recién llegados, o quizá alguno de los miembros del comando Kanada. A lo mejor el propio Walter.

Pero entonces el camión dio otro golpe de gas, el motor gruñó, los resortes crujieron y finalmente el vehículo cruzó las vías. Se alejó, abandonó el espacio iluminado y se perdió entre la noche. Había desaparecido. Y con él, el clamor de la lamentación y el pasmo. Los gemidos cesaron y reinó de nuevo el silencio.

El momento había durado tres o cuatro segundos y después se había desvanecido. Durante ese brevísimo intervalo, los judíos del andén habían tenido ocasión de asomarse al abismo. Walter los observó, agotados tras el viaje e ignorantes de la depravación que, a esas alturas, había devenido rutina para él y sus compañeros, y vio cómo volvían a formar recuperando la entereza. Actuaban como si el camión hubiera sido un truco de la luz, un espejismo que no podía existir, no en el mundo que ellos conocían.[17] Llegaron a la conclusión de que eran sus ojos, no sus captores, los que les mentían.

Así que no hubo rebelión, ni aquella ni ninguna otra noche. Los judíos franceses que habían bajado del tren se pusieron en fila, como les habían ordenado. Seguían el dedo del SS que los enviaba a la izquierda o a la derecha. Los de la izquierda marcharon sin armar ruido ni alboroto hacia las cámaras de gas, donde la mayoría había muerto en el plazo de una hora.

Pese a todo, aquel gemido fugaz infundió esperanzas en Walter. Era la prueba de que, una vez reventada la burbuja de la ilusión, la gente reaccionaba, aunque solo fuera como acto reflejo.

Había sacado una conclusión que para él se convertiría en un artículo de fe, en un credo irrevocable que motivaría todas y cada una de las decisiones que hubiera de tomar en el futuro. Ahora comprendía que la diferencia entre el conocimiento y la ignorancia, entre la verdad y la mentira, era la diferencia entre la vida y la muerte.

A partir de entonces tuvo claro que los judíos condenados a la destrucción solo podían plantar cara a su suerte si cobraban conciencia inequívoca de esta antes de que fuera demasiado tarde. Walter tenía que hallar el modo de salir de allí y contarle al mundo lo que estaba sucediendo. Todavía no lo sabía, pero estaba a punto de conocer a las personas que podían ayudarlo.

11

Birkenau

Todo fue gracias a un piojo. Concretamente, el piojo del tifus. La matanza selectiva de finales de agosto de 1942 había traído un breve respiro, pero al cabo de unas semanas la situación volvía a ser la misma. Prueba de ello eran los andares tambaleantes e inseguros de los prisioneros que hacían lo imposible por mantenerse erguidos ante el ojo de halcón de Jakob Fries. A pesar de que su sección del comando Kanada se apropiaba de algunas de las cosas que encontraban en la rampa y, por tanto, estaba mejor alimentada, Walter también empezaba a sentir mareos y sus movimientos eran tan inestables como si hubiera dado un trago de ese licor de contrabando que corría por Auschwitz. Él y su amigo Josef resolvieron que lo mejor era esconderse un par de días y evitar así que tras una inspección los mandasen a la enfermería —donde los médicos de las SS hacían sus propias cribas dos veces por semana, lunes y jueves, para eliminar a los no aptos—, antesala de una muerte prematura.

Ambos se presentaron en uno de los puestos de ambulancias que, desde el anterior brote de tifus, se repartían por el campo y que tenían autoridad para conceder uno o dos días libres a los trabajadores esclavos. Los muchachos pensaron que habían hecho lo correcto, sin salirse de las normas.

Sin embargo, su decisión se reveló sumamente ingenua y peligrosa. Walter y Josef acababan de entregarse sin querer. Le habían hecho el trabajo a Fries. Walter cayó en la cuenta de ello a raíz de uno de esos arbitrarios actos de bondad que parecieron salpicar su vida durante aquellos años. Había ido a darle las gracias al camillero que le había concedido un día libre, y entonces este, un prisionero polaco, le dijo la verdad: que había registrado a Walter para su traslado al hospital, donde le inyectarían una dosis letal de fenol. En un gesto de generosidad que desafiaba cualquier sentido racional, el hombre accedió a borrar su nombre de la lista.

Walter fue en busca de Josef para avisarlo, pero su amigo y camarada desde Majdanek, veterano de Buna y, anteriormente, del almacén de alimentos de las SS, no le hizo caso. Estaba convencido de que era Walter el que había sido engañado, que era más seguro estar dentro que fuera de la lista. Josef estaba equivocado y, cuando llegó el momento, se lo llevaron junto con el resto de los supuestos portadores del temido tifus. Más tarde, Walter supo que su amigo no había muerto bajo la aguja del médico. En el último momento, forcejeó con los *kapos* y corrió hacia la alambrada, donde lo abatieron. Por muy desesperado que hubiera sido ese último gesto, Josef Erdelyi se había mantenido fiel al sueño que ambos habían acariciado desde el principio: había intentado escapar.

Walter sentía que el tifus arreciaba, así que no había

tiempo para llorar. Se escondió unos días en el bloque 4, pero los demás no podían encubrirlo eternamente. Estaba demasiado débil para trabajar en la rampa, pero tenía el convencimiento de que en Kanada habría algún sitio donde esconderse sin ser visto. El reto, dado que apenas podía caminar, consistía en llegar hasta allí y volver, pasando por delante del siempre vigilante Fries. Dos de sus compañeros accedieron a cargarlo hasta Kanada tomándolo de un brazo cada uno. Al pasar junto al *Oberscharführer*, lo soltaron y Walter tuvo que caminar unos cuantos metros sin ayuda. Aunque solo eran diez pasos, aquello suponía un esfuerzo titánico dado su estado de fiebre y agotamiento; pero lo consiguió.

Una vez en Kanada, acompañaron a Walter hasta el almacén donde se clasificaba la ropa. Ese era el territorio de la amante secreta de aquel *kapo* que utilizaba a Walter como mensajero para enviarle prendas de amor robadas. La muchacha se acordó de los sacrificios que Walter había hecho por ella y accedió a auxiliarlo. Las chicas del almacén le prepararon un ingenioso escondite: lo tendieron sobre un montón de ropa vieja lo bastante blando como para servir de cama de hospital y, a la vez, lo bastante alto como para quedar fuera de la vista. También le dieron pastillas para bajar la fiebre y algún que otro vaso de limonada con azúcar.

Durante tres días, lo transportaron de ida y vuelta a aquella clínica improvisada. Pero no era suficiente. Seguía sin mejorar. Pesaba apenas cuarenta y dos kilos.[1] El tifus, los azotes de Wiegleb y la intervención quirúrgica sin apenas anestesia le estaban pasando factura. Su vigor adolescente se había evaporado: apenas podía moverse, y mucho menos caminar. Era evidente: se estaba muriendo.

La única esperanza, y era bien magra, pasaba por obtener tratamiento médico. Eso significaba volver a descansar las veinticuatro horas del día en el bloque 4. Laco, el dentista eslovaco que había introducido a Walter y Josef en Kanada, el hombre que había hecho de muleta humana para que Walter pudiera pasar por delante de Fries, le encontró la medicación adecuada. No solo eso, sino que arregló las cosas para que un celador de la enfermería fuera al barracón a inyectársela.

Al igual que Walter y Laco, el celador era eslovaco. Se llamaba Josef Farber. Después de tantas noches de sudor, delirios y alucinaciones, el simple sonido de su voz supuso tal alivio que Walter no se fijó demasiado en las preguntas que ese hombre aparentemente entrado en años y de pelo entrecano —en realidad, tenía poco más de treinta años— le hacía mientras preparaba la aguja. Walter contestaba de buena gana, sin reticencias. Le explicó cómo se había convertido en el prisionero 44 070: Majdanek, Nováky, el viaje a Budapest, la huida nocturna de Trnava, todo. En un momento de máxima vulnerabilidad, desesperado, quizá por ponerse en manos de alguien que pudiera ayudarlo, bajó la guardia por completo.

El médico hizo algunos comentarios acerca de su pasado. Había estado en España durante la Guerra Civil, luchando con las Brigadas Internacionales. En cierta ocasión, había trabajado con los socialistas húngaros a los que Walter se había referido.

Entonces Walter confesó lo mucho que le preocupaba

estar perdiendo la batalla contra el tifus: la paciencia de los auxiliares de *kapo* y de Ernst Burger, el supervisor del bloque 4, no era infinita; no lo encubrirían para siempre. Farber trató de calmarlo. Los auxiliares de *kapo* también eran veteranos de la lucha antifascista en España. En cuanto a Burger, añadió: «Es de los nuestros».[2]

Aquel comentario tuvo que atravesar una bruma de fiebre y malestar para que Walter lo entendiera. ¿De los nuestros? ¿Quiénes eran «los nuestros»? Cuando finalmente comprendió, Walter sintió una euforia que no había conocido desde su llegada a ese lugar desolado. «Los nuestros». Aquello solo podía significar que en Auschwitz existía un movimiento de resistencia clandestino. ¿Y acaso la mención de ese simple posesivo, los *nuestros*, no anunciaba también que Walter Rosenberg, de dieciocho años, era uno de sus integrantes?

Walter había interpretado bien las señales. Efectivamente, acababan de reclutarlo. A pesar de su juventud, el hecho de no haber abierto la boca bajo la fusta de Wiegleb le había valido la fama de chico duro. Era lógico suponer que alguien que no hablaba ni siquiera mientras le arrancaban la piel a tiras podía soportar cualquier tortura. Y para los miembros de la resistencia, no había mejores credenciales.[3]

La posición de Walter dentro del campo cambió a partir de ese momento. Ahora gozaba de la protección de la resistencia, si bien es cierto que esta no era una entidad homogénea. Había todo tipo de grupúsculos organizados clandestinamente: miembros de tal o cual partido nacionalista checo, sindicalistas, veteranos de la misma unidad en

España, socialdemócratas, comunistas.[4] Walter era demasiado joven para contar con esa clase de historial, aunque los marxistas austriacos se quedaron impresionados al saber de su parentesco con Max, el primo de Viena: el chiquillo que había rivalizado con Walter por el afecto de su abuelo en Nitra era ahora un miembro muy activo del Partido Comunista de Austria, y sus camaradas lo recordaban.[5] El caso es que Walter acabó siendo atendido por médicos cualificados que le administraron medicamentos de verdad, procedentes del alijo de fármacos robados que pasaban por Kanada. También recibió raciones extra de comida para acelerar su recuperación. Todo bajo la supervisión de Farber y sus camaradas. El indicio más claro del privilegiado estatus del que ahora gozaba Walter era el hecho de que los auxiliares del *kapo* del bloque 4 cuidaban de él; si por la noche necesitaba ir al baño, uno de ellos se levantaba de su litera para acompañarlo.

Tenía sentido que la resistencia estuviese tan bien instalada en el bloque 4, sede del comando Kanada. Tenían acceso a las monedas de cambio imprescindibles en todo sistema clandestino. Los artículos de lujo y de primera necesidad, la ropa y el coñac que tanto abundaban en Kanada podían utilizarse para obtener favores y garantizar que quienes debían vigilar mirasen hacia otro lado, requisito indispensable en cualquier red secreta. La clandestinidad de Auschwitz podía organizarse porque podía «organizarse».

Y lo que es más, ejercía un poderoso control sobre aquellos nazis que se sentían atraídos por los tesoros de Kanada. Walter había visto con sus propios ojos la corrupción de los SS, lo fácil que era tentarlos con dinero. Porque no todo el efectivo que se metía en los baúles con destino al Reichsbank llegaba a Berlín: una parte tendía a quedarse en los bolsillos de los alemanes encargados de trasladarlo. Los prisioneros de la resistencia eran testigos o tenían conocimiento de aquellos pequeños hurtos y se valían de ello para chantajear a sus amos nazis.

Lo cual quiere decir que disponían de los medios para restablecer la salud de Walter y encontrarle un trabajo ligero en Kanada. Un joven que había sobrevivido más tiempo que la mayoría, que hablaba checo y eslovaco, y con un excelente conocimiento del alemán, el polaco y el ruso, además de algo de húngaro, era un activo que merecía la pena proteger y cultivar. Lo pusieron a clasificar la montaña de gafas que hasta poco antes habían distinguido el rostro de miles y miles de profesores y sastres, encuadernadores y relojeros, radicales y solitarios, abogados y madres, y poetas e hijas, a quienes se había enviado a morir en las cámaras de gas situadas apenas a dos kilómetros de allí.

En cuanto estuvo lo bastante recuperado, lo destinaron a robar medicamentos del almacén o a trasladar mensajes entre los distintos líderes clandestinos. Walter estaba encantado. No le importaba ser una pieza menor en la maquinaria de la resistencia. Cada acción, por pequeña que fuera, era un paso más hacia la que, sin duda, era la misión última de la resistencia: una revuelta destinada a destruir, o cuando menos sabotear, aquella fábrica de muerte.

Transcurrieron los meses, el otoño de 1942 dio paso al invierno. Walter se esforzaba por llevar la cuenta de los cargamentos que llegaban a Auschwitz, sumándolos a su libro de cuentas mental. Cuando por fin terminaron las batallas con Wiegleb y el piojo del tifus, se dedicó menos a la mera supervivencia y más a la misión que se había impuesto para sobrevivir: recopilar información. Resultaba obvio que la información era uno de los bienes más preciados de Auschwitz; no había más que ver con qué celo la custodiaban las SS. Walter, pues, empezó a investigar por su cuenta el funcionamiento de la máquina asesina de Auschwitz y aprovechó cualquier oportunidad para ampliar sus conocimientos acerca de la factoría de cadáveres que funcionaba a su alrededor. Y cuando las autoridades del campo buscaron voluntarios para trabajar en Birkenau, Walter se presentó para estudiar el sistema más de cerca.

Una vez reunida la pequeña unidad, integrada por miembros del comando Kanada, los montaron en un camión y los enviaron a Birkenau a limpiar un establo de caballos lleno hasta el techo de ropa de gente muerta.[6] Pero lo importante era la ruta que habían seguido para llegar ahí. Habían pasado por delante de una serie de hogueras excavadas en el suelo, de unos seis metros de ancho por seis de largo y otros seis de hondo,[7] que calentaban el aire aunque fuera pleno invierno. Los prisioneros ya habían visto su resplandor desde el campo principal, pero ahora Walter estaba lo bastante cerca como para sentir también su calor. Se asomó al borde de una de las fosas, y lo que allí vio no se le olvidaría nunca.

Aquella escena confirmaba que Auschwitz-Birkenau era el rincón de la tierra donde la raza humana había convertido al fin sus sempiternas fantasías infernales en una realidad material. Ahí, en el fondo de la fosa humeante, con las llamas ya casi apagadas, había huesos humanos. Entre ellos —no quemadas, sino solo carbonizadas— se veían cabezas de niños.[8] Más tarde sabría que las cabezas de los niños arden mal porque contienen demasiada agua. Los cuerpos de sus padres habían sido incinerados, pero los de los pequeños seguían siendo visibles.

Walter grabó aquella imagen en su memoria. Probablemente solo había una manera de soportar semejante visión: almacenarla en un archivo mental que algún día pudiera compartir con alguien. Si había de ser un espectador del horror, prefería ser también un testigo. Un reportero.

La Navidad llegó y se fue. Los SS obligaron a los prisioneros judíos a aprenderse y a cantar «Stille Nacht» («Noche de paz»), acaso para que los alemanes se sintieran más cerca de casa. A los que no la cantaban bien, los mataban.[9] En Birkenau, los SS colocaron un gran árbol de Navidad y, por Nochebuena, escogieron a un grupo de prisioneros. Para divertirse, les encomendaron una tarea inútil: que recogieran tierra con los abrigos. A los que recogían demasiado poca, les pegaban un tiro. Luego apilaron los cadáveres al pie del árbol, como si fueran regalos.[10]

El nuevo año trajo cambios por culpa de un rifirrafe territorial entre dos de las bestias pardas de Auschwitz: Wiegleb y Fries. La disputa se resolvió con la decisión de reubicar el comando Kanada. Lo trasladarían a Birkenau.

El 15 de enero de 1943, Walter y los demás entraron en sus nuevos barracones, y enseguida percibieron el contraste.[11] Mientras que el campo madre de Auschwitz estaba decentemente organizado, con su suelo pavimentado y sus edificios de ladrillo rojo, Birkenau era un desorden. Lo habían construido sobre suelo pantanoso y se componía de una serie de estructuras de madera que a duras penas guarecían de los elementos.

Si esas estructuras parecían tan poco aptas para la vida humana, era porque en realidad estaban destinadas a los animales. Se habían construido con unos juegos de piezas ensamblables diseñados para levantar rápidamente establos donde resguardar a los caballos del Ejército. A los SS les parecía gracioso tener a los prisioneros en esas condiciones. En el suelo de algunos barracones había paja, como si los judíos fueran ganado; en las paredes había argollas de hierro, por si había que amarrar algún animal. Las unidades estaban pensadas para albergar no más de cincuenta y un caballos,[12] pero los SS alojaron a más de cuatrocientos judíos en cada una. En las vigas podían leerse algunos lemas pintados con plantilla: «Sed honestos», «El orden es santidad» o «La higiene es salud», exhortación esta última especialmente cruel, dadas las insalubres condiciones en las que vivían los reclusos de Birkenau. Las letrinas consistían en una larga losa de hormigón con varias decenas de agujeros circulares. Defecar era una actividad en grupo; la intimidad, un mero recuerdo. Para asearse, había que hacerlo en una especie de abrevadero alargado.

El programa de matanza en Birkenau era tan peculiar como su construcción. Mientras esperaban a que se construyeran las instalaciones destinadas a los crematorios II, III, IV y V, las SS tenían que salir del paso con ese par de granjas reconvertidas en cámaras de gas. Por lo que se refiere a la eliminación de los cadáveres —primero inhumándolos y luego incinerándolos—, las SS no seguían ningún plan. Como atestiguaban aquellas fosas excavadas en la tierra, Auschwitz-Birkenau no estaba diseñado para matar a escala industrial —a diferencia de Treblinka, Sobibor o Belzec—, así que los nazis improvisaban.

Si Birkenau era por fuera más desordenado que el campo principal, por dentro era además un lugar más duro y cruel. Dejando a un lado, en aras de los cálculos, las matanzas instantáneas de «civiles» en las cámaras de gas y limitándose a las cifras de prisioneros, Walter notaba que la tasa de mortalidad de Birkenau era más alta y furibunda que en Auschwitz. Estaba acostumbrado a que los nazis asesinaran arbitrariamente, pero en Birkenau era un deporte. Cuando un *Muselmann* se caía al suelo, los *kapos* le pateaban la cabeza como si fuera un balón de fútbol. Varios de ellos competían por ver quién era capaz de matar a un prisionero de un solo golpe.[13] Si un recluso estaba demasiado enfermo para trabajar, un par de *kapos* tendían a la víctima en el suelo, le colocaban una barra de hierro en el cuello y entonces, a la de tres, saltaban encima.[14] El cuello se partía, una vida expiraba. Por todo el campo, delante de cada barracón, había montañas de cuerpos flacos como juncos, generalmente rebozados de barro. Birkenau apestaba a carne podrida.

Sin embargo, incluso en un lodazal como ese la clandestinidad estaba organizada. Farber le había facilitado un par de nombres y referencias no escritas. Gracias a eso, Walter conoció a David Szmulewski, líder *de facto* de la resistencia en Birkenau. Veterano también de las Brigadas Internacionales en España, Szmulewski era un sionista radical que había desembarcado como inmigrante ilegal en Palestina, de donde lo habían expulsado las autoridades británicas. Determinó que Walter tenía potencial y merecía conocer al resto de los dirigentes de la resistencia. En poco tiempo, Walter se introdujo en un mundo cuya existencia pocos habrían imaginado, tanto dentro como fuera de ese universo al revés llamado Auschwitz.

La resistencia había utilizado su influencia —la divisa del soborno, combinada con un persuasivo chantaje— para hacerse con puestos que antes se reservaban a la brutal casta del triángulo verde, la de los excriminales reconvertidos en *kapos*. Poco a poco, las filas de los decanos y los supervisores de bloque —los encargados de llevar el registro de reclusos de cada barracón durante los recuentos que se hacían al amanecer y por la noche— empezaron a llenarse de presos políticos con triángulo rojo. Para esos pocos afortunados —la inmensa mayoría, en torno al 80 %, polacos y no judíos—[15] las condiciones de vida eran, comparadas con las del resto del campo, indiscutiblemente lujosas.

Para Walter, esos hombres vivían como aristócratas.[16] Tenían su propio cuarto, exiguo y desnudo, pero separado del resto del barracón. Tenían acceso a comida de verdad, en lugar del pan adulterado,[17] la falsa margarina o la sopa aguada y sin sustancia con los que sobrevivían los prisioneros comunes. Esos hombres —oficialmente *kapos*, secretamente rebeldes— podían reunirse en uno de esos cuartuchos para degustar unas patatas con margarina o un tazón de gachas mientras mantenían conversaciones de alto nivel. Para Walter, el adolescente de Trnava, el mero hecho de sentarse ahí a escucharlos era un privilegio. Su admiración por esos hombres no hizo sino aumentar cuando reparó en que, en realidad, comían frugalmente, al menos teniendo en cuenta los manjares a los que tenían acceso a través de

Kanada. Podrían haber comido como los *kapos* que Walter había visto en Auschwitz I, regalándose los mejores manjares de Europa. En lugar de ello, practicaban una relativa austeridad, acaso porque eran conscientes de que fuera de aquellas estancias, tan cerca que hasta se respiraba el olor, sus compañeros de presidio se morían de hambre.[18]

Walter disfrutaba de su condición de protegido. Le agradaba que la combinación entre sus contactos con la clandestinidad y su condición de prisionero experimentado lo hiciera merecedor de cierto temor respetuoso por parte de los *kapos* del triángulo verde. Cuando no estaba trabajando —había vuelto a la rampa—, podía moverse con relativa libertad.

No obstante, aunque se alegraba de haber encontrado refugio entre la élite de los prisioneros de Birkenau, la cosa no era tan sencilla. Les agradecía la protección; admiraba su mesura. Pero albergaba ciertas dudas que habían echado raíces y se negaban a disiparse.

Quizá se debiera al trabajo que tenía: estaba presenciando la solución final desde un punto de vista íntimo, pero también a escala. Y ahora que vivía en Birkenau estaba aún más cerca de ese proceso, lo cual le facilitaba el deber autoimpuesto de recabar información relativa a los muertos. Llegó a conocer a algunos supervisores de bloque, cajeros y contables de la muerte, con cuyas cifras podía cotejar las suyas. Tenía un buen contacto en el *Sonderkommando*, el escuadrón especial de prisioneros encargados del que probablemente fuera el peor trabajo de Auschwitz, es decir, vaciar las cámaras de gas y deshacerse de los cadáveres. Su amigo Filip Müller era uno de los que trabajaban en los hornos y era capaz de calcular cuántos cadáveres había que quemar en cada turno a partir de la cantidad de combustible reservada para ello: las SS nunca se excedían en el suministro de combustible, sino que proporcionaban la cantidad justa y necesaria, no más. Día tras día, número a número, Walter Rosenberg actualizaba su cómputo, un libro de cuentas exacto pese a no tener forma escrita.

Pero la proximidad a la masacre le proporcionaba algo más que detalles estadísticos. Ahora era un testigo más directo del trayecto que seguían los recién llegados una vez descargados de los trenes. Veía cómo los conducían al falso bloque de duchas; asistía en primera persona al engaño y sus efectos; veía a las madres con sus hijos, haciendo cola en silencio para bajar los escalones que descendían bajo tierra, de donde nunca volverían a salir; haciendo cola educadamente para el carnicero de Auschwitz.[19] Y todo, según él, porque se habían creído la mentira que les habían contado.

Eso no hizo más que afianzar su determinación de salir y contarlo al mundo. Porque, evidentemente, toda persona que conociera los horrores de Birkenau tenía el deber de detenerlos. En su cabeza, ese era el objetivo de la resistencia: acabar con la producción de la fábrica de muerte. Pero ahora empezaba a preguntarse si quizá se había equivocado; si quizá, en el fondo, ese no era su objetivo.

Al parecer, la resistencia era sobre todo una especie de grupo de autoayuda, una comunidad consagrada al bienestar de sus miembros. En ese sentido, su éxito era claro y evidente. Utilizaba el soborno y el chantaje con notable eficacia, asegurándose de que quienes estaban bajo su égida disfrutaran de mejores condiciones materiales, así como de la indulgencia de las autoridades cuando fuera necesario. Para Walter, la resistencia era en parte un sindicato y en parte una mafia antinazi.[20]

Lo que no veía eran muchas muestras de resistencia, en el sentido de asestar un golpe destinado a destruir, o tan siquiera a frenar, esa máquina de muerte. Se preguntó si habría pecado de ingenuo. A lo mejor existía un plan secreto del que no estaba al corriente, pero el tiempo pasaba y seguía sin hallar indicios en ese sentido.

La clandestinidad, sin duda, había logrado mejoras en la vida cotidiana del campo de concentración de Auschwitz (por oposición al campo de exterminio). A lo largo de 1943, consiguió reducir el nivel de violencia gratuita y cotidiana contra los prisioneros. Palizas, torturas y asesinatos eran cada vez menos frecuentes. Walter, el joven aspirante a estadístico, notaba cómo ese cambio se reflejaba en los datos que recogía mentalmente. Según sus cálculos, entre finales de 1942 y principios de 1943, unos cuatrocientos prisioneros morían a diario en Birkenau.[21] En mayo de 1943, la tasa de mortalidad descendió de forma drástica. La resistencia lo consideró un gran triunfo. Es cierto que el cambio de clima ayudaba, pero sobre todo habían conseguido depurar a muchos criminales con porra de entre las filas de *kapos* y reemplazarlos por prisioneros políticos de origen alemán o austriaco, que no solo gozaban de la condición de arios y, por tanto, de seres humanos, a ojos de los SS, sino que además aspiraban a comportarse con dignidad, incluso en un infierno como Auschwitz. Pretendían humanizar el campo de prisioneros y, visto desde esa perspectiva, lo estaban consiguiendo. Sin embargo, durante sus interminables turnos en la rampa, Walter constataba que todo aquello no tenía apenas impacto en lo que, a su juicio, era lo único importante: detener o ralentizar el asesinato organizado de la judería europea.

Más aún: llegó a creer que, a pesar de su tenacidad y astucia, la resistencia no solo no obstaculizaba el proyecto nazi de matanza masiva, sino que, de forma directa e involuntaria, lo facilitaba. Si en el campo solo morían mil prisioneros, no había más que seleccionar a otros mil entre los recién llegados para que ocupasen su lugar, lo cual permitía enviar a más gente a las cámaras de gas. Cuanto mejor vivieran los prisioneros y mayor fuera su esperanza de vida gracias a las iniciativas de la resistencia, menos «civiles» se salvarían.

Además, ¿acaso Walter no había comprendido, ya que el orden y la calma eran lo que más deseaban las SS, que esa era una condición esencial para el buen funcionamiento de su fábrica de cadáveres? Conceder algunos privilegios por aquí y por allá, aflojar un poco la correa con la que retenían a sus internos, era un precio que sin duda los nazis podían permitirse si, a cambio, disponían de un campo de concentración disciplinado que posibilitase el buen funcionamiento del centro de exterminio.[22]

Walter era consciente de que Auschwitz era un caso especial. A diferencia de otros campos de concentración —como Mauthausen, por ejemplo, o Dachau—, este hacía las veces de campo de exterminio.[23] Lo que en otros lugares podía ser una vía de actuación loable (aumentar la tasa de supervivencia de los prisioneros, en su mayoría políticos) en Auschwitz solo servía para engrasar la maquinaria de aniquilación masiva. Puede que Walter fuera aún adolescente, pero los triunfos de la resistencia, incluidos aquellos que a él le reportaban un beneficio directo, se le antojaban ahora una victoria pírrica. Se imponía hacer algo más.

Sin embargo, sabía que era imposible actuar solo. Si estaba vivo, se lo debía a sus compañeros de la resistencia. Sin ellos, cualquier esperanza de evasión jamás dejaría de ser una fantasía. Estaba a punto de aprender nuevamente esa lección... y de conocer al hombre que le cambiaría la vida.

12

«Ha sido maravilloso»

Llevaba casi un año en la rampa, viendo llegar a los judíos, consciente de que a la mayoría no volvería a verlos. En el verano de 1943, gracias a un ascenso que le consiguió la resistencia de Birkenau —favorecido además por un nuevo brote de tifus—, Walter empezó a conocer mejor el funcionamiento interno de Auschwitz.

El nuevo brote de la enfermedad motivó un traslado de prisioneros a la hasta entonces desocupada sección BII de Birkenau. A Walter lo asignaron a un sector de esta, designado con la letra D: el BIId (estos sectores eran tan grandes que casi podían considerarse campos aparte). Estos cambios, sumados a la prevista afluencia de nuevos prisioneros, hicieron necesario que los supervisores que llevaban el recuento dispusieran de nuevos ayudantes. Hacía poco que los prisioneros judíos habían empezado a ocupar esos puestos privilegiados en lugar de los polacos,[1] y Walter fue uno de los beneficiados con el cambio. Trabajaría a las órdenes de Alfréd Wetzler, el supervisor de la morgue.

Walter ya conocía a Fred. Lo recordaba de cuando ambos vivían en Trnava, su ciudad natal. Fred era seis años mayor que él y por entonces le parecía un personaje casi legendario: seguro de sí mismo, bohemio, encantador. Cuando uno es joven, seis años de diferencia son un abismo. En Eslovaquia, Fred ni siquiera había reparado en la existencia de Walter.

Lo cual quiere decir que la primera vez que intercambiaron unas palabras fue en la morgue de Birkenau. El líder de la resistencia, Szmulewski, estaba presentando a su joven recluta a las personas que debía conocer. Wetzler saludó calurosamente a Walter, encantado de poder intercambiar recuerdos de la ciudad que ambos habían dejado atrás.

Para Walter, el encuentro tuvo un punto desconcertante, ya que tuvo lugar en un edificio de madera en el que había trescientos o cuatrocientos cadáveres cuidadosamente apilados en filas de diez.[2] Wetzler, en cambio, no se inmutaba; es más, en un momento dado incluso interrumpió la conversación para atender sus obligaciones, que consistían en supervisar el traslado de los cadáveres a un camión estacionado delante del edificio.

Cuatro prisioneros polacos lo ayudaron a realizar la tarea, que a todas luces se había convertido en un quehacer ágil y rutinario. Antes de que cada cuerpo saliera por la puerta para cargarlo en la plataforma del camión, uno de los hombres le levantaba el brazo y leía el número del tatuaje. Wetzler, en calidad de supervisor, lo anotaba. Un segundo hombre le abría la boca al fallecido en busca de dientes de oro; si encontraba uno, se lo arrancaba con unos alicates y lo depositaba en un bote de estaño. A Walter le llamó la atención el sonido que hacían los dientes al caer. Aquellos hombres no eran expertos dentistas y trabajaban a toda prisa, por lo que a veces el diente iba a parar al bote unido todavía a un trozo de encía. A continuación, los otros dos hombres levantaban el cadáver por las extremidades y lo arrojaban a la parte trasera del camión. Todo esto tenía lugar a toda velocidad y bajo la supervisión de Fred Wetzler.

Pese a lo macabro del escenario en que tuvo lugar su primer encuentro, Walter regresó allí a menudo. Él y Fred compartían una taza de café y hablaban de su ciudad y de todo lo que habían perdido. Tres de los hermanos de Fred habían muerto en el *Sonderkommando*.[3] La esperanza de vida en el «escuadrón especial» era especialmente baja, incluso para lo habitual en Auschwitz: las SS liquidaban de manera periódica a los integrantes de toda la unidad para que con ellos muriera también lo que sabían. Y, sin embargo, a pesar de su luctuosa atmósfera, Walter acudía al pequeño despacho de Fred siempre que podía. Se convirtió en una especie de refugio, un escondite. Ahí, rara vez los molestaban. Los SS no solían acercarse por la morgue; les disgustaba el olor.

Walter, pues, estaba encantado de trabajar como supervisor ayudante de Fred. Lo veía como un progreso. Además, creía entender por qué la resistencia lo había destinado allí: era la manera de acceder a una información cada vez más valiosa que él, por supuesto, transmitiría a sus superiores, aunque tuviera el presentimiento de que no iban a hacer nada valioso con ella. Sin embargo, su nuevo jefe, Fred Wetzler, veía ese nombramiento bajo una luz muy distinta. Sabía que Walter, después de tantos meses trabajando en la rampa, estaba muy afectado y al borde del colapso. Sospechaba que la resistencia también se había dado cuenta y, por su propio bien, había decidido apartarlo de la primera línea del horror.

A la vista está que quedaron contentos con el resultado, porque a las seis semanas lo ascendieron a la categoría de supervisor. De cara a las autoridades, se ocuparía de los recuentros del recién inaugurado BIIa, el sector de Birkenau donde los nuevos internos harían cuarentena; de cara a la resistencia, su función consistía en compartir todo lo que averiguase y servir de enlace humano entre este nuevo sector y BIId, que debido a su aislamiento funcionaban como dos entidades distintas. Walter iría de uno a otro, actuando como mensajero.

Esa era la ventaja más patente de su nuevo trabajo: como empleado del campo, Walter disfrutaba de cierta libertad de movimiento. Mientras pareciera que estaba haciendo algo, aunque solo fuera cargar una gavilla de papeles, podía deambular sin que nadie le pidiera cuentas. Eso, claro está, además de facilitar su labor para la clandestinidad, también le hacía la vida mucho más llevadera. Bien es cierto que el lugar por donde tenía derecho a moverse era un campo de exterminio, pero hasta eso era preferible a la suerte de los prisioneros comunes: confinamiento, vigilancia y la amenaza permanente de la violencia física.

Walter se asemejaba cada vez menos a un recluso normal. No pasaba hambre y volvía a gozar de una salud robusta. Siempre atento a su aspecto, ahora podía decidir sobre su indumentaria: en lugar de los pantalones a rayas, vestía pantalones de montar y unas botas negras bien lustradas; seguía llevando la cabeza afeitada, pero ahora podía cubrirse con una gorra en condiciones; y, aunque estuviera obligado a seguir vistiendo la chaqueta a rayas reglamentaria, uno de los prisioneros destinados a labores de costura le había cortado una a medida. De hecho, uno de los rasgos distintivos de los reclusos de mayor jerarquía era la mayor calidad de su vestimenta: ropa sin parches, zapatos decentes y, como privilegio oficioso reservado a empleados como Walter, un bolsillo en el pecho cosido en la parte exterior de la chaqueta a rayas.[4]

Pero entre todas las ventajas derivadas de su nuevo cargo, la principal era la mejora del acceso a la información. Walter estaba convencido de haber visto la cara de todos y cada uno de los nuevos prisioneros que ingresaron en el campo a partir del 8 de junio de 1943, el día en que empezó a desempeñarse como *Schreiber* de BIIa, el campo de cuarentena por el que pasaban todos los recién llegados.[5] Aunque ya no trabajara en la rampa, seguía estando en condiciones de llevar la cuenta del tráfico que se dirigía a las cámaras de gas. Era una simple cuestión de ubicación. BIIa era el sector más próximo a la entrada principal, y el establo número 15, el que él ocupaba, era el segundo de la fila, lo que le permitía tener una buena vista de la entrada, situada a cuarenta o cincuenta metros.[6] Si un convoy de camiones transportaba a un grupo judíos a los crematorios II y III, tenía que pasar por ahí. Cada traslado era una auténtica procesión con su escolta de motocicletas equipadas con ametralladoras en el sidecar, por si a alguien se le ocurría saltar del camión. Si, por el contrario, el convoy se dirigía a los crematorios IV o V, tenía que tomar la vía que pasaba directamente por delante del barracón de Walter. Durante el día, se limitaba a contabilizar los vehículos que pasaban por allí y extrapolaba las cifras totales a partir de la media que conocía de sus tiempos en la rampa: cien personas por camión. Por la noche, mantenía el oído atento a si llegaba un nuevo cargamento de judíos; dado que el barracón temblaba al paso de cada vehículo, solo había que contar el número de temblores para sacar la cuenta.[7]

El trabajo le permitía, dentro de ciertos límites, corretear por el campo y examinarlo. Tenía la oportunidad, cosa insólita entre la población reclusa, de ver y memorizar todo cuanto allí ocurría. En varias ocasiones, fingiendo que tenía que cumplir algún recado, merodeó por la zona situada entre los crematorios IV y V, y observó cómo llevaban a la gente a las cámaras de gas.[8] Walter archivaba los detalles en su cabeza, junto con las cuentas que actualizaba cada día. Ya ni siquiera tenía que hacer conjeturas. Su trabajo lo obligaba a elaborar un informe diario de la oficina de registro, lo cual implicaba acceder a información de primera mano sobre todos los cargamentos que llegaban a Auschwitz,[9] incluidos los registros que llevaba el supervisor jefe.[10]

Puede que todavía no fuera consciente de ello, pero gracias a una serie de arbitrariedades y golpes de suerte, Walter Rosenberg había adquirido unos conocimientos inusitadamente amplios acerca del funcionamiento de Auschwitz. Había vivido o trabajado en el campo principal, en Birkenau y en Buna: Auschwitz I, II y III. Había trabajado en las graveras, en la DAW y en Kanada. Había sido testigo ocular del proceso de selección que precedía al asesinato organizado de cientos de miles de personas. Conocía desde dentro tanto la resistencia como a la clase de los *kapos,* así como el solapamiento entre ambas. Conocía la disposición exacta del campo y estaba convencido de tener una idea bastante aproximada de cuántas personas habían entrado en Auschwitz en tren y cuántas habían salido por la chimenea. Y lo tenía todo guardado en la memoria.

Hasta entonces, siempre había creído que el conocimiento era lo único que podía acabar con ese lugar diabólico y los terrores que ahí se llevaban a cabo. Cuando la gente supiera cuál era su destino, ese destino cambiaría.

Pero el credo de Walter estaba a punto de sufrir una fuerte sacudida.

Hasta para un experto como Walter, Auschwitz-Birkenau era un universo lleno de misterios. En él había agujeros negros donde la oscuridad era absoluta. Era un lugar en el que, debido a la escasez de letrinas y al estricto toque de queda nocturno, los prisioneros normales se veían obligados a elegir entre ensuciar sus literas y dejar que las heces les infectasen las llagas de la piel,[11] o defecar en los cuencos de la comida.[12] También era un lugar donde el infanticidio era algo habitual. En Auschwitz no se podían tener hijos, pero había mujeres que superaban la selección aun a pesar de estar en fase temprana de gestación. Algunas abortaban, pero otras seguían adelante con el embarazo. Eso significaba la muerte tanto para la madre como para el bebé, ya que, según el criterio de selección de los nazis, las madres con niños pequeños eran una categoría condenada. En el plazo de una semana desde el alumbramiento, madre y bebé eran enviados a la cámara de gas. Los prisioneros que ejercían de médicos habían concluido que solo había opción: para preservar la vida de la madre, era preciso acabar con la vida del niño. En Auschwitz, los recién nacidos solo vivían unos instantes antes de morir envenenados. Ni siquiera entraban en los registros; la existencia de los bebés quedaba borrada para que sus desconsoladas madres pudieran acudir de nuevo al recuento, aparentemente en forma y preparadas para seguir trabajando como esclavas.

Y, sin embargo, a través de esa inexplicable oscuridad aparecía algún que otro rayo de luz, a menudo igual de inexplicable. Como ocurrió en septiembre de 1943, con la llegada de un cargamento distinto a todos los anteriores. Cinco mil judíos checos ingresaron en el sector BIIb, contiguo al de Walter, procedentes del campo-gueto de Theresienstadt. Su particularidad consistía en que no los habían cribado para eliminar a los demasiado jóvenes, demasiado viejos o demasiado enfermos. Tampoco habían separado a las familias: madres, padres e hijos seguían juntos. Cada cual iba vestido con sus ropas y tenía pelo en la cabeza. Incluso les habían permitido quedarse con el equipaje.

Su trayecto había sido tranquilo y los oficiales de las SS los habían acompañado a sus nuevas dependencias con una amabilidad nunca vista, riendo, charlando, repartiendo fruta entre los adultos y caramelos entre los niños, y alborotando el pelo a los que se aferraban a sus muñecas y ositos de peluche.

Walter y los demás los observaban con la boca abierta, asombrados. ¿Qué inversión de las leyes físicas de Auschwitz era esa? ¿Cómo era posible que tanta vida hubiera penetrado en el reino de la muerte?

Cuantas más cosas averiguaban los prisioneros veteranos, más descolocados se sentían. Los supervisores eran los encargados de fichar a los recién llegados, y Walter se percató enseguida de algo curioso. Él y Fred Wetzler estaban íntimamente familiarizados con el sistema de numeración de Auschwitz, y habrían sido capaces de identificar el país de origen y la fecha de entrada de un prisionero con solo echar un vistazo a los dígitos cosidos en su camisa o grabados en su brazo. Los números seguían una secuencia identificable y ordenada. Sin embargo, a los residentes del *Familienlager*, el campo familiar, les tatuaban unos números que no tenían nada que ver. Además, en el registro de cada prisionero figuraba una nota: «Tratamiento especial tras seis meses de cuarentena».

Lo de la cuarentena no tenía mayor misterio. Los nuevos prisioneros pasaban un periodo de cuarentena antes de integrarse en la vida del campo. Pero lo del «tratamiento especial» solo podía significar una cosa. Era el eufemismo con el que los SS se referían a la muerte por gas.

Nada tenía sentido. ¿Para qué mantener vivas a esas familias y matarlas al cabo de seis meses? ¿Por qué infringir las normas habituales y gastar tanta amabilidad con ellas?

La confusión no hizo sino agudizarse cuando Walter comprobó que no se trataba de un engaño de primer día, como aquellos despliegues de cortesía con que los SS recibían, cuando el tiempo lo permitía, a los cargamentos destinados a las cámaras de gas. No, el servicio de cinco estrellas se prolongaba día tras día, semana tras semana.

Hablamos, claro está, en términos relativos. En comparación con la vida cotidiana en el mundo exterior, las condiciones en el campo familiar eran lo bastante duras como para que una quinta parte de esos cinco mil reclusos muriera a los pocos meses de su llegada. Aun así, aparte del decano del campo, que era un *kapo* alemán con triángulo verde, todos los puestos administrativos —ya fuera el de jefe de bloque o el de jefe de una unidad de trabajo— estaban ocupados por judíos, generalmente veteranos del campo-gueto de Theresienstadt. A diferencia del resto de Auschwitz, los judíos del sector BIIb gozaban de autogobierno.

Walter y sus compañeros observaban atónitos cómo allí se desarrollaba una vibrante vida judía, con actuaciones musicales, producciones teatrales y, sobre todo, clases para los niños. A un lado de la valla, estaban los internos del sector BIIa, calvos, flacos, con sus uniformes a rayas; al otro, enérgicos líderes juveniles instruían a sus pupilos en las glorias de la historia y la cultura europeas, la batalla de las Termópilas y las novelas de Dostoievski, y recitaban de memoria pasajes de libros que no tenían. El *Familienlager* disponía incluso de un director de coro que enseñaba a los niños a cantar la «Oda a la alegría», un himno a la fraternidad humana que los pequeños entonaban a menos de cien metros de aquellos crematorios que ardían día y noche, en cuyas chimeneas los judíos eran convertidos en cenizas.[13]

El asombro de Walter, que cumplió diecinueve años cuatro días después de la llegada de aquellos cinco mil judíos misteriosos, no se debía tan solo a lo extraño que resultaba presenciar semejante derroche de vitalidad en medio de tanta muerte. También tenía otros motivos más terrenales. Él y los demás hombres del sector BIIa no podían por menos de maravillarse al ver a esas mujeres jóvenes cuyos cuerpos, lejos de estar demacrados como los suyos, parecían suaves y prietos. Además, estaban muy cerca, separadas por una simple alambrada.

Se produjeron algunos coqueteos; hubo encuentros furtivos, aunque distantes. Al principio, Walter tuvo que conformarse con mirar. Por mucho que en Trnava, con la joven Gerta Sidonová, se las hubiera dado de hombre de mundo, demasiado experimentado como para dejarse ver con una niña con sombrero de pompones, lo cierto es que se había ido de la ciudad siendo un chiquillo y todavía seguía siéndolo. Auschwitz lo había encallecido, lo había educado en los enigmas del alma humana, pero también lo había dejado congelado en la adolescencia. Se había consagrado a la tarea de mantenerse vivo y, cuando no tenía que luchar contra la enfermedad o la muerte, al sueño de evadirse. No conocía el sexo ni el amor.

Pese a ello, y como muchos otros hombres del sector BIIa, se enamoró. La muchacha se llamaba Alicia Munk y era una de las jóvenes trabajadoras del otro lado de la valla.[14] Tres años mayor que Walter, alta y morena, Alicia era, desde su punto de vista, increíblemente bella.

Poco a poco fueron conociéndose. Ella le hablaba de su vida en un pueblo al norte de Praga, y él, de la odisea que lo había llevado hasta ahí. No podían besarse, ni siquiera tocarse con las yemas de los dedos. La valla se interponía en todo momento entre ellos. Aun así, durante aquellas conversaciones, que llegaron a ser diarias, Walter sentía que el corazón se le derretía.

Su trabajo para la clandestinidad se intensificó. Por un lado, la presencia de niños en Auschwitz creaba necesidades nuevas y antes desconocidas, ya que la resistencia intentaba desviar sus preciosos recursos hacia los más jóvenes. La demanda se incrementó en diciembre de 1943, con la llegada de otros cinco mil deportados de Theresienstadt: una vez más, padres y madres, hijos e hijas.

Sin embargo, sobre todos esos esfuerzos pendía irrevocable aquella nota incluida en los registros de admisión, algunos de los cuales habían sido recopilados por el propio Walter: «Tratamiento especial tras seis meses de cuarentena». Ese era el plazo. Las familias que habían llegado el 8 de septiembre de 1943 debían morir el 8 de marzo de 1944. Y en asuntos como ese, las SS solían cumplir su palabra.

En marzo, con el plazo ya a punto de cumplirse, se produjo un cambio imprevisto. El sector BIIa se vació repentinamente de prisioneros normales y solo quedaron quienes, como Walter, formaban parte del personal permanente.[15] En lugar de los reclusos desalojados, lo ocuparon las familias del campo aledaño. Al margen de lo que pudiera significar ese traslado, Walter no pudo evitar alegrarse. Porque entre los recién llegados se encontraba Alicia Munk.

Hasta entonces, su noviazgo había prosperado a través de la valla fronteriza que separaba ambos campos. Pero ahora esa breve distancia había desaparecido. Walter podía acercarse a ella lo suficiente como para aspirar su olor. Esa misma noche intercambiaron el primer beso. Walter se avergonzaba de su inexperiencia y su torpeza, pero al mismo tiempo sentía un anhelo desbordante con respecto a Alicia y el futuro.

El 8 de marzo se acercaba cada vez más. Walter recibió el encargo de sondear cuántas personas dentro del campo familiar podían estar dispuestas a rebelarse. Se preveía que hubiera numerosos voluntarios, ya que ellos poseían algo que el resto de quienes llegaban a Auschwitz no tenían: conocimiento de antemano de lo que allí les ocurría a los judíos. Podían ver las chimeneas, podían oler el humo. Sin embargo, fueron pocos quienes dieron un paso al frente.

Lo que ocurría era que en el *Familienlager* había demasiados internos incapaces de aceptar que los SS fueran a asesinar a los mismos niños con los que habían jugado y cuyos nombres conocían. Ese era un obstáculo que Walter no había previsto. Aquellos judíos tenían la información. El problema estribaba en que no se la creían.

Fue en la víspera del temido día cuando, por fin, Walter y Alicia pasaron una noche juntos. Fue en el pequeño dormitorio segregado del resto del establo-barracón que, como supervisor, podía considerar suyo. Era la primera vez que Walter tenía relaciones sexuales y estaba tan inseguro que Alicia tuvo que ayudarlo. Juntos se abrazaron y apostaron por la vida en aquel lugar donde la muerte era implacable.

Al amanecer del 8 de marzo, la necesidad de organizar algún acto de resistencia se volvió desesperada. Intentaron reclutar a un líder en el campo familiar, alguien capaz de instigar un levantamiento que, en efecto, estaba abocado al fracaso, pero que quizá serviría para ponerle palos en las ruedas a la máquina de matar y, a lo mejor, incluso para que varias decenas de personas escaparan al bosque. Abordaron al candidato elegido, un líder juvenil muy apreciado llamado Fredy Hirsch, pero este no soportaba la idea de que las víctimas inevitables de cualquier intento de insurrección fueran los más pequeños, quienes no podían luchar ni escapar ni valerse por sí mismos. Los masacrarían. Hirsch sabía que esos niños iban a ser gaseados de todos modos, pero no podía evitarlo. Su conciencia se lo impedía.

De modo, pues, que no hubo levantamiento. Los camiones se presentaron a la hora señalada. Los *kapos*, llegados de otras partes de Auschwitz, empuñaron sus varas y sus porras y obligaron a los judíos del campo familiar a subir a los vehículos. Mientras los niños gritaban aterrorizados, Walter solo tuvo tiempo para despedirse brevemente de Alicia, quien le susurró que algún día volverían a encontrarse.

—Y será maravilloso —dijo ella antes de hacer una pausa—. Pero si no... —añadió—, que sepas que ha sido maravilloso.[16]

Acto seguido los separaron y empujaron a la muchacha hacia el convoy en el que recorrerían los escasos cientos de metros que los separaban del crematorio.

Hubo, por fin, un pequeño conato de resistencia física. Cuando toda duda, y por tanto toda esperanza, se hubo evaporado, cuando los judíos checos hubieron entrado en la cámara de gas mientras otros seguían llegando, solo entonces algunos de los presos del campo familiar dieron rienda suelta a su furia, maldijeron a sus captores y se abalanzaron hacia la puerta.[17] Los que llegaron hasta ella fueron abatidos por los hombres de las SS.

Era demasiado tarde. De los cinco mil judíos checos llegados en septiembre, solo sesenta y siete se salvaron de las cámaras de gas,[18] y no por misericordia: entre ellos había once pares de gemelos a los que se destinó a experimentación médica.[19]

Más tarde, Walter descubriría la verdad acerca del *Familienlager*. El motivo de su existencia era el mismo que el del campo de concentración-gueto de Theresienstadt: eran decorados, macabros pueblos Potemkin que, en caso necesario, podían exhibirse ante los inspectores de la Cruz Roja como prueba de que los rumores sobre las masacres nazis de judíos eran falsos (antes de una de esas hipotéticas visitas, no habría sido difícil vaciar las subsecciones vecinas, para reforzar la ilusión). El campo familiar, en el que los adultos iban vestidos con ropa de calle y los niños comían caramelos, no era más que una elaborada extensión de ese fingimiento sistemático que caracterizó el esfuerzo nazi por barrer a los judíos del mundo.

Para Walter, el primer amor coincidió con el duelo. La primera noche que pasó con Alicia fue la última que estuvieron juntos y la última de la vida de la chica.

Aparte de la pérdida, estaba la confusión. Walter había creído firmemente que, cuando la gente supiera que le esperaba la muerte, se negaría a caminar dócilmente hacia ella. Ahora entendía que la información por sí sola no bastaba. Los reclusos del campo familiar checo tenían la información. Podían ver los crematorios con sus propios ojos; las chimeneas distaban apenas unos cientos de metros. Sabían que los nazis asesinaban a los judíos que trasladaban a Auschwitz. El problema residía en que nunca llegaron a creer que pudiera ocurrirles también a ellos.

La razón por la que disfrutaban de un trato especial era para ellos un misterio, como lo era para el resto de los prisioneros de Auschwitz, pero la cuestión es que se creían especiales. Estaban seguros de que les condonarían la pena de muerte que las SS aplicaban a sus correligionarios. Cuando entendieron que estaban totalmente equivocados fue demasiado tarde.

Aquello, al menos, había de servir para que el resto de los judíos del *Familienlager*, los que habían llegado a Auschwitz en diciembre de 1943, no se hicieran ilusiones. Tenían que saber que su muerte era cierta y que estaba programada para seis meses después de su llegada. Habían visto lo que les había sucedido a los otros, cómo se los llevaban a las cámaras de gas para no volver. Sabían que iban a morir.

Y aun así, la vida en el campo familiar continuó como antes. Los músicos daban conciertos, los actores aficionados representaban obras de teatro. Las facciones políticas rivales seguían debatiendo sobre el futuro ideal, a pesar de que la única certeza era que no tenían futuro. Walter llegó a la conclusión de que ni siquiera conocer el propio destino a ciencia cierta era suficiente. Para que la gente actuara, tenía que haber una posibilidad, por pequeña que fuese, de escapar a ese destino. De lo contrario, era más fácil negar lo evidente que enfrentarse a la realidad de la propia e inminente destrucción. Los judíos checos supervivientes del *Familienlager* sabían que estaban condenados, pero ya eran prisioneros de Auschwitz: ¿qué otra cosa podían hacer, sino vivir cada día lo mejor posible?

Con todo y con eso, para los judíos de fuera, para la gente del mundo, las cosas tenían que ser distintas. Ellos seguían teniendo la opción de actuar, siempre y cuando no subieran a esos trenes, cosa que no harían si alguien los informaba del destino que los aguardaba. Solo había que decírselo. Walter se lo diría, y no tardaría mucho. Estaba decidido a fugarse.

Parte III

La fuga

13

Escapar era de locos

Escapar era de locos, escapar era la muerte. Intentarlo, un suicidio. Todo el mundo lo sabía, aunque no lo expresara en voz alta. La calamidad se abatiría sin duda sobre quien tuviera la imprudencia de pronunciar esa palabra o la desgracia de oírla.

A Walter Rosenberg le habían enseñado muy pronto que escapar era imposible: a la semana de su llegada a Auschwitz, a comienzos de julio de 1942. Él y otros miles de personas habían tenido que asistir en silencio a un ahorcamiento público, ejecutado con todo el ceremonial. Los hombres de las SS estaban alineados con los fusiles al hombro y los tambores de desfile atados al cuello; delante había dos horcas móviles colocadas en posición, una para cada reo.

Las estrellas del espectáculo fueron presentadas como dos prisioneros que habían intentado escapar sin éxito. Walter y los demás tuvieron que ver cómo los hombres marchaban hasta el patíbulo; un *kapo* les ató los tobillos y los muslos con una cuerda, y luego les puso una soga en torno al cuello. Uno de ellos permaneció callado e impasible, mientras que el otro intentó pronunciar un acalorado discurso, una última invectiva contra sus captores nazis. Nadie oyó una palabra de lo que dijo, por supuesto. Para algo estaban los tambores.

El *kapo* giró una manivela, se abrió una trampilla y el primer hombre cayó apenas unos centímetros: no lo suficiente como para provocar una muerte instantánea. Su cuerpo se arqueaba y se retorcía, primero hacia un lado, luego hacia el otro. No fue una operación rápida; la multitud se vio obligada a asistir a un largo y lento estrangulamiento. A continuación el verdugo se dirigió a la segunda horca, donde repitió la misma secuencia. Terminada la ejecución, los reclusos permanecieron allí una hora entera, con la prohibición de apartar la mirada. Debían quedarse de pie, en silencio, contemplando los dos cadáveres que pendían al viento. Sobre su pecho colgaban unos rótulos escritos como si hablaran los propios muertos: «Porque intentamos escapar».

Walter comprendió que los nazis querían que él y todos los demás prisioneros llegaran a la conclusión de que evadirse era inútil, que cualquier intento estaba condenado a ser un fiasco. Sin embargo, Walter extrajo una lección muy distinta y, desde su punto de vista, obvia: el peligro, para él, no era intentar escapar, sino intentarlo y *fracasar*. A partir de ese día, decidió intentarlo y conseguirlo.

El primer paso era estudiar. Walter no había podido terminar su formación, pero ahora se dedicaría a estudiar el arte de la fuga. Y su manual serían los fracasos ajenos.

Todos los días aportaban su pequeña lección. Vio ahorcar a un preso político por llevar dos camisas bajo la túnica, cosa que a ojos de los SS constituía un preparativo de fuga.[1] Walter había cometido un error similar en cierta ocasión, cuando aquel gendarme se fijó en él porque llevaba dos pares de calcetines. Tomó nota mental: nada de cambios externos.

Pero a principios de 1944 aprendería una lección mucho más importante. Uno de los personajes más legendarios del campo había diseñado un plan para evadirse; se trataba de Fero Langer, con quien había compartido brevemente una celda en Nováky dieciocho meses antes. Walter lo recordaba muy bien: Langer le había regalado un trozo de salami para el viaje a Majdanek. En Birkenau lo llamaban Bullo, y era una máquina de organizar que en menos de un año en el campo había acumulado una fortuna en efectivo. Bullo había tramado un plan para conseguir lo mismo que ambicionaba Walter: salir y revelarle al mundo la verdad de lo que ocurría en Auschwitz. Más aún: contraviniendo una de las reglas básicas de la vida en el campo, hablaba de ello. Una tarde, frente a un plato de patatas en el bloque de Fred Wetzler, Walter se sentó en silencio y escuchó las explicaciones de Bullo.

Tenía previsto fugarse con otros reclusos de Polonia, Países Bajos, Grecia y Francia. Así, según él, su testimonio se difundiría por todo el mundo sin necesidad de traducción. Uno de los elementos clave del plan era la ayuda de un SS al que Fero conocía de cuando iban al colegio en Eslovaquia, un alemán étnico llamado Dobrowolný. Fero aseguraba que confiaba en él como en un hermano. De hecho, era Dobrowolný quien había tenido la idea.[2]

Los compañeros judíos de Langer se mostraron escépticos, pero Bullo insistió en que no lo fiaba todo a la honradez o la bondad de Dobrowolný, sino que había prometido recompensarlo con alimentos y objetos de valor procedentes de Kanada, además de los diamantes, el oro y los billetes de dólar que su valedor necesitaría para sobornar a varios hombres de las SS. El plan era sencillo. Dobrowolný y otro SS escoltarían al quinteto políglota hasta el perímetro y le mostrarían al guardia un permiso que autorizase a los prisioneros a realizar trabajos esenciales fuera del campo. Desde allí, caminarían los cinco o seis kilómetros, hasta un lugar donde Dobrowolný tendría preparado un camión adquirido para ese fin. A continuación, conducirían hasta la frontera eslovaca y la libertad.

Y, efectivamente, un día de enero de 1944 sonó la sirena. Según el recuento, faltaban varios prisioneros. Walter se imaginó a su antiguo compañero de celda, ahora prófugo, escondido en algún rincón de Eslovaquia. Sin embargo, esa misma tarde a las seis Fero Langer regresó a Auschwitz. O, mejor dicho, regresó su cadáver. Lo habían matado a tiros y tenía la cara destrozada. Del resto de los fugitivos, tres yacían en el suelo y otros dos estaban sentados en taburetes de madera, con el cuerpo apoyado en sendas palas clavadas en la tierra. Tenían las ropas empapadas de sangre, y a su lado había un cartel que decía: «Tres hurras, ¡hemos vuelto!».[3] Los prisioneros que regresaban de trabajar no tenían más remedio que ver ese pequeño retablo y, por si a alguien se le escapa la moraleja, el *Lagerältester*, el decano del campo, berreaba: «¡Así acabaréis todos si intentáis escapar!».[4]

Resultó que Dobrowolný y su camarada de las SS habían sacado a Langer y a los demás del campo, tal como estaba previsto, y luego les habían dicho que corrieran hacia el vehículo para dispararlos por la espalda. Una vez muertos, los SS notificaron a las autoridades del campo que habían abatido a varios reclusos que pretendían fugarse, no sin antes registrarles los bolsillos y reclamar su recompensa. Fero nunca llegó al camión, y mucho menos a la frontera. Fue un recordatorio de una lección que Walter ya traía aprendida, una lección sobre la confianza.

Pese a todo, ese episodio no impidió que quienes disponían de recursos planearan escaparse. Walter había entablado una improbable amistad con un jefe de bloque del campo de cuarentena, un judío de origen polaco que se había criado en Francia, donde había llegado a ser capitán del Ejército, y que ahora, a sus treinta y tres años, era un hombre de una corpulencia aterradora.[5] Se llamaba Charles Unglik. Al igual que Fero, había urdido una red que incluía al *Sonderkommando*, que a veces lograba apropiarse de objetos de valor de quienes perecían en las cámaras de gas. Eso, unido a su intimidante aspecto de matón, lo había convertido en uno de los millonarios de Auschwitz, hasta el punto de que tenía en nómina a oficiales de las SS. A Walter, a quien siempre le había gustado ir bien vestido, le llamaba la atención especialmente que Unglik fuera uno de los hombres más elegantes de Birkenau. Walter admiraba sobre todo su cinturón de cuero marrón decorado con dos líneas entrecruzadas que formaban una especie de doble hélice.[6] Entre ellos bromeaban diciendo que Charles le dejaría a Walter ese cinturón en el testamento.

Unglik estaba resuelto a valerse de su estatus para escapar

y, al igual que Bullo, creía haber encontrado a alguien de las SS que podía ayudarlo. Y no un SS cualquiera, sino un alemán étnico adoptado y criado por una familia judía de Rumanía, destinado a Auschwitz en calidad de conductor. Para asombro de Walter, el nazi conversaba con Unglik en yidis.

El plan consistía en que el hombre de las SS condujera su camión hasta el sector BIIa. Unglik se escondería en la enorme caja de herramientas del vehículo. El nazi la cerraría con llave y, si alguien le preguntaba, diría que había perdido la llave. Una vez lejos de allí, el alemán recibiría una recompensa en diamantes y oro.

Pero había otra cosa: Walter le había caído en gracia a Unglik y este le propuso que se escondiera con él en la caja de herramientas. Se fugarían juntos y se repartirían la inmensa fortuna que Unglik había amasado.

Walter no las tenía todas consigo. Confiar en un oficial de las SS le parecía un error elemental; todos sabían lo que le había ocurrido a Bullo. Y aun así, Unglik se mostraba tan confiado, tan seguro, que se hacía difícil resistirse. ¿Acaso Walter no venía soñando con escaparse desde el primer día? ¿No era esa, por fin, la oportunidad?

Al final aceptó y ambos brindaron por la libertad.

El camión debía llegar a las siete de la tarde del 25 de enero de 1944. Walter esperó a la hora indicada en el lugar acordado, el bloque 14, el barracón de Unglik. Sin embargo, no había rastro ni de él ni del camión. Los minutos iban pasando. Walter caminaba de un lado para otro, intentando fingir la mayor naturalidad posible. Uno de sus amigos se le acercó y lo invitó a compartir un plato de sopa con un compañero de la resistencia. Walter se sintió obligado a aceptar:

negarse habría parecido un poco raro. Entró en el bloque 7 mirando por encima de su hombro, en dirección al punto de encuentro. Estaba de un humor pésimo: había perdido la oportunidad de escapar.

Hacia las ocho de la tarde, se armó cierto alboroto cerca de la entrada. Walter lo vio enseguida: el cadáver ensangrentado de Charles Unglik. Los SS no perdieron un instante en sentar el cuerpo sobre un taburete y apuntalarlo con un par de palas.[7] Allí lo dejaron dos días seguidos, a modo de advertencia.

El boca a oreja de Birkenau no tardó en revelar lo que había sucedido. Unglik había llegado tarde, había buscado a Walter por todas partes y solo a regañadientes se había dado por vencido. El resto fue una repetición de lo ocurrido con Fero Langer. El SS que hablaba yidis había aparecido con el camión, según lo acordado, y había escondido a Unglik, también según lo acordado. Con la salvedad de que no lo había llevado a la frontera, sino a un garaje vacío. Una vez allí, había abierto la caja donde estaba encerrado Langer y lo había asesinado. La noche había sido rentable: se había ganado los diamantes y el oro de Unglik, pero también la estima de sus superiores de las SS, que admiraban el coraje con el que había frustrado otro intento de fuga.

Walter se sentía aturdido. En cuestión de una hora había pasado de la más amarga decepción por haber perdido la oportunidad de escapar al dolor por la pérdida de un amigo, mezclado con una extraña sensación de alivio. De no haber aceptado aquella espontánea invitación a compartir un plato de sopa, se habría reunido con Unglik y ambos habrían corrido la misma suerte. Había esquivado la muerte por los pelos.

Más tarde, cumpliendo con lo que se había convertido en una costumbre en el campo, la élite de los prisioneros, que incluía a algunos de los *kapos* más brutales de Birkenau, se reunió para repartir la ropa del muerto entre los vivos. Por regla general, se hacía por orden de antigüedad,[8] pero ese día hicieron una excepción: en honor a la amistad que ambos habían compartido, Walter podía quedarse lo que quisiera. Solo pidió el cinturón. En el reverso anotó con tinta el número de prisionero de Unglik y el lugar y la fecha de su muerte: «AU-BI [Auschwitz-Birkenau], 25-1-1944».[9] Le serviría para recordar, una vez más, la importancia de confiar exclusivamente en quienes merecen confianza.

Los amos de Auschwitz explotaban al máximo aquellos fiascos y se aseguraban de pregonarlos, dando por sentado que con ello minaban las esperanzas de sus cautivos. Pero los intentos no cesaban. Desde la creación del campo en 1940 hasta 1942, solo se habían fugado cincuenta y cinco prisioneros. En 1943, el número de fugas con éxito ascendió a 154. Hay que decir, no obstante, que la mayoría eran prisioneros polacos no judíos que vivían en mejores condiciones y que, sobre todo, desempeñaban trabajos —ya fuera en los hospitales, en cuadrillas especializadas u ocupándose de la burocracia— que hacían más factible la fuga.[10] El resto eran prisioneros de guerra soviéticos. A Walter no le constaba que ningún judío hubiera salido aún con vida de allí.

Con todo, su situación era menos desesperada que la de la mayoría. Para empezar, su trabajo le permitía moverse sin demasiadas trabas. Además, estaba en Birkenau, donde la proporción de hombres de las SS por prisionero era de uno a sesenta y cuatro: eso lo convertía en un campo relativamente poco vigilado, en comparación con el campo madre, donde había un nazi por cada catorce reclusos.[11]

Aparte de eso, conocía los alrededores, lo cual es menos trivial de lo que podría parecer. Un día había formado parte de un grupo de veinte prisioneros a los que habían llevado a Oświęcim, la ciudad más cercana. Walter sospechaba que debía de ser una maniobra de relaciones públicas para que los lugareños vieran que los prisioneros recibían un buen trato.[12] Gracias a esa excursión, averiguó que entre el campo y la ciudad discurría un pequeño río, el Soła, y que en el horizonte se divisaban unos montes identificables como los Beskides.[13]

Aquella página arrancada del atlas infantil que había encontrado en Kanada le había permitido orientarse mejor. En aquellos pocos minutos robados en la letrina, había averiguado que Oświęcim se encontraba unos cincuenta kilómetros al norte de la frontera septentrional de Eslovaquia. Mejor aún, descubrió que el Soła nacía en la frontera y que fluía en línea casi recta de sur a norte. Eso quería decir que para llegar desde Auschwitz a Eslovaquia lo único que tenía que hacer era remontar el río. Su curso lo conduciría hasta la frontera por la ruta más corta posible. Incluso había memorizado la secuencia de las poblaciones por las que había que pasar para llegar allí: Kęty, Saybusch (o Żywiec), Milówka, Rajcza, Sól.[14] Era joven, estaba en forma, era inteligente y se conocía aquel infierno del derecho y del revés. Si alguien podía salir de ahí, sin duda era él. Y por si fuera poco, pronto tuvo un nuevo y perentorio motivo para hacerlo.

14

Lecciones rusas

Una de las ventajas de su papel como supervisor de barracón en el sector BIIa de Birkenau, el de las cuarentenas, era que no se le escapaba nada ni nadie que entrase o saliese. Por eso, cuando a las diez de la mañana del 15 de enero de 1944 apareció un grupo de personas en la carretera que separaba los campos de hombres y de mujeres de Birkenau, a Walter le llamó la atención.[1] Eran prisioneros, pero destacaban a la legua. Para empezar, sus ropas eran mejores que las de la mayoría de los reclusos, y llevaban equipo especializado: trípodes, teodolitos, varas calibradas, instrumentos de medición y cosas por el estilo. Parecían topógrafos que fueran a inspeccionar una nueva obra.

Walter se acercó a la alambrada eléctrica que se interponía entre él y el grupo, y reparó en que conocía al hombre que estaba al mando: un preso político alemán de triángulo rojo, un antiguo sindicalista antinazi llamado Yup, diminutivo de Joseph. Walter lo recordaba de cuando ambos habían estado presos en el campo principal, en 1942. Ya entonces habían trabado cierta relación; puede que a Yup le impresionase el hecho de que Walter hubiera tenido trato con la resistencia socialista durante su breve paso por Hungría.

—Qué agradable sorpresa —dijo Yup esbozando una amplia sonrisa—. ¿Quién lo iba a decir? Estás vivo. Y tienes buen aspecto.[2]

Desde su lado de la alambrada, Yup le preguntó si podía «organizarle» un cigarrillo. Walter se lo dio.

—Y bien, ¿qué es todo esto? —dijo Walter al fin, señalando a los hombres de Yup—. ¿Qué estáis haciendo aquí?

Yup le advirtió que lo que iba a contarle era estrictamente confidencial.

—Vamos a construir una nueva línea de ferrocarril —explicó bajando la voz—. Directa al crematorio.

Walter le lanzó una mirada escéptica.

—¿Una nueva línea? Pero si acaban de reparar la rampa.

El muchacho se conocía al dedillo las reformas de la *Judenrampe*, con sus tablones de madera reforzados con hormigón.

Pero Yup insistió. Había oído decir a los SS que Auschwitz se estaba preparando para una enorme afluencia de judíos a los que había que asesinar. Según él, los judíos de Hungría, en torno a un millón, no tardarían en llegar. Las SS habían determinado que la rampa actual no podía hacer frente a tales cifras, o, en cualquier caso, no con la celeridad requerida.

Fue precisamente su experiencia en la rampa lo que convenció a Walter de que Yup decía la verdad. Él sabía mejor que nadie que si las SS se proponían matar a esa escala y a esa velocidad, era necesario modificar la estructura actual. El principal cuello de botella del sistema se formaba en el tramo que las víctimas debían recorrer desde la rampa hasta las cámaras de gas: un trayecto corto, pero lento al ritmo de un camión por cada cien judíos. Si extendían la vía férrea para que cubriera ese tramo de dos kilómetros, el proceso ganaría mucho en eficiencia.

Y, por supuesto, los primeros en llegar serían los judíos de Hungría. Eran los únicos que faltaban, la única gran comunidad judía de Europa que todavía no había pisado aquel infierno. Walter había visto en Auschwitz a judíos de Francia, Bélgica, Países Bajos, Polonia, Checoslovaquia, Italia, Alemania y Grecia. Pero los de Hungría brillaban por su ausencia.

La confirmación llegó a través de la red de contactos de los *kapos* del triángulo verde y sus compinches de los rangos inferiores de las SS. Unglik había descubierto que era fácil comprar con alcohol a la pareja de SS asignados al campo de cuarentena. Además, cuando bebían se volvían indiscretos. Así fue como Walter se enteró de que, tras haber saboreado las aceitunas griegas, las sardinas francesas y el queso holandés, los SS se relamían ante la expectativa del «salami húngaro».[3]

Por tanto, a principios de la primavera de 1944, Walter tenía una doble motivación para escapar. Los cinco mil checos que habían entrado en el campo familiar en la segunda remesa, la del 20 de diciembre de 1943, iban a ser ejecutados exactamente seis meses después, el 20 de junio. Eso estaba fuera de toda duda, ya que los plazos eran inflexibles. Pero ahora se añadía la perspectiva de otra matanza aún más inminente y más descomunal: cientos de miles de judíos húngaros subirían a trenes destinados a Auschwitz en cuestión de pocas semanas, trenes que los llevarían hasta las mismas puertas de las cámaras de gas.

Walter ya tenía sus motivos, pero ahora además encontró un mentor. Después de los polacos, quienes habían demostrado mayor habilidad para escaparse de Auschwitz eran los prisioneros de guerra soviéticos. Miles de ellos habían muerto al principio por culpa del frío y la inmundicia mientras trabajaban como esclavos en la construcción de Birkenau. Pero había otro grupo, Walter calculaba que de unos cien, conocido entre los veteranos de Auschwitz como los «prisioneros de guerra de segunda mano». Habían sido capturados en el campo de batalla y enviados inicialmente a campos de prisioneros comunes, pero luego los habían trasladado a Auschwitz como castigo por su mala conducta, etiqueta que comprendía el intento de fuga. Entre ellos se encontraba Dmitri Vólkov.

No era la primera vez que Walter tenía motivos para agradecer el ruso que había aprendido en Trnava de forma autodidacta. Gracias a eso, podía charlar con los prisioneros de guerra de segunda mano conforme los iba registrando, incluso con aquellos cuyo aspecto era más temible. A ojos de Walter, Vólkov parecía grande como un oso. Provenía de Zaporiyia, en Ucrania, la tierra de los cosacos. Era un hombretón inmenso, de ojos oscuros y hundidos, y todavía iba vestido con el uniforme del Ejército Rojo. Tenía todo el aire de alguien con quien hay que andarse con cuidado.

Con el tiempo, él y Walter se acabaron conociendo y llegaron un acuerdo tácito, similar al que había establecido con aquel chico del colegio que le daba clases de alto alemán a cambio de que él le enseñase eslovaco. Vólkov le permitiría practicar el ruso y, a cambio, el joven supervisor le entregaría su ración de pan y sucedáneo de margarina, en cumplimiento de un voto que se había hecho a sí mismo tiempo atrás: que no tocaría su ración oficial mientras pudiera procurarse comida por otras vías. Walter se fijó en que Vólkov no se comía ni siquiera esa escasa ración, sino que la cortaba en cuartos y la repartía entre sus compañeros.

Empezaron a hablar. Al principio no sobre el campo, sino sobre los grandes maestros de la literatura rusa, Tolstói y Dostoievski, así como de los escritores de la época soviética, como Gorki, Ehrenburg y Blok. Con el tiempo, Vólkov empezó a bajar la guardia.

Reveló que no era un simple recluta, sino un capitán del Ejército Rojo. Vólkov corría un gran riesgo al admitir tal cosa: los nazis tenían como norma fusilar a todos los oficiales soviéticos. Pero el capitán se fiaba de Walter y compartió con él otras confidencias. Le habló de su experiencia como prófugo, ya que se había escapado una vez del campo de concentración nazi de Sachsenhausen. A lo largo de varios días, Vólkov le dio a Walter un curso intensivo en las artes de la evasión.[4]

Algunas lecciones eran eminentemente prácticas. Le explicó qué llevarse y qué no. En segundo lugar estaba el dinero. En Kanada podía haber dinero para dar y tomar, pero era peligroso. Si uno tenía dinero, sentía la tentación de comprar comida en tiendas y mercados, y eso significaba entrar en contacto con la gente, extremo que había que evitar a toda costa. Mejor vivir de la tierra, robando en campos y granjas aisladas. Otra cosa que tampoco había que llevar, al menos en el momento de abandonar el campo, era carne:

los pastores alemanes de las SS olfatearían su rastro de inmediato.

Así que ni dinero ni carne. La categoría de las cosas necesarias era más amplia, empezando por un cuchillo para cazar o defenderse, y una hoja de afeitar en caso de captura inminente. Para Vólkov, esa era una regla básica: «No dejes que te cojan vivo».[5] Aparte de eso, fósforos para cocinar la comida que se robase. Y sal: uno podía alimentarse de sal y patatas durante meses. También era esencial disponer de un reloj, entre otras cosas porque podía hacer las veces de brújula.

Sus consejos parecían no tener fin. Había que moverse siempre de noche; nada de caminar a plena luz del día. Era vital volverse invisible. Si alguien te veía, podía dispararte. Llegado el caso, uno no podía confiar en la huida: las balas siempre corren más que uno.

No había que perder de vista la hora, de ahí el reloj. Tampoco había que esperar al amanecer para buscar un sitio donde dormir; era preferible dar con un escondite mientras todavía estuviera oscuro.

Otros consejos pertenecían más bien al ámbito de la psicología. No se podía confiar en nadie; no se podían compartir los planes con nadie, ni siquiera con él. Si los amigos de uno no saben nada, no tendrán nada que revelar cuando los torturen una vez consumada la fuga. Ese consejo era coherente con lo que Walter había aprendido por su cuenta: que siempre había alguien deseoso de divulgar los secretos ajenos. El Politische Abteilung, el Departamento Político de las SS, había urdido entre los prisioneros una amplia red de confidentes siempre atentos a conversaciones relativas a fugas y revueltas[6] (las SS los reclutaban amenazándolos con que, si se negaban a traicionar a sus compañeros, asesinarían a sus familias).[7] Uno nunca sabía realmente a quién le estaba contando algo. Mejor no hablar demasiado.

Vólkov tenía sabiduría para dar y regalar. No había que tener miedo, ni siquiera de los alemanes. En Auschwitz, con sus uniformes y sus armas, parecían invencibles, pero en persona cada uno de ellos era tan frágil y minúsculo como cualquier otro ser humano.

—He matado a suficientes para saber que mueren tan rápido como cualquiera.[8]

Sobre todo: tener presente que la lucha empieza una vez fuera del campo. Nada de celebraciones ni de euforia. No cabe relajarse mientras uno siga en suelo gobernado por los nazis, ni siquiera por un segundo.

Walter se esforzaba en asimilarlo todo, en almacenarlo junto con la montaña de números y fechas que ocupaban cada vez más espacio en su memoria. Pero Vólkov tenía un último consejo.

Los perros rastreadores de los nazis estaban adiestrados para detectar hasta el más leve olor a vida humana. Si por tu frente corría una sola gota de sudor, te encontrarían. Solo había una cosa capaz de despistarlos: tabaco empapado en gasolina y luego secado.[9] Y no cualquier tabaco. Tenía que ser tabaco soviético. Vólkov debió de ver un destello de escepticismo en los ojos de Walter.

—No es patrioterismo —dijo—. Es que sé cómo es el *machorka*. Es lo único que funciona.

Vólkov hizo saber a Walter que él también tenía su plan de fuga y que no pensaba compartirlo ni con Walter ni con nadie. Con mucho gusto le había enseñado lo que sabía al muchacho, pero no iban a ser socios.

Para eso, solo podía servir una persona. Alguien en quien Walter confiase plenamente y que a su vez confiase en él;[10] alguien a quien conociera desde antes de ingresar en aquel universo oscuro; alguien que, por esa misma razón, existiera en la mente de Walter al margen de Auschwitz: Fred Wetzler.

Más de seiscientos varones judíos de Trnava habían sido enviados a Auschwitz en 1942. En la primavera de 1944, solo dos seguían vivos: Walter Rosenberg y Alfréd Wetzler.[11] Los demás habían sido liquidados nada más llegar, como los hermanos de Fred, o habían padecido esa muerte lenta que era la especialidad de Auschwitz-Birkenau, una muerte debida a la enfermedad, el hambre y la violencia inopinada. En ese segundo grupo se encontraba seguramente el padre de Fred. Fred y Walter se habían criado con aquellos seiscientos niños y hombres —profesores y compañeros de colegio, amigos y conocidos de la familia, enemigos de recreo y rivales en el amor— de los ahora ya no quedaba ninguno. Fred y Walter eran el único vestigio de aquel mundo que ambos habían conocido.

Pese a llevarse seis años de diferencia, su origen común había sellado un vínculo de confianza entre ellos. Walter consideraba a Fred su mejor amigo.[12] Sus experiencias cotidianas también eran similares. Fred había dejado de trabajar en la morgue y ahora también era supervisor, un burócrata de barracón encargado de hacer en el sector BIId de Birkenau II el mismo trabajo que Walter llevaba a cabo en el BIIa.[13] Ambos habían visto de cerca la muerte y sus consecuencias. En el caso de Fred, en sentido literal: su despacho tenía una ventana que daba al patio del crematorio II, cercado por alambradas eléctricas y rodeado de torres de vigilancia.[14] Cuando Walter iba a visitarlo y se tomaba un café en la mesa que había al lado de la ventana, él mismo veía claramente lo que allí ocurría: la agilidad con la que los hombres de las SS se encaramaban al tejado de la cámara de gas y se preparaban para verter los gránulos de Zyklon B. Cada cual desde su perspectiva, tanto Walter como Fred podían contar los muertos.

Quizá hasta su estado anímico era similar. Fred ya había notado los estragos que el permanente hedor de la muerte estaba causando en su amigo, los síntomas de ansiedad y depresión. La masacre de los miles de judíos del *Familienlager*, incluida Alicia, había dejado a Walter claramente tocado. Fred también había sufrido más de un golpe, y eso sin contar la pérdida de su padre y sus hermanos. En verano de 1943, las SS habían despachado (cosa nunca vista) varios cargamentos de prisioneros *desde* Auschwitz, en concreto desde Birkenau a Varsovia, para que trabajasen en unas «fortificaciones». Esos cargamentos se llevaron a la mayoría de los amigos eslovacos que le quedaban a Wetzler. Tras su partida, se sintió solo y desamparado.[15] Cada vez se planteaba más seriamente la posibilidad de huir.

Tristes y solos, Walter y Fred acabaron gravitando el uno hacia el otro. En realidad, habían barajado ya la idea de fugarse desde el momento en que se habían reencontrado en Auschwitz.[16] Al igual que Walter, Fred soñaba con escapar desde el principio. Tiempo atrás, había abortado un plan para fugarse reptando por una cloaca (incluso había hecho un ensayo).[17] Cuando trabajaba en la morgue, en la época en que los muertos se trasladaban a Oświęcim para incinerarlos, se le ocurrió otra idea. Pensó que podría esconderse entre los cadáveres mientras los cargaban en el camión y luego saltar durante el trayecto. Tuvo que renunciar al plan cuando las SS empezaron a quemar los cuerpos dentro del campo.

Walter, que todavía acataba la disciplina de la clandestinidad, buscó el visto bueno de su contacto en la dirección de la resistencia, David Szmulewski. Parecía obvio que una evasión no autorizada destinada a revelar los secretos de Auschwitz tenía menos probabilidades de éxito que una que contase con el respaldo de la resistencia. El 31 de marzo de 1944, Szmulewski dio a Walter la respuesta de la dirección. El veredicto cayó como un jarro de agua fría.

Habían llegado a la conclusión de que la «inexperiencia, la volatilidad personal y la impulsividad» de Walter, así como «otros factores» no especificados, lo convertían en alguien «poco fiable» para esa misión.[18] Es más, opinaban que era sumamente improbable que el mundo exterior le creyera. Aun así, la dirección le garantizaba a través de Szmulewski que, aunque no los ayudase a fugarse, tampoco se interpondría en su camino. Szmulewski, por su parte, quiso recalcar que lamentaba la decisión que habían tomado «los de arriba», y que Walter atribuía al grupo de mando de Auschwitz I, no al de Birkenau.

El líder de la resistencia se permitía agregar una petición. Si Walter y Fred fracasaban, la resistencia deseaba que «evitasen ser interrogados». De lo contrario, las consecuencias podían ser desastrosas para cualquiera que hubiera hablado con alguno de ellos antes de la fuga. «Evitar ser interrogados». Sin duda, al oír eso Walter se acordó de Vólkov y la hoja de afeitar.

Walter empezaba a impacientarse. El ruido de fondo de las obras, las hormigoneras y el ensamblaje de los barracones prefabricados era constante. La ampliación de las tres vías del ferrocarril y la construcción del nuevo andén seguían su curso sin interrupción. Desde su privilegiada posición en el campo de cuarentena, Walter veía cómo el proyecto tomaba forma, hora tras hora.[19] Sabía que tenía muy poco tiempo. Había sido testigo de lo ocurrido con la primera remesa de judíos checos, de que la verdad les había llegado demasiado tarde, a las puertas ya de la cámara de gas, o más tarde aún, una vez dentro. Estaba decidido a que los judíos de Hungría conocieran su destino mientras todavía fueran relativamente libres y pudieran actuar.[20]

Había llegado el momento, estaba seguro de ello. Lo único que necesitaba era un plan a prueba de fallos.

15

El escondite

La premisa del plan era osada, incluso absurdamente sencilla. Auschwitz II, o Birkenau, constaba de un campo interior y otro exterior. El campo interior era donde se recluía a los prisioneros por la noche, encerrándolos detrás, no de una alambrada eléctrica capaz de matar a quien la tocase, sino de dos, cada una de cuatro metros y medio de altura. Cualquier aspirante a prófugo debía salvar esas dos barreras de alto voltaje bajo la luz de los reflectores que barrían la oscuridad, iluminando el terreno para que los SS apostados en las torres de vigilancia examinasen el perímetro con el dedo siempre puesto en el gatillo de sus armas automáticas.

Durante el día, la configuración era distinta. Los puestos de guardia del círculo interior quedaban sin vigilancia y los SS pasaban a ocupar las altas torres móviles que rodeaban el perímetro exterior, desde donde controlaban la zona donde los prisioneros realizaban trabajos forzados desde el amanecer hasta que caía la noche. Las torres estaban colocadas a intervalos de ochenta metros, a lo largo de los más de seis kilómetros del perímetro exterior. Contiguo a la alambrada, se extendía un corredor de terreno yermo y raso, de suerte que todo prisionero que intentara huir pudiera ser visto al instante y abatido. De hecho, cualquier prisionero que se acercase a menos de diez metros del cordón exterior era acribillado sin previo aviso.[1]

El protocolo de seguridad nunca variaba. Por la noche se vigilaba el campo interior; durante el día, el exterior. Durante las horas de oscuridad, no era necesario vigilar el campo exterior. Al fin y al cabo, todos los prisioneros se encontraban en el perímetro interior. Fuera no quedaba nadie.

Había un único supuesto en el que las SS se desviaban de la norma. Cuando se echaba en falta a un prisionero, supuestamente por un intento de fuga, las SS mantenían el cinturón exterior de centinelas armados mientras se registraba la zona. La vigilancia duraba setenta y dos horas. A partir de ese momento, se daba por supuesto que el prisionero había escapado y se cedía el testigo a los hombres de las SS encargados de inspeccionar el terreno más allá de la verja de Auschwitz. El dispositivo exterior se retiraba, el perímetro de seguridad se limitaba nuevamente al campo interior y el campo exterior volvía a quedar sin vigilancia.

Aquella era la única grieta en un sistema por lo demás hermético. Si de algún modo un prisionero conseguía esconderse en el perímetro exterior y aguardar tres días y tres noches mientras las SS y sus perros asesinos peinaban cada centímetro de terreno, a la cuarta noche se encontraría con el campo exterior desierto y sin vigilancia. Y entonces tendría la oportunidad de escapar.

Esa, pues, era la premisa sobre la que Walter basaba su plan. Fred y él se las ingeniarían para salir al campamento exterior. Una vez allí, se esconderían en algún lugar previamente designado y esperarían durante tres días y tres noches. Cuando tuvieran claro que las SS habían suspendido la búsqueda y el campo exterior volvía a estar en silencio, saldrían.

El trabajo preliminar lo habían llevado a cabo otros cuatro prisioneros que también habían detectado ese punto débil en el dispositivo de seguridad. Tres de ellos trabajaban como transportistas para la morgue: su tarea consistía en recorrer los distintos subcampos de Auschwitz-Birkenau recogiendo cadáveres en carretilla para luego descargarlos en la morgue del hospital principal del campo de los hombres. Eso quería decir que, al igual que Fred y Walter, gozaban de cierta libertad de movimiento.

Durante esos trayectos, habían entrado en un nuevo recinto de Auschwitz, un espacio al que la gente empezaba a referirse como «México». El campo todavía estaba en construcción: era el futuro Birkenau III, destinado a la inminente remesa de prisioneros húngaros. Los reclusos encerrados en ese campo, todavía inacabado, ni siquiera tenían ropa, sino que iban envueltos en mantas de colores. Los veteranos de Auschwitz decían que parecían «indios» mexicanos. De ahí el nombre de México.[2]

Fue precisamente en México donde los tres carretilleros de cadáveres conocieron a un cuarto hombre, Mordka Cytryn, que estaba allí encerrado en su doble calidad de prisionero de guerra soviético y judío.[3] Cytryn les dijo que estaba decidido a fugarse y les habló de algo que había descubierto.

El campo era en parte un solar y en parte un aserradero.

Por todos lados había, apilados, paneles a la espera de ser ensamblados para formar barracones de construcción rápida. Pero Cytryn había visto que en cierto lugar había un cráter, quizá de obús, que los cuatro decidieron rápidamente revestir y tapar con tablones de madera y marcos de puerta.[4] En poco tiempo construyeron un refugio subterráneo y bien camuflado con capacidad para cuatro personas. Lo siguiente fue equiparlo, empezando por unas mantas. Después, sin duda a instancias del judío ruso, esparcieron tabaco soviético empapado en gasolina por el terreno circundante.

El soldado del Ejército Rojo se prestó a hacer de conejillo de Indias. El 29 de febrero de 1944, se introdujo en el refugio. Sus tres compañeros, Alexander *Sándor* Eisenbach, Getzel Abramowicz y Jacob Balaban, taparon la abertura con tablones y regresaron al campo.[5] Los tres se pusieron a esperar el toque de sirena, la señal de que faltaba un prisionero. Y, en efecto, la alarma empezó a sonar: en el recuento se había echado en falta a Cytryn.

Se desplegó el dispositivo de búsqueda: hombres de las SS armados, pastores alemanes, todos a la caza y captura del prisionero ruso desaparecido. Los animales, cuyas fosas nasales se agitaban al menor rastro de olor humano, se dejaron engañar por el aroma del tabaco impregnado de gasolina. El olor los ahuyentaba. Cytryn aguantó en el búnker sin ser descubierto.

Transcurridos tres días, los otros decidieron arriesgarse. Estaban hartos de acarrear la carne y los huesos de los muertos, preferían probar suerte y volver a la vida. Eisenbach, Abramowicz y Balaban se introdujeron en el hoyo.

Por la noche, el recuento quedó interrumpido otra vez por aquel aullido ensordecedor, esta vez aún más insistente, pues anunciaba la desaparición de otros tres hombres. El dispositivo de búsqueda de las SS volvió a ponerse en marcha: soldados, *kapos*, perros, todos peinando la zona que se extendía hasta el anillo de torres de vigilancia del perímetro exterior bajo la luz de los reflectores. Llegaron a estar tan cerca que a los fugitivos se les encogió el corazón. Pero, una vez más, no encontraron nada.

Al tercer día, el 5 de marzo de 1944, los prófugos seguían escondidos en aquel angosto agujero abierto en la tierra. En una de las varias infracciones del manual no escrito que el capitán Vólkov le había enseñado a Walter, los hombres les habían confiado su plan a unos cuantos aliados de su confianza, entre ellos Fred y Walter. Eisenbach, eslovaco como ellos, le había pedido a Walter que tuviera el ojo puesto en su escondite secreto y los avisara si se acercaba algún peligro. Así, a las horas en que era seguro, Walter se acercaba a las pilas de madera y, mientras fingía consultar unos papeles, saludaba a sus compañeros en voz baja. Estos le respondían entre susurros. Walter sentía una gran satisfacción al informarlos de que los SS y sus perros habían pasado por delante de los tablones una docena de veces, sin detenerse a mirar en ningún momento.[6]

Los cuatro hombres siguieron allí hasta el atardecer. Esperaban expectantes las palabras mágicas, que por fin resonaron por el campo ya desierto con la caída de la noche: «*Postenkette abziehen! Postenkette abziehen!*» («¡Desalojad los puestos de guardia!»).

El grupo esperó un poco más y solo cuando tuvo la

certeza absoluta de que no se oía nada y de que todos los SS se habían ido, empujaron los tablones que les habían servido de techo en su escondite. Salieron uno a uno, haciendo el mínimo ruido posible. Con cuidado, volvieron a colocar los tablones en su sitio para que todo quedara exactamente igual que antes, como un montón de madera mal apilada. A continuación, se adentraron en la noche en la más absoluta oscuridad. Enseguida estuvieron fuera de Auschwitz.

Su destino inicial era la ciudad de Kęty. Balaban, que hablaba polaco, debió de romper la regla de oro del capitán —evitar el contacto humano a toda costa—, y además en balde, porque enseguida llegó a la conclusión de que no podían esperar ninguna ayuda de la población de los alrededores: tendrían que valerse por sí mismos. Se encaminaron a la frontera con Eslovaquia.

Pero pronto se les acabó la suerte. Cerca de la aldea de Porąbka, se toparon con un grupo de guardabosques alemanes que nada más ver sus cabezas afeitadas y sus brazos tatuados dieron aviso a la policía. Todo ocurrió tan deprisa que los fugitivos no tuvieron tiempo ni de defenderse ni de huir; los habían pillado totalmente por sorpresa. En un visto y no visto, los alemanes los inmovilizaron con cadenas y esperaron a que llegaran las autoridades.

Los siguientes minutos fueron cruciales. Los aspirantes a fugitivos encontraron la manera de deshacerse del dinero y los objetos de valor que se habían llevado para el viaje (otra infracción involuntaria del manual de fuga de Vólkov). También acordaron una explicación para cuando los interrogasen.

Una semana después de que las sirenas alertaran de su

desaparición, fueron devueltos a Auschwitz. A diferencia de Bullo o Unglik, no estaban muertos, pero sí llenos de golpes y magulladuras. Satisfechos, los SS los hicieron desfilar por el campo como esclavos cautivos a los que se exhibe como prueba del poderío de sus amos.

Walter los observaba y su desesperación iba en aumento. Como estudioso en materia de fugas de Auschwitz, estaba convencido de que esta vez lo lograrían, de que por fin alguien había dado con un método infalible. Había querido creer que habían encontrado un pequeño punto débil en el cepo con el que los nazis los mantenían retenidos. Pero estaba equivocado. No sabía cómo ni dónde ni cuándo, pero aquellos cuatro hombres habían fracasado. Para ellos eso significaba la muerte, y para él y Fred, la reclusión eterna: si la operación hubiera sido un éxito, el plan era utilizar ellos también el búnker como trampolín hacia la libertad. Ahora esa esperanza se había desvanecido.

A Walter le llamó la atención uno de los hombres. Era Eisenbach, estaba maniatado y, por increíble que parezca, le lanzó un guiño. Walter entendió que eso quería decir que nadie se había ido de la lengua, que no habían revelado el secreto del búnker. De todos modos daba igual: iban de camino al cuartel que la Gestapo tenía en Auschwitz, donde los registrarían y los interrogarían a fondo.[7] Después, pasarían por el tristemente célebre bloque 11. Si alguien escondía algún secreto, antes o después acababa confesando en cuanto lo sometían a las torturas del bloque de castigo.

Durante el interrogatorio, los trasladaron de Auschwitz a Birkenau, donde les ordenaron revelar cuál había sido su escondite. Hicieron lo que habían acordado en aquellos críticos instantes posteriores a su captura por parte de los guardabosques alemanes: todos señalaron el mismo lugar.

Días más tarde, el 17 de marzo, se repitió una estampa ya bien conocida en Birkenau. Miles de presos se reunieron mientras sonaban los tambores de las SS. Las dos horcas móviles se colocaron en posición. El *Sturmbannführer* de las SS que presidía el acto pronunció el esperado discurso, en el que advirtió a los prisioneros de que lo que se disponían a presenciar sería también el destino de quienes abrigaran la ilusión de fugarse. Los invitó a contemplar a los seis condenados que se encontraban de pie ante ellos, con las muñecas atadas a la espalda: Cytryn, Eisenbach, Abramowicz, Balaban y otros dos que ni siquiera habían llegado tan lejos como ellos. Los dos últimos no habían tomado la precaución de deshacerse de los objetos de valor y los habían pescado con una fortuna encima. Según algunos, llevaban oro; según otros, varios diamantes ocultos en una hogaza de pan.[8]

La multitud tuvo que contemplar cómo, primero uno y luego el otro, eran obligados a inclinarse sobre un banco para recibir cincuenta latigazos. En ambos casos, la tortura duró media hora, media hora durante la cual el sonido del cuero desgarraba el silencio al impactar con la carne cada vez que caía un latigazo. Concluido el suplicio, vibraron los tambores y los dos reos subieron por las escaleras hasta el cadalso. Luego, la misma función que Walter había presenciado siendo un novato en ese mismo lugar casi dos años antes: los gestos apresurados del verdugo, impaciente por terminar; el golpe de la trampilla; la terrible contorsión de los cuerpos.

Ahora les tocaba a Eisenbach y los demás. Primero, los

azotes: treinta y cinco para cada uno de los cuatro hombres que habían escapado a través del escondite de México. Y entonces...

Walter inspiró profundamente, pero ahí acabó todo. Los nazis se llevaron a los cuatro de vuelta al bloque 11, donde solo Dios sabe qué martirio tuvieron que aguantar. Walter estaba seguro de que les harían todo cuanto pudieran, de que los castigarían con una muerte lenta y cruel.

Pero en eso también se equivocó. Finalmente, los dejaron salir de aquel lugar conocido como el infierno dentro del infierno, los condenaron a realizar labores lo más duras posible en la unidad penal y los aislaron del resto del campo. En principio no podían verse con nadie, pero Walter había aprendido que en Auschwitz siempre había alguna manera de transgredir las normas. Haciendo valer los privilegios de su cargo de supervisor, encontró la manera de acercarse a Eisenbach. Evitando el contacto visual, Walter le preguntó lo único que valía la pena preguntar:

—¿Lo saben?

Eisenbach, que estaba cavando una zanja con las manos, respondió sin inmutarse.

—No —masculló.

No había confesado. Tampoco los otros. En parte porque eran fuertes y tenían una gran resistencia al dolor. Pero también porque eran inteligentes. La táctica que habían acordado de antemano consistía en *fingir* que confesaban bajo la presión de la Gestapo. Cuando sus interrogadores exigieron saber cómo habían escapado y dónde se habían escondido, los cuatro señalaron el mismo sitio de Birkenau.

Pero no el búnker secreto, sino otro lugar falso y que nada tenía que ver.[9]

Lo cual quería decir que la vía de escape auténtica seguía en su sitio, ignorada e intacta. A la espera de ser usada por Fred Wetzler y Walter Rosenberg.

16

«Deja ir a mi pueblo»

Se fijaron como fecha el lunes 3 de abril de 1944. Todo estaba preparado. Tenían por guía tanto el consejo de los expertos como el fracaso ajeno. No había necesidad de esconder mudas de ropa: en su calidad de burócratas de barracón, se les permitía vestirse de manera similar a como tendrían que hacerlo en el exterior, y habían complementado lo que ya tenían con botas resistentes, abrigos gruesos y pantalones y chaquetas de primera calidad procedentes de Países Bajos, todo ello adquirido a través de Kanada. Disponían de un escondite secreto: el búnker oculto de México, todavía intacto. Tenían toda la información que necesitaban almacenada en la cabeza.[1] Y tenían también la premura desesperada de quien está convencido de que debe dar la alarma, no la semana que viene ni el mes que viene, sino ya. Podían ver las tres vías del ferrocarril ya casi listas para recibir a los condenados de Hungría y descargarlos frente a las puertas de los crematorios, donde se convertirían en fuego y ceniza.

Todo estaba preparado. Debían reunirse a las dos de la tarde. Walter estaba a punto. Según él, parecía un próspero caballero holandés:[2] chaqueta de *tweed*, jersey de lana blanco, pantalones de montar de lana y botas altas de cuero.[3] Se dirigió hacia el campo exterior lo más despreocupadamente posible, como si fuera un funcionario de Auschwitz que sale a hacer su ronda.

Le dijo al SS que custodiaba la entrada que tenía que hacer una visita al crematorio. En realidad, su mayor esperanza era que ese día fuera el último en que tuviera que ver ese lugar donde la quema de cadáveres humanos se había convertido en algo tan rutinario como fundir acero en una planta metalúrgica: una fase más de un proceso industrial. El guardia le dio paso con un gesto.

Walter llegó al campo exterior y a la pila de tablones. Allí se encontró con Bolek y Adamek, dos judíos polacos a los que Fred y Walter habían reclutado como ayudantes.[4] Formaban parte del comando Planierung: trabajaban en las obras, donde se encargaban de allanar los terrenos. Eso les proporcionaba una cómoda coartada para moverse por México, cerca del escondite. Involucrarlos implicaba, en efecto, contravenir una de las reglas sagradas de Vólkov, pues suponía ampliar el círculo de confianza. Pero a Walter no se le ocurría otra manera.

Había llegado la hora. Los tres estaban listos. Pero no había ni rastro de Fred.

Tomaron la decisión obvia. No había tiempo para demorarse; eso habría levantado sospechas. Se alejaron cada cual por su lado, como si nunca hubieran estado esperando a nadie, y mucho menos a alguien que no se había presentado. Cuando por la noche regresaron al campo interior, Walter averiguó por qué Fred no había aparecido. Vigilan-

Mirada al frente, hacia el futuro. El tercer niño por la derecha, sentado en primera fila, es Walter Rosenberg, posando para el retrato del curso 1936-1937. Tres años después sería expulsado del colegio por su condición de judío.

Una cárcel al aire libre en la que no crecía nada: Majdanek, el campo de concentración situado a las afueras de Lublin, en Polonia, donde Walter pasó doce días preso en junio de 1942.

Kanada era otro país y otro mundo. El primer trabajo de Walter en El Dorado de Auschwitz consistía en trasladar bultos desde la montaña de equipajes robados a los recién llegados.

Walter trabajó diez meses en la *alte Judenrampe*, donde los deportados bajaban de los trenes de ganado en los que llegaban a Auschwitz.

Auschwitz II, o Birkenau, donde Walter estuvo preso a partir del 15 de enero de 1943. Cuatro de las cinco cámaras de gas con crematorio se encontraban en Birkenau.

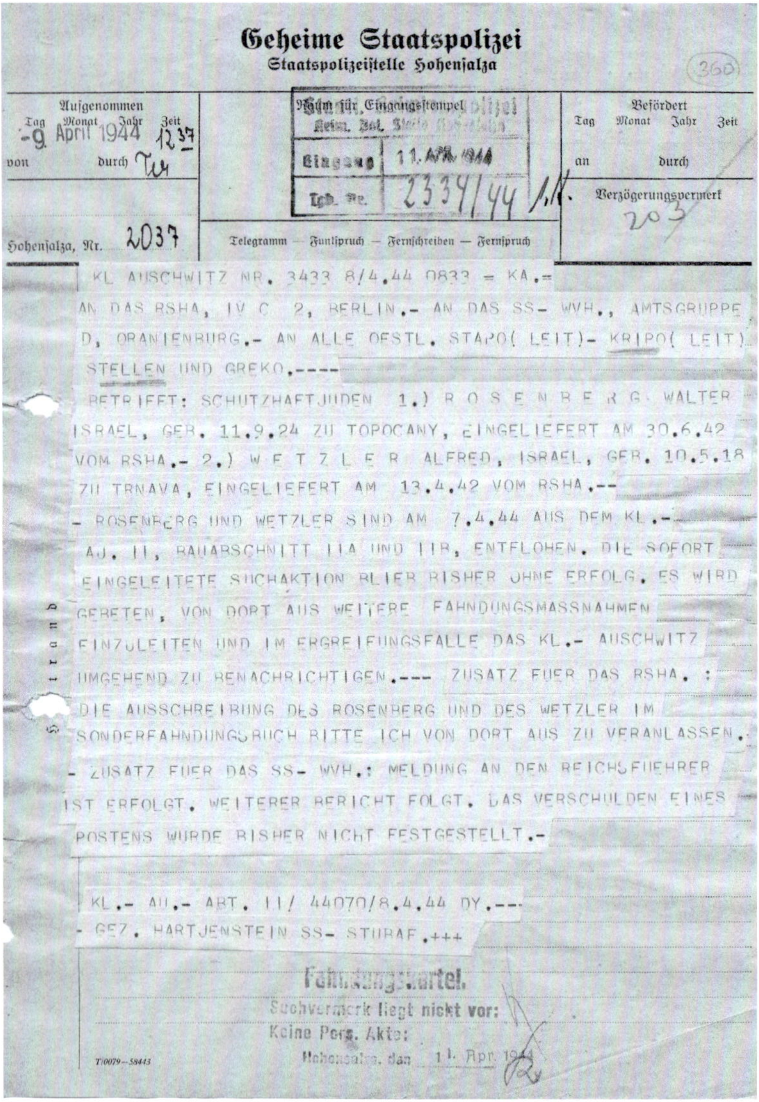

Geheime Staatspolizei
Staatspolizeistelle Hohensalza

(360)

Aufgenommen
Tag Monat Jahr Zeit
9. April 1944 12 37
von durch Tu

Raum für Eingangsstempel
Eingang 11. APR. 1944
Tgb. Nr. 2334/44 I.N.

Befördert
Tag Monat Jahr Zeit
an durch
Verzögerungsvermerk
203

Hohensalza, Nr. 2037

Telegramm — Funkspruch — Fernschreiben — Fernspruch

KL AUSCHWITZ NR. 3433 8/4.44 0833 = KA.=
AN DAS RSHA, IV C 2, BERLIN.- AN DAS SS- WVH., AMTSGRUPPE D, ORANIENBURG.- AN ALLE OESTL. STAPO(LEIT)- KRIPO(LEIT) STELLEN UND GREKO.----
BETRIFFT: SCHUTZHAFTJUDEN 1.) R O S E N B E R G WALTER ISRAEL, GEB. 11.9.24 ZU TOPOCANY, EINGELIEFERT AM 30.6.42 VOM RSHA.- 2.) W E T Z L E R ALFRED, ISRAEL, GEB. 10.5.18 ZU TRNAVA, EINGELIEFERT AM 13.4.42 VOM RSHA.--
- ROSENBERG UND WETZLER SIND AM 7.4.44 AUS DEM KL.- AU. II, BAUABSCHNITT IIA UND IIB, ENTFLOHEN. DIE SOFORT EINGELEITETE SUCHAKTION BLIEB BISHER OHNE ERFOLG. ES WIRD GEBETEN, VON DORT AUS WEITERE FAHNDUNGSMASSNAHMEN EINZULEITEN UND IM ERGREIFUNGSFALLE DAS KL.- AUSCHWITZ UMGEHEND ZU BENACHRICHTIGEN.--- ZUSATZ FUER DAS RSHA. : DIE AUSSCHREIBUNG DES ROSENBERG UND DES WETZLER IM SONDERFAHNDUNGSBUCH BITTE ICH VON DORT AUS ZU VERANLASSEN.
- ZUSATZ FUER DAS SS- WVH.: MELDUNG AN DEN REICHSFUEHRER IST ERFOLGT. WEITERER BERICHT FOLGT. DAS VERSCHULDEN EINES POSTENS WURDE BISHER NICHT FESTGESTELLT.-

KL.- AU.- ABT. II/ 44070/8.4.44 DY.---
- GEZ. HARTJENSTEIN SS- STUBAF.+++

Fahndungskartei.
Suchvermerk liegt nicht vor:
Keine Pers. Akte:
Hohensalza, den 11. Apr. 1944

T/0079—58443

«Búsqueda inmediata infructuosa». Telegrama de las SS recibido por la Gestapo el 9 de abril de 1944, en el que se notifica que Fred y Walter han escapado de Auschwitz. En realidad, todavía estaban escondidos en el interior del campo.

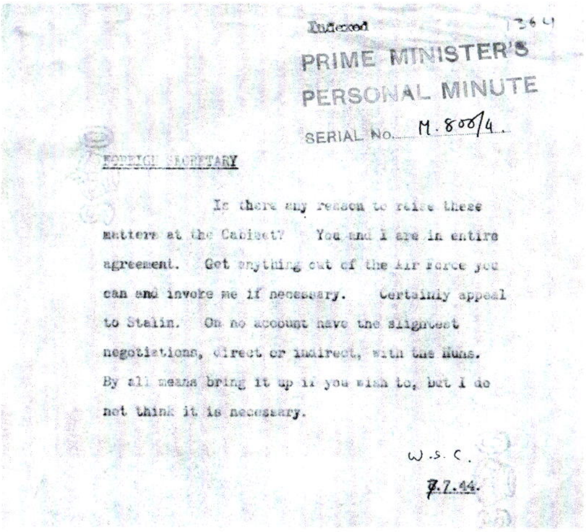

Indexed 1364

PRIME MINISTER'S PERSONAL MINUTE

SERIAL No. M.800/4.

FOREIGN SECRETARY

Is there any reason to raise these matters at the Cabinet? You and I are in entire agreement. Get anything out of the Air Force you can and invoke me if necessary. Certainly appeal to Stalin. On no account have the slightest negotiations, direct or indirect, with the Huns. By all means bring it up if you wish to, but I do not think it is necessary.

W.S.C.

7.7.44.

«Sáquele lo que pueda a la Fuerza Aérea». Nota de Winston Churchill al secretario de Asuntos Exteriores Anthony Eden, enviada poco después de que el primer ministro leyera un extracto del *Informe Vrba-Wetzler*.

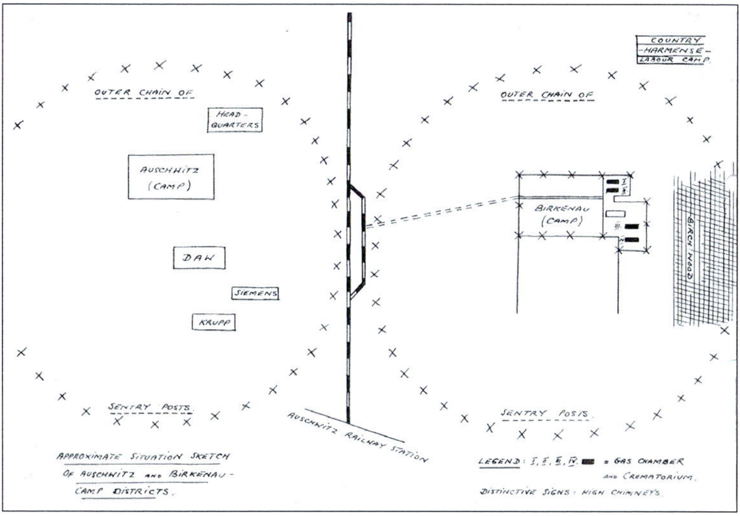

Esquema de Rudi de Auschwitz-Birkenau, tal como aparece en la traducción inglesa del *Informe Vrba-Wetzler*. Cuando dibujaba mapas, Rudi solía situar el norte en la parte inferior, costumbre que había adquirido en el colegio.

Rudi fue condecorado con la Medalla Checoslovaca al Valor, la Orden de la Insurrección Nacional Eslovaca (de segunda clase) y la Medalla de Honor de los Partisanos Checoslovacos.

Le pusieron de nombre Helena: los dos pensaban que era la criatura más preciosa que hubieran visto. Rudi, Gerta y la pequeña Helena en Checoslovaquia en 1953.

Ellas siempre lo llamaban *tata*. Zuza, Helena y Rudi en Inglaterra.

Lo que Rezső Kasztner hizo —y dejó de hacer— con el informe sería uno de los acontecimientos que marcarían la vida de Rudi. Kasztner testificó en los juicios de Núremberg en marzo de 1948.

Eran como hermanos unidos por una experiencia que solo ellos compartían. El compañero de fuga de Rudi, Alfréd Wetzler, después de la guerra.

Era el sueño de cualquier fiscal. No solo hablaba con fluidez varios idiomas, sino que además lo recordaba todo. Rudi en un juicio por crímenes de guerra en Fráncfort, Alemania Occidental, en 1964.

«¿Por qué sonríe tanto cuando habla de esto?», pregunta Lanzmann. «¿Qué debería hacer? ¿Llorar?», responde Rudi durante el rodaje del épico documental *Shoah*.

Paseo en batea por el río Cam, con uno de sus nietos ingleses en el regazo y una amplia sonrisa en el rostro. Rudi con Jan, el hijo de Zuza, a finales de los años ochenta.

do la salida de su parte del campo había un guardia de las SS que era especialmente escrupuloso, y Fred lo sabía, motivo por el cual había considerado preferible quedarse y no jugársela. Walter, Fred y los dos polacos reprogramaron la fuga. Volverían a intentarlo al día siguiente a la misma hora.

Walter llegó sin problemas al lugar acordado. También Fred. Pero ahora el que no aparecía era uno de los dos judíos polacos: por lo visto, su *kapo* le había encomendado una tarea extra que le impedía acercarse hasta esa parte de México.

Llegó el tercer día, y con él la esperanza de que a la tercera fuera la vencida. Walter se presentó, al igual que sus dos cómplices, pero a Fred le impidieron el paso en la *Blockführerstube*, la caseta de guardia de las SS, arguyendo, por absurdo que parezca, que llevaba el pelo demasiado largo.[5] La misión tuvo que posponerse otra vez.

La mañana del jueves 6 de abril se prepararon para acometer el cuarto intento. Sin embargo, hubo que volver a abortar el plan. El motivo fue algo que ni Fred Wetzler ni Walter Rosenberg habían previsto, algo tan improbable que, de no haberlo visto con sus propios ojos, les habría parecido pura fantasía. El motivo fue el amor.

El *SS-Rottenführer* Viktor Pestek era un hombre de veintitantos años considerablemente atractivo. Tenía algo en común con el SS que se la había jugado a Fero Langer: al igual que él, era un *Volksdeutsche*, un alemán étnico, en su caso originario de Rumanía. Pero lo más curioso era que también tenía algo en común con Walter: durante el tiempo que había sido *Blockführer* en el campo familiar, se había enamorado de una de las jóvenes judías confinadas ahí. Se llamaba Renée Neumann, y Pestek estaba loco por ella.

El joven nazi había decidido salvarla de la cámara de gas, lo cual suponía sacarla de Auschwitz. Renée se negaba a irse sin su madre, lo cual significaba que Pestek debía encontrar un sitio seguro donde él y las dos mujeres pudieran esperar a que terminara la guerra. En principio, para eso haría falta la ayuda de algún grupo antinazi del exterior, gente dispuesta a echar una mano a dos judías a la fuga. El plan era poco menos que disparatado, pero Pestek estaba resuelto a intentarlo.

No puede decirse que el hombre fuera muy discreto. Abordó a varios prisioneros con la intención de ofrecerles un curioso trato: sacarlos de ahí a cambio de ponerlo en contacto con amigos de la resistencia.

Primero intentó reclutar a Fred y luego a Walter, pero ninguno de los dos se mostró interesado. La traición sufrida por Bullo a manos de su antiguo amigo de colegio los había convencido de que había que estar loco para fiarse de alguien de las SS. En cambio, Siegfried Lederer, un judío de cuarenta años, decano de bloque en el campo familiar y antiguo miembro de la resistencia checa, era menos receloso y aceptó la improbable oferta de Pestek, aun sabiendo lo que implicaba el plan.

Así fue como el 5 de abril de 1944 Lederer acabó en un aseo vistiéndose con un uniforme de sargento de las SS, incluido el cordón plateado del Servicio Especial. Esperó la señal, una luz roja que había de parpadear tres veces en la ventana del puesto de guardia de las SS junto a la entrada del *Familienlager*. Cuando llegó, Lederer salió, se subió a una bicicleta que alguien había dejado ahí para él y levantó el brazo derecho diciendo «*Heil Hitler*» mientras salía del campo.[6] El encargado de abrirle la puerta fue su subordinado, el *SS-Rottenführer* Pestek.

Un poco más adelante, Lederer abandonó la bicicleta y, ya a pie, él y Pestek pasaron a toda velocidad entre los cordones de guardias. El santo y seña era el mismo en todas las barreras: «Tintero».[7] A las 20:30 horas, los dos se encontraban a bordo de un tren expreso con destino a Praga.

Cuando se constató la desaparición de Lederer y las sirenas de Auschwitz empezaron a aullar, la extraña pareja andaba ya muy lejos. Ningún miembro de las SS dio la menor importancia a la ausencia de Pestek, que se encontraba oficialmente de permiso.

Los amigos de Lederer en la resistencia no lo defraudaron. Los recogieron en la estación de Praga y los condujeron a un escondite que les habían preparado en el bosque. Pero Lederer no se quedó, sino que regresó al gueto de Theresienstadt, de donde lo habían deportado cuatro meses antes: quería advertir a los judíos de la verdad de Auschwitz. Solo que la propaganda nazi había calado tan hondo que nadie, excepto sus amigos más íntimos, dio crédito a sus palabras.

Ahora Lederer debía cumplir la segunda parte de su trato con el SS enamorado, más descabellada aún que la primera.

Una vez más, Siegfried Lederer se puso el uniforme de oficial de las SS. Por lo visto, en los dos meses transcurridos había conseguido un ascenso. Ahora era el teniente primero Welker. A su lado estaría Viktor Pestek interpretando al subteniente Hauser. Llevaban consigo una orden impecablemente falsificada con el membrete berlinés de la Oficina Central de Seguridad del Reich y el sello de la Gestapo de Praga que los autorizaba a sacar a dos mujeres del *Familienlager* de Birkenau para interrogarlas. En Praga tomaron un tren expreso. Destino: Auschwitz.

Lederer y Pestek se separaron para que el segundo pudiera atender a un recado, pero se dieron cita en la estación de tren de Oświęcim a las doce del día siguiente. Las SS debieron de recibir un chivatazo, porque minutos antes del mediodía se presentó un escuadrón de motocicletas de las SS que rodeó rápidamente los edificios de la estación. Cuando llegó el tren de Pestek, lo rodearon también. El comandante del escuadrón identificó a Pestek, que se había asomado a una ventanilla del vagón, y fue a por él. Segundos después, desde la sala de espera, Lederer vio cómo el nazi se resistía y se armaba un tiroteo. De repente, estalló una granada de mano y los soldados de las SS despejaron el andén.

Lederer vio su oportunidad y, todavía con el uniforme de las SS, saltó por la ventana de la sala de espera y robó la primera motocicleta que encontró. Arrancó a todo gas, en dirección oeste. Un par de horas más tarde, abandonó la moto y tomó un tren para regresar a Praga y desde allí a Theresienstadt, donde trataría de pasar desapercibido y prepararía a un pequeño grupo de camaradas para la resistencia.[8] Pestek tuvo menos suerte. Fue detenido, interrogado y fusilado antes de poder despedirse de Renée Neumann.

El sonido de las sirenas del 6 de abril, que anunciaba la desaparición de Lederer, motivó que Fred y Walter cambiaran de planes. No tenía sentido emprender una fuga con las SS en estado de máxima alerta. Mejor posponerlo.

Esperaron hasta la hora del almuerzo del viernes 7 de abril. Una vez más, Walter se acercó a la entrada para soltarle al centinela el mismo cuento de siempre sobre la necesidad de visitar el crematorio. El guardia lo miró con aire suspicaz, pero Walter logró pasar. Se dirigió a la pila de tablones. Ya casi estaba. ¿Sería ese el día?

Entonces, sin previo aviso, Walter sintió que unas manos lo agarraban. Eran dos *SS-Unterscharführers* que, como salidos de la nada, se habían abalanzado sobre él. Mentalmente, empezó a barajar posibilidades. ¿Cómo podía ser que esos hombres supieran lo que estaba ocurriendo? A menos que..., ¿era posible que Walter y Fred hubieran sido traicionados y su plan descubierto, incluso antes de ponerlo en marcha?

Walter se fijó bien en los soldados que acababan de detenerlo. El problema era que no reconocía a ninguno de los dos. Eran nuevos. Lo cual significaba que Walter no podía recurrir a ese tipo de decisiones instantáneas que él, Fred y el resto de los reclusos habían aprendido a tomar cada día, a cada momento, y de las que dependía su supervivencia. Decisiones como la que Fred había tomado tres días antes, el día previsto para la fuga, basadas en si tal o cual guardia no solo era cruel o despiadado —eso se daba por descontado—, sino si era especialmente astuto, diligente y celoso o, por el contrario, indolente y fácil de engatusar. La cara de esos hombres le resultaba nueva y, por tanto, no le decía nada. Walter no sabía a qué atenerse.

El primer indicio que dejaron traslucir fue una mueca.

—¿Qué tenemos aquí? —dijo uno de los alemanes inspeccionando la elaborada indumentaria de Walter.[9]

Los veteranos del campo, incluidos los hombres de las SS, estaban habituados a ver atuendos como el de Rosenberg y sabían que las normas permitían a los supervisores vestirse con su propia ropa. Pero esos hombres todavía no conocían las peculiaridades de la población permanente de Birkenau.

Evidentemente, el mero hecho de que ese par de novatos se rieran y burlaran de él no suponía ninguna amenaza. Pero no era eso lo que preocupaba a Walter. Su miedo era que, ahora que había llamado su atención, lo más normal habría sido que lo registrasen. Y eso habría sido desastroso.

Porque, aunque Walter se vestía así a diario —con pantalones de montar, chaqueta a medida, botas de buena calidad—, ese día había algo distinto. Escondido dentro de la camisa, apretado contra su piel, había un reloj. Era lo que le había aconsejado Vólkov: medir el tiempo resultaba crucial, sobre todo en la primera etapa de la fuga. Si a los dos *Unterscharführers* les daba por cachearlo, le encontrarían el reloj a la primera. Y eso lo delataría.

Podía imaginarse lo que ocurriría luego: la multitud contemplando la horca, la soga en torno al cuello, mientras el nazi que presidía la ceremonia gritaba: «¿Para qué iba a querer un prisionero un reloj, a menos que pretendiera escaparse?».[10]

Walter tenía motivos para estar asustado. Los SS empezaron a registrarlo, empezando por el contenido de los bolsillos del abrigo. Hurgaron y sacaron decenas de cigarrillos, cien en total, a puñados. Al final, había decidido llevarse «dinero». ¿Deducirían sus captores que aquello eran suministros para una fuga?

El sudor empezaba a resbalarle por la espalda. Hizo lo posible por mirar al frente y mostrarse impasible. Por el rabillo del ojo, vio a Bolek y Adamek, que se dirigían a la cita de las dos, a la que Walter creía que ya nunca llegaría. En casi dos años, nunca lo habían parado de esa forma. Haber llegado tan lejos para tropezar ahora, y de esa manera, por unos cigarrillos del demonio. Walter maldijo el destino que a todas luces se empeñaba en retenerlo en Auschwitz hasta el último aliento.

De pronto notó el golpe de una vara en el hombro, un golpe firme y penetrante, seguido de otro. Uno de los dos SS lo golpeaba con su vara de bambú, mientras lo tachaba de «mona disfrazada» y «bastardo» para humillarlo. Pero Walter no sentía dolor, sino alivio. Porque, aunque el SS lo golpeaba, podía haberle infligido un castigo mucho mayor: podía haber seguido registrándolo.

—Lárgate —dijo al fin—. Sal de mi vista.

Walter no se lo podía creer. Aquello no tenía sentido. Apenas un minuto antes, ese hombre había amenazado con enviarlo al bloque 11, y si hubiera querido hacerlo, habría podido: esos cien cigarrillos eran motivo suficiente.

A lo mejor, él y el resto de las SS tenían suficiente con la fuga de Lederer y el rumor de que uno de sus propios hombres estaba involucrado. O quizá fuera simple pereza. El *Unterscharführer* dijo tenía «mejores cosas que hacer» que arrestar a un sucio judío con ínfulas. Era más fácil darle una paliza y punto. Quizá la cosa fuera así de sencilla y aleatoria: al hombre del uniforme le daba pereza encargarse de una tarea que a él le habría ocupado unos diez o quince minutos, pero que a Walter Rosenberg le habría costado la vida.

A la luz de todo lo que había visto, salvarse por el capricho de uno de sus captores no parecía tan extraño. En cierto modo, todos los judíos que todavía respiraban en Auschwitz-Birkenau se habían salvado por el mismo motivo. Empezando por aquel primer gesto con el dedo en la rampa de selección —a la izquierda, a la derecha— y pasando por los cientos de situaciones azarosas que se producían a diario —desde el *kapo* que podía ganar una apuesta matando de un puñetazo a una persona en lugar de a otra, hasta el médico de la enfermería que determinaba quién podía valerse por sí mismo y quién estaba demasiado débil para vivir—, la diferencia entre la vida y la muerte se reducía a menudo a una caprichosa fracción de segundo, una decisión que ni siquiera era una decisión, sino un impulso que fácilmente podría haber seguido otros derroteros.

Walter era libre de irse, así que echó a andar —con toda la naturalidad y la calma posibles, con un toque de autoridad, como si fuera un capataz— hacia el escondite de los tablones. Apenas unos metros lo separaban del lugar donde todo iba a empezar.[11]

—Eh, tú, cerdo, ¿cómo estás?[12]

Walter se quitó la gorra y se puso firmes al instante. Era otro *SS-Unterscharführer*, aunque esta vez la cara sí le resultaba familiar. Era Otto Graf, uno de los dos guardias a los que Walter recordaba de su paso por Kanada. En los últimos tiempos, a Graf lo habían destinado a los *Sonderkommandos*, donde tenía lugar la verdadera acción, para supervisar la recogida e incineración de los muertos de las cámaras de gas.

—He estado trabajando toda la puñetera noche —se quejó Graf, que tenía ganas de charla.

Walter intentó no mostrarse impaciente. No podía consultar el reloj, pero sabía que debían de ser casi las dos de la tarde. Si no se deshacía de Graf, se le pasaría la hora y, después de cuatro intentos abortados, a saber si habría otro. Graf le ofreció un cigarrillo.

—Toma un pitillo. Son griegos.[13]

Obviamente. El último cargamento de judíos, unos mil, había llegado de Atenas unos días antes.[14] Walter puso una excusa —que los cigarrillos griegos le irritaban la garganta— y Graf se alejó. Por fin, Walter pudo llegar al escondite.

Los demás ya estaban allí. Sin mediar palabra, Bolek y Adamek dieron la señal, un pequeño gesto con la cabeza que venía a decir: «Vamos allá». Retiraron siete u ocho capas de tablones,[15] dejaron el hoyo al descubierto y Fred y Walter bajaron al fondo. Una vez dentro, oyeron cómo sus compañeros recolocaban los tablones y uno de ellos susurraba: «*Bon voyage*».[16] Después, todo quedó a oscuras y en silencio.

Eran las dos de la tarde del 7 de abril de 1944.[17] Puede que ese día algunos de los hombres de las SS estuvieran de ánimo contemplativo; a lo mejor por la mañana habían ido a la iglesia, donde habían rezado en silencio para conmemorar la solemnidad del Viernes Santo. Lo que no sabían Walter Rosenberg y Fred Wetzler, callados e inmóviles en su agujero mientras la luz del día cedía el paso a la oscuridad, era que esa noche también era el Séder, el inicio de la Pascua judía.[18] Esa noche (cuya fecha cambia cada año debido al calendario lunar), los judíos celebran su libertad, dan gracias a su sabio y poderoso Dios por no olvidar a su pueblo, por salvarlo de un gobernante cruel y liberarlo de la esclavitud. Fred y Walter no tenían más remedio que aguardar en la oscuridad, pero la lección de la tradición era clara: esa era la noche en que los judíos huían de la esclavitud para ganar su libertad.

17

Bajo tierra

Fueron los tres días y noches más largos de la vida de Walter. En aquel minúsculo agujero, las horas duraban semanas. El tiempo, contraído por el espacio, parecía expandirse.

Cuando fuera había luz, se imaginaba a sus compañeros cerca de la pila de madera, a pocos metros de distancia, trabajando como esclavos desde el alba hasta el ocaso. Aguzaba el oído tratando de identificar cada momento de la jornada, la pausa del mediodía para el supuesto almuerzo y, horas más tarde, un ruido de pies caminando a paso de marcha: los de los prisioneros que terminaban su turno y regresaban a los barracones. Walter y Fred alcanzaban a oír unas voces, sobre todo de los *kapos*, que no dejaban de ladrar órdenes, y los compases de la música marcial (la orquesta del campo tenía la obligación de tocar para anunciar el regreso de las unidades de trabajo).[1]

La primera noche, la del viernes, Walter se imaginó el recuento: alguien se daba cuenta de que primero faltaba un nombre y luego otro; entonces, los *kapos* conferenciaban con los decanos de bloque rascándose la cabeza; finalmente, uno de ellos no tenía más remedio que informar a los hombres de uniforme de que había dos judíos en paradero desconocido. Lo más probable era que la noticia le costase una paliza.

Imaginó la reacción de sus camaradas a medida que, poco a poco, se sabía quiénes eran los desaparecidos. Podía ver sus muecas al oír el espantoso aullido de la sirena que durante diez largos minutos les taladraba los tímpanos, un sonido que invariablemente anunciaba más recuentos, lo cual obligaba a los prisioneros a permanecer en formación durante horas, temblando del agotamiento, mientras los contaban una y otra vez. Pero también sabía con qué placer debían de pensar en que quizá no solo uno, sino dos judíos habían logrado escapar al fin.

Las preguntas se agolpaban en la mente de Walter conforme pasaban los minutos. ¿Y si el tabaco impregnado de gasolina perdía el aroma? ¿Y si alguno de quienes conocían el escondite hablaba más de la cuenta? ¿Por qué a Walter le había parecido una buena idea llevar un reloj con manecillas luminosas, con las que él y Fred podían ver cuán glacialmente transcurrían los minutos?

Esa noche, agazapados en su agujero, Walter y Fred oyeron un sonido familiar: el estruendo del convoy de camiones que trasladaban a los condenados desde la *Judenrampe* a las cámaras de gas. Su escondite se hallaba ligeramente al noreste de los crematorios IV y V.[2] Los judíos seguían bajando a trompicones de aquellos trenes que los traían desde todos los rincones de Europa, seguían formando para que los examinasen y seleccionasen, y seguían montándose en los vehículos que los enviaban a morir.

Walter contó los camiones conforme iban pasando. Una o dos horas más tarde, se oyó el entrechocar metálico de los bastidores de hierro que introducían los cadáveres en los hornos donde se convertirían en humo y ceniza.[3] Lo único que podían hacer los dos muchachos era escuchar, rígidos y mudos (lo que oyeron ese día fue la incineración de doscientas setenta y cuatro personas, judíos de Bélgica, treinta y seis de ellos niños de menos de doce años).[4]

Al amanecer del sábado continuaba la matanza, pero también la búsqueda. El ruido de las batidas —las botas, los perros, los gritos— resonaba y rebotaba por todo México, a veces en las barracas de madera inacabadas y aún deshabitadas, otras directamente sobre sus cabezas.

Cuando por fin dieron las cinco de la tarde del lunes —al caer la tarde, la banda entonaba una animada melodía que a cada nota parecía escarnecer a quienes, a lo largo de la brutal jornada, habían estado recibiendo azotes y golpes—,[5] empezaron otras preocupaciones. Walter sabía que ahora volverían a pasar lista. Como faltase otro prisionero, como alguien más hubiese intentado fugarse, Fred y él se encontrarían de nuevo en la primera casilla: el perímetro exterior permanecería vigilado tres días más. De modo que esperaron, rezando para que no sonase la sirena. Las manecillas del reloj se arrastraban tan despacio que el tiempo parecía haberse detenido. Pero la alarma no sonó.

Miraron al techo. La tentación era grande, pero Walter se mantuvo firme: demasiado arriesgado. Solo a las nueve de la noche, después de ochenta horas escondidos en aquel diminuto agujero, consideraron que era seguro moverse.

Abrir el escondite resultó más difícil de lo esperado, y

no solo por el peso de las tablas, apiladas sobre sus cabezas. Los tres días que habían pasado sin moverse se habían cobrado su peaje. Tenían los músculos atrofiados. Las tablas parecían anormalmente pesadas, y moverlas resultaba casi imposible. Cada empujón les producía una dolorosa sensación de hormigueo.[6] Las piernas les temblaban, como si no pudieran soportar su propio peso. Por costumbre y por cautela —pues seguía siendo posible que hubiera una patrulla regular por ahí cerca—, procuraban actuar con el máximo sigilo. Cosa que resultaba más difícil todavía.

Miraron el pan y el café que habían apartado y que ahora era más seguro consumir. Los dos estaban famélicos y sedientos. Sin embargo, cuando intentaron tomar un sorbo o comer, aunque fuera un pequeño bocado, ambos se encontraron con el mismo problema: no podían tragar. Era como si sus cuerpos se hubieran replegado sobre sí mismos, como si las entrañas se les hubieran retorcido hasta cerrarse.

No podían permitirse esperar mucho más. Tenían que salir de allí mientras fuera de noche, porque, en cuanto amaneciera y comenzara la jornada de trabajo, el perímetro exterior volvería a estar vigilado y las ametralladoras de las torres de vigilancia, cargadas y a punto. Tenían que salir ya.

Empujando los dos a una, consiguieron por fin mover una de las tablas inferiores. Finalmente, movieron también el resto y, sacando fuerzas de flaqueza, se auparon fuera del hoyo. Agotados por el esfuerzo y los tres días de encierro, se concedieron unos instantes para sentarse sobre la pila de madera que los había protegido y mirar alrededor. Contemplaron el cielo nocturno. Estaba despejado; la luna brillaba.[7]

Tenían que ponerse en marcha, pero antes había que recolocar las tablas en su sitio. Lo hicieron, en parte, por meticulosidad, por no dejar ninguna pista a quienes pasasen por allí a la mañana siguiente. Pero en parte también porque tenían la esperanza de que ese pequeño hoyo oculto pudiera servirle de escotilla de escape a alguien más. Hasta entonces no se tenía constancia de que ningún judío hubiera escapado de Auschwitz contando tan solo con la ayuda de otros prisioneros ni de que, evitando que volvieran a capturarlo, hubiera alcanzado la libertad.[8] Fred Wetzler y Walter Rosenberg estaban a punto de convertirse en los primeros, y no querían ser los últimos.

Salieron de México y se dirigieron al oeste, hacia el pequeño bosque de abedules que daba nombre a Birkenau. No avanzaron a pie, sino con la panza pegada al suelo, reptando al estilo comando. Mejor no correr riesgos innecesarios. Solo se levantaron al llegar a los árboles, donde se encontraban las fosas donde ardían cadáveres día y noche. Echaron a correr con cuidado, con la cabeza gacha, hasta que llegaron a campo abierto, y allí volvieron a echarse cuerpo a tierra. No se veía casi nada.

Se encontraron con algo que les cortaba el paso, pero no acababan de saber si era una carretera o un río congelado. El suelo no estaba nevado[9] y, sin embargo, aquella superficie resplandecía a la luz de la luna.[10] Medía unos ocho metros de ancho y parecía extenderse hacia lo lejos, tanto por la izquierda como por la derecha. Ni hacía ruido ni se apreciaban ondas. Walter se agachó y estiró una mano, anticipando el contacto con el frío.

El tacto lo sorprendió. No era ningún río, sino una franja de arena. ¿Sería un campo de minas? ¿O quizá un obstáculo más artero que letal, un tramo de arena puesto ahí para dejar constancia de cualquier intento de evasión, preservar las huellas de los fugitivos y conocer su rumbo?

No había modo de rodearla; era demasiado extensa. Solo había una opción. Walter avanzó primero. Intentó pisar con cautela, como un caco que se esfuerza por no despertar a los habitantes de la casa. Finalmente, llegó al otro lado. Se dio la vuelta y miró a Fred, que replicó la maniobra, procurando colocar los pies sobre las huellas de Walter.[11] De ese modo, esperaban no pisar ninguna mina y, quién sabe, quizá incluso confundir a los hombres de las SS que inevitablemente saldrían en su busca.

Enseguida llegaron a la zanja interior que delimitaba el perímetro del campo. La siguieron, hasta que por fin encontraron una valla.

Aquella valla era distinta de las que habían visto en el campo interior. No tenía luces eléctricas en los postes y el alambre no estaba electrificado. Aun así, preferían no tentar a la suerte. Habían preparado de antemano una herramienta con forma de pinza para la ropa con la que fuera posible levantar la verja sin tocarla con las manos y, de este modo, pasar a rastras por debajo.[12]

Ya estaban al otro lado de la valla. Caminaron pegados a ella, hasta rodear el campo casi por completo. No tardaron en dejar atrás el campo interior, cuyas luces perimetrales emitían un brillo cálido e intenso. A quien no supiera lo que ocurría allí, podía parecerle casi un lugar acogedor, en contraste con el inhóspito páramo de los alrededores. Pero ellos sí lo sabían. Y por eso acertaban a distinguir las chimeneas de los crematorios,[13] con sus llamas de color azul verdoso, como de refinería de petróleo,[14] y su espeso humo de muerte. Echaron un último vistazo y tuvieron más claro que nunca que no deseaban volver a ver jamás ese lugar.[15]

Continuaron caminando lo más sigilosamente posible por aquel terreno pantanoso, con los miembros aún entumecidos.[16] A eso de las dos de la noche, mientras atravesaban una zona de humedales, encontraron un rótulo de advertencia para quienes vinieran en dirección contraria: «¡Atención! Este es el campo de concentración de Auschwitz. ¡Se abrirá fuego contra los intrusos sin previo aviso!».[17]

Habían tardado lo suyo, pero por fin habían llegado al final de la vasta «zona de interés» que rodeaba el campo. Al menos por un momento, podían felicitarse. Era el 10 de abril de 1944 y habían conseguido fugarse de Auschwitz.

18

Fugitivos

El domingo 9 de abril no fue un día de descanso para las SS. A las 20:33 horas del viernes, el *Sturmbannführer* Hartenstein, el hombre al frente de las unidades encargadas de vigilar del campo, había recibido un teletipo en el que se informaba de la desaparición de dos prisioneros.[1] Sin embargo, Hartenstein no notificó la fuga de Fred y Walter a sus superiores de Berlín hasta el domingo. Dirigió su telegrama al cuartel general de la Gestapo, pero envió copias también a todas las unidades de la Gestapo en el este, las unidades del Servicio de Seguridad (SD), la Policía Criminal (Kripo), la Policía de Fronteras (Grepo) y la sede administrativa de las SS. El telegrama número 2334/2344 resumía, en esa jerga seca y burocrática propia del Tercer Reich, los datos conocidos hasta entonces:

> A la RSHA [Oficina Central de Seguridad del Reich], Berlín, WC2; a la Oficina Administrativa D de las SS, Oranienburg; a todos los comandantes de la Gestapo en el este; a la Policía Criminal; y a los mandos fronterizos, en referen-

cia a: judíos en detención preventiva. 1. Rosenberg, Walter Israel, nacido el 11 de sept. de 1924, en Topol'čany, llegado el 30 de junio de 1942, procedente de la RSHA. 2. Wetzler, Alfréd Israel, nacido el 10 de mayo de 1918, en Trnava, llegado el 13 de abril de 1942, procedente de la RSHA: Rosenberg y Wetzler escaparon el 7 de abril de 1944, del campo de concentración AU II, secciones IIa y IId. Búsqueda inmediata infructuosa. Por la presente son requeridos para proseguir con la búsqueda y, en caso de captura, remitir informe completo al campo de concentración de Auschwitz. Requerimiento adicional para la RSHA: solicito las transcripciones del jefe de búsqueda oficial referentes a Rosenberg y Wetzler. Requerimiento adicional para el cuartel general de las SS: información remitida al *Reichsführer*. Acompañamos informe. Hasta ahora no se ha detectado error por parte de ningún guardia. Campo de concentración AU, División II, 440709, 8-4-44 D4 (firmado) Hartenstein, comandante de las SS.[2]

Mientras esas palabras circulaban por las ondas entre Auschwitz, Berlín y las regiones orientales del Imperio nazi, Fred y Walter aguardaban inmóviles en su pequeño refugio, casi sin aire, dentro del recinto de Birkenau. Ignoraban que el mismísimo *Reichsführer*, Heinrich Himmler, había sido informado de su fuga. Desconocían también que las autoridades del campo habían perdido la esperanza de encontrarlos, o que el comandante de las SS encargado de mantener recluidos a los prisioneros de Auschwitz acababa de admitir otro grave error bajo su mando y que, hasta el momento, no había encontrado a nadie a quien culpar. «Hasta ahora no se ha detectado error por parte de ningún guardia». Tampoco sabían que sus nombres —con el complemento «Israel», que los nazis otorgaban a todos los varones judíos cuyos nombres de pila no aparecían en su lista de 185 nombres identificables como judíos—[3] pronto aparecerían en los tablones de todas las comisarías, por pequeñas que fueran, incluso en la más remota aldea fronteriza de la Europa ocupada.

Aunque las SS los daban por fugados, todavía habían de pasar muchas horas hasta de que Fred y Walter compartieran ese parecer.

Hasta las nueve de la noche siguiente, ellos no saldrían de su agujero bajo tierra. Ni siquiera cuando pasaron por debajo de la valla del campo, ni cuando cruzaron la línea que delimitaba la «zona de interés» —una zona de casi cuatro mil hectáreas que abarcaba la franja de tierra entre los ríos Vístula y Soła e incluía decenas de campos subalternos de Auschwitz—, se atrevieron a respirar tranquilos. El universo de fuera de Auschwitz contenía tantos peligros casi como el de dentro.

Eso era especialmente cierto tratándose de dos judíos a la fuga. Desde el día de su llegada, en 1942, Fred y Walter, al igual que el resto de los prisioneros judíos del campo, habían quedado aislados del mundo. No disponían de ninguna red de camaradas con quienes contactar. No había ninguna organización de la resistencia a la espera de recibirlos para facilitarles víveres, ropa, documentación falsa o incluso armas. Mientras que los prisioneros no judíos de Auschwitz tenían permitido recibir paquetes con víveres y demás, lo cual los ayudaba a mantener al menos cierta conexión con el resto de la raza humana, los judíos estaban aislados a conciencia. Con solo diecinueve y veinticinco años, Walter y Fred estaban completamente solos.

A juicio de Walter, ambos habían desaparecido del inventario del mundo el día en que habían dejado de ser Alfréd Wetzler y Walter Rosenberg para convertirse en los prisioneros 29 162 y 44 070, o quizá incluso en el momento de subirse a los trenes de los deportados. Bien es cierto que los dos jóvenes se habían distinguido dentro de la jerarquía concentracionaria de Auschwitz, pero ahora eso daba igual. En el instante mismo en que habían atravesado la valla, habían entrado en un limbo social.[4] Ni conocían ni tenían a nadie.

Por otra parte, eso significaba también que nadie los tenía a ellos. Aunque Bolek, Adamek y una o dos personas más sabían que tramaban evadirse, nadie conocía sus planes una vez fuera del búnker ni sabía adónde se dirigirían. La resistencia se había negado a autorizar ayuda oficial, por lo que no había riesgo de que algún camarada revelara esa información bajo tortura ni de que un topo, alguno de los confidentes del Departamento Político, hiciera lo mismo por iniciativa propia. En este sentido, Fred y Walter habían sido muy puntillosos: ni siquiera habían hablado entre ellos de qué ruta se disponían a seguir.[5]

Lo único que habían acordado era que se dirigirían al sur, a Eslovaquia. Se encontraba relativamente cerca, a unos ochenta kilómetros, pero la principal ventaja residía en que era su tierra natal, el único lugar donde su acento no los delataría como extranjeros ni despertaría sospechas al instante. En Polonia carecían de contactos. En Eslovaquia no tenían la menor idea de quiénes entre sus amigos o familiares seguían vivos, si es que quedaba alguno. Pero al menos allí sabrían por dónde empezar.

Así pues, rumbo a Eslovaquia. Sin documentos, sin mapa y sin brújula,[6] solo con aquella lista de nombres que Walter había memorizado a partir de una página arrancada de un atlas infantil: Kęty, Saybusch (o Żywiec), Milówka, Rajcza, Sól.

A Walter empezaba a preocuparlo el amanecer. Por un lado, no podían dejarse ver a plena luz del día, pero por otro era evidente que debían alejarse más del campo. Desde donde estaban se divisaba un bosque: si conseguían llegar a él antes de que amaneciera, tendrían donde esconderse y descansar.

Pero por mucho que caminasen, era como si los árboles se negaran a acercarse. La primera luz del día los sorprendió en campo abierto: todavía estaban tan cerca de Auschwitz que, para gran susto de ambos, incluso oyeron el gong que anunciaba el recuento matutino.[7] Se encontraban en medio de un trigal, a la vista de todo el mundo.

Miraron a su alrededor y, acto seguido, se echaron al suelo. A unos quinientos metros de distancia, podían verse los característicos uniformes verdigrises de las SS. Eran varios soldados y escoltaban a un grupo de prisioneras.

Fred y Walter respiraban aceleradamente con la boca pegada al suelo. ¿Los habrían visto? ¿Irían los SS a por ellos y los liquidarían ahí mismo? El consejo de Vólkov era inequívoco: no correr. Había que aguantar.

Finalmente, uno de los dos asomó la cabeza a modo de periscopio. No había rastro de las mujeres ni de los SS. Habían estado de suerte.

Aun así, decidieron no dejarse ver otra vez, no con la

luz del día, de modo que cubrieron el resto del trayecto hasta el bosque como si fueran guerreros de la selva: reptando boca abajo, alzándose tan solo cuando encontraban una hondonada o una zanja, algunas llenas de nieve, rezando para que el desnivel los mantuviera ocultos.

Por fin, se introdujeron entre la espesura de los abetos. Descansaron un rato; puede que echaran una cabezada.

La tranquilidad se vio interrumpida por el sonido de los tambores y el canto. Eran voces jóvenes, que cantaban a coro en un alemán sano y vigoroso. Fred y Walter se escondieron entre los arbustos y poco después oyeron el crujido de los pasos de los hombres de las SS.[8]

Cuando se asomaron entre las ramas, vieron que habían coincidido con un grupo de las Juventudes Hitlerianas. Puede que aquellos jóvenes servidores del Reich estuvieran de acampada o de excursión para reconocer los nuevos dominios de la patria con sus mochilas a la espalda. Algo así habría tenido sentido en esta parte de Silesia, una zona que había sido polaca, pero que ahora, tras la anexión, estaba fuertemente germanizada de resultas de la expulsión de la población original polaca y su sustitución por colonos de etnia alemana.[9] Walter observó cómo los chiquillos, a menos de treinta metros, se comían sus bocadillos bajo las copas de los árboles. Pensó que sus padres debían de ser o bien los *Volksdeutsche* que habían desplazado a los lugareños o bien los SS que habían esclavizado y asesinado a su pueblo.

Fred y Walter se quedaron paralizados, petrificados entre los arbustos, sin atreverse a mover ni un dedo. Entonces, como en respuesta a una plegaria, comenzó a llover. Al principio una fina llovizna, poco más que un chispeo, desde luego no lo suficiente para amilanar a los jóvenes creyentes de las Hitlerjugend. Poco después, sin embargo, los cielos se abrieron y un torrente de agua hizo que la siguiente generación del nazismo corriera a buscar refugio.

Quedarse ahí era demasiado peligroso. Contraviniendo la regla de Vólkov contra los desplazamientos diurnos, Fred y Walter siguieron su camino, dando gracias por llevar el abrigo y la gorra para guarecerse del frío, y las botas para caminar por aquel suelo convertido en barrizal.

En cuanto encontraron un macizo de arbustos lo bastante denso, decidieron recuperar el sueño que debería haber empezado al amanecer. Era el día 11 de abril.

Después del anochecer, se pusieron de nuevo camino, deteniéndose a beber en los arroyos cuando cruzaban alguno, pero por lo demás ciñéndose a las orillas del Soła.[10] La segunda noche perdieron el río y se desviaron demasiado hacia el oeste, acercándose peligrosamente a la pequeña aldea de Jawiszowice. Peligrosamente porque en Jawischowitz, como la habían rebautizado los nazis, se encontraba uno de los treinta y nueve subcampos de Auschwitz: una mina de carbón operada por las SS en la que, hacia la época en que Fred y Walter pasaron por ahí, trabajaban unos dos mil quinientos esclavos, la mayoría judíos. La pareja de fugitivos había acabado llegando a un lugar que les resultaba demasiado familiar: un complejo de barracones, alambre de espino, luces eléctricas y torres de vigilancia.[11] Las garitas de guardia estaban vacías porque era de noche, pero Fred y Walter sabían mejor que nadie que al amanecer empezaría el turno de los guardias armados de las SS.

Trataron de dominar el pánico. Lo malo era que todos los caminos parecían conducir a una valla o a una torre de vigilancia. Faltaba poco para el amanecer. Tenían que salir de ahí, pero la visibilidad era casi nula. Estaban en territorio desconocido en un país extranjero, sin guía y sin equipo.

Vislumbraron un bosque que al menos parecía estar fuera del perímetro del campo. Se internaron en él, encontraron un lugar tranquilo y comieron una pequeña porción del pan y la margarina que llevaban encima desde que se habían metido en el búnker, pero que había que racionar con cuidado. Luego partieron unas cuantas ramas, se cubrieron lo mejor posible y trataron de dormir hasta el anochecer. Para mantener la calma, o acaso para distraerse pensando en otras cosas a esa hora oscura y furtiva, Fred se puso a hablar de ajedrez.[12] Él era el maestro, Walter el alumno. Su voz melosa los tranquilizaría hasta que primero uno y luego el otro se quedasen dormidos.

Por lo menos esa era la idea. Sin embargo, conforme la claridad se hacía más intensa, se puso en evidencia que no estaban en una arboleda recóndita. Al contrario: cegados por la oscuridad, habían ido a esconderse en un jardín público frecuentado por los nuevos amos de la región, hombres de las SS que salían a pasear con sus esposas e hijos durante la semana de vacaciones de Pascua. Fred y Walter habían escapado de un campo de exterminio de las SS para caer en un parque de las SS.

Rápidamente evaluaron la situación. Teniendo en cuenta el lugar donde estaban escondidos, concluyeron que la principal amenaza eran los perros, porque podían olerlos, y los niños: bastaba con que una pelota perdida rodara en su dirección para que todo se echara a perder.

Como si los hubieran invocado, un niño y una niña aparecieron por ahí riendo, jugando, corriendo de un lado para otro. A Walter se le puso el corazón al galope.

En eso, los dos chiquillos de ojos azules se plantaron delante de ellos y los miraron boquiabiertos. Al cabo de un instante, salieron corriendo en busca de su padre que, según pudo ver Walter, llevaba un uniforme de *Oberscharführer* de las SS, pistola reglamentaria incluida.

—Papá, papá, ven —decía la niña—. Hay dos señores entre los arbustos.[13]

El hombre de las SS se acercó. Instintivamente, tanto Fred como Walter sacaron los cuchillos.

El padre de los niños se acercó lo suficiente como para mirarlos a los ojos. Ellos le devolvieron la mirada. El silencio pareció durar varios minutos. Entonces, como comprendiendo al fin, el sargento de las SS lanzó una mueca de desaprobación. Walter vio cómo apartaba a sus hijos con un gesto y luego comentaba algo con su rubia esposa, cuyos labios fruncidos no dejaban lugar a dudas sobre lo que su marido acababa de decirle. La familia desapareció a toda prisa, escandalizada por el hecho de que dos hombres tuvieran la desfachatez de yacer juntos en un parque público, y hasta con niños delante. Debía de parecerles una ofensa a la moral, por lo demás impecable, de la nueva Alemania.

Trasladarse a otro lugar era demasiado arriesgado, ya que implicaba salir de los arbustos y llamar la atención. Así pues, Fred y Walter se quedaron donde estaban hasta el anochecer, momento en que podrían continuar su camino.

El problema era que seguir el curso del Soła era más fácil sobre la página de un atlas que en la vida real. A cada rato se perdían. Su consuelo era divisar las luces de Bielsko, unos veinte kilómetros al sur de Auschwitz, porque eso les confirmaba que iban más o menos en la dirección correcta. El plan seguía siendo evitar el contacto humano, lo cual suponía dar muchos rodeos, en vez de avanzar en línea recta. Sin embargo, ya entrada la noche, las luces de Bielsko se apagaron y Fred y Walter perdieron la orientación. Al rato comprobaron que, sin darse cuenta, habían entrado en la ciudad. Estaban rodeados de calles y edificios y, por tanto, de cientos de ojos prontos a descubrirlos... y delatarlos.

Intentaron volver sobre sus pasos y regresar al anonimato de la campiña, pero estaban tan confundidos y era tal la oscuridad que fueron incapaces. Dondequiera que girasen, había un edificio, y otro, y otro. Era cuestión de tiempo que se topasen con un grupo de hombres armados; que fueran las SS o sus colaboradores polacos venía a ser lo mismo.

Por el momento, su principal enemigo era el amanecer. No podían arriesgarse a quedar atrapados en el dédalo de calles de Bielsko a plena luz del día. Tenían que salir de allí.

Lo consiguieron a medias. Cuando el sol salió el jueves 13 de abril, habían escapado de la ciudad, pero solo hasta la cercana población de Pisarzowice. Bien es cierto que allí había menos gente que pudiera verlos, pero también que la pareja era más visible con la luz del día. Tenían que esconderse, y para ello había que infringir una de las reglas más tajantes de Vólkov: tendrían que trabar contacto con algún extraño.

Pero ¿con quién? Tomar una decisión ponderada era imposible; habría que decidirlo al azar. Tendrían que elegir una puerta y llamar. Si se equivocaban y les abría un *Volksdeutsche* recién instalado, seguramente sería el fin. Aunque tuvieran suerte y les abriera un polaco, eso tampoco era garantía de que no hubiera problemas. Las reglas de la potencia ocupante eran claras: todo polaco que albergase o ayudase a un judío podía ser ejecutado. Y a la inversa: todo polaco que encontrase a un judío escondido y lo entregase recibiría una recompensa: el premio más habitual era un kilo de azúcar o una botella de vodka.[14] ¿Qué casa debían elegir? El más leve error podía ser letal.

Decidieron probar suerte en una destartalada casa de campo con gallinas y hasta un ganso suelto. En lugar de llamar a la puerta, Fred y Walter se dirigieron entre los animales hacia la parte de atrás. Allí vieron a una mujer vestida de negro y con un pañuelo en la cabeza, y a su hija adolescente que corría ansiosa detrás de ella.

Walter no era el único con facilidad para los idiomas; Fred también sabía suficiente polaco como para presentarse de la manera correcta.

—Alabado sea el nombre de Jesucristo —dijeron los dos judíos eslovacos.

—Alabado sea su nombre por siempre, amén —respondió la mujer.[15]

La primera buena señal fue que los invitó a pasar. La segunda, que dijo:

—Me disculparán, pero no sé mucho ruso.

La mujer, por tanto, sabía que no eran polacos. Probablemente el acento los había delatado, pero no debía de haber sido lo único. Aunque llevaban ropa cara, ahora estaba sucia, y además se habían presentado en una casa cualquiera en medio de la nada. Debía de notarse a la legua que eran fugitivos. Lo lógico era suponer que fueran prisioneros soviéticos salidos de un campo de concentración, y a Fred y Walter esa deducción les venía como anillo al dedo. Mejor que creyera eso a que supiera la verdad.

Dirigiéndose a la hija, que seguía muda, la mujer le indicó que sacara algo de comer. La muchacha regresó con pan, patatas y un sucedáneo de café, lo cual, después de varios días alimentándose de lo que se ofreciera, equivalía a un banquete.

Mientras comían, la mujer los puso al corriente de cómo estaban las cosas. Les confirmó que los pueblos de la zona habían sido fuertemente germanizados. Si Walter y Fred veían a gente trabajando en los campos, lo más probable era que fueran civiles alemanes. Iban armados, incluso cuando salían a labrar, y tenían autorización para abrir fuego contra «vagabundos no identificados».[16] La región estaba llena de partisanos, dijo, y por eso los alemanes se andaban con mil ojos.

Los polacos que quedaban vivían confinados en las casas más apartadas de las carreteras y del río, y, por tanto, pensó Walter, alejados de la ruta que conducía a la frontera. En cualquier caso, tampoco habrían encontrado a muchos dispuestos a echar una mano a una pareja de fugitivos. Los ocupantes nazis no solo castigaban con la pena capital a los culpables directos de ayudar a quien no se debía, sino que a menudo la familia del infractor pagaba el mismo precio. La mujer comentó que muchos polacos habían sido asesinados por cometer el error de dar comida o cobijo a hombres que, hablando polaco o ruso, se hacían pasar por fugitivos, pero que en realidad eran agentes provocadores alemanes.[17]

Se daba la circunstancia de que la mujer era madre de dos hijos: uno estaba muerto y el otro preso en un campo de concentración. Acaso por eso no le importaba que Fred y Walter se quedaran en su casa hasta la madrugada del día siguiente, si bien era consciente de que suponía un riesgo enorme.

Intentaron compensárselo cortando leña, tarea durante la cual hicieron un receso para almorzar un plato de sopa de patata acompañado de... más patatas. Una vez terminado el trabajo, durmieron hasta medianoche, momento en que Walter se despertó de repente, sobresaltado. Era la mujer, que había ido a llevarles una jarra de café y a avisarlos de que, si querían caminar a campo abierto y llegar a las montañas sin ser vistos, debían partir de inmediato. Quería que se llevaran algo de dinero, «para que traiga suerte». Eso suponía quebrantar otra de las reglas de Vólkov, pero Walter no podía negarse.

El consejo de la mujer resultó acertado. Caminaron tres horas sin hallar trabas y, al amanecer, alcanzaron las montañas, cubiertas de nieve, a pesar de que era abril. El camino discurría por la ribera occidental del Soła, a una distancia prudente del lecho del río, al paso de este por un valle espesamente arbolado. De vez en cuando encontraban una casa, pero si Fred o Walter se acercaban, sus habitantes cerraban puertas y ventanas.[18] Si, en un raro momento de necesidad, los fugitivos intentaban entablar conversación, los lugareños tendían a no responder. ¿Quizá porque se negaban a socorrer a dos judíos o, más sencillamente, porque la mujer de Pisarzowice tenía razón: la población local estaba aterrorizada por los ocupantes, que habían convertido la simple cortesía humana en un riesgo mortal? Fuera cual fuese el motivo, eso hacía que Walter y Fred se sintieran aún más agradecidos cuando un polaco los veía y dejaba caer accidentalmente media hogaza de pan cerca de ellos.[19]

El domingo 16 de abril salieron del bosque, pero eso hizo aflorar un nuevo temor. Se encontraban en las montañas que dominan Porąbka. Tanto Fred como Walter habían sido advertidos, cada cual por su lado, de los peligros que entrañaba ese lugar: cerca de allí había una presa que constituía un objetivo militar lo bastante importante como para que hubiera globos de barrera flotando como centinelas mudos en el cielo y la zona estuviera llena de soldados alemanes.[20] De hecho, ese era el lugar donde Eisenbach, Balaban y los demás se habían topado con los guardabosques alemanes que habían dado al traste con su hasta entonces exitosa fuga. Y ahora, Fred y Walter tenían delante aquellos grises y lúgubres globos de barrera de los que les habían hablado.[21]

Continuarían por las empinadas faldas la montaña, alfombradas de un denso bosque verde, evitando la presa y la parte habitada. Pero el camino no era sencillo, estaban cansados y empezaban a hinchárseles las piernas. El suelo estaba nevado y, con la oscuridad, había que pisar con cuidado. Cada vez que se partía una rama o rodaba una piedra, se les encogía el corazón.[22] Cuando el ruido era por su culpa, temían haberse delatado; cuando procedía de otro lugar, pensaban que un extraño o un enemigo rondaba por ahí cerca.

Tras unas horas de reposo bajo la luz del sol, cayó el atardecer y se prepararon para ponerse de nuevo en marcha. Solo que ahora, por primera vez, estaban a punto de enfrentarse a una amenaza a la que era imposible camelar o engañar. Estaban a punto de enfrentarse a una bala nazi.

19

Cruzar la frontera

Walter estaba tendido con los ojos cerrados cuando lo oyó. El estampido de un fusil y el silbido de una bala sobre su cabeza. Instintivamente, tanto él como Fred se alzaron de un brinco, aunque ninguno de los dos podía saber si eso era lo más prudente.

Entonces la vieron: una patrulla de una docena de soldados alemanes estaba apostada en la colina aledaña, a unos setenta metros de distancia.[1] Llevaban perros con correa y los apuntaban con las armas. Aunque eran de la Wehrmacht, quizá habían tenido noticia del telegrama enviado por el comandante de las SS la semana anterior, en el que se alertaba a todo el Reich de la desaparición de dos prisioneros de Auschwitz. Quizá incluso disponían de una descripción que coincidía con la de Fred y Walter. Sea como fuere, lo que habían visto les había parecido razón suficiente para abrir fuego.

El viejo capitán del Ejército Rojo había sido categórico: nadie puede huir de una bala. Por eso había que evitar verse en esa situación, nunca había que fiar todas las esperanzas en algo que contravenía las leyes de la física. A pesar de ello, Walter —que a fin de cuentas ya había quebrantado casi todas las reglas de oro de Vólkov— echó a correr ladera arriba entre la nieve, con la esperanza de alcanzar la cima y desaparecer por la vertiente contraria. Los soldados alemanes acababan de abrir fuego sobre ellos, y con notable puntería.[2] Lo único que podían hacer era correr.

Fred fue más rápido y encontró una roca lo bastante grande para resguardarse. Walter intentó hacer lo mismo, pero tropezó y cayó de bruces. Ahora no podía levantarse, habría sido un blanco demasiado fácil. Los disparos hendían el aire y las balas impactaban en las rocas de los alrededores. Mover un solo músculo era garantía de morir acribillado. No podía hacer nada. El miedo lo paralizaba.

Segundos después, oyó que alguien ordenaba un alto el fuego.

—¡Ya es nuestro! —dijo el comandante a sus hombres.[3]

La patrulla descendió por la ladera, sin duda para identificar a sus dos víctimas. En ese momento, Walter aprovechó para levantarse de un salto y escurrirse detrás de la roca.

Fred le dijo a Walter que no podían quedarse ahí. Ganaron la cumbre de la colina y bajaron por la vertiente contraria, pero los alemanes no se habían rendido y sus perros se acercaban.

Los fugitivos continuaron corriendo con los ojos fijos en un pequeño bosque situado a mitad de camino de la siguiente colina. Podían esconderse ahí, si es que no los alcanzaban antes.

El problema estribaba en que el único modo de llegar a la siguiente colina era cruzando un amplio arroyo que corría por la vaguada. Los perros estaban cada vez más cerca. No había elección. Tenían que tirarse al agua.

El arroyo estaba helado y bajaba con fuerza. La ribera opuesta estaba muy cerca, pero la corriente tiraba de la ropa y los arrastraba. Walter perdió pie y acabó bajo el agua no una, sino dos veces. Empapado de arriba abajo en aquel líquido glacial, sintió cómo el frío le calaba los huesos.

Finalmente, llegaron a la otra orilla, pero todavía no podían bajar la guardia. En el suelo había tanta nieve que se les hundían las piernas. Estaban empapados y la nieve los cubría hasta la cintura, pero siguieron adelante, decididos a llegar a la arboleda. Miraron por encima del hombro y vieron que los soldados seguían persiguiéndolos: en ese momento, bajaban por la ladera en dirección al arroyo.

Una vez en el bosque, Walter y Fred avanzaron en zigzag con la esperanza de confundir a sus perseguidores. Corrieron y corrieron hasta que uno de ellos reparó en que ya no se oía ni el ladrido ni el aullido de los perros. Exhaustos y empapados, se dejaron caer en una zanja. Aguardaron lo más quietos posible, temblando de frío y aguzando el oído por si sonaban pisadas. Al rato se dieron cuenta de que durante la persecución habían perdido tanto sus escasas provisiones como los abrigos.[4]

Continuaron viajando de noche y descansando durante el día. Tuvieron que vérselas con el hambre y el frío, caminando con ropas finas por unos bosques aún parcialmente cubiertos de nieve. Estaba claro que había que rehuir los asentamientos habitados. En Porąbka se habían salvado por los pelos, así que mejor no volver a jugársela. A partir de ese momento, evitarían cualquier sendero que pareciera demasiado transitado, aunque eso les restase posibilidades de encontrar comida. Lo único que querían era salir de ese país donde la muerte y el peligro parecían acechar a cada paso. Una vez cruzada la frontera, estaban seguros de que todo iba a ser más fácil.

El miércoles 19 de abril, tras diez días de viaje, llegaron a las colinas que dominan la ciudad polaca de Milówka: Walter recordaba el nombre de la página del atlas. Según esa referencia, se encontraban a solo dos ciudades de la frontera. Aquí y allá, se veían las cenizas y la tierra calcinada de las fogatas: pensaron que los partisanos debían de andar cerca.[5] Caminaban por un campo próximo a un bosque —evitando a la gente, como de costumbre—, cuando divisaron un pequeño rebaño de cabras. Fred y Walter todavía estaban evaluando el potencial alimenticio de los animales cuando, segundos después, apareció una mujer de mediana edad que cuidaba de ellas.

Se produjeron unos instantes de silencio durante los cuales los tres intercambiaron miradas intentando adivinar hasta qué punto representaban una amenaza mutua. La mujer sabía que ese par hombres demacrados y de ojos asustadizos eran fugitivos, eso era obvio; por consiguiente, también sabía que si les brindaba algún tipo de auxilio, los alemanes la matarían. Al mismo tiempo, en sus ojos se reflejaba también la clara convicción de que, si no los ayudaba, esos hombres podían matarla a ella.

Transcurrieron unos segundos hasta que Walter rompió el hielo. A la vista de lo cautelosos que habían sido hasta el momento —y más teniendo en cuenta lo que Vólkov le había enseñado sobre correr riesgos innecesarios y todo lo que él y Fred habían aprendido por experiencia—, las palabras que salieron de su boca sonaron absurdas.

—Nos dirigimos hacia la frontera eslovaca —dijo—. ¿Podría indicarnos el camino? Nos hemos escapado de un campo de concentración. De Auschwitz.[6]

¿Por qué habría dicho eso? ¿Por qué se había identificado de esa manera? Aunque los chicos no supieran que había una orden de arresto internacional contra ellos, Walter tenía que haberse imaginado que, tras su fuga de Auschwitz, toda la región estaría en alerta. ¿A santo de qué, pues, mencionarlo en voz alta?

A lo mejor, pensó, porque no tenía sentido tratar de engañar a esa mujer. Habría sido imposible engatusarla; cualquiera habría adivinado lo que eran. O quizá porque iba vestida con unas ropas raídas y sus manos ásperas no parecían las de un agente de policía.[7] O acaso porque le apetecía apostar por la bondad humana, una posibilidad que no cabía descartar, a pesar de todo lo que habían visto. Quizá la razón fuera una mezcla de todo eso. Sin embargo, Walter pensó también que su misión, el motivo por el que él y Fred se habían evadido, consistía en contarle al mundo lo que ocurría en el campo de Auschwitz o, en su defecto, revelar al menos su existencia, y hasta entonces no se lo habían contado a nadie. En ese momento, se sintió como si se quitase un pequeño y absurdo peso de encima. Se lo había dicho a una persona. Había pronunciado aquella palabra en voz alta y fuera del perímetro: Auschwitz.

La mujer hizo un gesto en dirección a un aprisco y les indicó que se metieran dentro.[8] Todavía estaba recelosa y no dejaba de escrutarlos. Ellos también desconfiaban, temían que les tendiera una trampa. Aun así, entraron. La mujer les tendió un trozo de pan y la manta que llevaba encima y les dijo que esperasen.[9] Enseguida les haría llegar algo de comer y, después, les proporcionaría ayuda.

Vieron cómo bajaba la colina y cruzaba un puente como a ochocientos metros de distancia. Observaron el puente con atención. Si la mujer tramaba delatarlos —a los ocupantes nazis, a una unidad de policía local o a una milicia—, sus captores tendrían que cruzar el puente para llegar al aprisco. Eso les concedía cierta ventaja. Podían ver al enemigo e internarse rápidamente en el bosque que había a su espalda. Rápidamente, entre comillas, porque Walter tenía los pies tan hinchados que apenas podía caminar, y mucho menos correr. Después de tantos días de marcha alimentándose a base de migajas, renqueaba como un hombre que tuviera cuatro veces su edad.

Pasaron los minutos, demasiados. La mujer había dicho que les haría llegar comida «enseguida». Y, sin embargo, ahí estaban, casi dos horas después, solos en un cobertizo para cabras, totalmente a tiro. ¿Los habría engañado? ¿Habría cambiado de opinión? ¿O quizá había topado con las autoridades y no podía volver para ayudarlos?

De repente detectaron movimiento cerca del puente. Entornaron los ojos para ver quién era.

Conforme se acercaba, vieron que la figura que ascendía por la colina en dirección a ellos era un chiquillo. No tendría más de doce años. Les entregó un paquete. Parecía aterrado, como a punto de romper a llorar,[10] aunque no era de extrañar, dado el estado en que se encontraban Fred y

Walter, con la cara sin afeitar y los pies vendados y ensangrentados. Y, sin embargo, aquel niño asustado debía de ser apenas unos años más joven que Walter.

Dentro del paquete había una generosa ración de patatas asadas y algo de carne. Fred y Walter lo devoraron todo y, mientras comían, se dieron cuenta de lo hambrientos que estaban. Llevaban desde Porąbka sin apenas probar bocado, llenándose el estómago vacío con agua que bebían a sorbos de los arroyos. El chiquillo los observaba. Luego les dijo que su abuela regresaría al anochecer.

Fred y Walter se preguntaron si no sería aconsejable largarse de allí mientras pudiesen. El puente dejaría de funcionar como sistema de alerta visual temprana en cuanto oscureciera. Si la mujer se proponía delatarlos, lo haría esa misma noche, tan pronto como se hubieran dormido con la barriga llena.

Debatieron qué hacer. Eran fuertemente reacios a quedarse, pero su necesidad de ayuda y el hambre eran más fuertes. Además, si la mujer volvía con hombres armados, Fred y Walter podrían al menos oír sus pasos al cruzar el puente y tendrían tiempo de perderse entre los árboles. Esperarían.

Finalmente atardeció y, ya con la penumbra, reapareció la mujer. Subió por la ladera acompañada de un hombre, aunque no llevaba uniforme, sino las ropas desgastadas de quien trabaja en el campo. Estaban cerca, demasiado cerca, cuando Fred y Walter advirtieron que portaba una pistola.[11]

Evaluar las posibilidades de vida y muerte, de captura y asesinato, era algo que Walter Rosenberg y Fred Wetzler hacían de manera cada vez más rápida e instintiva. Sin necesidad de decirse nada, ambos calcularon que la probabilidad de que aquel hombre estuviera allí para matarlos era baja. Si traía malas intenciones, lo más probable era que quisiera llevarlos a punta de pistola hasta la Gestapo. Y ese, decidieron en silencio, era un riesgo que podían permitirse: el hombre era viejo, y ellos eran dos y tenían cuchillos.

La mujer les entregó otro paquete, mientras el hombre miraba sin decir nada. Más comida, de la que dieron cuenta con la misma rapidez que antes. En menos de un minuto lo devoraron todo. El hombre, que no dejaba de mirarlos, se echó a reír.

—No cabe duda de que habéis salido de un campo de concentración —dijo, mientras guardaba la pistola.[12]

Por lo visto, su compulsivo apetito había acabado de convencerlo. Hasta entonces, no había dejado de preguntarse si esos dos fugitivos a los que había encontrado su amiga podían ser, en realidad, agentes de paisano de la Gestapo, enviados para engañar y descubrir a los lugareños que prestaban ayuda a la resistencia partisana. Confirmado, pues, que Fred y Walter eran lo que decían ser, les dijo que recogieran sus cosas y fueran a pasar la noche con él. Al día siguiente por la noche, añadió, los conduciría al otro lado de la frontera. Con lágrimas en los ojos, la mujer se despidió y les deseó suerte.[13]

El hombre se los llevó a su casa, en el valle, donde durmieron en camas de verdad y donde Walter por fin pudo quitarse las botas, que se le habían vuelto insoportables. Tenía los pies tan hinchados que tuvo que usar la hoja de afeitar para cortar el cuero. Su anfitrión polaco les proporcionó botas nuevas a los dos,[14] pero Walter, con esa hinchazón, solo podía colgárselas al hombro. Por el momento, se conformaría con un par de zapatillas de estar por casa.

Pasaron el día siguiente dentro de la casa, esperando a que el anciano regresase. Les dio de comer y, en cuanto hubo oscurecido, se pusieron en marcha, tal como el hombre les había prometido. Se encaminaron de nuevo hacia las montañas, cruzando primero las vías del tren cerca de Milówka.[15] Sin el calzado adecuado, a Walter le costaba seguirle el paso.

En un momento dado, su guía les indicó que se detuvieran. Dijo que una patrulla alemana pasaba por ahí cada diez minutos. Se esconderían, esperarían a que pasase y después de eso dispondrían de un intervalo de nueve minutos para seguir adelante. Ese, explicó, era el gran defecto de los nazis: que se ceñían a la rutina tan fielmente que sus movimientos se tornaban predecibles. Walter y Fred no podían por menos que darle la razón: su plan de fuga se había basado justo en eso.

Los tres se ocultaron entre unos arbustos y observaron cómo se cumplía el pronóstico del polaco. Como obedeciendo a una señal, los soldados alemanes pasaron por delante de ellos. Si Walter y Fred abrigaban dudas todavía sobre la conveniencia de fiarse en aquel hombre, estas se desvanecieron.

De vez en cuando hacían un receso, durante el cual el hombre se metía en el bosque y regresaba con comida, lo cual parecía confirmar que por ahí había partisanos. Mientras comían, el hombre compartió con ellos su teoría de que probablemente eran los fugitivos que el 7 de abril se habían fugado del campo de Oświęcim. Hizo un gesto hacia sus mangas, bajo las cuales tenían los números tatuados, como dando a entender que sabía lo que ocurría en Auschwitz, o quizá incluso que él también había estado prisionero allí. Le preguntaron cómo se llamaba, para poder darle las gracias algún día, pero el hombre se limitó a decir que se llamaba Tadeusz.[16] Por supuesto. Esa era otra regla no escrita: nada de nombres, nada de direcciones, ni por parte de unos ni de otros. Así, si los nazis los capturaban y torturaban, nadie tendría nada que revelar.

El trío apretó el paso, de tal modo que cuando llegó la mañana del viernes 21 de abril habían recorrido unos doce kilómetros. Llevaban dos días juntos y se encontraban en un claro. El hombre señaló un bosque que empezaba a no más de cincuenta metros de distancia y pronunció las palabras que la pareja tanto deseaba oír.

—Eso es Eslovaquia.[17]

No había nada que pudiera detenerlos, ni vallas ni puestos fronterizos; podían echar a correr en ese mismo instante y abandonar la Polonia ocupada de una vez por todas. Pero su guía tenía dos consejos más. Primero, dijo, las patrullas alemanas eran tan regulares ahí como en todas partes, solo que los intervalos eran más largos. Cada tres horas pasaba una. La única garantía de seguridad consistía en esperar, esconderse entre los árboles, dejar que la patrulla pasase de largo y, solo entonces, salir corriendo.

Una vez cruzada la frontera, debían dirigirse al pueblo de Skalité y buscar la casa número 264,[18] donde vivía un hombre de confianza que les daría comida y ropa. Debían decir que los enviaba «el montañés vivo de Milówka».[19] Y diciendo esto, con la voz ligeramente quebrada, Tadeusz se despidió.

Fred y Walter hicieron lo que les había dicho. Dejaron pasar la patrulla, esperaron unos instantes y enseguida se dirigieron a la oscura ladera de enfrente. Llevarían unos diez minutos caminando cuando vieron en el suelo dos mojones de piedra —uno con una *P*, otro con una *S*— que marcaban la frontera entre Polonia y su tierra natal. Cruzaron a plena luz del día, a las nueve de la mañana.

¿Estaban eufóricos? Más bien aliviados. Ya no se encontraban en el mismo país que Auschwitz, pero no había motivo para grandes alegrías. Aunque no estuviera ocupada por los nazis, Eslovaquia seguía estando gobernada por sus aliados, los fascistas autóctonos del padre Jozef Tiso, los mismos que habían ansiado y organizado la expulsión de Fred y Walter y de sus familias y amigos. Seguía siendo el país que había permitido que eso ocurriera.

Cada movimiento entrañaba algún riesgo. La Guardia de Hlinka seguía existiendo. Además, ahí ya no podían seguir escondiéndose en la oscuridad, ni siquiera con el amigo de confianza que había mencionado Tadeusz. Era necesario que se pusieran en contacto con los judíos que quedaban en Eslovaquia, aquellos que de algún modo habían evitado que los deportasen y seguían resistiendo, y esa necesidad los obligaba a salir a descubierto.

Así pues, siguieron caminando por los bosques que bordeaban la cresta de la colina, hasta que emprendieron el descenso hacia Skalité, un pueblo fronterizo con pocas y dispersas casas, un arroyo sereno y una iglesia con cúpula de cebolla. La ropa desgarrada y andrajosa, las zapatillas rotas de Walter y el par de botas colgadas al hombro proclamaban a gritos que eran forasteros, y la proximidad de la frontera polaca terminaba de corroborarlo.

Dieron con la casa, pronunciaron la contraseña —invocando al «montañés vivo de Milówka»— y fueron acogidos por el granjero Ondrej Čanecký, que les dijo que se lavaran y les dio a cada uno una muda de ropa: un atuendo de campesino que les permitiera hacerse pasar por lugareños. Mientras comían, Fred y Walter le explicaron que necesitaban reunirse con quienes quedasen de la comunidad judía: tenían noticias urgentes que comunicarles. Čanecký respondió que el médico de Čadca era un judío llamado Pollack.

Walter reconoció el nombre al instante. En Nováky había un tal doctor Pollack que debía subir al mismo cargamento que lo había llevado a él a Majdanek. Sin embargo, en el último momento su nombre había sido eliminado de la lista. Al parecer, las autoridades habían hecho una repentina excepción con los médicos judíos en respuesta a las presiones de la población eslovaca, sobre todo la de las zonas rurales, que de la noche a la mañana se había quedado sin nadie que prestase atención médica. Tiso no había tenido en cuenta que, a pesar de que los judíos constituían una pequeña porción de la sociedad eslovaca, representaban una gran parte de los médicos del país. El presidente indultó a los médicos judíos que todavía no hubieran sido deportados y los envió a las zonas rurales. A luz de todo esto, era perfectamente creíble que el doctor Pollack de Čadca fuera el hombre con el que Walter había coincidido. De ser así, lo más lógico era empezar por ahí. Era imperativo ir a Čadca enseguida. Fred y Walter se miraron: debían partir cuanto antes.

Un momento, dijo Čanecký. Si se proponían recorrer los veintitantos kilómetros que había hasta Čadca viajando a pie de noche a través del bosque, tardarían tres días enteros. Pero el granjero tenía una propuesta: el lunes era día de mercado y él tenía previsto ir allí en tren para vender sus cerdos. ¿Y si Fred y Walter pasaban el fin de semana escondidos en su casa y el lunes por la mañana salían vestidos de campesinos haciéndose pasar por jornaleros? Si se quedaban en Čanecký con él y sus cerdos, ayudándolo y conversando en eslovaco, la policía y sus confidentes apenas repararían en su presencia, sobre todo porque el tren de Čadca estaba vigilado por gendarmes eslovacos, no alemanes.

Y así, el 24 de abril, Walter Rosenberg, el chico que tiempo atrás había llevado los *peyot* y había hecho recados para el rabino, se encontró en un mercado de ganado eslovaco, arreando una piara de diez cerdos y escuchando cómo los comerciantes bromeaban con los clientes, rechazando con aspavientos ofertas en efectivo que consideraban demasiado bajas y preguntándoles a sus descarados postores si eran judíos o seres humanos.[20]

El caso es que el plan dio resultado. Čanecký vendió sus cerdos y nadie prestó la menor atención a sus dos jóvenes ayudantes; incluso se ofreció a compartir con ellos parte de las ganancias, pero Walter y Fred rehusaron. El hombre se había jugado la vida por su libertad; ya había hecho suficiente.

La última buena acción del granjero fue indicar a los

fugitivos la dirección del médico. El lugar no era lo que habrían esperado o deseado encontrar: la clínica del doctor Pollack se encontraba dentro del cuartel del pueblo. En la puerta había dos soldados del ejército pronazi eslovaco. Como Walter era el que conocía a Pollack, le correspondía a él pasar por delante de ellos haciéndose pasar por un paciente. Respiró hondo y entró.

En cuanto dio con la consulta de Pollack constató que, en efecto, el médico era el hombre al que había conocido en Nováky. Lamentablemente, no estaba solo, sino que a su lado había una enfermera. Walter, improvisando una excusa, dijo que estaba ahí para tratarse una «dolencia varonil» y que preferiría que la mujer saliera de la salita.

Walter vio que Pollack no lo reconocía, lo cual tampoco era extraño: Walter iba vestido como un campesino y, dos semanas después de haber salido de Birkenau, el cabello apenas empezaba a despuntarle.

Le explicó quién era y dónde se habían visto antes, y luego le habló de Auschwitz. Lo hizo tan brevemente como pudo; aun así, Pollack palideció[21] y se puso a temblar.[22] Walter comprendió por qué. Él, Walter, era un emisario de ultratumba. Era el primero de los sesenta mil judíos deportados de Eslovaquia entre marzo y octubre de 1942 —la mitad de ellos a Auschwitz— que regresaba al país. Y portaba la horrible noticia de que, de todos esos miles de personas, solo sesenta y siete varones y cuatrocientas mujeres seguían en Auschwitz.

—¿Dónde están los demás? —preguntó Pollack.

—Los demás están muertos —respondió Walter.[23]

Explicó que, en contra de lo que se decía, no habían

sido «reasentados», como desesperadamente se obcecaban en creer quienes se quedaban. Los habían asesinado.

Pollack, su mujer y sus hijos habían recibido el indulto en la primavera de 1942, pero sus padres, hermanos y familiares sí habían sido deportados. El médico llevaba desde entonces sin tener noticias de ellos. Habían desaparecido, junto con el resto de los deportados, dejando tan solo un rastro de silencio. Por eso las palabras de Walter habían hecho temblar al médico. Porque ahora sabía la verdad.

Pollack intentó recuperar la compostura y preguntó qué podía hacer. Walter empezó a hacerle preguntas: ¿quedaba algo de la comunidad judía de Eslovaquia? ¿Existía algún grupo o alguien que ejerciera más o menos una función de liderazgo?

El médico respondió que el Ústredňa Židov (ÚŽ, el centro o consejo judío de Bratislava) todavía funcionaba. Era la única organización judía tolerada por el régimen y su función era representar a los veinticinco mil judíos que, como Pollack, habían eludido la deportación y seguían vivos. Aun así, su papel debía ser discreto. El médico podía concertarle una reunión enseguida. Después, le facilitó una dirección donde Walter y su amigo podían pasar la noche en Čadca: se alojarían con una tal señora Beck, pariente al parecer de Leo Baeck, el eminente rabino.[24]

Había una última cosa. Llevaban quince minutos hablando; la enfermera podía sospechar. Era mejor que Walter saliera con los pies vendados, eso explicaría por qué habían tardado tanto (aun a riesgo de que la mujer se preguntase qué «dolencia varonil» afectaba exactamente a esa parte de la anatomía).[25]

A la mañana siguiente, disfrazados aún de campesinos, Walter y Fred siguieron a una distancia prudencial al doctor Pollack mientras este los conducía a la estación de tren de Čadca.[26] Una vez ahí, el médico se fue y ellos subieron al tren.

Se dirigían a la ciudad de Žilina. Tenían instrucciones de presentarse en el parque de delante de la estación de ferrocarril a las diez en punto. Para disimular, Fred y Walter se sentaron en un banco a tomar *slivovitz*. Con sus camisas de labriego, la cabeza rapada y bebiendo a esa hora temprana en un lugar público, podían pasar por nuevos reclutas del Ejército eslovaco. La cuestión es que nadie los importunó, hasta que apareció Erwin Steiner, el representante del ÚŽ. Con la cabeza, les indicó que lo siguieran y caminaron siete u ocho minutos hasta la calle Hollého, donde un edificio sorprendentemente moderno se erigía cual monumento a la confianza de la comunidad que lo había construido menos de una década antes. Era el hogar para los ancianos judíos de Žilina, aunque desde 1940 se había reconvertido en la sede del consejo judío en la ciudad. Steiner los condujo directamente por las escaleras hasta el sótano.

Pasaron por la sala de calderas y la lavandería, y entraron en la última puerta de un pasillo. Era difícil que se cruzaran con alguien en esa parte del edificio. Había ventanas que daban a la calle, pero los cristales eran opacos y quedaban a la altura de los pies de los viandantes. Con un poco de suerte, nadie sabría que estaban ahí.

Había algo de comida —salami, huevos, ensalada— y agua.[27] Al rato apareció la esposa de Steiner, Ibolya, que después haría de mecanógrafa.[28]

En ese edificio fue donde Walter Rosenberg, con Fred Wetzler a su lado y los pies vendados, pudo cumplir el sueño que lo había mantenido vivo durante aquellos dos años de suplicios. Allí empezó a revelar la verdad de Auschwitz.

Parte IV

El informe

20

Negro sobre blanco

La conversación —en parte informe, en parte interrogatorio— se alargó varios días. En cuanto los muchachos empezaron a contar su historia, Steiner comprendió que aquello lo sobrepasaba: los dirigentes del ÚŽ tenían que oírlo. Telefoneó a Bratislava para hablar con Oskar Krasňanský, ingeniero químico de profesión y una de las figuras más destacadas del consejo. Steiner lo instó a que acudiera de inmediato. A los judíos no se les permitía viajar en tren, pero Krasňanský consiguió un permiso y llegó a Žilina ese mismo día.[1] Oskar Neumann, de cincuenta años, abogado, escritor y presidente del consejo judío, se les unió veinticuatro horas después.[2]

Para los dirigentes de la organización, lo primero era determinar que aquellos dos jóvenes eran quienes decían ser, algo relativamente sencillo: Krasňanský había traído consigo los archivos en los que el ÚŽ llevaba el registro de los cargamentos salidos de Eslovaquia con destino desconocido. Había una ficha de cada deportado, con su nombre y su fotografía.[3] Cuando Fred y Walter consignaron la fecha y el punto de origen de sus cargamentos, los archivos corroboraron sus palabras.

Es más, Fred y Walter nombraron también a algunos de quienes habían viajado con ellos en los vagones de ganado y a otras varias personas que habían llegado a Auschwitz en cargamentos posteriores. Invariablemente, los nombres y las fechas coincidían. E invariablemente, los fugados podían confirmar también el destino de quienes figuraban en las listas: sin apenas excepciones, todos estaban muertos.

Krasňanský dio credibilidad a su testimonio desde el primer momento. Era evidente que se encontraban en un estado lamentable. Tenían los pies deformados y estaban exhaustos;[4] además, se echaba de ver que no habían comido casi nada desde hacía semanas y estaban desnutridos. Llamó a un médico y entre los dos concluyeron que los dos jóvenes debían quedarse ahí, en el sótano, hasta que recuperaran las fuerzas. Mandaron bajar un par de camas.

A pesar de la debilidad física de los muchachos, Krasňanský se quedó asombrado ante la profundidad y la exactitud de su memoria. Era algo portentoso.[5] El ingeniero estaba resuelto a dejar constancia escrita de su testimonio y a asegurarse de que nadie pudiera impugnarlo.

Para ello, quiso entrevistarlos a los dos por separado, para que se lo contaran todo pormenorizadamente y desde el principio sin que nadie pudiera decir que el testimonio de uno había contaminado o influido en el del otro. A lo largo de varias sesiones que duraron horas, Krasňanský les hizo preguntas, escuchó sus respuestas y tomó detalladas notas taquigráficas. Cualquiera que fuera su reacción emocional ante lo que estaba escuchando —que, al fin y al cabo, venía a confirmar que su comunidad había sido metódicamente masacrada—, no dejó entreverla. Continuó haciendo preguntas y garabateando respuestas.

A veces, Walter hablaba de manera apresurada y torrencial, y otras, muy despacio, con parsimonia, como buscando la palabra exacta. Antes de que comenzaran las entrevistas formales por separado, Fred notó que Walter se esforzaba por ceñirse a los hechos, como un testigo ante un tribunal, hasta que la fuerza emotiva de los sucesos que describía lo superó. El muchacho no pudo evitarlo: fue como si reviviera lo que estaba contando, como si cada fibra de su cuerpo y cada poro de su piel volvieran a estar en Auschwitz.[6] Al cabo de una hora, Walter estaba completamente agotado. Y eso que apenas había empezado.

Para la entrevista individual, Krasňanský lo hizo pasar a una habitación y cerró con llave,[7] no tanto para evitar interrupciones como por seguridad, pues el hogar para los ancianos judíos de Žilina albergaba ahora a dos fugitivos de las SS sobre los que pesaba una orden de busca y captura de la Gestapo (razón de más para que no salieran del edificio en un par de semanas: si pisaban la calle con ese aspecto, podían llamar la atención y dar pie a habladurías).[8]

Al inicio de la entrevista, Walter pidió papel y un bolígrafo y se puso a dibujar un mapa lo más a escala posible. Primero delineó el trazado interior del campo principal, Auschwitz I. A continuación, y esto ya era más complicado, dibujó Birkenau o Auschwitz II, con sus dos secciones, BI y BII, y sus múltiples subsecciones, BIIa, BIIb, BIIc, etcétera. Entre las dos, dibujó la *Judenrampe* y explicó lo que había visto y hecho allí. Marcó dónde estaban las fábricas de los gigantes de la industria alemana —IG Farben, Siemens, Krupp y demás— que se beneficiaban de la mano de obra esclava. También señaló el lugar, en el extremo de Birkenau, donde se encontraba la maquinaria de los asesinatos masivos: los cuatro crematorios, cada uno equipado con una cámara de gas y un conjunto de hornos.

Durante cuarenta y ocho horas, juntos o por separado, Walter y Fred lo describieron todo: los cargamentos, la rampa, la selección tras la cual los elegidos para trabajar ingresaban en el campo, mientras que los elegidos para morir eran trasladados a las cámaras de gas. Los tatuajes de los vivos, los hornos de los muertos. Uno y otro detallaron las fechas y el volumen estimado de cada una de las remesas de judíos que habían llegado al campo desde finales de la primavera de 1942 hasta la semana de su evasión. Describieron con especial detalle el destino de los judíos eslovacos y de los checos del *Familienlager*. Walter admitió que las tribulaciones de estos últimos lo habían preocupado especialmente, dados sus lazos lingüísticos y culturales, y quizá esperaba que Krasňanský y los demás sintieran lo mismo.[9]

Krasňanský, a menudo en compañía de Neumann, escuchaba todo lo que decía y absorbían cada una de sus palabras. El segundo era abogado de formación y a menudo presionaba a Walter y a Fred para arrancarles detalles, como en un juicio.[10] Neumann, por ejemplo, podía nombrar a un viejo amigo del colegio al que habían deportado en un determinado cargamento, por ejemplo en septiembre de 1943, y les preguntaba si sabían qué había sido de ese grupo. Ellos contestaban, conscientes de que su respuesta sería cotejada con lo que ellos mismos hubieran dicho sobre ese mismo cargamento nueve o diez horas antes. Los miembros del consejo judío buscaban incongruencias en los testimonios de Fred y Walter.[11] Pero no encontraron ninguna.

El tono del interrogatorio irritaba a Walter. Veía que esos hombres estaban interesados en lo que les decía, que le concedían una enorme importancia, pero no podía decirse que rebosaran compasión humana. Eran funcionarios, burócratas, gentes a las que movía la exactitud, no la piedad.[12] Walter, por supuesto, fingía que aquello le daba igual —¿quién necesitaba la compasión de una panda de gordos abogados y administradores judíos?, se decía—,[13] pero le fastidiaba de todos modos.

El resentimiento de Walter era anterior a ese encuentro en Žilina. Sentía rencor hacia el consejo judío desde aquel día, en febrero de 1942, en que había recibido el aviso de deportación, sellado por el ÚŽ. No era ninguna casualidad que su nombre y su fotografía obrasen en los archivos del consejo, junto con los registros de las deportaciones y las listas de nombres: ellos mismos habían sido los encargados de redactarlas.

Si les hubiera pedido a los hombres del otro lado de la mesa que se defendieran, ellos sin duda habrían insistido en que se habían visto obligados a adoptar una posición imposible. En 1940, un edicto nazi había prohibido todas las organizaciones judías de Eslovaquia, que quedaban reemplazadas por el consejo judío, el ÚŽ. Los dirigentes judíos del país habían debatido acaloradamente sobre los pros y contras éticos de tomar parte en una entidad de ese tipo.[14] Algunos opinaban como Walter: colaborar con el ÚŽ suponía hacer el trabajo del diablo por él, imprimiéndole además el prestigio de los líderes de la comunidad judía. Otros temían que, si se negaban, el demonio fascista se encargaría de hacer el trabajo él mismo y sería peor. Por lo menos, si los judíos intervenían, a lo mejor podían mitigar o postergar el golpe que pronto se abatiría sobre la comunidad. Todo ello provocó una disputa en la que acabó imponiéndose el segundo grupo.

Para Walter, eso no era suficiente. En su opinión, cualquiera que estuviera relacionado con el ÚŽ era un facilitador despreciable del dominio nazi. Pero había algo que Walter no sabía: dentro del ÚŽ existía una célula de resistencia, un consejo secreto dentro del consejo conocido como Grupo de Trabajo, cuyos integrantes estaban dispuestos a cualquier cosa con el fin de rescatar a tantos judíos como fuera posible. Entre sus miembros se encontraban las personas a las que Walter y Fred acababan de conocer en Žilina, y Neumann era uno de los más señalados.

Walter no sabía nada de todo eso, del mismo modo que tampoco se había parado a pensar demasiado en qué otras opciones tenían los líderes judíos frente a un Gobierno fascista eslovaco empeñado en deportar a la minoría judía con el respaldo de una superpotencia nazi. Pero no estaba de humor para conceder a sus inquisidores el beneficio de la duda. Incluso le molestaba que se fiaran tanto de la palabra de dos jóvenes que se la habían jugado contra las balas y el hambre para cruzar la frontera. ¿Por qué, se preguntaba, no habían enviado a uno de los suyos a Auschwitz para que viera con sus propios ojos cuál era el destino de los judíos eslovacos expulsados del país?[15] Era un viaje de ciento veinte kilómetros duro y plagado de peligros, sin duda, y nadie lo sabía mejor que Fred Wetzler y él mismo; sin embargo, ellos —dos muchachos sin mapas, sin dinero y con una orden de detención internacional— acababan de demostrar que no era imposible. Walter pensaba que Neumann y los demás podrían haber enviado a un agente encubierto con los papeles adecuados y los recursos necesarios. El consejo judío había oído rumores sobre lo que ocurría de veras en el «reasentamiento».[16] ¿Por qué no se había esforzado más por descubrir la verdad?

Aun así, Walter y Fred siguieron hablando y respondiendo a todas las preguntas que les hacían. Por último, Oskar Krasňanský recogió las notas que había ido tomando —las palabras salidas directamente de la boca de los dos jóvenes— y, a una velocidad vertiginosa, con la señora Steiner a la máquina de escribir, sintetizó los relatos de ambos hasta obtener un texto único.[17] Escrito en eslovaco, ocupaba treinta y dos páginas a espacio simple e incluía una serie de esquemas que representaban los planos de Auschwitz I y II, así como la disposición básica de los edificios de los crematorios. Los dibujos los había realizado un arquitecto, basándose en los bocetos de Walter y en los testimonios aportados por este y Fred.[18] La página inicial era un prólogo escrito por Krasňanský, aunque su nombre no figuraba. En él explicaba que el informe era obra de dos jóvenes judíos eslovacos «cuyos nombres no serán revelados [...] en interés de su propia seguridad». También describía brevemente la historia de la deportación de cada testigo y advertía que el documento no relataba la experiencia íntegra de los declarantes, sino que incluía «tan solo lo que uno o ambos han sufrido, oído o experimentado de primera mano. No se registran impresiones, juicios individuales ni nada transmitido meramente de oídas».

A renglón seguido, aparecía una afirmación crucial, la confirmación de que Fred y Walter habían superado el riguroso examen oral de cuarenta y ocho horas al que habían sido sometidos: «Las declaraciones concuerdan con todos los informes fidedignos, aunque fragmentarios, recibidos hasta el momento, y las fechas relativas a los cargamentos dirigidos a los distintos campos coinciden con los registros oficiales. Por consiguiente, estas declaraciones pueden considerarse totalmente creíbles».

El informe estaba redactado en una primera persona del plural que iba cambiando de punto de vista: los primeros párrafos se referían a «nuestra» deportación de Sered' a Auschwitz, mientras que más adelante se hablaba de «nuestro» convoy de Nováky a Majdanek, sin precisar que la primera experiencia pertenecía a uno de los fugados y la segunda al otro. Seguidamente, se describía cómo transcurría la vida de un prisionero en Auschwitz y la topografía de los campos: el viaje inicial en los vagones de ganado, el afeitado de cabezas y cuerpos, el tatuaje de los números, los triángulos de colores que clasificaban a los prisioneros en diferentes categorías, los barracones, los perímetros interior y exterior con sus torres de vigilancia, el recuento, el letrero que decía «*Arbeit macht frei*», las fábricas de esclavos, los ahorcamientos de prófugos, el hambre, las palizas inopinadas, las cribas dos veces por semana en la enfermería... Todo.

Acaso porque la tarea de sintetizar ambas declaraciones había corrido por cuenta de un ingeniero con la supervisión de un abogado, y no de un periodista, el documento era escueto y austero, sin pirotecnia retórica. El foco recaía más sobre los hechos que sobre las pasiones. Las declaraciones más impactantes tampoco se consignaban al principio. De hecho, la palabra *gas* no se mencionaba hasta la página 7, y la revelación principal —que todos los judíos deportados a Auschwitz, a excepción de un pequeño número, eran asesinados nada más llegar— aparecía tan solo en la página siguiente. E incluso ese hecho horrible se exponía sin retórica ni ampulosidades, casi como una nota al pie. Se mencionaba al final de una lista de cargamentos llegados en la primavera de 1942, el último de ellos formado por cuatrocientas familias judías procedentes de Francia:

> El convoy constaba de unos mil seiscientos individuos, de los cuales aproximadamente doscientas mujeres jóvenes y cuatrocientos varones fueron admitidos en el campo, mientras que el millar de personas restante (mujeres, ancianos, niños y hombres) fueron enviadas sin más trámites desde el apartadero del ferrocarril directamente al bosque de abedules, donde las gasearon y las quemaron. A partir de entonces, todos los convoyes judíos se procesaron de la misma forma. Aproximadamente el 10 % de los hombres y el 5 % de las mujeres eran enviados a los campos, y al resto se los gaseaba de inmediato.
>
> A partir de ahí, el informe pasaba a enumerar los distintos cargamentos, cada uno denotado, y memorizado, en función de los números asignados al puñado de prisioneros seleccionados en cada remesa:
>
> 38 400-39 200: ochocientos judíos naturalizados franceses, el resto del convoy —según se ha descrito más arriba— fue gaseado.

47 000-47 500: quinientos judíos de Países Bajos, la mayoría emigrantes alemanes. El resto del convoy, unas dos mil quinientas personas, gaseado.

48 300-48 620: trescientos veinte judíos de Eslovaquia. Unas setenta niñas fueron trasladadas al campo de mujeres; el resto, unas seiscientas cincuenta personas, gaseadas.

El informe continuaba a este tenor, detallando cada cargamento hasta que el número de los prisioneros seleccionados para trabajar llegaba al 174 000. A veces, los asientos eran escuetos y fácticos, y no consignaban más que el lugar de origen y una estimación del número de muertos. Otras, en cambio, el informe añadía datos adicionales, incluso el nombre de algunas personas, generalmente judíos eslovacos seleccionados para trabajar. Había referencias a Esther Kahan, de Bratislava; Miklós Engel, de Žilina; y Chaim Katz, de Snina, «empleado en la "morgue" (su mujer y sus seis hijos fueron gaseados)». El asiento correspondiente a un cargamento de dos mil prisioneros políticos franceses, tanto comunistas como de otras tendencias, informaba de que entre ellos se encontraba el hermano menor del ex primer ministro francés Léon Blum, el cual fue «atrozmente torturado y luego gaseado y quemado».

Hasta la página 12, el informe no detallaba el mecanismo de los asesinatos. Mediante un esquema que representaba un «plano aproximado» del lugar, se describían los cuatro crematorios activos en Birkenau mediante frases crudas y estrictamente objetivas:

Una enorme chimenea se alza desde la sala de hornos, en

torno a la cual se agrupan nueve hornos con cuatro aberturas cada uno. Cada abertura tiene capacidad para tres cadáveres normales a la vez, y al cabo de una hora y media, los cuerpos están completamente quemados. Esto equivale a una capacidad diaria de unos dos mil cuerpos.

Con la ayuda del diagrama, el informe no dejaba de referir lo que, para Walter, era el meollo del asunto: el papel clave del engaño en el *modus operandi* de los nazis.

Las infortunadas víctimas son llevadas a la sala (b), donde les dicen que se desnuden. Para reforzar la ficción de que el propósito es bañarlos, dos hombres vestidos con batas blancas entregan a cada persona una toalla y un pequeño trozo de jabón.

Todos los detalles estaban ahí: desde el Zyklon B y cómo se introducía a través de los respiraderos del techo hasta la labor de recogida de cadáveres del *Sonderkommando*. Se mencionaba la oleada de tifus de agosto de 1942 y el destino del *Familienlager* checo en marzo de 1944. Se explicaba que la «administración interna» de Birkenau estaba en manos de un grupo de «prisioneros especialmente seleccionados», con su propia jerarquía de decanos y supervisores de bloque, y se describían las distintas secciones que conformaban Birkenau II, desde el campo de cuarentena BIIa hasta el campo gitano BIIe. Se nombraba al comandante Rudolf Höss. Pese a su concisión, el informe aspiraba a ser exhaustivo.

Concluía con una lista que llevaba por título «Estimación prudente del número de judíos gaseados en Birkenau entre abril de 1942 y abril de 1944 (según los países de origen)»:

Polonia (enviados en camiones): aproximadamente 300 000.
Polonia (enviados en trenes): aproximadamente 600 000.
Países Bajos: aproximadamente 100 000.
Grecia: aproximadamente 45 000.
Francia: aproximadamente 150 000.
Bélgica: aproximadamente 60 000.
Alemania: aproximadamente 60 000.
Yugoslavia, Italia, Noruega: aproximadamente 50 000.
Lituania: aproximadamente 50 000.
Bohemia, Moravia, Austria: aproximadamente 30 000.
Eslovaquia: aproximadamente 30 000.
Varios campos de judíos extranjeros en Polonia: aproximadamente 300 000.
TOTAL: aproximadamente 1 765 000.[19]

Krasňanský les mostró el texto a los dos hombres cuyas palabras había transcrito textualmente y cuyos testimonios había amalgamado. Quería su aprobación para publicarlo inmediatamente. Walter hizo una lectura rápida y advirtió algunos defectos. Los cambios de perspectiva de la primera persona, de Fred a él, podían crear confusión. Y, dado que el documento no estaba destinado en exclusiva al público eslovaco, quizá contenía un volumen desproporcionado de detalles referentes al destino de los judíos de Eslovaquia, incluidos los nombres de determinados sujetos.

Aunque, a buen seguro, el mayor defecto residía en

todo lo que ahí no se decía. El texto final no mencionaba la inminente catástrofe de la que Fred y Walter deseaban desesperadamente alertar al mundo. No hablaba de la urgente amenaza que acechaba a los judíos de Hungría.

Evidentemente, aquello era algo en lo que ellos habían hecho hincapié. En presencia de Neumann, el presidente del consejo judío, Fred y Walter habían descrito las obras que habían visto en el campo y la animada charla de los SS a propósito del «salami húngaro».[20] Sin embargo, el documento no incluía ni media palabra al respecto. Es más, cuando el texto mencionaba la ampliación prevista del campo —la zona conocida como México, donde Walter y Fred se habían escondido durante tres días y tres noches—, ni siquiera se aludía a que esa sección, BIII en la jerga oficial nazi, pudiera estar destinada a albergar una remesa de prisioneros húngaros. Al contrario, el informe insistía en que se ignoraba «el propósito de tan vasta planificación».

¿Por qué un documento escrito por dos judíos que habían escapado con el propósito de poner sobre aviso a los judíos de Hungría ni siquiera mencionaba la amenaza específica que se cernía sobre esa comunidad? Walter se lo hizo notar a Krasňanský: el texto debía incluir una advertencia explícita. Pero Krasňanský fue tajante: la credibilidad del informe dependía de que fuera un registro de asesinatos ya cometidos. Nada de profecías ni de pronósticos, solo los hechos.[21] Krasňanský se aferraba a lo dicho en el prólogo: ese documento solo sería creíble si se limitaba a exponer cosas *realmente* sucedidas y se abstenía de hacer insinuaciones acerca de lo que pudiera venir. Por lo visto, los comentarios sobre el «salami húngaro» y la conversación que el *kapo* Yup había mantenido con Walter no satisfacían ese criterio, sino que caían en el terreno de la especulación y la habladuría, por lo que su inclusión se consideraba improcedente.[22] Aun así, Krasňanský insistió en que todo lo que le habían explicado sobre los preparativos para el asesinato en masa de los judíos húngaros sería transmitido a las autoridades pertinentes.

Walter debía tomar una decisión. Sí, quería que los judíos húngaros oyeran su aviso alto y claro. Y sí, habría preferido que el informe fuera explícito con respecto a ese punto y muchos otros. Pero eso habría implicado un retraso y no había tiempo para reescribir, subsanar errores o volver a mecanografiarlo, no cuando cada día, cada hora, contaba. Era preferible emitir un informe defectuoso hoy que uno perfecto mañana. Walter y Fred firmaron para dar el visto bueno.

Pero si Walter esperaba que Krasňanský y Neumann salieran corriendo por la puerta para meterle el informe en el morral a un mensajero que se presentase en Budapest tan pronto como se lo permitiera el primer tren, estaba muy equivocado. Al día siguiente, el viernes 28 de abril, el hogar de ancianos acogió una reunión secreta de la cúpula judía de Eslovaquia, presidida por Neumann.[23] Estaban en modo de resistencia, por lo que se regían por las normas de la clandestinidad: nada de nombres.

Los dos fugados fueron sometidos a una última ronda de interrogatorios por parte de los presentes, ante los cuales tuvieron que defender el informe como si fueran doctorandos ante el tribunal de tesis. Uno de sus interrogadores, abogado, se mostraba incrédulo en cuanto a que la «civilizada

Alemania» estuviera ejecutando a personas sin las debidas diligencias judiciales.[24] Lo repitió en numerosas ocasiones, hasta que a Walter se le agotó la paciencia, se alzó de la silla y empezó a gritar:[25]

—¡En este mismo instante están arrojando a gente al fuego! —dijo—. ¡Hay que hacer algo, y hay que hacerlo ya!

Fred intentó calmarlo, pero fue inútil. Walter empezó a señalar a las personas sentadas en torno a la mesa, incluido el abogado, acusándolas de quedarse de brazos cruzados.

—Usted, usted, usted... Todos acabarán en la cámara de gas, a menos que alguien haga algo.

Fred intentó de nuevo serenar a su amigo, y Walter encorvó la espalda y volvió a sentarse en la silla.

Después, Krasňanský preparó el documento para su difusión. Hizo gestiones para traducirlo a un idioma que fuera comprensible por el mayor número posible de personas: en eslovaco, ciertamente, no iba a llegar muy lejos. Krasňanský decidió que lo más efectivo sería redactarlo en alemán.

Entretanto, había otro asunto práctico que atender. El mes de abril estaba acabando y se acercaba la conmemoración obrera del Primero de Mayo. Esa fecha solía inquietar a las autoridades eslovacas, que veían el 1 de mayo como una posible ocasión de actividades antifascistas, por lo que tenían la costumbre de registrar los pocos edificios judíos que quedaban en busca de «agitadores judeobolcheviques».[26] Fred y Walter no podían seguir escondiéndose en el hogar para ancianos de Žilina. El Grupo de Trabajo les había preparado una casa segura en las montañas, en la ciudad de Liptovský Svätý Mikuláš, unos noventa kilómetros al este de Žilina. También les facilitó dinero y, cosa más valiosa aún, documentación falsa que en la que constaban como arios puros de al menos tres generaciones. Ese estatus les daría libertad absoluta para moverse por Eslovaquia. Si la policía los sorprendía en un tren o un restaurante durante una redada, no tendrían nada que temer: los documentos eran impecables.

Evidentemente, los documentos no estaban a nombre de Alfréd Wetzler y Walter Rosenberg —ya que esos nombres pertenecían a dos judíos sobre los que, además, pesaba una orden de detención internacional—, sino que acreditaban la identidad de otras dos personas: Fred sería «Jozef Lánik», mientras que Walter Rosenberg se reencarnaría en «Rudolf Vrba». Para Fred, el cambio sería temporal: recuperó su verdadero nombre tan pronto como pudo. Para su amigo, sin embargo, ese cambio acabaría siendo definitivo.

Rudolf Vrba no era una creación de nuevo cuño. Cinco años antes, había fallecido un influyente sacerdote católico checo con el mismo nombre.[27] El Vrba original se había forjado una reputación como antisemita furibundo y había propuesto una serie de medidas para garantizar la exclusión de los judíos de la vida bohemia. Pero al nuevo Rudi, como pronto lo llamaría todo el mundo, no parecía molestarlo ese parentesco, si es que lo conocía (según parece, tampoco lo molestó demasiado compartir nombre de pila con el comandante de Auschwitz). Lo principal era quitarse de encima esa mácula que, a sus ojos, representaba ese «Rosenberg» de regusto germánico.[28] Estaba ansioso por rescindir todo vínculo con esa nación supuestamente «civilizada». Walter Rosenberg ya no existía. A partir de ese momento, y para el resto de sus días, sería Rudolf Vrba, un nombre impecablemente checo, sin resonancias alemanas ni, para el caso, judías.

Los dos jóvenes, renacidos como Jozef y Rudi, se encaminaron a las montañas. Mientras tanto, la obra de su vida, el *Informe Auschwitz* (o *Informe Vrba-Wetzler*), se disponía a emprender también su particular viaje.

21

Los hombres de Dios

La elaboración del informe había sido una empresa sumamente audaz que entrañaba un riesgo mortal. Distribuirlo para que llegara a las personas adecuadas se revelaría una tarea casi igual de temeraria. Krasňanský y el Grupo de Trabajo decidieron que enviarían el documento a sus contactos —principalmente judíos— en Ginebra, Estambul y Londres, los cuales se encargarían de interceder ante los respectivos Gobiernos o de informar a algún funcionario. Con todo, la prioridad desde el principio era que el mensaje llegase a Hungría.

La cuestión revestía urgencia, sin duda. Cuando Fred y Rudi se disponían a abandonar Žilina, una mujer mayor que había ido a llevarles algo de comida comentó angustiada que había visto pasar por la ciudad varios trenes llenos de judíos húngaros. «Eran miles —había dicho entre sollozos—. Han pasado por Žilina en vagones de ganado».[1]

A pesar de que Krasňanský había suprimido del informe toda mención al inminente peligro que corrían los judíos húngaros —«nada de profecías ni de pronósticos», según sus propias palabras—, sus acciones daban fe de que sabía que el tiempo apremiaba. A las pocas horas de haberse firmado el informe, convocó un encuentro en Bratislava: el 28 de abril, le entregaría el documento personalmente a Rezső Kasztner, un periodista que, pese a no contar ni cuarenta años, se había convertido en el líder *de facto* de la judería húngara. Lo que Kasztner hizo —y dejó de hacer— con el informe sería uno de los acontecimientos que marcarían la vida del nuevo Rudolf Vrba.

No puede decirse que Hungría necesitara la llegada del ejército alemán de ocupación en marzo de 1944 para actuar contra los judíos. El regente húngaro Miklós Horthy había convertido el antisemitismo en uno de los pilares de su programa nada más hacerse con el poder tras la Primera Guerra Mundial; veinte años después, y sin necesidad de ninguna directiva de Berlín, había aprobado una serie de leyes que restringían la vida de la población judía. Por consiguiente, cuando uno de los ejemplares del *Informe Auschwitz* llegó a Budapest a finales de abril o principios de mayo de 1944 y cayó en manos del movimiento de resistencia antinazi húngaro, una cosa estaba clara: si los judíos de Hungría se enfrentaban a la amenaza de una masacre, no tenía sentido apelar a la protección del Gobierno antijudío de Hungría. Dado que el Gobierno colaboraba con los nazis, había otro grupo que parecía más indicado a efectos de organizar un posible rescate: los hombres de Dios.

Muchos religiosos habían abrazado encantados las medidas de 1938-1939 contra la población hebrea, de modo que la oposición se encontraba con muchas limitaciones.

Los únicos con quienes podía contar era con un puñado de clérigos con conciencia.

El primero en procurarse un ejemplar del informe fue el doctor Géza Soós, un activista calvinista especialmente valioso para la resistencia porque trabajaba para el Ministerio de Asuntos Exteriores de Hungría, donde tenía su despacho. Soós se puso en contacto con un joven pastor amigo suyo, József Éliás, al que le dijo que necesitaba hablar con él de algo «importante».[2] Se reunieron en la cafetería del Museo Nacional de Budapest, y Soós, vibrando de la emoción, le explicó que esa misma mañana había recibido un documento introducido de contrabando por la frontera entre Hungría y Eslovaquia. Según él, aquello era poco menos que un milagro: sus firmantes eran dos hombres que se habían fugado de Auschwitz.

Soós hizo un gesto con la cabeza hacia la silla vacía que se encontraba entre él y el pastor. Cuando ambos hubieron dejado sus maletines encima, uno junto al otro, Soós sacó el informe de su maletín y lo introdujo en el de Éliás lo más discretamente posible. A continuación, le explicó lo que necesitaba. Lo más urgente era hacer una traducción comprensible y rigurosa del alemán al húngaro. Una vez hecho esto, había que sacar seis copias mecanografiadas. Por seguridad, esas copias no podían mecanografiarse con las máquinas de escribir de donde trabajaba Éliás, que era la Misión del Buen Pastor de la Iglesia calvinista, dedicada al bienestar espiritual y la protección de los más o menos cien mil cristianos de origen judío de Hungría: judíos que se habían convertido al cristianismo.[3] Las copias debían ser imposibles de rastrear. Por último, y lo más importante,

Éliás debía conseguir que el informe llegara a manos de cinco personas muy determinadas, las cinco figuras más importantes del cristianismo húngaro (el sexto ejemplar era para el propio Soós). Ahora bien, había una condición irrenunciable: esas cinco personas no podían saber de dónde o a través de quién habían recibido el documento. «Los funcionarios del Gobierno no deben saber que poseemos ese informe», explicó Soós. El objetivo de la resistencia consistía en informar a los dirigentes eclesiásticos para que luego estos «presionaran al Gobierno con el fin de evitar la tragedia que acecha a los judíos».

Éliás regresó a su despacho. Hacer público el informe ni siquiera era una posibilidad: clérigos de mayor rango que él habían decidido anteriormente que los datos que iban recabando en relación con aquellos asesinatos masivos de judíos no debían difundirse para no causar una ola de pánico que imposibilitara cualquier intento de rescate.[4] El pastor llamó a una joven colega y se encerró con ella en un cuartito donde no nadie pudiera oírlos. La joven era Mária Székely, una voluntaria de la misión que dominaba varios idiomas. Éliás le pidió que leyera el texto y le dijera si se veía capaz de traducirlo. Unas horas después, y todavía con el gesto desencajado, Székely confirmó que lo haría. Sentía que era su deber.[5]

La primera lectura del informe le había puesto el cuerpo del revés.[6] Era consciente de que traducirlo requeriría concentración absoluta, así que se lo llevó a la buhardilla que le alquilaba a una familia de la calle Érmelléki y trabajó en él día y noche durante una semana. Székely había oído algún que otro rumor, pero ahora la absoluta y terrible realidad se manifestaba ante sus ojos a través de un texto lacónico, aparentemente desprovisto de sentimiento, como una receta para hacer pan, o por lo menos esa era la impresión que le producía.[7] El lenguaje del informe no era colorido ni exuberante, y ella optó por reflejar esa sobriedad en su traducción.

Las ilustraciones representaron todo un reto. A la joven no se le daba demasiado bien el dibujo y, después de tantos días de trabajo, tenía los ojos muy cansados, pero, con la ayuda de papel vegetal, se las arregló para reimprimirlas con el papel carbón que usaba para la máquina de escribir. Poco a poco, la edición húngara del *Informe Auschwitz* iba tomando forma.

El trabajo era laborioso y el aire de la buhardilla estaba cada vez más cargado. Un día, Székely sintió la necesidad de salir de ahí. Bajó a la pequeña terraza de la planta baja cargada con sus papeles y un diccionario. Hacía viento y, de pronto, la corriente se llevó volando una página del texto original en alemán en la que aparecía una ilustración de Auschwitz muy reveladora. El folio se quedó enganchado en la verja de alambre del jardín. Justo en ese momento, un soldado alemán armado pasaba haciendo guardia por el otro lado de la verja. Székely había olvidado que los alemanes ocupaban ahora todas las casas de la calle Érmelléki.

La joven corrió hacia la valla, pero era demasiado tarde. El nazi se le había adelantado. Alargó la mano y recogió el trozo de papel. Con un simple vistazo se daría cuenta de que aquel documento contenía el secreto de Auschwitz y que aquella mujer y sus cómplices lo habían descubierto. Obviamente, ella, Éliás y el resto de los implicados serían detenidos. Peor aún, el *Informe Auschwitz* nunca saldría a la luz.

Aterrada, Székely se preparó para lo peor. Pero el soldado ni siquiera miró el papel, sino que se lo devolvió sonriendo cortésmente. Ella lo recogió, volvió dentro de la casa y, con la adrenalina del susto corriendo todavía por las venas, se puso de nuevo manos a la obra.

Una vez terminada la traducción húngara, Székely entregó las cinco copias a Éliás, tal como le había pedido, y se fue a ver a Géza Soós para entregarle la sexta más el original en alemán. Pero había un problema: el despacho de este se encontraba cerca de la residencia real y la seguridad era muy estricta. Un guardia comprobó su documentación. Si le hubiera pedido que le mostrara el contenido de su bolso, habría sido el fin, tanto para ella como para el informe. Sin embargo, logró pasar.

Había llegado el momento de hacer llegar el documento a la alta jerarquía eclesiástica. Al principio, la operación hizo grandes avances. El principal obispo protestante reaccionó de inmediato y el 17 de mayo escribió una carta al primer ministro en la que instaba al Gobierno a detener las deportaciones, que, según había descubierto gracias al *Informe Auschwitz*, eran el primer paso hacia el asesinato en masa. Sin embargo, en esa misma misiva echaba a perder la mejor baza que habría tenido Iglesia: prometía no hacer pública la situación de los judíos.[8]

El mayor golpe de efecto consistió en hacer llegar el informe al cardenal católico, el arzobispo Jusztinián Serédi, lo que la red secreta de activistas logró a mediados de mayo de 1944, cuando dos sacerdotes y un periodista solicitaron audiencia con Serédi para instarlo a que tomara cartas en un asunto que a esas alturas era ya de conocimiento general.

Los tres cristianos se dirigieron a la residencia oficial del cardenal en el castillo de Buda, donde fueron recibidos con toda pompa. Serédi entró y alargó la mano. Los visitantes se hincaron de rodillas para besarle el anillo. Luego el cardenal tomó asiento y con un gesto les cedió la palabra.

Le explicaron que la cúpula protestante estaba estudiando un edicto para negar la comunión a todos los funcionarios o trabajadores que ayudasen a los alemanes a llevar a cabo redadas de judíos o a detener a miembros de la resistencia.[9] ¿No debería el cardenal emitir una norma similar en nombre de la comunidad católica húngara?

Serédi guardó silencio unos instantes. La respuesta no llegaba y el ambiente era cada vez más tenso. Finalmente, el cardenal se quitó la birreta de la cabeza y la arrojó al suelo.

—Si el mismísimo papa no mueve un dedo contra Hitler, ¿qué puedo hacer yo? —dijo—. ¡Maldita sea! —añadió con exasperación.[10]

Luego recogió la birreta y se disculpó por haber perdido la compostura. Quería ayudar, pero no podía. Tenía las manos atadas.

Poco después, hacia principios de junio, la delegación volvió a entrevistarse con Serédi en el castillo. Para entonces, el peligro para los judíos era algo más que inminente: Hungría había empezado a despachar trenes de deportados el 15 de mayo, más de un mes después de la fuga de Fred y Rudi. Su informe explicaba claramente qué destino aguardaba a quienes viajaban a bordo de esos convoyes. En los primeros cargamentos se había deportado a los judíos de las provincias, pero ahora circulaba la noticia de que los siguientes iban a ser los de Budapest: la ciudad empezaba a llenarse de policía armada procedente de las zonas rurales. Los tres hombres suplicaron que por lo menos se salvase a los niños, que la Iglesia los tomara bajo su protección para que pudieran ser enviados a escondidas a algún país neutral, tal vez Suiza o Suecia.

El cardenal respondió que, si de él dependiera, habría hecho algo, pero que los alemanes frustrarían cualquier plan que se les ocurriera.

En ese momento, sonaron las sirenas. La ciudad estaba siendo atacada. Los cuatro corrieron al sótano, donde el arzobispo se arrodilló y se puso a rezar. Se quedó así, orando, hasta que acabó el ataque aéreo, dos horas después. Serédi podría haber aprovechado ese tiempo para consensuar una estrategia con sus visitantes o, en su defecto, para escribir un discurso que explicase a su congregación lo que los nazis estaban a punto de hacer con sus conciudadanos judíos y que llamase a un levantamiento para impedirlo. Pero no: el cardenal se limitó a quedarse de rodillas.

A la vista estaba que la Iglesia católica no iba a mojarse a menos que el papa se manifestase antes. Si Vrba y Wetzler conseguían hablar directamente con él o con alguno de sus ayudantes, sin duda Roma actuaría. Esa ocasión se le presentaría a Rudi a mediados de junio, casi dos meses después de salir de Auschwitz.

Casi al mismo tiempo, el informe cambió de forma. El documento estaba a punto de verse reforzado por datos procedentes de la única fuente que contaba; el destino de los judíos húngaros pronto abandonaría el terreno de la predicción y la advertencia para entrar en el de las pruebas sólidas. Y dichas pruebas provendrían del interior de Auschwitz.

22

«¿Qué puedo hacer?»

Cuando el 7 de abril de 1944 sonaron las sirenas en Birkenau —señal de que uno o varios prisioneros faltaban al recuento y, por tanto, de que se había producido otro intento de fuga—, la gente empezó a murmurar. ¿Quién podía ser?

Enseguida se corrió la voz: los fugitivos eran Walter Rosenberg y Alfréd Wetzler. Un prisionero en particular se quedó atónito al oír el segundo nombre.[1] Czesław Mordowicz, judío polaco, era amigo íntimo de Wetzler. Ambos eran supervisores de bloque —Fred del bloque 9, Czesław del bloque 18— y solían verse todos los días para charlar. Fred jamás había insinuado ni siquiera la idea de escapar, y mucho menos que tuviera un plan. Y, sin embargo, había desaparecido. Mordowicz pensó en la cantidad de cosas que su compañero sabía sobre Auschwitz y sintió un arrebato de entusiasmo ante la posibilidad de que hubiera logrado evadirse. «Por fin el gran secreto de este lugar maldito quedará a la vista del mundo entero», se dijo Czesław.

El sonido de las sirenas, junto con los nombres de Wetzler y Rosenberg, difundió un silencioso regocijo por todo el campo.[2] Aun a pesar de que todos sabían que ningún judío se había fugado nunca y que era casi imposible que lo lograse. Y de que eran muy conscientes de que aquello tendría un precio para los que seguían allí.

Esa noche, durante el recuento, el *Kommandant-Lagerführer SS-Untersturmführer* Johann Schwarzhuber emitió una orden: a partir del día siguiente, todos los supervisores judíos quedaban suspendidos de sus funciones y se dedicarían a realizar trabajos forzados. Seguidamente, Schwarzhuber mandó que todos los supervisores judíos formaran en primera fila y les asestó veinticinco azotes a cada uno. Los azotes les fueron administrados con un utensilio especial del que se decía que estaba hecho con colas de toro para que tuviera mayor dureza y elasticidad. Cada golpe laceraba la carne con extrema facilidad.

Los SS estaban rabiosos. Los habían humillado y descargaron su frustración sobre los prisioneros judíos, a los que castigaban y apaleaban con el menor pretexto. Cualquiera que hubiera tenido algún tipo de relación con los prófugos sufría por partida doble. Arnošt Rosin, por ejemplo, había sido el decano de uno de los bloques por donde había pasado Wetzler y, además, era judío y eslovaco como él: por ese motivo, los hombres de las SS lo interrogaron y torturaron, dando por hecho que debía de conocer el plan de fuga de Fred y Walter. Rosin insistió en que no tenía ni idea de nada: es más, dijo, estaba furioso porque no se lo habían llevado con ellos.[3] Aquella fue una afirmación temeraria por su parte, entre otras cosas porque solo era parcialmente cierta: Rosin era una de las pocas personas que tenía conocimiento del plan e incluso había intervenido en los preparativos. No obstante, Fred y Walter no le habían dado detalles, para que no tuviera nada que confesar si lo torturaban.[4] Sea como fuere, la táctica de Rosin surtió efecto: los nazis no lo mataron; en lugar de ello, le propinaron una paliza y lo condenaron a trabajos forzados en la gravera.

Mordowicz, que había recibido idéntico castigo, estaba asignado al mismo destacamento que Rosin. Un día, mientras trabajaban juntos, hicieron un descubrimiento: en una de las paredes laterales de la fosa había un pasadizo corto y estrecho que a todas luces había sido cavado a modo de escondite por algún aspirante a fugitivo.[5] Lo habían rellenado con piedras rotas, acaso para evitar que se derrumbase. Si se retiraban las piedras, no había motivo para que no pudiera volver a utilizarse. A lo largo de las dos semanas siguientes, los dos hombres trabajaron por turnos, uno vigilando y el otro excavando en la oquedad. Cuando terminaron, la cavidad parecía una tumba con espacio suficiente para albergar a dos personas, una al lado de la otra. Mordowicz escondió dentro una lata de agua, algo de pan y dos monos de trabajo, y esperó a que se presentase la ocasión propicia.[6]

Esta llegó el 27 de mayo de 1944, cuando Mordowicz y Rosin repitieron la operación de Rosenberg y Wetzler: se escondieron en la oquedad decididos a esperar tres días y tres noches. Para ahuyentar a los perros, cuyo número había aumentado tras la evasión del 7 de abril,[7] utilizaron aguarrás en lugar de tabaco empapado en gasolina.[8] Sin embargo, su escondite no estaba tan bien hecho como el de Fred y Walter. La grava se desmoronaba y el tubo de ventilación que habían improvisado no funcionaba. Empezaron a temer que acabarían asfixiados o sepultados en vida; en cualquier caso, era imposible que aguantasen allí setenta y dos horas. Transcurrida más o menos la mitad de ese plazo, decidieron jugársela y abandonaron el agujero, pero, ya sea por la falta de oxígeno, por la inmovilidad o por el esfuerzo necesario para salir de allí, ambos se desmayaron enseguida.

Cuando volvieron en sí, descubrieron que el personal del campo, en lugar de buscar a los dos prisioneros judíos desaparecidos, estaba totalmente volcado en la misión del asesinato en masa. Por la noche habían llegado dos cargamentos de judíos húngaros, y las SS habían puesto todos sus recursos, perros incluidos, al servicio de esa tarea. Mientras los hombres de las SS agrupaban a sus víctimas a unos cientos de metros de distancia, Mordowicz y Rosin aprovecharon para escabullirse a través la oscuridad. Pasaron reptando entre las torres de vigilancia y emprendieron un viaje durante el cual cruzaron el Soła a nado, se encaramaron al techo de un tren de pasajeros abarrotado del que saltaron al frenar en una curva, vadearon el río Czarny Dunajec y caminaron por un bosque hasta dar con una caja de cerillas cuya etiqueta eslovaca anunciaba que por fin habían cruzado la frontera.[9] Era el 6 de junio de 1944, el día del desembarco de Normandía.

Por boca de un campesino, Mordowicz y Rosin se enteraron de lo que estaba ocurriendo, lo cual, unido a la euforia de encontrarse en la que para Rosin era su tierra natal, les hizo bajar la guardia. Se les ocurrió ir a una taberna a brindar por lo que, según ellos, era su liberación inminente, pero antes de que se dieran cuenta, estaban detenidos: alguien había denunciado la presencia de dos hombres con aspecto sospechoso.

Mientras se encontraban en el calabozo, un par de activistas de la comunidad judía local fueron a visitarlos y aprovecharon para meterles unos dólares en el bolsillo. Gracias a ese ardid, serían acusados de un delito de contrabando, no por fugarse de Auschwitz, lo cual suponía el traslado a un juzgado distinto. La pareja fue enviada en tren a Liptovský Svätý Mikuláš, la pequeña ciudad de montaña donde, casualmente, estaban escondidos también Vrba y Wetzler. Cuando Mordowicz y Rosin se apearon en la estación, se quedaron de piedra al encontrarse en el andén con Rudolf (que para ellos seguía siendo Walter Rosenberg). Los tres se abrazaron. Para Rosin, aquel fue el abrazo más sentido de toda su vida.[10]

Tras pasar ocho días en la cárcel, con Rudi en el improbable papel de visitante, Mordowicz y Rosin fueron a entrevistarse con Oskar Krasňanský para explicarle lo que sabían.[11] Su testimonio se dividió en dos partes. En la primera, describieron la organización de Auschwitz-Birkenau, confirmando punto por punto lo que Krasňanský conocía ya por las declaraciones de los otros dos prófugos. A continuación, sin embargo, Mordowicz y Rosin relataron lo que habían presenciado en el campo tras la fuga de sus compañeros. De sus explicaciones se desprendía que la fábrica de muerte había aumentado drásticamente su producción.

Informaron del cargamento que había llegado desde Hungría el 10 de mayo y de los que le habían seguido a partir del 15 del mismo mes. Su frecuencia era tal que, según sus cálculos, cada día debían de llegar a Auschwitz entre catorce mil y quince mil judíos. De estos, estimaban que solo una décima parte acababa registrada como prisioneros en el campo; a los demás, los gaseaban e incineraban de inmediato. Su descripción era la de un operativo bien coordinado cuya eficacia se había visto incrementada con la entrada en funcionamiento de la nueva rampa y del ramal ferroviario que había empezado a construirse unos meses antes. Ahora, las vías atravesaban Birkenau y dejaban a los deportados a las mismas puertas de las cámaras de gas.

Una vez más, Krasňanský tomó nota de todo y cotejó y resumió los testimonios para elaborar un apéndice de siete páginas al informe de Vrba y Wetzler, centrado sobre todo en las siete semanas que separaban la primera fuga de la segunda. Ahora Krasňanský y el Grupo de Trabajo podían hablar ya de informes o protocolos de Auschwitz en plural: en ellos se documentaba la intensificación de la matanza, y se hacía empleando el tiempo presente. Aquella carnicería estaba perpetrándose en ese mismo instante. Krasňanský proporcionó dinero, papeles falsos y nuevas identidades a Mordowicz y Rosin, y remitió el informe puesto al día a sus contactos para que estos, a ser posible, lo dieran a conocer al mundo.

Rudolf Vrba seguía intranquilo. Estaba bien alimentado, sí. Los pies se le habían curado, cierto. Era agradable frecuentar a camaradas que como él hubieran conocido aquel planeta lejano, sin duda. Evidentemente, era maravilloso disfrutar de nuevo de la normalidad: cortarse el pelo, tomar algo en un bar, conocer mujeres.[12] Pero las noticias que traían

Mordowicz y Rosin sugerían que su fuga había sido en vano. Él y Fred habían levantado la liebre, pero de nada había servido: entre la finalización de su informe y la llegada del cargamento del 15 de mayo habían transcurrido veinte días, y era obvio que en ese tiempo las futuras víctimas no habían recibido ninguna advertencia.[13] Los judíos de Hungría no tenían la más mínima idea de cuál era su destino. Seguían subiéndose a los trenes que habían de llevarlos a las puertas de los crematorios, tal y como Rudi se había temido.

Durante aquellos tres días y noches, escondido bajo el montón de tablones, el muchacho había imaginado que el impacto de sus revelaciones sería instantáneo, que en cuanto él y Fred revelasen el infierno que habían vivido, la voz se correría y la inminente masacre de los judíos húngaros sería evitada. Y, sin embargo, pese a haber huido y dado la alarma, los judíos de Hungría estaban siendo asesinados en ese mismo instante, mientras él tomaba cerveza en una taberna eslovaca.

Por fin, a mediados de junio, llegó la invitación que tanto esperaba: una citación para explicarle la verdad de Auschwitz a alguien con influencia.

El Grupo de Trabajo le había facilitado una copia del informe a Giuseppe Burzio, el delegado apostólico papal en Bratislava. A finales de mayo, este la había remitido al Vaticano, y a mediados de junio se vieron las primeras reacciones. Monseñor Mario Martilotti, legado pontificio en Suiza, se encontraba en Bratislava y solicitó reunirse con los autores del documento. Insistió en que fuera en un lugar discreto: su propuesta era el monasterio escolapio de Svätý Jur, a unos treinta kilómetros de Bratislava.

Aunque la distancia era corta, el viaje hasta Svätý Jur estaba cubierto de peligros, ya que a medio camino se encontraba el cuartel general de la Gestapo en Eslovaquia, así como el alto mando del Ejército del país. Oskar Krasňanský determinó que era demasiado arriesgado que los cuatro prófugos viajaran juntos: podían atraer la atención de los confidentes de la policía.[14] Irían solamente Vrba y Mordowicz. Acababan de escapar de Auschwitz y de repente tenían que volver a pasar bajo las narices de los nazis y sus colaboradores eslovacos. Ambos, no obstante, aceptaron sin titubear. La reunión se fijó para el 20 de junio.

Con Krasňanský a su lado, Vrba y Mordowicz entraron en el cuidado recinto del monasterio. Después de la desolación de Birkenau, ahí estaban, apenas unas semanas después: disfrutando de la belleza de un claustro ajardinado. Alguien que parecía un monje o un cura —no estaban seguros de cuál de las dos cosas— les abrió una puerta y se disculpó porque el representante papal se había retrasado; lo habían convocado a un almuerzo nada menos que con el presidente de Eslovaquia, el sacerdote católico convertido en político Jozef Tiso.[15] El legado Martilotti todavía tardaría dos horas en llegar a Svätý Jur, ¿tal vez los señores quisieran reunirse con otro representante de la Iglesia en su lugar?

Vrba y Mordowicz rechazaron el ofrecimiento. Al contrario, aquel retraso no hacía más que reforzar su deseo de reunirse con Martilotti, y no con un sustituto cualquiera: si le habían concedido audiencia con el jefe de Estado eslovaco, sin duda era porque ostentaba el rango necesario para hacer uso de la información que pudieran transmitirle. Era a él a quien debían relatar su historia. Esperarían.

Pasaron casi dos horas y media hasta que oyeron el motor de una enorme y lujosa limusina. Era un Škoda con matrículas en las que se leía «CD», *corps diplomatique*. Del vehículo salió un hombre de unos treinta años que sorprendió a los dos jóvenes por su vivacidad y buen aspecto. A lo mejor se esperaban a un sacerdote encorvado y de cabello cano.

El hombre se acercó a la pareja de judíos y les extendió la mano tan pronto como los tuvo delante. Acto seguido, los condujeron a una sala y empezaron a hablar. Conversaron durante seis horas seguidas. Vrba y Mordowicz hablaban tan rápido que las palabras se les atropellaban en la boca, la mayor parte del tiempo en alemán, aunque Mordowicz recurría al francés cuando detectaba una mueca de incomprensión en el rostro de Martilotti. El eclesiástico tenía en la mano un ejemplar del *Informe Auschwitz*, pero aun así los fugados se lo contaron todo de principio a fin: que los nazis habían ideado un método para acabar con los judíos de Europa y que lo estaban poniendo en práctica en un campo de Polonia donde, según los cálculos de Rudi, ya habían sido asesinados casi dos millones de judíos.

Martilotti fue pidiéndoles detalles mientras repasaba el informe metódicamente, línea por línea, adoptando también él el papel del abogado escéptico que interroga a su testigo. Volvió varias veces sobre algunos puntos, ahondando en una aparente contradicción por aquí, supliendo lagunas por allá, lo cual no hizo más que acentuar la impresión de que el hombre que no estaba del todo convencido.

Mordowicz empezó a sudar.[16] A sus veinticuatro años, era el mayor de los dos y, por tanto, procuraba proyectar una imagen lo más sobria y creíble posible, en parte también para compensar la actitud insuficientemente circunspecta de Vrba, de diecinueve años. El diplomático vaticano les ofreció vino y cigarrillos Camel, que nunca habían visto antes, y en un momento dado se encendió un puro y los invitó a acompañarlo.[17] Mordowicz declinó la invitación para no perder el hilo. Más aún: quería hacerle ver al representante papal que el asunto que tenían entre manos era tan grave —y la situación por la que habían pasado, tan desesperada— que no había lugar para frivolidades ni placeres de ningún tipo. No, no iban a sentarse a fumar puros mientras sus hermanos vivían un infierno a poco más de trescientos kilómetros de allí, en un lugar donde eran asesinados por millares en ese mismo instante.

Rudi sí aceptó el puro. Es más, observó a Martilotti y lo imitó: tomando prestada la navajita del clérigo, cortó la punta del cigarro, lo prendió igual que había hecho este y dejó escapar una risita motivada por todo aquel ritual. «Eso, ríete». ¿Cómo podía reírse mientras Auschwitz siguiera existiendo? Mordowicz pensó que Vrba estaba comportándose de un modo imperdonablemente infantil, lo cual lo desconcertaba, dada la trascendencia de la ocasión.

A Mordowicz no se le pasó por la cabeza que a lo mejor esa era la manera que tenía el adolescente Vrba de mirar al horror a la cara, o que quizá la suya era la sonrisa amarga y cínica de alguien a quien le han arrebatado la posibilidad de hacerse ningún tipo de ilusiones acerca de la humanidad. Durante muchos años, Rudolf Vrba adoptaría ese mismo aire aparentemente despreocupado cada vez que describía la hecatombe a la que había sobrevivido y de la cual había sido testigo;

era capaz de referir aquellos actos de un salvajismo inenarrable esbozando una sonrisa que impacientaba a sus interlocutores tanto como a Mordowicz aquel día en los claustros de Svätý Jur.

A Mordowicz le preocupaba que Martilotti no se dejara convencer o, cuando menos, conmover por el testimonio que estaba escuchando de primera mano. Parecía extrañamente distante, se abstenía de emitir juicios acerca de los crímenes descritos, y solo de vez en cuando abandonaba su indiferencia para tomar una breve nota o fotografiar los números que Mordowicz y Vrba llevaban tatuados en el brazo.[18] A lo mejor el asesinato en masa de ciudadanos judíos no alcanzaba a hacer mella en el corazón de un servidor de la Iglesia católica.

—Monseñor, escúcheme —dijo al fin Mordowicz—. Los judíos no son los únicos que mueren allí. También matan a los católicos.[19]

Explicó que a Auschwitz también llegaban sacerdotes católicos, hombres como el propio Martilotti. Solo que no los mataban como a los judíos, metiéndolos en cámaras de gas. Para empezar, solían llegar de noche. Y para seguir, cuando llegaban a Auschwitz ya estaban muertos.

—Decenas, quizá cientos de camiones llegan procedentes de diferentes zonas de Cracovia, Katowice, Sosnowiec —dijo Mordowicz. Aquellos camiones estaban llenos de cajas—. Y en esas cajas están los cadáveres de los sacerdotes —añadió.

Eran sacerdotes a los que habían fusilado. Sus cuerpos se llevaban al crematorio de Birkenau para incinerarlos. Al oír eso, monseñor Martilotti se llevó las manos a la cabeza.

—*Mein Gott! Mein Gott!* —exclamó en alemán ese hombre hasta entonces tan metódico, correcto y reservado.

Vrba y Mordowicz vieron cómo Martilotti se desmayaba y caía al suelo sin sentido. Cuando volvió en sí, preguntó entre lágrimas:

—¿Qué puedo hacer?

Los dos jóvenes vieron al fin que el legado los creía.

—Dé la alarma —le suplicó Rudi—. Emplee todos los medios que sean necesarios.[20]

Mordowicz insistió en que había que apurarse, porque durante las horas que habían pasado conversando en esa sala, miles de personas habían sido gaseadas y sus cadáveres arrojados a los hornos.

—Lo que tiene que hacer es lo siguiente —dijo Mordowicz—. Llévese el informe y salga de Eslovaquia lo antes posible. Quizá lo mejor sea ir a Suiza. Desde allí, envíeselo a todos los estadistas: a Estados Unidos, a Inglaterra, a Suecia, a la Cruz Roja Internacional. Y, por supuesto, al papa.[21]

El sacerdote miró a los ojos a los dos jóvenes.

—Se lo prometo —dijo—. Lo haré.

Pero si esperaban que el sumo pontífice emitiera enseguida una declaración pública que pusiera el nombre de Auschwitz en boca de todo el mundo, debieron de llevarse un buen chasco. Al día siguiente no hubo ninguna declaración. Tampoco al otro. El 27 de junio, una semana después de que el sacerdote cayera al suelo estremecido de dolor —más afligido, al parecer, por la muerte de aquellos sacerdotes católicos que por la de cientos de miles de judíos—, cuatro cargamentos independientes llegaron a Auschwitz, todos procedentes de Hungría. Desde Debrecen, 3842 judíos. Desde Kecskemét, 2642. Desde Nagyvárad, 2819. Desde Békéscsaba, 3118. En total, cerca de 12 500 personas en un solo día.[22] Casi todas fueron gaseadas nada más llegar.

23

Londres ha sido informado

Naturalmente, el Grupo de Trabajo siempre tuvo la esperanza de que el testimonio de los prófugos llegara a las naciones aliadas que luchaban contra el Tercer Reich, aunque no tenían una idea demasiado definida de cómo conseguirlo. Podría decirse que el grupo lanzó el *Informe Auschwitz* al mar y esperó que llegase a la orilla correcta. Como un mensaje en una botella.

Justamente, una de las primeras copias fue a parar a las manos equivocadas. Oskar Krasňanský se la envió a unos funcionarios judíos residentes en Estambul a través de un mensajero que le habían dicho que era «de confianza». Pero el informe no llegó nunca. Más tarde, Krasňanský llegó a la conclusión de que el mensajero debía de ser un espía a sueldo que se había llevado el informe a Hungría para entregárselo a la Gestapo de Budapest.[1]

Otra copia, también destinada en un principio a Estambul, siguió un camino especialmente tortuoso. Un empleado judío de la legación turca en Budapest se lo hizo llegar al jefe de la Oficina de Palestina en la ciudad —que representaba a los partidarios de convertir ese país en un refugio para los judíos—, el cual, impaciente por remitirlo a la neutral Suiza, se lo pasó a un contacto de la legación rumana en Berna, quien a su vez se lo entregó a un hombre de negocios de Transilvania otrora conocido como György Mandel y por entonces, por inverosímil que suene, primer secretario no remunerado del consulado de El Salvador en Ginebra, con el nombre de George Mantello.[2]

Siguiendo aquel extraño derrotero, el informe dio al fin con la persona adecuada. Mantello resultó ser un hombre dispuesto a saltarse las convenciones, e incluso la ley, si ello había de servir para rescatar a los judíos de los nazis. En su caso, además, el *Informe Auschwitz* tuvo un desolador impacto personal, ya que al leerlo supo que su familia de Hungría había sido deportada. Las palabras de Vrba y Wetzler, reforzadas por las declaraciones de Mordowicz y Rosin, confirmaban casi con total seguridad que todos sus parientes, unas doscientas personas, estaban muertos. Mantello decidió hacer cuanto estuviera en su mano por difundir aquella información.

La copia de Mantello era un resumen en húngaro de cinco páginas elaborado por un rabino ortodoxo de Eslovaquia durante las primeras etapas del intricado viaje del informe. El antiguo hombre de negocios solicitó la ayuda de varios estudiantes y expatriados para traducir de inmediato esa versión abreviada al español, el francés, el alemán y el inglés.[3] El 22 de junio de 1944, él mismo le entregó el documento a un periodista británico, Walter Garrett, que trabajaba en Zúrich para la agencia de noticias Exchange Telegraph. Garrett comprendió enseguida la importancia de aquella noticia, pero era consciente de que, incluso en su versión abreviada, el *Informe Auschwitz* era demasiado extenso para publicarlo en un periódico. Le encargó a su secretaria británico-húngara, una tal Blanche Lucas, que volviera a traducirlo y, a partir de esa versión, condensó los puntos principales en cuatro llamativos comunicados de prensa.[4]

Garrett quebrantó el código no escrito del periodismo, según el cual un reportero no debe recibir ayuda financiera de sus fuentes, y permitió —sin duda, en aras de la rapidez— que Mantello sufragase el envío de esos cuatro textos a Londres por telegrama, por elevado que fuera el coste. A pesar de esa desviación con respecto a los usos y costumbres del gremio, Garrett, a diferencia de Krasňanský, entendía la gramática de la prensa. Su telegrama, despachado la noche del 23 de junio de 1944, empezaba con la revelación más sorprendente del informe:

> Sigue terrible informe capítulo más oscuro historia moderna cómo 1 millón 715 mil judíos asesinados en campo aniquilación Auschwitz-Birkenau [...] fuente informe dos judíos escapados Birkenau autenticidad corroborada [...] desde principios junio 1943 noventa por ciento judíos muertos gaseados stop [...] tres cámaras gas cuatro crematorios Birkenau-Auschwitz stop cada crematorio [...] dos mil cadáveres diarios stop Garrett añade exactitud absoluta informe anterior irrefutable [...] fin[5]

En cuanto estas palabras surcaron los cables telegráficos en dirección a Londres, Garrett se puso a mover hilos para que la noticia —una de las primicias del siglo, sin lugar a dudas— obtuviera la máxima difusión posible. La tecnología de 1944 no permitía tomar demasiados atajos, de modo que, a primera hora del día 24 de junio, el periodista empezó a recorrer las calles de Zúrich en bicicleta para repartir copias de su despacho por los buzones de los periódicos de la ciudad.[6] Adjunta iba una carta, proporcionada por Mantello, en la que cuatro destacados teólogos y clérigos suizos avalaban la gravedad de aquellas revelaciones (en realidad, ninguno de los cuatro había leído el informe: Mantello, en una de sus maniobras características, se había limitado a estampar sus nombres en la carta, prescindiendo de la formalidad de pedirles permiso para ello).[7] El primer artículo de periódico basado en lo que daría en conocerse como el *Informe Vrba-Wetzler* apareció ese mismo día en el *Neue Zürcher Zeitung* de Suiza.[8]

Las gestiones de Mantello habían dado fruto. Gracias a esos «dos judíos escapados» y a la «autenticidad corroborada» de su testimonio, la voz empezó a correr. Durante los dieciocho días siguientes, y rebasando los diques de la censura, la prensa suiza publicó no menos de 383 artículos[9] que dejaban al descubierto la verdad sobre el campo de exterminio de Auschwitz, aun cuando el comunicado de Garrett revisaba a la baja el número de muertos de Vrba y Wetzler al omitir accidentalmente cincuenta mil fallecidos lituanos.[10] Dicho de otro modo, entre el 24 de junio y el 11 de julio el número de artículos sobre Auschwitz aparecidos en la prensa suiza superó al de artículos sobre la solución final en general publicados en el *Times*, el *Daily Telegraph*, el

Manchester Guardian y toda la prensa popular británica junta desde el inicio de la guerra.[11]

En Basilea y Zúrich, las iglesias celebraron misas y oficios conmemorativos,[12] y en las calles de Basilea y Schaffhausen se produjeron protestas.[13] El 3 de julio, el *New York Times* publicó una noticia de su corresponsal en Ginebra titulada «Una investigación confirma la presencia de campos de la muerte nazis», en la que informaba de la existencia de dos «campos de exterminio» en Auschwitz y Birkenau basándose en las pruebas aportadas por Fred y Rudi.[14] Sirviéndose de la cifra errónea de Garrett, la noticia estimaba que «más de 1715000 refugiados judíos han sido asesinados» en «salas de ejecución» mediante cianuro de hidrógeno entre el 15 de abril de 1942 y el 15 de abril de 1944.

Lo que Vrba y Wetzler habían soñado se estaba haciendo realidad. La verdad sobre Auschwitz salía por fin a la luz.

La revelación llegaba demasiado tarde para la mayoría de los judíos de Hungría. Las deportaciones habían comenzado en serio a mediados de mayo. Su ritmo era diario. Cuando se publicó la noticia de Garrett, más de dos meses y medio después de que Fred y Walter hubieran salido de aquel hoyo en el suelo, cientos de miles de judíos húngaros ya habían muerto.

Garrett y Mantello no lo fiaron todo al poder de la prensa. De hecho, el primer impulso del reportero al ver el documento que Mantello le había puesto delante fue insistir en que aquel diplomático esporádico se lo mostrara a los Gobiernos aliados ese mismo día, antes incluso de que Garrett tuviera ocasión de publicar ni una palabra. Con el *Informe Vrba-Wetzler* en la mano, Mantello se entrevistó con el agregado militar británico, cuyo personal se puso luego en contacto con Garrett para que confirmase la veracidad de las afirmaciones de aquel pintoresco representante de El Salvador. Tal como le dijeron al periodista, el informe les parecía «chocante».[15]

Al día siguiente, el 23 de junio de 1944, el propio Garrett se puso en contacto con Allen Dulles, el agente de mayor rango de la inteligencia estadounidense en Suiza, país crucial por su neutralidad. Dulles dirigía la delegación en el país helvético de la Oficina de Servicios Estratégicos, por entonces la principal agencia de inteligencia de Estados Unidos, y posteriormente sería director de la CIA. Dulles se quedó aturdido y conmocionado al conocer el informe, y su respuesta fue inequívoca: «Debemos intervenir enseguida», dijo, y prometió que enviaría el informe por cable a Washington de inmediato.

Garrett no se fio demasiado de aquella promesa. Esa misma noche, mientras enviaba la noticia a Londres por cable, telegrafió también a las oficinas de Franklin Roosevelt, Winston Churchill, Anthony Eden y la reina de Holanda, así como al arzobispo de Canterbury y al arzobispo de Nueva York.

El reportero inglés no era el primero que sentía la necesidad de compartir cuanto antes ese exhaustivo y detallado informe con las personas más poderosas del mundo. Otros habían hecho lo mismo, incluso a través de los mismos canales. A pesar de su aparente azoramiento, es casi seguro que Dulles ya había leído el *Informe Auschwitz*.

El testimonio de Vrba y Wetzler había viajado por múltiples canales, de mano en mano, traspasando fronteras. Una de las copias llegó a manos de Jaromír Kopecký, que seguía en Ginebra como último diplomático de un país que ya no existía: Checoslovaquia. Armado con un transmisor de radio y con la ayuda de un asistente que le hacía llegar mensajes secretos de la resistencia —su nombre en clave era Agenor—, Kopecký era un punto de contacto fundamental con el Gobierno checoslovaco en el exilio, por entonces con sede en Londres.

El 10 de junio, Agenor facilitó a Kopecký el *Informe Auschwitz*. Entre todos aquellos horrores, le llamó la atención lo que Vrba y Wetzler explicaban sobre el campo familiar checo, sobre todo lo referente al segundo cargamento, llegado a Auschwitz el 20 de diciembre de 1943. El documento explicaba que esos internos debían recibir el «tratamiento especial» (muerte por gas) exactamente seis meses más tarde. Con un simple vistazo al calendario, Kopecký comprobó que faltaban apenas unos días.

El diplomático checoslovaco habló con el representante del Congreso Judío Mundial en Ginebra, Gerhart Riegner, que se horrorizó tanto como él. Juntos se pusieron en contacto con una diplomática británica destinada en Berna, Elizabeth Wiskemann, experta en todo lo relacionado con Checoslovaquia y, por consiguiente, era de esperar que receptiva a todo cuanto tuviera que ver con dicho país. El telegrama que le enviaron comenzaba así: «Según informe de dos judíos eslovacos escapados de Birkenau...». En él, la informaban de la amenaza inminente que acechaba a los niños y los adultos del campo familiar, hacían hincapié en que no mencionase «Bratislava» como la fuente, presumiblemente para no correr el riesgo de delatar a Vrba y Wetzler, y le hacían una petición muy concreta: que las revelaciones hechas por los dos prófugos eslovacos «se difundieran de inmediato a través de la BBC y la radio estadounidense con el fin de evitar esa nueva masacre en el último momento».[16]

Wiskemann hizo lo que le pedían y se comunicó con Londres el 14 de junio. Al día siguiente, según lo solicitado, los servicios de la BBC en checo y eslovaco emitieron una breve noticia acerca de la amenaza que se cernía sobre cuatro mil deportados checos encerrados en Birkenau.[17] La sección de seguimiento radiofónico de la Oficina del Protectorado del Reich en Berlín detectó la emisión. «Londres ha sido informado», notificó.[18] La misma sección dejó constancia al día siguiente de que la BBC advertía que todos los responsables del asesinato de esas familias checas tendrían que rendir cuentas, aunque no explicaba exactamente cómo ni ante quién. Los agentes del Tercer Reich no fueron los únicos alemanes que oyeron la noticia en la BBC: la audiencia del programa *News for Women* [*Noticias para mujeres*] del servicio alemán de la cadena pudieron oírla el día 16 de junio a mediodía.[19] Incluso en Auschwitz, gracias a Kanada, había algún que otro transistor clandestino, por lo que los reclusos del campo también tuvieron ocasión de oír cómo la BBC transmitía la advertencia de los aliados a las SS para que no siguieran adelante con su plan de asesinar a los niños, mujeres y hombres del campo familiar.[20]

Antes incluso de que su cable llegara a Londres, Wiskemann se puso en contacto con Allen Dulles, el jefe del espionaje estadounidense en Suiza. Ambos mantenían contacto de manera habitual, y Dulles veía a la inglesa como una útil fuente de información a la que él trataba de sonsacar mediante flores, mensajes galantes y sofisticadas comidas a cargo de su chef personal.[21] «Acabo de enviar esto —escribió Wiskemann, adjuntando su telegrama y el resumen del *Informe Vrba-Wetzler*—. ¿Podría hacer usted lo mismo?»[22] En otras palabras, una semana antes de que Garrett conferenciara con un Dulles en apariencia muy afectado por la lectura del *Informe Auschwitz*, que supuestamente no conocía, el estadounidense había recibido ya una copia.

Dulles, desoyendo la petición de Wiskemann, no reenvió el informe a sus jefes de Washington ni lo clasificó como documento extremadamente urgente. En lugar de ello, le pasó la información a Roswell McClelland, el representante en Suiza de un nuevo organismo estadounidense, el Consejo de Refugiados de Guerra (CRG), acompañándolo de una nota en la que se leía una de esas expresiones que emplean los burócratas para pasarse la pelota: «Parece más en su línea».[23]

Ya sea porque el informe lo conmovió o sencillamente porque, a la vista del alboroto generado por Mantello y Garrett, no le quedó más remedio que actuar, el 24 de junio McClelland redactó un memorando de tres páginas sobre el documento y se lo remitió a John Pehle, el director del CRG. Admitía que había «pocas dudas» de la veracidad de las declaraciones de Vrba y Wetzler, aunque rebajaba ligeramente su estimación del número de muertos para situarla en «al menos 1 500 000».[24] Por su parte, McClelland hizo gala de una indolencia muy similar a la de Dulles. Tanto es así que no envió el texto completo del *Informe Auschwitz* a

Washington hasta el 12 de octubre, casi cuatro meses después de haberlo recibido, y aun entonces seguía preguntándose si tal cosa tenía algún sentido: «Personalmente, creo que la entrega de un material como el de los informes adjuntos no puede considerarse una contribución positiva a la labor real de ayuda y rescate», escribió, palabras que habrían soliviantado a Rudolf Vrba.[25] Rudi se había evadido porque creía que el secreto era el arma más mortífera de los nazis. En cambio, un alto funcionario del Gobierno estadounidense se preguntaba, sentado en su escritorio de Ginebra, si revelar ese secreto tenía algún valor.

El 1 de noviembre, el jefe de McClelland, John Pehle, concluyó por fin que había que hacer público el *Informe Vrba-Wetzler* y poner su texto a disposición de la prensa. Pero incluso para eso halló resistencia. El director de la Oficina de Información de Guerra se negó a autorizar su publicación, alegando que nadie iba a creerse semejante informe y que, por tanto, podía socavar la credibilidad de toda la información que el Gobierno estadounidense difundiera acerca de la guerra en el futuro. Pehle necesitó hasta finales de mes para salvar esa oposición. Mientras tanto, *Yank*, una revista del Ejército estadounidense que había solicitado material sobre los crímenes de guerra nazis al CRG con vistas a un reportaje, se negó a utilizar la copia del *Informe Auschwitz* que le habían facilitado. La revista opinaba que era «demasiado semítico» y pidió un «testimonio menos judío».[26]

Lo cierto es que las palabras de Rudolf Vrba y Fred Wetzler no se hicieron públicas de forma oficial e íntegra en inglés hasta una conferencia de prensa celebrada en Washington el 25 de noviembre de 1944, exactamente siete meses después de que los dos jóvenes hubieran acabado de declarar ante Krasňanský en aquella estrecha salita de Žilina. El informe llegaba tan tarde que, ese mismo día, los nazis habían empezado a demoler el crematorio II y su cámara de gas, tras matar a las últimas trece personas que serían asesinadas allí.[27]

Pero el *Informe Auschwitz* nunca fue un fin en sí mismo; su finalidad iba más allá de la mera publicación. Quienes lo redactaron y distribuyeron esperaban que removiera la conciencia del mundo, que impulsara a los aliados a utilizar su potencia militar para poner fin a la masacre. Oskar Krasňanský le había añadido un epílogo en el que apelaba a los aliados para que destruyeran los crematorios de Auschwitz y las carreteras de acceso al campo.[28] Uno de los colegas de Krasňanský en el Grupo de Trabajo, el rabino ortodoxo Michael Dov Weissmandl —autor del resumen de cinco páginas que había llegado a Zúrich— también exigía una respuesta de tipo militar. Weissmandl, además, tradujo el informe al yidis y escribió un par de telegramas codificados, enviados el 16 y el 24 de mayo, que, en tono desesperado, explicaban lo que era preciso hacer.

El rabino pretendía que los telegramas, formalmente dirigidos a su homólogo en Suiza, fueran reenviados a Estados Unidos, y así fue. Los mensajes llegaron a manos de Jacob Rosenheim, un judío ortodoxo de Nueva York, quien a su vez los remitió al CRG.[29] El mensaje central de dichos telegramas era una súplica para que los aliados utilizaran su poderío aéreo para «entorpecer todos los cargamentos, tanto militares como de deportados» y, sobre todo, «bombardear» las líneas de ferrocarril entre Košice y Prešov, ya que esa era la ruta por la que los judíos del este de Hungría eran enviados a morir en Auschwitz. La idea era de una sencillez abrumadora: para detener la máquina nazi de matar, había que destruir la cinta transportadora.

Rosenheim, que había leído el *Informe Vrba-Wetzler*, comprendía que la situación era urgente. «Hay que bombardear cuanto antes —escribió—. Cada día de retraso implica una gran responsabilidad por las vidas humanas que hay en juego».[30]

El jefe del CRG, John Pehle, trasladó la propuesta de Rosenheim al Departamento de Guerra y se reunió con el subsecretario John McCloy. Sin embargo, lejos de dar con el puño sobre la mesa para exigir una acción inmediata, Pehle confesó que abrigaba «varias dudas», entre ellas si bombardear las líneas ferroviarias desde el aire tendría un gran impacto en el funcionamiento de Auschwitz. Más tarde, ese mismo día, escribió un memorando en el que dejaba constancia de que había «dejado muy claro al Sr. McCloy que, por lo menos en este momento, no solicito al Departamento de Guerra ninguna medida en relación con esta propuesta, salvo que la examine debidamente».[31]

Pero nadie examinó nada. El Departamento de Guerra no estudió si bombardear las líneas ferroviarias era militarmente viable, y nadie buscó medios alternativos para detener los cargamentos o tan siquiera ralentizarlos. En lugar de ello, la División de Operaciones del Estado Mayor del departamento se comunicó con Pehle dos días más tarde para informar de que la propuesta de bombardeo era «impracticable». La nota terminaba con una coletilla ya recurrente:

que la mejor esperanza para las víctimas del nazismo era que este fuera derrotado. El Ejército estadounidense no se planteaba ninguna operación que supusiera «desviarse» con respecto a ese objetivo.[32] El 3 de julio, McCloy dio instrucciones a su ayudante para que «erradicase» esa idea.[33]

Sin embargo, bombardear el campo o las vías de tren que llegaban hasta él no habría supuesto «desviación» alguna, tanto es así que los bombarderos estadounidenses sobrevolaron Auschwitz apenas unas semanas más tarde. El 20 de agosto, la 15.ª Fuerza Aérea estadounidense arrojó más de mil trescientas bombas de doscientos kilos sobre Monowitz,[34] el lugar que Rudi había conocido como Buna durante el tiempo que había trabajado allí como esclavo, durante sus primeras semanas en Auschwitz. Hasta allí llegaron los bombarderos estadounidenses; arrasar las cámaras de gas y los crematorios habría supuesto desviar esos aviones apenas ocho kilómetros.

Los pilotos, además, habrían sabido exactamente adónde dirigir sus bombas. Los aviones de reconocimiento estadounidenses sobrevolaron Auschwitz en numerosas ocasiones para tomar fotografías entre la primavera y el verano de 1944, incluido el 4 de abril, el día en que Walter y Fred llevaron a cabo su segundo intento de fuga. Las imágenes eran detalladas y reveladoras. Si alguien se hubiera tomado la molestia de estudiarlas, habría visto que en ellas se apreciaba todo lo que se describía en el *Informe Vrba-Wetzler*: los barracones, las cámaras de gas, los crematorios, incluso una fila de personas que eran conducidas desde las vías al interior del campo. Pero nadie lo hizo. Nadie examinó nunca esas fotos.[35]

El *Informe Vrba-Wetzler* nunca dejaba indiferente a quienes se dignaban a leerlo. Cuando Pehle obtuvo la versión completa, le rogó a McCloy que lo leyera: «Ningún informe sobre las atrocidades nazis recibido por el consejo refleja la aterradora brutalidad de lo que está ocurriendo en esos campos como este testimonio sobrio y fáctico», escribió.[36] Las anteriores reservas de Pehle habían desaparecido: ahora era partidario de lanzar un bombardeo masivo sobre el campo de exterminio. Pero McCloy no dio su brazo a torcer.

Quizá en esto se atenía al dictamen del propio presidente. Por lo visto, Roosevelt había discutido con McCloy las ventajas y los inconvenientes de bombardear Auschwitz, y había expresado su preocupación ante la posibilidad de que aquello solo sirviera para que un gran número de judíos murieran bajo las bombas americanas, lo cual podía dar pie a que se acusase a Estados Unidos «de ser partícipe en este siniestro asunto».[37] Ni uno ni otro pareció reparar en que, por un lado, ese razonamiento no tenía razón de ser si solo se destruían las vías férreas que conducían a Auschwitz, y no el campo en sí; ni en que, por otro, muchos de quienes abogaban por una intervención militar opinaban que esas muertes eran un precio que merecía la pena pagar, si ello había de impedir que en el futuro se asesinase a un número mucho mayor de judíos. Por lo visto, a nadie se le ocurrió razonar en esos términos. La inacción provenía de arriba del todo.

Cuando planeaba su primera fuga, el joven Walter Rosenberg, de diecisiete años, soñaba con dirigirse a Londres. Cuando el rabino Weissmandl escribió sus mensajes codificados pidiendo que alguien hiciera algo, su destinatario era Estados Unidos, pero a quien de veras deseaba apelar era a la Real Fuerza Aérea. Si los estadounidenses se negaban a actuar para rescatar a los judíos de los nazis, a lo mejor los británicos sí lo harían.

El *Informe Vrba-Wetzler* acabó llegando a Londres por múltiples vías: Elizabeth Wiskemann había mandado un cable urgente el 14 de junio; Walter Garrett había enviado su versión diez días después; y el 27 de junio Whitehall recibió una tercera versión, esta vez en forma de un memorando redactado por un funcionario de la Agencia Judía en nombre de la cúpula sionista de Jerusalén. «Ahora sabemos exactamente lo que ha sucedido y dónde ha sucedido», escribía el funcionario, subrayando la importancia del informe.[38] Los destinatarios del memorando eran Jaim Weizmann y Moshé Shertok, futuro presidente y primer ministro del Estado de Israel, respectivamente, pero la nota consiguió abrirse paso hasta el Ministerio de Asuntos Exteriores y, desde ahí, hasta el primer ministro británico.[39] El testimonio de aquel joven de diecinueve años oriundo de Trnava estaba ahora en manos de Winston Churchill.

El primer ministro leyó el documento, con todos los detalles acerca de la mecánica de los asesinatos masivos —las cámaras de gas camufladas como duchas, las selecciones, la quema de los cadáveres—, así como el llamamiento a bombardear las vías de ferrocarril y el propio campo de exterminio, y envió una breve nota a su secretario de Asuntos Exteriores, Anthony Eden. Para ser un hombre al mando de una gran potencia imperial inmersa en una guerra mundial, el tono de Churchill era extrañamente quejumbroso, incluso desesperado: «¿Qué se puede hacer? ¿Qué se puede decir?».

Mientras el *Informe Auschwitz* daba vueltas y más vueltas por el laberinto de la burocracia estadounidense, en Gran Bretaña había llegado enseguida a las más altas esferas y, al parecer, estaba surtiendo efecto. Tras recibir su copia del informe, Weizmann y Shertok se dirigieron a Londres, donde el 6 de julio se reunieron con Eden para exigir a los aliados, entre otras cosas, que «se bombardee la línea de ferrocarril que va de Budapest a Birkenau, así como el campo de exterminio de Birkenau y otros lugares».[40] Eden trasladó su petición a Churchill, quien respondió el 7 de julio por la mañana con una claridad y una franqueza nunca vistas.[41] «¿Existe alguna razón para elevar estos asuntos al Gabinete? Usted y yo estamos totalmente de acuerdo. Sáquele lo que pueda a la Fuerza Aérea e invoque mi nombre si es necesario».[42] Tres meses después de que Walter y Fred se escondieran en su búnker, parecía que las cosas estaban avanzando. Daba la impresión de que la llamada de socorro que habían lanzado al mundo desde aquel sótano de Žilina estaba a punto de hallar respuesta.

Y, sin embargo, a pesar de ser el amo del destino de Gran Bretaña, todo indica que Churchill no consiguió que su voluntad se cumpliera. Eden se puso en contacto inmediatamente con Archibald Sinclair, el ministro a cargo de la Real Fuerza Aérea, y, recalcando que contaba con «la autoridad del primer ministro», le preguntó por la viabilidad de un ataque aéreo sobre Auschwitz. Sinclair desechó la idea alegando que «interrumpir los ferrocarriles» estaba «fuera de nuestras posibilidades» y que las cámaras de gas en sí solo podían bombardearse de día: la RAF no podía hacer «nada semejante»[43] (los aliados se ceñían a una clara división de responsabilidades: los americanos bombardeaban de día; los británicos, de noche). La Fuerza Aérea estadounidense era la única capaz de acometer un ataque de esas características, e incluso así sería una misión «cara y peligrosa».[44] Eden no insistió.

Es posible que los esfuerzos de Churchill y Eden se vieran frustrados por sus subordinados o entorpecidos por sus aliados estadounidenses. O quizá su determinación era más aparente que sincera y en realidad les importaba más dejar constancia de que habían exigido acciones contundentes que las acciones en sí.[45] Sea como fuere, los aliados nunca bombardearon Auschwitz (solo una vez, y fue por accidente).[46] El *Informe Vrba-Wetzler* había llegado al corazón mismo del poder aliado, pero los reclusos de Auschwitz seguirían mirando al cielo y rezando por una liberación que nunca llegaría.[47]

24
Salami húngaro

Rudi debía de sentirse tan decepcionado por la inacción de los aliados como cualquier prisionero que siguiera encerrado en Auschwitz. Pero las bombas británicas y estadounidenses nunca fueron el principal objetivo de su fuga. Evidentemente, se habría alegrado de saber que sus palabras habían llegado hasta el primer ministro británico y el presidente de Estados Unidos, pero ni Churchill ni Roosevelt eran sus principales destinatarios. A quienes quería poner sobre aviso era a sus hermanos judíos.

Con el informe ya terminado y revisado, Rudi le insistió mucho en eso a Krasňanský y exigió saber si el documento llegaría enseguida a Hungría para que los judíos de allí contaran con algo muy valioso de lo que sus correligionarios en Eslovaquia, Francia, Países Bajos, Bélgica, Grecia y Polonia habían carecido: información previa. Si lograban advertirlos de todo lo que él, Fred y otros cientos de miles de judíos habían ignorado, seguramente no permitirían que los cargasen como ganado en trenes de mercancías, o por lo menos opondrían algún tipo de resistencia. Algunos se rebelarían con lo que tuvieran a mano, con los puños de ser necesario. Otros saldrían en estampida o sucumbirían al pánico y convertirían cada parada del trayecto en un escenario de caos ingobernable. Más de uno intentaría escapar aprovechando la confusión. Fuera cual fuese su reacción, quienes supieran que iban a enviarlos a morir no se lo pondrían fácil a sus asesinos. Serían ciervos, no corderos.

Al cabo de un día o dos, Krasňanský tranquilizó a Rudi diciéndole que la misión estaba cumplida y que el informe obraba en manos de la cúpula judía de Hungría, en concreto de Rezső Kasztner, al que Krasňanský describió como el miembro «más destacado» de toda la comunidad.[1] Kasztner se había erigido en una de las figuras clave del Vaada, un comité de tendencias predominantemente sionistas que, a partir de principios de 1943, había liderado las iniciativas destinadas a ayudar y rescatar a los refugiados judíos que habían huido de Polonia y Eslovaquia para buscar asilo en Hungría.[2] El 28 de abril de 1944, tan pronto como se lo había permitido el viaje en tren desde Žilina a Bratislava, Krasňanský le había entregado una copia del documento en alemán a Kasztner en persona.[3]

Kasztner regresó a Budapest, donde leyó y releyó el testimonio de Fred y Rudi. Esa noche no pegó ojo.[4] Al día siguiente, el 29 de abril, presentó el informe con toda su crudeza ante los miembros del consejo judío durante una reunión en la sede de la calle Sip.[5] Sin embargo, los asistentes a la reunión no salieron a la calle ni empezaron a golpear puertas para que los judíos corrieran a ponerse a salvo. De hecho, no dijeron ni hicieron nada. En parte, por incredulidad. Samu Stern, el presidente del consejo, tenía dudas acerca de la credibilidad del informe: ¿no era más probable que fuera el producto de la fértil imaginación de dos jóvenes impetuosos?[6] Por el contrario, si la información era cierta, habría sido imprudente divulgarla: los nazis, que ocupaban Hungría desde hacía seis semanas, habrían detenido a los miembros del consejo por difundir información falsa. El consejo, en fin, decidió no hacer nada que pudiera desatar la alarma.[7]

Menos de una semana después, hubo otra reunión. Kasztner fue a ver a Carl Lutz, el vicecónsul suizo en Budapest, con una copia del *Informe Auschwitz*. Se entrevistaron en uno de los fastuosos salones de recepción de la residencia oficial de Lutz, una magnífica casa señorial del casco antiguo de Buda. Lutz, rodeado de candelabros de oro, espejos de cornucopia y cuadros de tema épico, leyó el testimonio que Rudi y Fred habían sacado a escondidas de las tinieblas de Auschwitz. Cuando terminó, Lutz temblaba de rabia y de dolor.[8] Acto seguido, él y Kasztner se subieron al coche del primero para asistir a una reunión improvisada con otros dos funcionarios judíos de Budapest. Allí, Ottó Komoly, presidente de la Organización Sionista Húngara, instó a sus colegas a hacer exactamente lo que Rudi y Fred habrían querido: darlo todo a conocer entre la comunidad judía y preparar una estrategia de defensa. Pero Kasztner se negó.[9]

¿Por qué Kasztner, que apenas un año antes había despertado la admiración de muchos por haber salvado a cientos de refugiados que huían de la persecución, mantuvo en secreto el destino inminente de los judíos de Hungría? La explicación está, en parte, en otro secreto. Quince días después del comienzo de la ocupación alemana, Kasztner había entablado negociaciones con los nazis, en concreto con el funcionario encargado de resolver la «cuestión judía» en Hungría: Adolf Eichmann.

Durante las conversaciones se tantearon diversas opciones, pero el tema de fondo fue en todo momento una propuesta intercambio: dinero en efectivo o bienes a cambio de vidas judías. En un primer momento, los nazis exigieron la colosal suma de dos millones de dólares estadounidenses; más tarde, el precio quedaría en diez mil camiones para utilizar en el frente oriental. A cambio, las SS no deportarían a los judíos de Hungría. Tales negociaciones, en efecto, suponían encomendarse al demonio, pero había al menos una razón plausible para creer que podía valer la pena. Y es que parecía existir un precedente.

Los dirigentes de la comunidad judía de Eslovaquia ya habían abierto canales de comunicación con el subordinado de Eichmann, Dieter Wisliceny, dos años antes. Habían determinado, y era cierto, que Wisliceny era fácil de sobornar, así que le pagaron al menos 45 000 dólares en dos entregas en agosto y septiembre de 1942.[10] Por lo visto, la treta dio resultado: las deportaciones eslovacas se detuvieron, de suerte que los judíos que no habían sido expulsados pudieron seguir viviendo en su país, aunque sometidos a restricciones punitivas. Los líderes del Grupo de Trabajo creyeron que aquel cambio de política era resultado del soborno.

Craso error. En realidad, las SS habían detenido la salida forzada de la pequeña comunidad judía del país por otras razones, no siendo la menor la alarma suscitada por la petición del Gobierno eslovaco de visitar los nuevos «asentamientos judíos» en Polonia, una visita que habría dejado al descubierto la realidad de Auschwitz.[11] Eso, y no el dinero que los judíos le habían entregado a Dieter Wisliceny, fue lo que detuvo los trenes de deportados. Pero los dirigentes judíos no lo sabían, como tampoco sabían aún que la interrupción de las deportaciones desde Eslovaquia era temporal y que estas se reanudarían en otoño de 1944. En su ignorancia, y convencidos como estaban de su triunfo, aspiraban ahora a ir más allá y tramar un «plan europeo» de sobornos a gran escala para salvar no solo a los judíos de Eslovaquia, sino también a los del resto del continente.[12]

Con eso en mente, enviaron una carta a sus homólogos de Hungría en la que les aseguraban que Wisliceny, ahora destinado en Budapest, era un hombre «de fiar» con el que podían, y debían, hacer tratos.[13] Wisliceny, ciertamente, se convirtió en el principal negociador del bando nazi durante las conversaciones con la cúpula judía de Budapest, que comenzaron el 5 de abril de 1944,[14] el mismo día en que se hizo obligatorio que los judíos húngaros lucieran la estrella amarilla.[15] Frente a él, al otro lado de la mesa, estaba Rezső Kasztner.

Casi al instante, Kasztner vio cómo cambiaba su estatus. En cuanto representante de su comunidad, y a diferencia del resto de los judíos, a partir de entonces podría obtener permiso —previa solicitud, eso sí— para viajar fuera de Budapest. A diferencia del resto de los judíos, también se le permitiría conservar su automóvil y su teléfono. Y, a diferencia del resto de los judíos, no tendría que llevar la estrella amarilla.[16] Mientras tanto, en Auschwitz, Fred y Walter estaban escondidos bajo una pila de tablas de madera.

Desde el principio hubo razones para sospechar que las SS no estaban negociando con buena fe y que las conversaciones eran una estratagema, y los acontecimientos de abril no hicieron más que acrecentar esas sospechas. En la Hungría de provincias, los nazis habían emprendido una operación sistemática de confinamiento de los judíos en guetos que, casualmente, estaban situados cerca de enlaces ferroviarios. Llegaron rumores de un acuerdo entre las redes de ferrocarril húngara y eslovaca para permitir el envío de ciento cincuenta trenes llenos de judíos desde Hungría a Auschwitz a través de Eslovaquia.[17] Todo ello hacía pensar en un régimen decidido a seguir adelante con su plan de deportación, no a abandonarlo.

Y entonces, a finales de ese mismo mes, había llegado el testimonio de Vrba y Wetzler, donde se exponía negro sobre blanco, lo que significaba exactamente la deportación a Auschwitz.

Kasztner comprendió de inmediato las implicaciones de aquel informe. Solicitó una reunión con su contacto en las SS, el adjunto de Eichmann, Hermann Krumey. Incluso es posible que Kasztner le mostrara el documento al propio Eichmann y le dijera al arquitecto de la solución final que por fin conocía su secreto.[18] Eichmann habría respondido exigiendo que se destruyera ese informe y se capturara a sus autores, vivos o muertos. Si el *Informe Vrba-Wetzler* se hacía público, las conversaciones quedarían suspendidas.

Cuando Kasztner consiguió por fin reunirse con Krumey el 2 de mayo, lo interrogó a propósito de un tren que había salido un par de días antes de Kistarcsa con mil ochocientos judíos a bordo, el primer cargamento de ese tipo procedente de Hungría. ¿Se dirigía a Auschwitz, al lugar descrito por Vrba y Wetzler?

«No», respondió Krumey. Esos judíos se dirigían a un campo situado en Waldsee, en Alemania, donde trabajarían en labores agrícolas.

El húngaro sabía que el alemán mentía. En Waldsee no había ningún campo. Era una ficción de los nazis. Kasztner le dijo que se dejara de juegos.[19] A partir de ese momento se pusieron a hablar en serio y alcanzaron un acuerdo que Krumey clasificaría como «secreto del Reich».

A pesar de sus cautelas, la naturaleza de ese acuerdo pronto se haría evidente. El hombre de las SS retiró la oferta de no deportar a los judíos de Hungría; su propuesta era ahora mucho más modesta: permisos de salida para seiscientos judíos. Esa cifra ascendió hasta mil cuando Eichmann autorizó dispensar también a varios cientos de judíos de Kolozsvár, que curiosamente era la ciudad natal de Kasztner.[20] La cifra volvió a aumentar con la adición de casi doscientos judíos «prominentes» de varios guetos del país, hasta que finalmente el número de personas elegidas llegó casi a las mil setecientas.[21] Los afortunados se subirían a un tren —el que daría en conocerse como el «tren de Kasztner»— que los conduciría a Suiza, donde estarían a salvo.

A cambio, las SS querían dinero —el comité de rescate judío entregó mil dólares por cada pasajero del tren de Kasztner, un total de 1 684 000 dólares en efectivo y objetos de valor—[22] y, algo mejor aún, una comunidad judía lo bastante obediente y pasiva como para permitir que las deportaciones se efectuaran sin contratiempos. Eichmann dejó claro que no quería «una segunda Varsovia»,[23] es decir, que los nazis chocaran en Hungría con una resistencia como la que habían encontrado en el gueto polaco un año antes. Lo que los nazis querían era el silencio de Kasztner.

Y lo obtuvieron. Rezső Kasztner evitó divulgar el *Informe Vrba-Wetzler* fuera del pequeño círculo de dirigentes en el que se movía. En ningún momento hizo un llamamiento urgente a los judíos del país para que no se subieran a los trenes y se resistieran a la deportación. Nunca les dijo que al otro lado les esperaban los hornos de Birkenau, que debían salir de ahí cuanto antes o echar mano a las pocas armas que pudieran encontrar. En lugar de ello, lo que hizo fue garantizar a Eichmann y las SS lo único que estos consideraban indispensable para su labor, algo que era justamente lo que el adolescente Walter Rosenberg había detectado durante aquellos interminables días y noches en la *Judenrampe*: orden y tranquilidad. Los judíos de Hungría se subirían a los trenes con calma, incluso con obediencia, porque nunca llegarían a oír las palabras que Fred y Rudi tanto se habían esforzado por transmitirles. Seguirían sumidos en la ignorancia. Los llevarían al matadero con los ojos vendados.

Es más: aquellos en quienes confiaban los guiaron deliberadamente a la perdición. Kasztner mantuvo oculto el *Informe Auschwitz*, pero en cambio ordenó distribuir las famosas postales que supuestamente enviaban quienes habían sido «reubicados» en un nuevo hogar. En realidad, aquellos mensajes los escribían bajo coacción los recién llegados a Auschwitz horas antes de su muerte. Incluso cuando los colegas de Kasztner empezaron a sospechar que esas postales eran una triquiñuela y le rogaron que no las entregase, este ordenó repartir un lote de unas quinientas que los nazis habían depositado en el consejo judío.[24]

A finales de junio, al tiempo que el *Informe Vrba-Wetzler* se empezaba a conocer entre el gran público gracias a su difusión en Suiza, Kasztner hizo algo curioso. Escribió a sus contactos de Suiza para comunicarles que habían llegado varios miles de postales con matasellos de «Waldsee» en las que los deportados judíos informaban de que estaban vivos y se encontraban bien. Esto ocurría casi dos meses después de que Kasztner supiera por las SS que Waldsee no existía y, por el *Informe Vrba-Wetzler*, que Auschwitz era una fábrica de muerte. El propio Eichmann le había dicho a Kasztner que los judíos estaban siendo gaseados.[25] Y aun así, el 24 de junio, el mismo día en que la prensa suiza empezaba a publicar los datos del *Informe Auschwitz*, Kasztner urdía un relato que contradecía las declaraciones de Fred y Rudi con pruebas falsas de que los judíos húngaros deportados estaban sanos y salvos.[26] Si las SS hubiesen ordenado una campaña de desinformación para contrarrestar el impacto del *Informe Vrba-Wetzler*, no habría sido muy distinta.

Tanto si Kasztner creía de veras que sus negociaciones con las SS podían salvar a los judíos de Hungría como si cumplía órdenes de los nazis con el único fin de socorrer a amigos, parientes y personas «prominentes» —abandonando a los más para salvar a los menos—, el resultado fue el mismo. Mientras continuaban sus conversaciones con Eichmann, con la contrapartida aparente de su silencio, los nazis acometieron su mayor y más rápida operación de deportación. A partir del 15 de mayo 1944, y en el transcurso de cincuenta y seis días, 437 402 judíos fueron transportados desde las zonas rurales de Hungría a bordo de 147 trenes en condiciones de hacinamiento.[27] Casi todos fueron gaseados nada más llegar a Auschwitz.

Después de eso, los nazis pusieron en el punto de mira a los doscientos mil judíos de Budapest.

Al final, la frustración acabó haciendo mella en Rudi y los otros tres prófugos. Sabían muy poco del periplo que había hecho su informe o de los callejones sin salida a los que había llegado en Budapest, Londres y Washington, ya fuera por culpa de cardenales húngaros, presidentes estadounidenses, primeros ministros británicos o dirigentes judíos. Lo único que sabían era que corría el mes de junio de 1944 y, aunque Fred y Rudi habían prestado su testimonio en abril, Mordowicz y Rosin habían visto con sus propios ojos cómo los judíos húngaros llegaban a Polonia vía Eslovaquia para morir. Las pocas noticias que alcanzaban a leer en los periódicos pronazis sugerían que las deportaciones seguían en marcha todavía varias semanas después de la fuga de Mordowicz y Rosin.[28]

¿Podía ser que el consejo judío eslovaco y el Grupo de Trabajo no hubieran comprendido la urgencia de la situación?[29] ¿Acaso no entendían lo que estaba ocurriendo? Los cuatro exreclusos resolvieron que, si aquellos supuestos líderes no eran capaces de difundir la noticia, lo harían ellos mismos.

Rudi ya había decidido que lo mejor que podía hacer era sacar copias del informe, tanto en eslovaco como en húngaro, a espaldas del ÚŽ e introducirlas de algún modo a través de la frontera con Hungría. Ahora podían hacerlo los cuatro juntos. El inconveniente era su condición de residentes ilegales, con un modesto estipendio de doscientas coronas eslovacas semanales a cargo del ÚŽ. Imprimir y distribuir clandestinamente el informe no iba a ser tarea fácil.[30] Y, desde luego, sería imposible hacerlo desde su escondite de Liptovský Svätý Mikuláš, en plena montaña.

La solución pasaba por dirigirse a Bratislava, donde vivía un viejo amigo de Trnava que había eludido la deportación dos años antes. Se llamaba Josef Weiss y trabajaba en la Oficina de Prevención de Enfermedades Venéreas, que, debido a la confidencialidad de los datos personales que en ella se custodiaban, estaba muy bien protegida, incluso de la policía.[31] Era el sitio ideal para instalar una imprenta clandestina, el lugar perfecto para sacar las copias que necesitaban.

Fue en Bratislava donde Josef le presentó a Rudi a una persona que le cambiaría la vida. Aunque lo cierto es que ya se conocían. Josef mencionó que en Bratislava vivía también una amiga común de Trnava que había pasado gran parte de los dos últimos años escondida en Hungría. Al igual que Rudi, vivía con documentación aria y bajo nombre supuesto: se llamaba Gerti Jurkovič, pero para Rudi era Gerta Sidonová, la chica del sombrero con pompones a la que el joven Walter había dado plantón por ser demasiado infantil.[32]

Ese verano, Gerti tenía solo diecisiete años y trabajaba como secretaria en una empresa de mudanzas. El empleo se lo había conseguido Josef, que formaba parte de una célula sionista clandestina que se dedicaba, entre otras cosas, a falsificar documentos de identidad para judíos. La célula procuraba colocar a su gente en trabajos de oficina, de ese modo tenía acceso a máquinas de escribir y demás herramientas que podían resultar útiles en un momento dado.

Josef había dejado caer como de paso que Rudi se encontraba en Bratislava, y la noticia llenó a Gerta de entusiasmo. Había pasado tanto tiempo, habían ocurrido tantas cosas y, sin embargo, ella seguía prendada de aquel muchacho serio, brillante e imaginativo al que había conocido en Trnava.[33] Acordaron verse esa semana, en una playita de guijarros a orillas del Danubio.

—Walter ha tenido muy malas experiencias —le dijo Josef: había pasado por un campo; había cambiado—. Prepárate para conocer a otro hombre, no al que conociste.[34]

Las advertencias de Josef solo sirvieron para que Gerta sintiera aún más ganas de volver a verlo.

Acudió al sitio que habían convenido. Se sentía como en los viejos tiempos, cuando se veían en Trnava: entonces también llegaba siempre tarde. Pero a Gerta no le importaba. Aguardó a la sombra de un sauce llorón, el sol brillaba y lo único que se oía era la música del río en movimiento. Era un lugar tranquilo y perfecto. De repente, apareció Rudi.

Saludó a Gerta con la mano mientras bajaba por el camino hacia la playa, pero, a pesar de que su boca dibujaba una sonrisa, sus ojos no participaban de ella: estaban llenos de tristeza, de desesperación, incluso. Josef tenía razón. El Walter al que había conocido ya no existía. Ese hombre era apenas un poco más alto que el muchacho de Trnava, no más de un metro setenta, pero más fuerte y recio. Pero lo que más le llamó la atención fueron sus ojos. A ella siempre le había gustado esa chispa de picardía que tenían los ojos de Walter, pero los de Rudi estaban llenos de tristeza y de algo que no había esperado: suspicacia.

Su inteligencia, no obstante, seguía siendo la misma. De vez en cuando, mientras conversaban, salía a relucir su sonrisa de antes, y cuando eso ocurría y él la tomaba de la mano, Gerta pensaba que lo amaba de veras, a lo mejor para siempre.[35]

La muchacha se levantó y le dio un abrazo, pero él se quedó totalmente rígido.[36] Gerta propuso que se dieran un baño, con la esperanza de que eso los ayudara a estrechar distancias. Cuando Rudi se quitó la camisa, Gerta reparó en los cinco dígitos azules grabados en su antebrazo: 44070.

—No me digas que te ha dado por tatuarte —le espetó sin pensar.[37]

En los labios de Rudi se formó una sonrisa extraña que a Gerta se le antojó no solo sarcástica, sino cruel. Sus ojos la miraban impasibles.

—¿Dónde crees que estaba? ¿En un sanatorio?[38]

La muchacha sintió que ese hombre, ese «Rudi», había salido de dondequiera que hubiera estado lleno de odio y que, en ese momento, ese odio se dirigía hacia ella.

Hubo un silencio y luego él rodeó sus hombros con el brazo y la atrajo hacia sí. Le dijo que lo sentía, pero que lo entendería cuando supiera por lo que había tenido que pasar los dos últimos años.

Se sentaron al pie de un árbol junto al río y Rudi le explicó, con todo lujo de detalles, pero muy poca emoción, cómo era el campo de exterminio en el que había vivido desde el último día de junio de 1942 hasta pocas semanas antes. Le habló de los cargamentos y de los camiones de ganado, de Kanada y las cámaras de gas, de los crematorios y de su determinación de contarle al mundo la verdad sobre Auschwitz. Vio que la muchacha lo miraba incrédula.

—No pasa nada —dijo él—. La mayoría de la gente reacciona igual. No pueden creerse lo que oyen.

Entonces metió la mano en su mochila y sacó unas hojas de papel: el *Informe Auschwitz*. Le dijo que quería sacar copias para que él, Fred y los demás pudieran distribuirlas. Era vital que se corriera la voz en Hungría. Gerta se quedó las páginas para sacar copias en la oficina donde trabajaba. Nunca llegó a saber exactamente qué hizo Rudi con las copias que le mecanografió: hasta con ella se mostraba reservado.

Finalmente, abandonaron su rincón de sombra junto a la orilla del río y echaron a caminar cogidos de la mano, en silencio. La tensión que Gerta había sentido al principio, aquella distancia que se interponía entre ellos, nunca desapareció del todo. Con el tiempo, llegó a la conclusión de que, en algún lugar de Auschwitz, el Walter al que ella había conocido había perdido la capacidad para confiar en nadie.[39]

Todas las vías emprendidas por el informe parecían terminar por chocar con un muro de ladrillo macizo. El testimonio de Rudi y Fred quedaba desestimado o, en cualquier caso, nunca suscitaba una reacción firme. Los prófugos hacían cuanto podían, incluso sacaban copias a mano, pero los trenes seguían partiendo de la Hungría rural con destino a Auschwitz.

Sin embargo, y sin que ellos lo supieran, el informe

también estaba siguiendo una ruta que, paso a paso y tras no pocos giros y revueltas, había de llevarlo a las manos de la única persona que podía detener la deportación de los doscientos mil judíos de Budapest: Miklós Horthy, el regente de Hungría.

Todo empezó con Sándor Török, un periodista al que los alemanes habían internado en mayo, pero que había logrado escapar. Török era quien había entregado uno de los seis ejemplares del *Informe Auschwitz* al cardenal Serédi, el hombre que había arrojado su birreta al suelo, lamentándose de que no podía hacer nada si el papa no movía ficha antes. Ahora, Török debía entregar el documento a otro destinatario. La oposición húngara, que se había quedado con una de las copias hechas por Mária Székely expresamente con ese fin, le encargó a Török que hiciera llegar el testimonio de Fred y Rudi hasta la residencia real.[40] Su intermediario sería alguien que no solo simpatizaba con la causa judía y que muy probablemente se conmovería cuando conociera la situación, sino que además gozaba de la confianza del máximo dirigente del país: la condesa Ilona Edelsheim Gyulai, nuera del regente y viuda de su hijo István, vicerregente de Horthy.

En sus aposentos privados solía reunirse un pequeño grupo de conspiradores que se dedicaba a contrastar la información que la condesa recababa entre el círculo del regente con las escasas noticias que lograban obtener del mundo exterior. Török consiguió que le presentaran a la condesa y entró a formar parte de su círculo secreto. Pero ni así era fácil acceder a ella. Los nazis habían instalado su cuartel general justo al lado de la residencia real. Un tanque y una hilera de soldados alemanes montaban guardia justo enfrente de los centinelas de la corte húngara para observarlos atentamente y tomar nota de todo aquel que entraba o salía.[41] Además, por muy privilegiada que fuera su posición, la condesa no podía hablar con libertad. Lo que hacía Török era telefonearla todos los días haciéndose pasar por un encuadernador llamado Bardócz. Le preguntaba a la condesa si tenía algún encargo. Cuando ella le decía que sí, que tenía un libro que encuadernar, era la señal de que Török debía acudir a palacio.[42] Sus encuentros se revelarían cruciales. Hacia la segunda mitad de mayo de 1944, el informe había traspasado ya los muros reales.

Sus páginas inspiraron en la joven viuda una profunda compasión y una gran vergüenza,[43] pero sobre ella y los suyos pesaba además otra consideración: si los aliados ganaban la guerra, ¿qué harían con los ilustres húngaros que habían permitido la matanza nazi al entregar a varios cientos de miles de judíos para que fueran asesinados? Al final, la condesa accedió a presentarle el informe a su suegro.

Por lo visto, funcionó. La condesa le comunicó a Török que el regente había leído el documento y daba por cierto todo cuanto en él se decía.[44] El jefe de Estado húngaro ya no tenía duda ninguna sobre el destino de los judíos de su país. Incluso comentó el informe con un alto mando policial. «¡Estos rufianes! —dijo Horthy refiriéndose a las SS—. ¡Lo que he leído dice que mandan a los niños a las cámaras de gas!».[45]

Y, sin embargo, las deportaciones continuaron, los trenes siguieron partiendo para Auschwitz durante todo el mes de mayo y junio.

Pero para entonces empezaron a brotar otras semillas

que habían plantado Rudi y sus compañeros de fuga. Puede que, tras la entrevista del 20 de junio con monseñor Martilotti en el monasterio de Svätý Jur, el joven legado informara a Roma.[46] O quizá fueran las noticias que el 24 de junio aparecieron en la prensa suiza —gracias, en parte, a Walter Garrett, que había recorrido todo Zúrich en bicicleta durante las primeras horas del día— las que acabaron de dar el empujón definitivo. Sea como fuere, el 25 de junio el papa Pío XII envió un telegrama dirigido al almirante Horthy en Budapest. En él decía:

> Se nos ha rogado por distintas vías que hagamos todo lo posible para que, en esta noble y caballerosa nación, no se prolonguen y agraven los sufrimientos, ya tan penosos, que soportan un gran número de desdichados por motivo de su nacionalidad o su raza. Comoquiera que el corazón de nuestro Padre no puede permanecer impasible ante tan apremiantes súplicas en virtud de nuestro ministerio de caridad, que abarca a todos los hombres, nos dirigimos personalmente a vuestra alteza y apelamos a vuestros nobles sentimientos con la plena confianza de que haréis cuanto esté en vuestra mano para que no recaigan sobre esos infortunados nuevos dolores y aflicciones.[47]

El papa no podía pronunciar la palabra *judíos* ni hacer pública su súplica, pero el sentido de su mensaje quedaba lo bastante claro.[48] El presidente estadounidense, por su parte, se mostró menos reservado. Al día siguiente, el 26 de junio, justo cuando la verdad de Auschwitz era cada vez más patente gracias a la cobertura de la prensa suiza, Roosevelt le pidió a su secretario de Estado que le entregase a Horthy el siguiente mensaje:

> Estados Unidos exige saber si las autoridades húngaras tienen intención [...] de deportar judíos a Polonia o a cualquier otro lugar, o aplicar cualesquiera medidas que redunden en última instancia en la ejecución masiva de estos. Además, Estados Unidos desea recordar a las autoridades húngaras que quienes cometan esta clase de injusticias deberán asumir las responsabilidades que de ello se deriven.[49]

Las presiones desatadas por la publicación del *Informe Vrba-Wetzler* eran cada vez mayores. El 30 de junio, el rey de Suecia, Gustavo V, escribió a Horthy para advertirlo de que, si las deportaciones no cesaban, Hungría se convertiría en «paria entre las naciones». De todos modos, parece ser que fue la advertencia de Estados Unidos de que los criminales de guerra tendrían que rendir cuentas la que más dio que pensar al regente.

«¡No pienso seguir tolerando esto! —dijo Horthy ante el Consejo de Ministros el día que llegó el mensaje de Roosevelt—. ¡La deportación de los judíos de Budapest tiene que acabar!».[50] Resulta significativo que esa exhortación no incluyera las deportaciones desde fuera de Budapest. Esas continuaron. Al día siguiente, el 27 de junio, 12421 judíos fueron enviados a Auschwitz en cuatro cargamentos.[51] Las deportaciones continuarían al día siguiente, y al otro.

A pesar de su título de regente, Horthy no era el señor de su reino: el hecho de dar una orden no era garantía de que se cumpliese. Empezó una lucha de poder en el seno del

Gobierno húngaro: quienes estaban decididos a seguir cumpliendo las órdenes de los nazis para dejar el país libre de judíos buscaron el modo de desacatar el edicto del regente. Hasta las fuerzas de seguridad estaban escindidas: había una división de tanques leal al regente y batallones de gendarmes provinciales leales a la solución final.[52]

Si Horthy quería imponerse, debía actuar con celeridad. Adolf Eichmann y sus aliados fascistas locales habían elaborado un plan para apresar a la última gran comunidad judía sobre la cual aún no había caído la mano de las SS: los doscientos mil judíos de Budapest, los últimos judíos de Hungría y, de hecho, de toda Europa.

El plan era el siguiente: el 2 de julio, varios miles de policías húngaros armados se concentrarían en la plaza de los Héroes de Budapest con un pretexto a medida para no despertar sospechas: una ceremonia de izada de bandera en honor de sus camaradas. Una vez concluidas las formalidades, los gendarmes dedicarían los tres días de supuesto permiso de los que disponían para familiarizarse discretamente con la ubicación de las llamadas «casas de la estrella amarilla», miniguetos de un solo edificio; en concreto, debían diseñar un plan para cortar posibles vías de escape a los judíos que intentaran huir. El día previsto para la salida de los trenes que llevarían a los judíos de Budapest a las cámaras de gas era el 10 de julio.[53]

Pero las cosas no salieron como estaba previsto. El 2 de julio, la 15.ª Fuerza Aérea estadounidense lanzó mil doscientas toneladas de bombas en Budapest y sus alrededores, matando a 136 personas y destruyendo trescientos setenta edificios.[54] Los objetivos de las bombas eran en realidad unas fábricas situadas al sur de la capital, pero la clase dirigente de Hungría no lo entendió así. Desde su punto de vista, daba la impresión de que Roosevelt estaba cumpliendo su amenaza de depurar responsabilidades entre los dirigentes políticos por la matanza de los judíos húngaros. La cúpula del país temblaba solo con pensarlo.

El 5 de julio, Horthy puso a uno de sus partidarios al frente de la jefatura militar en la capital y le ordenó que tomase «todas las medidas necesarias para impedir la deportación de los judíos de Budapest».[55] Esa misma noche los tanques entraron en la ciudad y la policía provincial, preparada ya para aprehender a los judíos, fue expulsada.[56]

El regente había salido victorioso de aquel choque de voluntades. Conviene tener en cuenta que su motivación principal no era tanto la salvación de los judíos como la autopreservación y la consolidación de su propia autoridad.[57] La deportación de los judíos de Hungría no le había preocupado demasiado hasta entonces. De hecho, durante los tres días siguientes los cargamentos procedentes de provincias continuaron al mismo ritmo que en mayo y junio: solo el 9 de julio partieron cinco; el 20 de julio, otro más.

El resto, sin embargo, fueron detenidos. Uno de los trenes con destino a Auschwitz incluso tuvo que dar media vuelta por orden de Horthy. Eichmann estaba fuera de sus cabales: «En toda mi dilatada carrera, jamás me había sucedido algo así —bramaba—. ¡Es intolerable!».[58] Mientras estuviera Horthy, no habría deportaciones desde Budapest.

Los judíos de la capital estaban a salvo, al menos por el momento. Las razones fueron muchas —empezando por los cálculos de la clase política húngara, que empezaba a ver a Alemania en el bando perdedor de la guerra—, pero un papel crucial lo tuvo aquel documento de treinta y dos páginas redactado por dos jóvenes, uno de ellos todavía adolescente, que lograron lo que ningún judío había logrado antes: escapar de Auschwitz. Habían cruzado montes y ríos, se habían escondido y habían pasado hambre, habían desafiado a la muerte y al enemigo más feroz que el mundo hubiera conocido jamás. Algunos habían dudado de su palabra, los habían ignorado y silenciado. Pero ahora, al fin, habían conseguido dar el paso que tanto habían deseado. Rudolf Vrba y Fred Wetzler habían salvado doscientas mil vidas.

Parte V

La sombra

25

Boda con pistolas

Pocos de quienes se salvaron supieron nunca a quién debían dar las gracias, con una excepción. Hubo una persona que siempre tuvo muy claro que la información de Rudolf Vrba fue lo que le salvó la vida. Esa persona era la muchacha que se había enamorado de él en Trnava, siendo todavía una niña: Gerta Sidonová.

Cuando Gerta y Rudi se veían durante aquellas semanas de junio de 1944 y salían a dar paseos por la tarde y a nadar por el Danubio, Eslovaquia parecía un remanso de calma en comparación con la vecina Hungría, donde, por lo que decía Rudi, los judíos estaban siendo enviados a las cámaras de gas de Auschwitz a un ritmo de doce mil por día. En Eslovaquia, las deportaciones habían terminado en el otoño de 1942.

Desde la última vez que se habían visto, Gerta había vivido en Hungría y en Eslovaquia, dependiendo de cuál de los dos países no estuviera matando judíos en ese momento. Ella y sus padres habían huido a Hungría en 1942, pero ella y su madre habían regresado a Eslovaquia poco después de que los nazis marcharan sobre Budapest. Su padre no había hecho el viaje con ellas, sino que, confiando en las autoridades, se había entregado a la policía húngara. Nunca lo habían vuelto a ver.

Gerta llevaba apenas unas semanas en Bratislava cuando se reencontró con Rudi y este le relató de viva voz su versión del *Informe Auschwitz*, describiéndole todo lo que allí había presenciado. Incluso le entregó las páginas del texto para que las copiase. Esa información resultó fundamental.

A finales de agosto de 1944, los nazis invadieron Eslovaquia y enseguida tomaron las riendas de lo que todavía denominaban la «cuestión judía». Al poco tiempo se reanudaron las redadas y deportaciones que habían acabado dos años antes y los trenes volvieron a partir en dirección a Auschwitz. Ahora ni siquiera existía la posibilidad de cruzar la frontera hacia Hungría para encontrar refugio. En otoño, Horthy fue derrocado y el poder quedó en manos de los nazis húngaros del Partido de la Cruz Flechada, que se volcaron enseguida en la brutal tarea de masacrar a los judíos. Para ello, desplegaron escuadrones de la muerte y reanudaron la colaboración con Adolf Eichmann con el fin de enviar a los judíos a brigadas de mano de obra esclava o a campos de exterminio. Los muertos se contaron por decenas de miles. De una forma u otra, el entramado nazi seguía barriendo a los judíos por todo el continente y ahora regresaba al lugar donde todo había empezado: Eslovaquia.

Gerta y su madre, que disponían de documentos arios, impecablemente falsificados, resistieron un tiempo, hasta que una noche de noviembre de 1944 llamaron a su puerta: «Abran, Gestapo».[1]

Las detuvieron y, durante una semana, las interrogaron en el cuartel general de la Gestapo en Bratislava. Gerta no tenía dudas de que había que escapar: la alternativa era Auschwitz, y, a juzgar por lo que le había dicho Rudi, eso significaba una muerte casi segura. Pero su madre no se creía lo que le explicaba su hija. «Escápate tú», le dijo.[2] Y así, cuando se presentó la ocasión, Gerta se marchó sola: saltó por una ventana del cuartel de la Gestapo y echó a correr.

Aquella decisión no la dejaba dormir. Aunque lo hubiera hecho con su beneplácito, la cuestión era que Gerta había abandonado a su madre. Si se había escapado, era tan solo porque sabía lo que significaba quedar a merced de la Gestapo, y lo sabía gracias a Rudi.

Gerta ya no podía hablar con él porque hacía tiempo que había salido de Bratislava. Desde la invasión nazi, la resistencia eslovaca había emprendido una revuelta en todo el país, y Rudi estaba decidido a participar en ella. Había partido hacia el oeste, donde el sargento Milan Uher comandaba a un grupo de partisanos; allí había jurado lealtad al Gobierno checoslovaco en el exilio, en Londres, y se había comprometido a luchar hasta vencer a los alemanes o morir.[3]

La instrucción fue breve y rudimentaria. Al cabo de veinticuatro horas, Rudi tenía ya un arma en la mano y una misión. Unos setecientos hombres de las SS habían tomado el edificio de una escuela en Stará Turá con el propósito de acabar con la resistencia en esa zona. Los hombres de Uher lanzarían un ataque preventivo.

Y así fue como Rudolf Vrba, que acababa de salir de la adolescencia y había cumplido veinte años en septiembre, acabó marchando al amparo de la noche hacia una escuela de la campiña eslovaca. Uher dio por fin la orden de atacar. Sus milicianos lanzaron granadas contra las ventanas del edificio e irrumpieron por la puerta descargando una tormenta de balas.

Rudi vio caer al menos a dos de sus camaradas, pero eso no diluyó la euforia que corría por su cuerpo. Al contrario, reía de alegría; lloraba de felicidad.[4] Oyó los gritos de los hombres de las SS que había en el interior del edificio, los oyó morir y ello le causó deleite. Vólkov, el prisionero de guerra soviético, tenía razón. Los alemanes no eran sobrehumanos, no eran invencibles: morían como todo el mundo.

Rudi combatió al menos en nueve batallas contra unidades de las SS y participó en varios asaltos a puestos de artillería alemanes, en la destrucción de puentes de ferrocarril y en el sabotaje a las líneas de suministro de los nazis.[5] En cierta ocasión, él y sus camaradas recibieron órdenes de permanecer detrás de las líneas alemanas para cortar las comunicaciones del enemigo y hostigarlo por todos los medios disponibles, pero al final se quedaron aislados. El cuartel general de los partisanos en la Unión Soviética tuvo que lanzar en paracaídas a un nuevo comandante procedente del Ejército Rojo, que poco después murió en combate. Uher consiguió regresar, ascendido ahora a capitán, pero también acabó perdiendo la vida. Cuando los soviéticos entraron en Eslovaquia en abril de 1945, la unidad de Rudi estaba muy mermada. Pero él seguía en pie.

Los que quedaban ejecutaron una última operación y después fueron enviados a un hospital militar para recuperarse. Rudi daba por hecho que volvería al frente para combatir, pero mientras su cuerpo recuperaba las fuerzas anunciaron que la guerra había terminado: Hitler había muerto y los nazis se habían rendido. Rudi era ahora veterano de la 2.ª Brigada Partisana Stalin y, como tal, recibió la Medalla Checoslovaca al Valor, la Orden de la Insurrección Nacional Eslovaca (de segunda clase) y la Medalla de Honor de los Partisanos Checoslovacos, así como el carnet del Partido Comunista.[6]

Solo habían pasado tres años desde que Rudi se había subido a aquel taxi, soñando con su primera fuga. Ni siquiera entonces se detuvo a hacer balance de lo que había visto y vivido. Tenía prisa. Se licenció y, sin tiempo siquiera para respirar, regresó a Bratislava sediento del elixir que le habían arrebatado de los labios cuando apenas contaba quince años: el conocimiento.

En mayo ya estaba matriculado en una escuela especial para veteranos del Ejército, donde estos podían ponerse al día con los estudios que habían tenido que interrumpir por culpa de la guerra. En cinco meses, recuperó al menos tres años de formación y aprobó el examen que le garantizaba una plaza para estudiar en el Departamento de Tecnología Química de la Universidad Técnica Checa de Praga. Pocos años antes, le habían prohibido incluso leer un libro de texto y había tenido que compartir un ejemplar clandestino con su amigo Erwin. Ahora, Erwin estaba muerto y él se disponía a empezar la carrera de Química.

No había dudado en su elección. Es cierto que había visto adónde podía conducir el progreso tecnológico; sabía de qué eran capaces la ciencia y los científicos. Empezando por la química del Zyklon B y pasando por la ingeniería de precisión de los crematorios, Auschwitz y la industrialización del asesinato en masa habían sido un monumento a la tecnología punta: el campo operaba a una velocidad y a una escala solo posibles gracias a la eficiencia científica. Aun así, Rudolf Vrba, que había perdido la fe en Dios cuando era niño y para el que hablar de la fe en el prójimo era motivo de sonrisas irónicas, jamás renunció a la creencia en la pureza del ideal científico. Para él, la fraternidad erudita era su única e inquebrantable afiliación.[7]

En cuanto al lugar donde estudiar, tenía que ser en Praga, no en Bratislava.[8] Allí los acontecimientos se habían desarrollado de manera distinta. Había hecho falta que los nazis ocuparan su territorio para que los checos deportasen a sus judíos; los eslovacos, en cambio, se habían prestado de buena gana a organizar cargamentos desde el principio, incluso habían pagado por el privilegio de hacerlo, sin necesidad de que los nazis los obligaran a ello. Praga, pues, parecía el lugar adecuado para empezar de cero.

Debía de dar la impresión de que la oscuridad se había disipado al fin, de que lo peor había pasado. Y, durante muchos años, sería verdad. Pero lo que Rudi no sabía en 1945, cuando la luz parecía volver a despuntar, era que el acontecimiento que más tarde describiría como la mayor catástrofe de su vida no pertenecía al pasado, sino que todavía estaba por llegar.

La decisión de trasladarse a Praga no fue únicamente de Rudi. Tenía su cuarto de estudiante y vivía inmerso en sus estudios, yendo y viniendo entre su casa, la biblioteca y el laboratorio, pero en su vida había alguien más.[9] Dos personas, para ser exactos.

Mientras que muchos de sus compañeros habían visto desaparecer a toda su familia, Rudi había hecho un descubrimiento inesperado al regresar a Trnava en verano de 1944: su madre seguía viva y en buen estado de salud. Se había casado con un hombre —uno de los tres maridos que tendría a lo largo de su vida— al que dos años antes se consideraba vital para la economía eslovaca, lo que le había permitido eludir la primera ronda de deportaciones.

Rudi no podía presentarse en su puerta como si nada. Todavía había una orden de detención internacional contra él; era demasiado arriesgado. En lugar de eso, concertó una cita con ella en la casa de un amigo de Trnava. Rudi esperó ahí hasta que llegó su madre. Esta echó un vistazo a la habitación y sus ojos pasaron por encima de él sin reconocerlo. Había cambiado mucho. Fue el amigo quien finalmente señaló en dirección a Rudi y dijo: «Ahí está».[10]

Ilona Rosenberg abrazó a su hijo, se enjugó una lágrima de la mejilla y lo riñó por haber pasado dos años desaparecido sin ni siquiera enviar una carta a casa. Rudi le explicó dónde había estado, ahorrándole los detalles más truculentos, y su madre escuchó sin hacer demasiadas preguntas. A Rudi le dio la impresión de que la mujer detectaba en él cierta reticencia a entrar en detalles, y si era así, lo cierto es que no se equivocaba.[11]

La reacción de su marido fue diferente. En 1942, él e Ilona todavía no estaban casados. Su exención le permitía designar a un solo familiar para eximirlo de ser deportado: podía que elegir entre su hermana o Ilona, si se convertía en su esposa. Eligió a Ilona y se casaron. A su hermana la deportaron.

Ahora, gracias a Rudi, conocía las consecuencias de aquella decisión tomada dos años antes. Estaba tan desolado que, cuando unos meses después del regreso de Rudi, en septiembre de 1944, se reanudaron las deportaciones, hizo cola en silencio para subirse a uno de los trenes. Quería compartir el destino de su hermana y se rindió a él. Rudi lo describió como un suicidio por deportación.[12] Finalmente, deportaron también a Ilona, aunque no a Auschwitz, sino a Theresienstadt, en el que para ella seguía siendo su país. Al igual que su hijo, sobrevivió.

La otra persona que tuvo una gran influencia en Rudi fue la mujer a la que había salvado la vida. Gerta Sidonová y él eran ahora pareja. Ella estudiaba Medicina en Praga y, como Rudi, intentaba recuperar a marchas forzadas la educación que les habían negado. Ambos se encontraban en su cuarto de estudiante y hacían el amor de forma torpe e irresoluta. Eran libres; podrían haber estado juntos todas las noches, si hubieran querido. Pero no era así. Al menos para Gerta, faltaba algo.[13] La muchacha se preguntaba si sería culpa suya. Rudi decía que le faltaba pasión y experiencia, pero ella temía que quizá simplemente no lo quería lo suficiente.[14] Fuera cual fuera la razón, cuando hacían el amor no había la ternura ni la delicadeza que ella habría deseado. Es más, parecía latir un poso de violencia.[15] A lo mejor, si se casaban, el problema desaparecería.

En los veranos, se iban de vacaciones, pero no siempre juntos. Rudi aprovechó las primeras, las del verano de 1946, para volver a Bratislava y reunirse con Wetzler, Mordowicz y Rosin: ahora eran como hermanos unidos por una experiencia que compartían con muy pocos.[16] Eran prácticamente los únicos judíos que habían escapado de Auschwitz.

Muchos de los supervivientes de ese campo y de lo que poco a poco daría en conocerse como el Holocausto juraron no volver a poner nunca los pies en Polonia. Para ellos, ese país quedaría asociado para siempre al asesinato en masa de la comunidad judía; no soportaban la idea de pisar un suelo que imaginaban empapado de sangre. Otros consiguieron volver, pero solo después de un lapso de varias décadas. Rudi, sin embargo, sí volvió, y lo hizo con alegría y apenas cuatro años después de haberse fugado. Es más, se desplazó hasta allí en tren. En verano de 1948, él y Gerta viajaron a Polonia de vacaciones.

Iban con un grupo de estudiantes. Voluntariamente, se reunieron en la estación de Praga y partieron hacia el este, hacia el país donde Rudi había sido esclavo y donde los judíos como Rudi y Gerta habían sido asesinados por millones. Visitaron Cracovia y luego Varsovia, donde recorrieron una ciudad llena de escombros y ruinas. Un guía estudiantil les iba señalando los lugares de interés. «Esto era el gueto —dijo en un momento dado—, donde los alemanes asesinaron a los judíos de Varsovia cuando el levantamiento. Lo único bueno que hizo Hitler».[17]

El grupo se quedó callado. Gerta temía que Rudi le saltara a la yugular al guía. Pero Rudi guardó silencio y el grupo se alejó. Los dos se morían de ganas de volver a Praga.

Pasaron los años. Rudi y Gerta solían pasear por la orilla del río, deteniéndose en su parada favorita, la pequeña isla de Kampa, bajo el puente de Carlos, donde se sentaban en un banco que consideraban suyo.[18] Un domingo por la tarde, mientras tomaban té y pastel, Rudi le pidió a Gerta que se casara con él. La madre de Rudi —a la que su futura nuera llamaba Ilonka— llevaba años insistiendo: creía que Gerta era una muchacha inteligente y bonita, y además era huérfana. Rudi tenía el deber de casarse con ella.[19] Sus amigos se mostraron igual de entusiasmados. Todos creían que eran la pareja perfecta: inteligentes, atractivos, fuertes. Si la pareja albergaba dudas, se las callaba con la esperanza de que se disolvieran en la efervescencia del champán de la boda.

La pareja se casó el 16 de abril de 1949, no en la sinagoga, sino en el Ayuntamiento de Bratislava, y pronunciaron los votos en eslovaco, no en hebreo. La novia se vistió de azul marino, en lugar de blanco.[20] El peso que antaño pudiera haber tenido la tradición había desaparecido.

La noche anterior a la boda, Gerta durmió mal. Temía estar cometiendo un error. La ceremonia y la fiesta posterior en el piso de Ilonka tampoco ayudaron. Corrió mucho alcohol, Rudi se emborrachó e intentó besar a Inge, la mejor amiga de la novia. La hermandad de Auschwitz estuvo presente —Fred Wetzler fue testigo, y Arnošt Rosin, padrino—, pero eso no hizo más que empeorar las cosas. Czesław Mordowicz se había traído un par de pistolas que los hombres estuvieron desmontando y volviendo a montar. Cada vez que los miraba, a Gerta se le hacía un nudo en la garganta.[21]

Pero lo importante era el matrimonio, no la boda. Pronto tendrían su propia casa. En la nueva Checoslovaquia comunista no era fácil obtener un piso, pero la condición de expartisano de Rudi lo situaba entre los primeros de la lista de espera. Le asignaron un apartamento de una habitación en el barrio de Dejvice, cerca del castillo y del centro de la ciudad. A lo mejor ahora podrían empezar una nueva vida.

Ambos se concentraron en el trabajo. Rudi se licenció en Química Orgánica y se matriculó en el doctorado para especializarse en bioquímica del cerebro, por entonces un campo emergente. Gerta, por su parte, se licenció en Medicina y se especializó en fisiología del sistema nervioso. Sus laboratorios estaban cerca el uno del otro y también del piso. Deberían haber sido felices.

Y, sin embargo, la brecha que existía entre Rudi y su esposa no se cerraba. El niño que había crecido en Trnava se había convertido en un hombre muy diferente. A veces, Gerta llegaba a casa y se lo encontraba bebiendo vodka él solo.[22] O se volvía posesivo y le daban ataques de celos. Un día volvían a casa en tranvía después de haber ido al teatro a ver *El jardín de los cerezos*. Gerta sonrió mientras le mostraba el billete al revisor y Rudi se puso a gritar: «Estás coqueteando con el revisor, zorra». El resto de los pasajeros lo oyeron, pero ella no dijo nada.[23] Cuando Gerta se lastimó el brazo y tuvo que hacer fisioterapia, Rudi la acusó de tener una aventura lésbica con la terapeuta.

La paranoia no solo iba dirigida contra ella. Rudi también se quejaba de que sus compañeros del laboratorio intentaban sabotearlo. «Han escondido todas las tijeras para que no pueda cortar el papel de filtro al tamaño adecuado y hacer mi experimento», decía.[24] Había una explicación obvia: Auschwitz le había arrebatado la confianza en la gente. Pero Gerta se preguntaba si no sería al revés: a lo mejor Rudi no se había vuelto paranoico por haber sobrevivido a Auschwitz, sino que había sobrevivido a Auschwitz, en parte, porque para entonces ya había aprendido a ser paranoico y a no confiar en casi nadie.[25] A lo mejor ese comportamiento no era el resultado de que Rudi hubiera sobrevivido, sino la causa.

Cualquiera que fuese la explicación, y aunque para Gerta seguía siendo aquel hombre heroico, atractivo y sagaz que le había salvado la vida, vivir con Rudi era difícil. Ni el matrimonio ni el hecho de compartir un hogar lo habían dulcificado. Quizá si tenían hijos... Y así, el 26 de mayo de 1952, llegó una niña a la que llamaron Helena, en parte por deferencia hacia la madre de Rudi, y en parte porque ambos creían que era la criatura más hermosa que habían visto nunca: su espesa cabellera negra y su belleza habrían sido dignas de Helena de Troya.[26] Cuando Rudi la tomó en brazos por primera vez, le dijo a su esposa que todo el dolor que había soportado en Auschwitz había valido la pena solo por la alegría que sentía en ese momento. Jamás había imaginado que pudiera ser tan feliz. Dos años después, el 3 de mayo de 1954, nació otra niña. Tenía la piel blanca y delicada, y el cabello sedoso y rubio.[27] Le pusieron de nombre Zuzana, pero siempre la llamaron Zuzka o Zuza.

Eran una familia, tenían una vida profesional estimulante y una posición relativamente privilegiada en la sociedad que se estaba formando a su alrededor. Y, sin embargo, las cosas no marchaban bien. Rudi y Gerta discutían, incluso por cosas aparentemente triviales. En 1954, casi una década después del final de la guerra, los alimentos seguían estando muy racionados en Checoslovaquia. Los niños tenían derecho a una asignación extra de dos huevos por semana, además de un poco de azúcar y mantequilla. Gerta se guardaba esas raciones para sorprender de vez en cuando a las niñas preparándoles tortitas para desayunar. Un día, Gerta fue a buscar los ingredientes, pero los huevos habían volado: Rudi se los había llevado, como cuando era pequeño e incursionaba a escondidas en el gallinero de la familia.[28] Gerta se puso hecha una fiera. Solo muchos años después comprendió que los reclusos de Auschwitz habían aprendido que, cuando había comida, te la quedabas.

Como cuando estaban juntos discutían, cada vez pasaban más tiempo separados. Por las noches, Rudi salía a beber con sus amigos y regresaba a casa cuando su mujer y sus hijas ya llevaban tiempo dormidas. Cuando volvía de madrugada, ni siquiera entraba de puntillas, sino que abría la puerta de golpe, despertaba a las niñas y quería que se pusieran a jugar con él. Cuando una hora después se adormentaba, Gerta era la encargada de acostar de nuevo a las pequeñas y lidiar con su mal humor por no haber dormido a la mañana siguiente.

Aparte de todo eso, tenía múltiples aventuras.[29] Algunas eran de índole estrictamente sexual, pero en cierta ocasión llegó a enamorarse de otra mujer. Aun así, a causa de las niñas, en ningún momento se planteó dejar a su esposa.

Finalmente, Gerta no aguantó más. Le dijo que quería divorciarse: en casa se respiraba la tensión y eran infelices, no era un ambiente adecuado para las niñas. Rudi dijo que ni hablar, que él quería a sus hijas y ellas a él. Gerta reconoció que eso era cierto. Intentarían separarse, aunque dada la escasez de viviendas, tendrían que seguir compartiendo el mismo apartamento. Ella y las niñas se quedarían el dormitorio, y Rudi, el salón.

Ni siquiera eso funcionó. Una noche, Gerta oyó abrirse la puerta y la voz de dos personas que habían bebido. Rudi había llevado a una mujer al piso. Se dirigieron al salón y procedieron a tener relaciones en el sofá, con el ímpetu suficiente como para despertar a las pequeñas. Esa noche, Gerta decidió que separarse no era suficiente. Quería el divorcio. Con el tiempo, Rudi accedió, con la condición de que Gerta pagase los gastos del procedimiento, él se quedara con el piso, y ella y las niñas se mudaran a otra parte.

Pero seguía habiendo mala sangre entre ellos. En marzo de 1956, Gerta se encontraba a bordo de un avión con destino a París para asistir a un congreso, una rara oportunidad para ver cómo era la vida al otro lado del telón de acero. Momentos antes del despegue, un agente del SNB, la policía checa, apareció en la puerta del avión y la hizo bajar del aparato. Le explicó que habían recibido información de la cual se deducía que se proponía desertar a Occidente con sus hijas. Cuando el agente se convenció de que Gerta no albergaba tales intenciones, le reveló quién la había denunciado: Rudolf Vrba.[30]

¿Sería otra de las paranoias de su exmarido? Más adelante, Gerta llegaría a la conclusión de que probablemente lo había hecho por venganza.[31] Rudi todavía estaba furioso porque su esposa lo había dejado.

Aunque más tarde lo negaran, ambos cruzaron acusaciones gravísimas. Según Rudi, Gerta lo amenazó con informar a las autoridades de que algunos amigos suyos habían criticado el régimen comunista y, peor aún, había declarado ante el tribunal que necesitaba divorciarse porque Rudi «no era capaz de garantizar una educación socialista» para sus hijas.[32] Gerta, por su parte, insistía en que nunca había hecho nada semejante.[33] Con el paso del tiempo, no obstante, se volvió indulgente, tanto con Rudi como con ella misma: eran muy jóvenes y la vida les había dado muchos golpes.[34] Gerta había perdido a sus padres a manos de los nazis; Rudi había pasado dos años viviendo en aquella máquina de muerte.

En la Checoslovaquia de la posguerra, la política se infiltraba hasta los rincones más íntimos de la existencia, y en el terreno de lo profesional sus codazos eran especialmente dolorosos. A causa de su pasado de partisano, al principio Rudi había simpatizado con el proyecto comunista. Recordaba que, mientras que otros se habían acomodado al fascismo, los socialistas se habían empeñado en resistir y lo habían ayudado a ejecutar su primer intento fallido de evasión. Mientras la victoria sobre el nazismo era algo reciente, Rudi incluso sucumbió al idealismo de un nuevo futuro bajo el signo de la igualdad y la fraternidad. Pero no le duró mucho.

En 1947, se dio cuenta de que lo seguían. Cuando volvía a su piso, notaba que le habían tocado las cosas. Hablando con sus amigos, descubrió que alguien había estado husmeando y haciendo preguntas sobre él. Rudi se propuso localizar al agente responsable de aquella inesperada investigación y finalmente dio con él, pero este solo dijo que «su deseo era ayudar».[35]

Rudi lo entendió todo en febrero de 1948, cuando los

comunistas se hicieron con el control absoluto del Gobierno checoslovaco. En la universidad apareció un letrero en el que se leía el nombre de Rudi. Lo habían nombrado miembro «no político» del comité de acción que gobernaría la institución a partir de entonces. Nadie se lo había comunicado, pero en cualquier caso eso explicaba por qué lo habían estado investigando el año anterior: los comunistas querían cerciorarse de que era un candidato aceptable. Y era evidente que había pasado la prueba. Poco después le ofrecieron ocupar el cargo de presidente del comité de acción, dejando claro que habría sido peligroso negarse.[36]

Semanas más tarde, le comunicaron que en la universidad había demasiados estudiantes «indignos». Debía examinar la lista de matriculados para excluir tanto a los elementos «burgueses» como a los anticomunistas activos, en beneficio de los estudiantes miembros del partido y los de clase obrera. Rudi se negó. Dijo que aquello era discriminación y que iba en contra de los valores propios de una institución académica. El comité respondió que lo que le pedía no suponía incurrir en ningún «delito moral». Podía decir que se limitaba a obedecer «órdenes de arriba». Rudi replicó que esa era la excusa que utilizaban los nazis. Se negaba a hacerlo.

El comité solicitó su dimisión y una confesión pública de su «fracaso». Rudi les dio lo que querían y se concentró en sus estudios. En 1951 obtuvo el doctorado, pero cuando al año siguiente expiró su beca descubrió cuál era el precio de caer en desgracia en política. En ninguna parte le daban trabajo como investigador. Acabó como químico en el turno de noche de una fábrica de penicilina. Era el doctor Vrba, pero ganaba el salario de un técnico.

Cuando por fin encontró una salida —le ofrecieron una plaza en el laboratorio de un amigo para trabajar en bioquímica del cerebro—, le impusieron una condición irrenunciable: tendría que trabajar en el sótano y pasar lo más desapercibido posible.

En realidad, era lo mejor que podía hacer, también fuera del laboratorio. En Praga el clima estaba cada vez más enrarecido y las autoridades acosaban a quienes no encajaban en el nuevo paraíso socialista. Algunos amigos de Rudi desaparecieron de la noche a la mañana y nadie volvió a verlos nunca. En 1952, muchos tuvieron una desagradable sensación de *déjà vu* al saber que Rudolf Slánský y otros trece altos cargos del Partido Comunista de Checoslovaquia habían sido detenidos por desviacionismo ideológico. Los acusaban de ser «titoístas y sionistas». Diez de ellos, incluido Slánský, eran judíos. Once, incluido Slánský, fueron ahorcados.

Rudi sintió una gran desazón al ver el cariz que estaban tomando las cosas, pero tampoco le extrañó. En todo el tiempo que llevaba viviendo en Praga desde el fin de la guerra, nadie le había preguntado por Auschwitz. Era incapaz de saber si porque el tema era tabú o porque, sencillamente, era algo que no despertaba el interés de quienes lo rodeaban, pero el resultado era el mismo. Rudi asistía todos los años a los actos en conmemoración de Auschwitz que organizaba en Praga la Unión de Combatientes Antifascistas, pero ni siquiera allí se mencionaba la suerte que habían corrido los judíos.[37] Oyó hablar mucho del heroísmo de los comunistas checos y del sufrimiento de otros compatriotas que se habían opuesto a los nazis. Pero de los judíos, ni media palabra. Ni siquiera sobre los niños checos del campo familiar, gaseados junto con sus padres. Algunos habían muerto cantando el himno nacional checo, pero su país no quería saberlo.[38]

Rudi pasó cuatro años trabajando en aquel sótano y, con el tiempo, logró progresar: un científico de la Universidad de Moscú se había fijado en un artículo suyo y, poco después, aquel implícito plácet soviético permitió que Rudi se trasladase a un laboratorio bien equipado y que su condición de paria quedase revocada. Aun así, seguía viviendo bajo un régimen cuyo antisemitismo era ahora flagrante e irrefutable. Su matrimonio estaba roto. Y se sentía solo. Tampoco podía recurrir a su compañero de fuga porque, desde que Fred se había casado, su amistad se había agriado y habían perdido el contacto. Etela Wetzlerová también había sido prisionera en Auschwitz, pero esa experiencia común, lejos de cimentar la conexión entre la prometida de Fred y su compañero de fuga, no hizo más que despertar las sospechas de Rudi, que no podía evitar preguntarse qué habría hecho Etela para comprar su supervivencia en el campo. ¿Habría sido una *kapo*?[39]

Rudolf Vrba, que nada ansiaba más que la libertad, no se sentía un hombre libre en la Praga de los años cincuenta. Y por eso, una vez más, empezó a dar vueltas a la posibilidad de fugarse.

26

Una nueva nación, una nueva Inglaterra

En Auschwitz había aprendido que la evasión era una ciencia cuya disciplina no admitía precipitación. Requería tiempo y un estudio paciente. Si quería escapar de la Checoslovaquia comunista, tenía que hacerlo bien a la primera. Si lo intentaba y fracasaba, su situación empeoraría mucho.

Una vez más, la oportunidad se presentó gracias al trabajo. El interés que su artículo científico había despertado en Moscú lo llevó a publicarlo en *Uspekhi Sovremennoy Biologii* [*Avances de Biología Moderna*], la revista más prestigiosa de la Unión Soviética en ese campo. Fue el primer biólogo checoslovaco que obtuvo tal reconocimiento. Su recompensa llegó en forma de un pasaporte y el derecho a asistir a congresos o dar conferencias en el extranjero. A lo largo de los dos años siguientes, viajó a Dinamarca, Ucrania y Rusia. En 1954 se celebró una convención científica en Polonia. Los anfitriones organizaron una visita en autobús a Auschwitz. Diez años después de su huida, Rudi se subió al autobús y fue a visitar el lugar. Mientras sus colegas deambulaban por el campo haciéndose preguntas, Rudi no dejó que nadie adivinara que él ya había estado allí. ¿De qué habría servido? A su juicio, alguien que no hubiera pasado por eso no podía entenderlo.[1]

En 1958 recibió una invitación para asistir a dos congresos que iban a celebrarse de forma consecutiva en Estrasburgo y Viena. Como en ocasiones anteriores, solicitó el permiso y siguió el procedimiento habitual. Si obtenía el consentimiento oficial, se dirigiría al aeropuerto, donde le entregarían el pasaporte, custodiado en el Ministerio de Ciencia, y le permitirían salir de forma autorizada. Como ya había viajado otras veces a Occidente sin incidentes, el permiso llegó. Todo marchaba según lo previsto.

El problema era que Rudi ya no era el adolescente Walter Rosenberg. En Auschwitz no tenía que cuidar más que de sí mismo; lo único que tenía que perder era su propia vida. Ahora, sin embargo, tenía dos hijas a las que quería. Ya no vivían bajo el mismo techo, pero a menudo se quedaban en su apartamento, donde guardaban algunos de sus juguetes. Por alguna razón, no soportaba imaginar que sus niñas se quedasen sin sus juguetes para siempre.

De modo que, más o menos una semana antes de viajar a Estrasburgo, fue a visitar a su exmujer. Le dijo que iba a dar clases en la Unión Soviética durante un año y que quería dejar los juguetes de las niñas. Gerta se los quedó, pero sospechó algo. Preguntó por ahí y se enteró de que a sus amigos y colegas no les había dicho que fuera a tomarse un año sabático en Moscú, pero sí que lo habían invitado al IV Congreso Internacional de Bioquímica de Viena. El encuentro iba a durar solo unos días, por lo que no había razón para que Rudi le hubiera devuelto las cosas de las niñas. A no ser que no tuviera intención de volver.

Rudi no lo sabía, pero Gerta también llevaba tiempo soñando con escapar. Había conocido y se había enamorado de un científico británico, Sidney Hilton, que visitaba Praga con regularidad. Si se convertía en la exesposa de un desertor a Occidente, el Estado la sometería a un intenso escrutinio y no conseguiría salir jamás. Ella y sus hijas estarían atrapadas. Sin embargo, había aprendido de un maestro, su antiguo marido. Era el momento de planear su propia fuga.

Ella también tenía que asistir a un congreso científico, solo que en Polonia. Aprovechando que disponía de un visado que le permitía regresar a Checoslovaquia a través de cualquier país de Europa, urdió un plan elaborado y audaz. Acudiría al congreso y regresaría a Checoslovaquia a pie a través de las montañas de los Gigantes, para que nadie registrara su entrada en el país. En Praga, recogería a Helena y Zuzka, que tenían tan solo seis y cuatro años, y volvería a cruzar las montañas a pie para no ser detectada, esta vez con las niñas. Una vez en Polonia, ella misma se encargaría de falsificar la documentación necesaria para las pequeñas y las tres tomarían un avión con destino a Copenhague... y a la libertad.

Así fue como Rudi y Gerta, los novios de adolescencia de Trnava, cruzaron el telón de acero para iniciar una nueva vida el mismo día. No fue una operación coordinada, al contrario: más tarde ambos asegurarían que su acicate para actuar fue el miedo a que el otro se escapara primero. Sea como fuere, el destino quiso que mientras sus hijas y su exmujer subían al monte Sněžka bajo la niebla y la lluvia para luego emprender un resbaladizo descenso de seis horas hasta Polonia, Rudi se presentaba en el aeropuerto de Viena.[2] Ese día, los Vrba se convirtieron en una *troupe* familiar de artistas de la fuga. Porque el billete de Rudi no era para volar de vuelta a casa, a Praga, sino que se dirigía a un país que tenía más o menos la misma edad que sus hijas. Su destino era Israel.

No es que Rudi se hubiera vuelto sionista y pretendiera regresar a sus raíces; su intención era más pragmática: había elegido Israel como puerta de entrada a Occidente, ya que era un país fuera del bloque comunista al cual tenía garantizada la entrada. En virtud de la ley del Retorno, como judío podía obtener la ciudadanía israelí de forma automática.

A las seis semanas de su llegada a Israel, le ofrecieron un trabajo en Estados Unidos. Rudi no cabía en sí de la emoción y solicitó un visado de inmediato. Pero no lo obtuvo. En 1958, las autoridades estadounidenses no veían con muy buenos ojos a los antiguos miembros del Partido Comunista de Checoslovaquia, fueran cuales fueran sus razones. A cambio, Rudi consiguió un puesto en el Departamento de Bioquímica del Instituto de Investigación Veterinaria, dependiente del Ministerio de Agricultura de Israel, en Beit Dagan, un pequeño y anodino municipio al sur de Tel Aviv.

A Rudi no le convenció Israel. En parte, lo encontró demasiado tribal. La retórica patria hablaba de la unidad de los judíos, pero la realidad que él veía eran grupos de personas agrupadas en clanes: judíos alemanes por aquí, judíos húngaros por allá.[3] No le apetecía demasiado volver a definirse a través de la categoría de judío eslovaco. Tampoco lo conmovía el romanticismo de la nación eternamente perseguida que por fin era capaz de defenderse. Por lo que a él respectaba, ya se había defendido.[4]

Pero había algo más doloroso. Cuando miraba a su alrededor, a menudo veía que los cargos más elevados del nuevo Estado estaban en manos de los mismos individuos que, a su juicio, no habían estado a la altura de la histórica prueba a la que se habían enfrentado menos de quince años antes. Entre ellos había varios dirigentes judíos eslovacos —como Krasňanský y Neumann— que, en su opinión, habían fracasado no en una, sino en dos ocasiones: primero, posibilitando las deportaciones nazis mediante la elaboración de aquellas listas por cuya culpa Rudi había terminado en Auschwitz; y después, tras la evasión de Fred y Rudi, al no haber difundido su informe cuando todavía podría haber salvado más vidas. Aquellos hombres estaban ahora cómodamente asentados en un nuevo país. Estaban vivos, mientras que otros estaban muertos.

La conducta de esos líderes judíos durante la guerra era un tema que levantaba ampollas en el Israel donde aterrizó Rudolf Vrba. En agosto de 1952, Malkiel Gruenwald, un panfletista del sionismo «revisionista» de derechas, había publicado un pasquín en el que denunciaba al hombre que ahora se hacía llamar Israel Rudolf Kasztner.[5] Gruenwald era un judío húngaro ya entrado en años que había perdido a cincuenta y dos de sus familiares a manos de los nazis y culpaba de ello a Kasztner, ahora funcionario del Estado, portavoz del Ministerio de Comercio e Industria y aspirante a diputado por el Mapai, el partido en el Gobierno. La filípica de Gruenwald acusaba a Kasztner de haber colaborado con los nazis para salvar su pellejo y el de un grupo elegido a dedo de casi mil setecientas personas, a costa de cientos de miles de vidas judías.

Dado que Kasztner era funcionario del Gobierno, aquello no era un asunto privado. El fiscal general del joven Estado acusó a Gruenwald por difamación. El juicio duró un año y suscitó un enorme interés, tanto entre la prensa como entre la ciudadanía del país y el extranjero, pues todo el mundo tenía claro que era Kasztner, y no Gruenwald, quien realmente se sentaba en el banquillo de los acusados. ¿Era ese hombre un libertador porfiado que había utilizado todas las componendas y artimañas a su alcance para salvar a 1.684 judíos de las cámaras de gas? ¿O era alguien que había contribuido a allanar el camino para que los nazis asesinasen a los judíos de Hungría y que, a cambio, había sido recompensado con el derecho a sacar del país a sus amigos y familiares, junto con unos cuantos judíos prominentes? ¿Creía que al negociar con los nazis estaba ganando tiempo para los judíos de Hungría? ¿O, por el contrario, era consciente de que estaba ganando tiempo para que las SS los asesinaran? Aquel juicio por difamación se convirtió en el foro ideal para que el joven Estado de Israel se enfrentase con lo que la teórica política judeoalemana Hannah Arendt definiría más tarde como «uno de los más tenebrosos capítulos de la tenebrosa historia de los padecimientos de los judíos en Europa»: el papel que dirigentes judíos como Kasztner habían sido acusados de desempeñar en la destrucción de su propio pueblo.[6]

Todo el proceso giró, con variaciones, sobre la misma pregunta: ¿qué sabía Kasztner y cuándo, exactamente, lo había sabido? Y a efectos de dilucidar ese extremo, el informe de Fred Wetzler y Rudolf Vrba resultaba decisivo. El abogado de Gruenwald acusó a Kasztner de ocultar el *Informe Vrba-Wetzler* a quienes debían verlo. Para él, aquel «tren vip» para los familiares y amigos de Kasztner era la recompensa con que los nazis premiaban su silencio.[7]

El 25 de febrero de 1954, el juicio alcanzó un punto de inflexión con la revelación en la sala del tribunal de que Kasztner había sido un contacto útil para las SS no solo cuando los nazis tenían el cuchillo en la garganta de los judíos —cuando la situación era tan desesperada que podría haber requerido medidas igualmente desesperadas—, sino también tras el fin de la guerra. Cuando ya no podía alegar que su intención era salvar a los judíos negociando con las SS, Kasztner había actuado como testigo a favor de algunos de los secuaces más despiadados de Eichmann. En 1947 había viajado a Núremberg para testificar por escrito a favor del *Standartenführer* de las SS Kurt Becher, el hombre acusado de saquear los bienes económicos de propiedad judía en Hungría, gracias a lo cual Becher se había salvado de ser procesado como criminal de guerra.[8] Más tarde se sabría que Kasztner había prestado testimonios similares a favor de varios oficiales de alta graduación de las SS con los que había tenido trato, incluido el comandante de Becher, el *Obergruppenführer* Hans Jüttner, así como los dos hombres con los que finalmente llegó a un acuerdo: el *Obersturm-*

bannführer Hermann Krumey y el *Hauptsturmführer* Dieter Wisliceny. Kasztner incluso había mantenido el contacto con las familias de los hombres de las SS, como la esposa de Krumey, a la que había escrito ofreciéndose a enviarle «paquetes de alimentos».[9] Quizá la motivación de Kasztner no fuera tanto la compasión por aquellos nazis desamparados como el miedo de un hombre chantajeado a quedar en evidencia.[10]

Solo de forma indirecta, aquel juicio fue una querella entre dos judíos húngaros, Kasztner y Gruenwald. Ante todo fue una batalla entre el partido progresista del Gobierno y la oposición derechista y revisionista. También simbolizó el choque entre un nuevo Israel que se imaginaba intrépido y fuerte frente a todos sus enemigos, y lo que ese nuevo país veía como una diáspora de judíos pusilánimes que se habían dejado llevar a las cámaras de gas como ovejas al matadero y cuyos líderes habían preferido negociar a oponer resistencia. Para sus defensores, Kasztner fue un chivo expiatorio muy oportuno en el que el nuevo Estado pudo verter toda su rabia y su vergüenza. «Necesitan a alguien a quien culpar», le dijo Hansi Brand a Kasztner, su amante, durante el juicio.[11]

El 22 de junio de 1955 el juez dictó la sentencia, y fue condenatoria. Llegó a la conclusión de que el otrora líder de la judería húngara era culpable de «colaboración en el sentido más amplio de la palabra», de que había «vendido su alma al diablo» y fraguado un pacto diabólico por el cual la inmensa mayoría de los judíos húngaros dieron su vida a cambio de la de unos pocos privilegiados.[12] Uno de los elementos determinantes de su crimen había sido no divulgar lo que sabía. Gracias a las declaraciones de Vrba y Wetzler, Kasztner conocía el destino de aquellos trenes, sabía lo que significaba Auschwitz. Pero se había guardado esa información para sí. No había animado a los suyos ni a resistir ni a escapar; antes bien, les había negado el estímulo esencial para ello: los datos que vaticinaban su destino.

La sentencia sacudió los cimientos de la sociedad israelí y desencadenó una crisis política que acabaría provocando la caída del Gobierno. La Fiscalía General recurrió la decisión: aquel caso, que —al cuestionar cómo sus líderes se habían enfrentado a la amenaza de una erradicación asesina— había tocado el punto más neurálgico de la psique de un pueblo ancestral y de un Estado recién nacido, quedaba ahora en manos de su más alto tribunal.

Mientras preparaba la apelación, Kasztner estuvo ganándose la vida en la estrecha redacción de *Új Kelet*, el pequeño periódico en lengua húngara en el que había trabajado en Kolozsvár antes de la guerra y que había renacido en Tel Aviv.[13] En marzo de 1957, al regresar de un turno de noche, aparcó su automóvil y vio acercarse a dos jóvenes, más un tercero que merodeaba detrás de ellos. Uno le preguntó si era el «doctor Kasztner». Al responder que sí, el tipo sacó una pistola y apretó el gatillo, pero erró el tiro. Kasztner echó a correr empujando al pistolero a un lado, pero el asaltante disparó de nuevo, dos veces. Kasztner se desplomó sangrando en medio de la calle.[14] Lo trasladaron al hospital, donde murió a consecuencia de las heridas una semana y media después.

El mes de enero siguiente, los cinco jueces del Tribunal Supremo dictaron sentencia, ya de forma póstuma. Fallaron a favor de Kasztner por cuatro a uno. Sostenían que era injusto juzgar a un hombre a la luz de información conocida solo *a posteriori*. Aceptaban que Kasztner había creído de buena fe que sus esfuerzos iban destinados a salvar a la mayoría, y no solo a unos pocos, aun cuando esa creencia se revelara fatalmente errónea. El presidente del tribunal dijo: «No juzgues a tu prójimo hasta que estés en su lugar».[15]

Ese, pues, era el país cuya ciudadanía Rudolf Vrba acababa de obtener, un país desgarrado por un caso en el que sus acciones habían desempeñado un papel capital. El Tribunal Supremo había intentado minimizar esa división, mitigar el dolor. El nuevo Israel quería relegar la destrucción de los judíos a manos de los nazis al pasado, al terreno de la historiografía. Pero para Rudolf Vrba, que aún no tenía ni treinta años, el pasado no estaba muerto. Ni siquiera era el pasado.

Rudi permaneció en Israel algo más de dieciocho meses. En cuanto supo que sus hijas y su exmujer se encontraban en Inglaterra, solicitó un visado y un permiso de trabajo, e hizo planes para dirigirse allí. Y así, a principios de la década de 1960, Rudi logró por fin el objetivo que había inspirado, pero abandonado, al adolescente Walter Rosenberg casi dos decenios antes: llegar a Londres.

Casi no tenía dinero, pero nada más llegar tuvo un golpe de suerte: se reencontró con la mujer que tiempo atrás lo había recompensado con un pastel por hacerse pasar por su hijo con un amante traicionero. La mujer vivía ahora en Londres y le prestó dinero suficiente para amueblar un piso. Tantos años después, y pese a estar Inglaterra y no en la

Eslovaquia de provincias, seguía siendo lo que su madre habría llamado «una mantenida».

Rudi trabajaba en la unidad de investigación neuropsiquiátrica del Consejo de Investigación Médica, con sede en Carshalton, en el condado de Surrey. Ahora tenía la oportunidad de ampliar las investigaciones que había iniciado en Praga y que le habían valido la atención de Moscú. Llevaba varios años centrado en comprender los misteriosos detalles relativos a cómo las células se mantienen; cómo interactúan con otras células; cómo responden a las demandas de las células vecinas; cómo encuentran, absorben y consumen energía; cómo se reparan; cómo se dividen; y, lo más importante, cómo mueren. Este último punto le interesaba especialmente. En el trabajo de Rudi, la muerte era ineludible porque representaba una parte indispensable de toda vida biológica. Incluso la vida sana de un animal complejo dependía de un proceso de muerte por selección. Ese era el término que utilizaban los especialistas, *selección*. Más tarde, los biólogos llamarían a ese fenómeno *apoptosis*, o incluso *muerte celular programada*.

¿Es posible que Rudi vislumbrara un destello de su vida anterior cuando observaba la platina del microscopio o examinaba las placas de cultivos celulares allí, en las afueras del sur de Londres? La investigación que había comenzado en Praga y que ahora continuaba en Carshalton se centraba sobre todo en qué le ocurre al tejido celular cuando la criatura huésped es sometida a una gran tensión; por ejemplo, cómo afecta el esfuerzo al cerebro o al corazón, o cómo la célula metaboliza la glucosa y el oxígeno para hacer todo lo que se le exige. En sus artículos para la revista científica *Nature*, donde publicaba con cierta regularidad, Rudi describía los experimentos que realizaba en el laboratorio sirviéndose de los métodos que por entonces eran habituales. Para un estudio con ratas, había dividido a los animales en dos grupos de seis y los había obligado a nadar durante cuatro horas y media. A continuación, «cuando hubieron terminado de nadar, las ratas fueron sumergidas en aire líquido y congeladas *in vivo*. Se les extrajo el cerebro congelado y se homogeneizó a baja temperatura triturándolo hasta convertirlo en un polvillo fino».[16] En otro experimento, «los animales fueron decapitados y su sangre (un mililitro) recogida inmediatamente [...]. Se les extrajeron rápidamente el cerebro (entero, salvo el cerebelo), el corazón, el hígado y una muestra del músculo gastrocnemio, que se congelaron en nitrógeno líquido».[17] En 1964, empezó a trabajar con ratones, a los que administraba inyecciones a intervalos de quince minutos para luego matarlos y sumergirlos en nitrógeno líquido.[18] Y siempre se planteaba la misma pregunta, una pregunta que él mismo había tenido que afrontar mucho antes de pisar un laboratorio: ¿qué le ocurre a un ser vivo cuando se enfrenta a una tensión extrema y letal?

Desde el principio, Rudi fue consciente de que él no era más que una parte de una maquinaria internacional a la que se había incorporado cuando ya estaba en marcha y que seguiría funcionando cuando su carrera hubiese terminado. Había una campaña global destinada a comprender las células y su funcionamiento en la cual participaban biólogos evolutivos, embriólogos, bioquímicos, genetistas, farmacéuticos, químicos, ingenieros y físicos, una campaña que abarcaría el mundo entero a lo largo de todo el siglo. Como cuando luchaba a las órdenes del capitán Uher, Rudolf Vrba solo era un soldado raso más.

Pero Inglaterra no era solo el país donde tenía su laboratorio: también era el hogar de sus hijas. Gerta y las niñas vivían en Kenton, a las afueras de Londres, con Sidney Hilton como marido y padrastro. Y a pesar de no vivir ya bajo el mismo techo, Rudi y Gerta se las arreglaban para provocarse mutuamente y complicar las cosas.

Para empezar, Rudi comenzó a verse con Beth, la exesposa de Sidney. A veces él la visitaba en su domicilio de Highgate; otras se quedaban en la casa de Rudi, en Sutton; es posible que los fines de semana tuvieran a las niñas con ellos. En Praga, Rudi hacía enfadar a Gerta jugando con las pequeñas a altas horas de la noche; ahora, en Londres, era habitual que tras tenerlas en casa el fin de semana se olvidase de llevárselas a Gerta el domingo a última hora. Más de un lunes por la mañana se despertaban en Surrey, a pesar de que tenían que ir al colegio en Kenton.

Gerta, por su parte, también hacía perder los estribos a su exmarido. Nada más llegar a Inglaterra, Rudi había ido a visitar a sus hijas, a las que no veía desde hacía dieciocho meses. Él explicaba que se había presentado en la casa sin avisar y se había encontrado a las niñas jugando en el jardín. Al acercarse a la valla, la más pequeña lo miró nerviosa.

—Zuza, es *tata* —dijo Helena, de ocho años, utilizando la palabra checa para decir 'papá', que Rudi y ellas siempre utilizaban.

La menor de las hermanas miró a su padre y dijo:

—Me dijeron que te habías muerto.[19]

Eso fue algo que a Rudi le costó perdonar.

La antigua pareja andaba siempre a la greña. Rudi acusaba a Gerta y a Sidney de intentar que lo deportaran de Gran Bretaña y de haber escondido una vez a Helena para que no pudiera verla.[20] Gerta insistía en que su exmarido estaba totalmente paranoico.

Al final, Gerta concluyó una vez más que tendría que recurrir a la ley. Acudió a un bufete de abogados de familia, Theodore Goddard, donde la atendió una mujer que tenía fama de ser una de las matrimonialistas más eminentes de Londres.[21] Se llamaba Blanche Lucas. Gerta la puso en antecedentes y le relató el extraordinario pasado de su exmarido. Mientras hablaba, Lucas pensó que todo aquello le resultaba familiar. Finalmente, ató cabos. Veinte años antes, cuando trabajaba en Zúrich como secretaria del periodista británico Walter Garrett, había traducido al inglés el *Informe Vrba-Wetzler*, cuya versión resumida había dado la vuelta al mundo. Y ahora estaba a punto de actuar contra uno de los dos autores de aquel informe, y con éxito: Gerta obtuvo la custodia exclusiva de las niñas[22] y a Rudi solo le concedieron derechos de visita limitados.[23]

Por hache o por be, Auschwitz nunca estaba lejos. Rudi no llevaba mucho tiempo en Inglaterra cuando, acaso por primera vez, el campo de exterminio se convirtió en tema de conversación pública. Adolf Eichmann había sido secuestrado en plena calle en Argentina en mayo de 1960 y once meses después iba a ser juzgado en Jerusalén. Después de quince años de silencio indiferente, de pronto el mundo se interesaba por el asesinato de los judíos. Un amigo le sugirió a Rudi que se dirigiera a algún periódico británico y contase su historia.

El resultado fue una serie de cinco artículos que el *Daily Herald* publicó entre un lunes y un viernes en vísperas del juicio. La primera entrega se tituló, de forma no del todo acertada, «Yo impedí que Eichmann asesinase a seiscientos mil judíos». Mientras los artículos, de mil palabras cada uno y escritos con el reportero Alan Bestic, incrementaban las ventas diarias del *Herald*, Rudi apareció también en la radio y la televisión. Como gesto de gratitud, el periódico le entregó un cheque por valor de su salario anual como científico.

Pronto aquello dio lugar a un libro. La idea surgió a raíz de una conversación entre Rudi y su lechero de Sutton. El hombre había leído los artículos del *Herald* y confesó que no le habían gustado. Creía que el doctor Vrba estaba difundiendo mentiras sobre los alemanes y que eso no estaba bien. El hombre, por supuesto, tenía claro que Hitler era una amenaza: él mismo había perdido una pierna en la guerra. Pero las historias que Rudi había contado en el periódico no podían ser ciertas. Los judíos eran un pueblo inteligente, decía el lechero, se hacía imposible imaginar que hubieran llevado a sus hijos de la mano hasta los trenes que debían conducirlos a las cámaras de gas.[24] Era inconcebible. En ese momento, Rudi comprendió que iba a tener que hacer mucho más para explicar cómo los nazis habían conseguido cometer el que quizá fuera el mayor crimen de la historia de la humanidad.

Durante dieciocho días de agosto de 1963, volvió a sentarse con Bestic y le explicó toda la historia tan aprisa como la taquigrafía del reportero se lo permitía. El resultado fue el libro *I Cannot Forgive* [*No puedo perdonar*], publicado ese mismo año. La editorial, y tal vez los lectores, debieron dar por hecho que el objeto de la frase del título eran Adolf Hitler y los nazis: que era a ellos a quienes Rudolf Vrba no podía perdonar. Pero Gerta no opinaba igual. Ella había sido testigo de cómo Rudi se enfurecía a medida que pasaba el tiempo e iban sabiéndose cosas acerca de la guerra, y de cómo su furia se focalizaba sobre todo en quienes no habían transmitido el mensaje que él y Fred Wetzler habían sacado a escondidas de Auschwitz. Cuando Gerta leyó el libro que había escrito su exmarido, pensó que en los primeros puestos de la lista de personas a las que Rudi nunca perdonaría debía de estar Rezső Kasztner.[25]

Parte de esa ira estalló durante el juicio de Eichmann: varios supervivientes de las deportaciones húngaras interrumpieron el testimonio de un antiguo miembro del consejo judío de Budapest, increpándolo en húngaro y en yidis desde la tribuna del público.[26] La irritación llegó incluso a Gran Bretaña. Rudi había querido testificar en el juicio de Eichmann. Uno de los jueces —el mismo que en 1955 había condenado a Kasztner por vender «su alma al diablo»— votó a favor, pero los otros dos se negaron. Rudi tuvo que conformarse con prestar declaración jurada en la embajada de Israel en Londres.[27] No obstante, cuando Hannah Arendt, que había cubierto el juicio para la revista *New Yorker*, publicó algunas de sus conclusiones en el periódico *Observer* de Londres, Rudi encontró la ocasión para intervenir. En la página de cartas al director, defendió a Arendt frente a un académico israelí que se declaraba horrorizado por el peso que había concedido la autora al papel de los consejos judíos o *Judenräte*. Rudi describió cómo él y Fred habían escapado, recopilado su detallado informe y lo habían hecho llegar a las manos adecuadas, movidos por el deseo de prevenir a los judíos de Hungría de que ellos iban a ser los siguientes. «¿Les dijo el *Judenrat* de Hungría lo que les esperaba? No, guardó silencio, y algunos de sus líderes —por ejemplo, el doctor R. Kasztner— negociaron directamente con Eichmann prestar su silencio a cambio de su vida y la de otros 1684 judíos "prominentes"».[28]

La posibilidad de rehacer su vida en Inglaterra iba cobrando forma. Rudi empezaba a labrarse un nombre; su trabajo lo llenaba, y, aunque ya no tenía a su esposa, por lo menos vivía en el mismo país que sus hijas. Y entonces, poco a poco, las cosas se desmoronaron.

Al margen de cuál fuera la situación legal, el conflicto con Gerta por las niñas no se había apaciguado. En 1964, su exmujer y el marido de esta se trasladaron a la Universidad de Birmingham y el contacto con Helena y Zuza se volvió aún más dificultoso.[29] La situación se deterioró también en lo profesional. Su superior en el instituto de Carshalton siempre había estado de su parte, pero, como reviviendo lo sucedido en Praga, Rudi empezó a sospechar que su jefe le robaba las ideas. En lugar de aclararlo directamente con él, Rudi puso una queja ante el organismo supervisor, el Consejo de Investigación Médica. Aquello solo podía acabar de una manera, y, efectivamente, Rudi recibió el aviso de que no le renovarían el contrato. Gerta siempre había creído que la paranoia era lo que le había permitido sobrevivir en Auschwitz. Ahora, sin embargo, había sido su perdición.

Pero Rudolf Vrba no había perdido su talento para encontrar vías de escape. Cuando llegaba a un callejón sin salida, sencillamente cambiaba de ruta.

27

Canadá

A finales del verano de 1967 volvió a cambiar de país. Esa vez sería la definitiva. Seguía sin poder obtener un visado para residir en Estados Unidos por culpa de su antigua afiliación al Partido Comunista de Checoslovaquia, pero de repente esos antecedentes iban a revelarse útiles. Un profesor visitante de Carshalton sabía de un departamento de farmacología en Vancouver dirigido por un par de comunistas estadounidenses que habían huido al norte para escapar del macartismo. El compañero de Rudi se puso en contacto con la pareja y les habló de aquel camarada checo, al que también le habían negado la entrada a Estados Unidos por culpa del carnet del partido y al que quizá podían acoger. La pareja, movida por el espíritu de la solidaridad marxista internacional, le abrió las puertas de su casa, sin saber que ahora era un ferviente anticomunista. Rudi encontró trabajo como profesor en la Facultad de Medicina de la Universidad de la Columbia Británica de Vancouver, en la costa oeste de Canadá. Había llegado a la tierra de la abundancia imposible que él y sus compañeros del *Kommando* de ordenación habían imaginado alguna vez. Tenía cuarenta y tres años, y Auschwitz no podía estar más lejos.

Se instaló en su departamento y obtuvo un cargo adicional como miembro del Consejo de Investigación Médica de Canadá. Continuó publicando artículos («Molecular Weights and Metabolism of Rat Brain Proteins» apareció en 1970) y pronto logró también cierta estabilidad en lo personal.

Esta llegó gracias a la satisfacción de una ambición que se había visto frustrada más de un decenio antes. En 1973, un año después de que le concedieran la nacionalidad canadiense —el quinto Estado del que era ciudadano—, obtuvo una plaza de dos años como profesor visitante en la Escuela de Medicina de Harvard y una beca para investigar sobre los marcadores del cáncer en el Departamento de Gastroenterología del Hospital General de Massachusetts de Boston. A lo mejor fue el patrocinio de una institución de élite como Harvard lo que marcó la diferencia, pero el caso es que las autoridades estadounidenses accedieron por fin a ver más allá de su breve historial comunista. Bien es cierto que, con el dinero que enviaba a Bratislava para su madre y a Inglaterra para sus hijas, apenas le quedaba con qué vivir. Pero por fin iba a entrar en Estados Unidos.

No llevaba mucho tiempo en Boston cuando la conoció. Fue en una fiesta: todo el mundo hablaba de Nixon y del Watergate, Rudi rondaba los cincuenta años y ella tenía veinticuatro. Se llamaba Robin Lipson y, en cuanto lo vio, pensó que tenía un aire adorable.[1] Ella, además de ser la persona más joven de la sala, también era bastante llamativa. Trabajaba como camionera para la marca de medias

L'eggs. El primer golpe de efecto de la empresa había consistido en empaquetar sus medias en un envoltorio de plástico con forma de huevo; el segundo, en distribuirlas mediante una flota de conductoras ligeras de ropa. Y Robin era una de ellas. Tenía tan solo dos años más que Helena, la hija de Rudi. Él era mayor que su madre y solo un año menor que su padre. Aun así, ambos congeniaron enseguida.

La primera vez que salieron juntos fue para ir a la ópera, a ver *Guerra y paz*. Poco después hicieron una excursión al lago Walden, el lugar que tanto amaron Thoreau y Emerson. La pareja se sentó en una roca, sin hablar demasiado, mientras Rudi le daba vueltas a un rompecabezas científico que no había logrado resolver en el laboratorio. De repente miró a Robin y dijo: «Oh, sí. Ya lo tengo». La muchacha estaba fascinada.

El 13 de septiembre de 1975 se casaron, aunque antes tuvieron que convencer a un juez de Boston de que los documentos de divorcio emitidos por la República Socialista de Checoslovaquia eran válidos. Poco a poco, la agitación y el desasosiego empezaron a remitir; Rudi parecía más sereno. En Praga, fiscalizaba todo lo que hacía Gerta, quería saber adónde iba y con quién se veía, y además exigía que cumpliera con lo que para él eran sus responsabilidades como esposa en el hogar. En cambio, en Vancouver, Rudi aceptó que su joven esposa era una mujer independiente. No tenía ningún inconveniente en que Robin trabajara —con el tiempo, llegó a ser una importante agente inmobiliaria y su trabajo se convirtió en la principal fuente de ingresos de la familia, de suerte que, por primera vez en su vida adulta, Rudi no tuvo que preocuparse más por cómo iba a pagar el alquiler—[2] y dejase en sus manos las responsabilidades de la casa, incluido cocinar, que para él había sido siempre una tarea exclusivamente femenina.[3] Rudi se especializó en platos del viejo continente: *goulash*, pollo con páprika, *schnitzel*...

Cuando su primera esposa se enteró de cómo era la nueva vida de su exmarido, se quedó maravillada del cambio que se había operado en él y atribuyó la transformación a Robin. Gerta tenía claro al fin que eso era lo que Rudi necesitaba: una mujer de otra generación y de otro continente, alguien totalmente ajeno a la órbita del planeta Auschwitz.

Rudi le decía a Robin que el tema de Auschwitz lo «aburría», y a sus colegas, que no dedicaba más de la mitad del 1 % de su tiempo al Holocausto.[4] Según él, prefería no hablar de ello si podía evitarlo. Para conocer la historia de su vida, Robin tuvo que leer sus memorias en la Biblioteca Pública de Boston (buscó «Rudolf Vrba» y encontró dos libros con ese nombre; el primero era de un vehemente nacionalista checo y había sido publicado en 1898). Encontró *I Cannot Forgive* y se lo acabó en dos sentadas.

Evidentemente, desde un primer momento se había fijado en el tatuaje que tenía en el brazo, de modo que sabía que era un superviviente de Auschwitz, pero no había querido indagar más: la habían educado en la creencia de que preguntarles por su experiencia a quienes habían vivido el Holocausto era señal de poco tacto y mala educación. Rudi, de hecho, ni siquiera mencionó nunca que hubiera escrito una autobiografía; fue una amistad común la que le dijo a Robin que tenía que leerla. Robin se sentó en el patio de la biblioteca y leyó el libro entero en dos sesiones, fumando sin parar. Cuando hubo terminado, se sintió culpable, como si hubiera invadido la intimidad de aquel hombre asombroso.[5]

Y, sin embargo, incluso en Vancouver, donde Canadá termina y empieza el océano Pacífico, en una ciudad considerada por muchos como la más habitable del mundo, Auschwitz logró entrometerse. A veces, Robin y Rudi salían a pasear y, cuando a ella le costaba seguirle el ritmo, él la reñía entre irritado y burlón: «¿Qué pasa? ¿Eres un *Muselmann*?».[6] Lo decía en broma, pero para Robin el mensaje estaba claro: no seas débil; los débiles no sobreviven.

En ocasiones, cuando conocían a gente en una fiesta o un acto de la universidad, Rudi hacía comentarios sobre el destino que tal o cual persona habría tenido en el campo. «Ah, ese se habría muerto enseguida —decía—. El otro no habría salido. Ah, y ese habría sido *kapo*».[7]

Luego estaba la cuestión del vestuario: su afición a la indumentaria de safari, a menudo de color caqui —un resabio de sus tiempos de soldado— y la costumbre de hacerse la ropa a medida. Le gustaba que las prendas tuvieran múltiples bolsillos, siempre con cremallera, así no tenía que llevar bolsas. Era otra de las lecciones de Auschwitz: los objetos de valor, mejor llevarlos encima.

Auschwitz nunca andaba lejos. Un bochornoso día de julio de 1978, en Nueva York, Rudi estaba en un restaurante cuando se fijó en que el camarero, que iba de manga corta, tenía un número tatuado en el brazo. De pronto, Rudi le dijo al hombre que debía ser un judío de Będzin, en Polonia, y que seguramente había llegado a Auschwitz en verano de 1943. El camarero, asombrado, confirmó que así era.[8] En su momento, Rudi había memorizado los detalles de todos y cada uno de los cargamentos, y aquella información, grabada a fuego en la memoria para poder sacarla de Auschwitz, ya nunca se le había olvidado.

Rudi trataba a su joven esposa, a la que llamaba «Robchek», con una dulzura y una atención casi paternales. Cuando caminaba, pisaba suavemente, y sonreía con facilidad. Eso sí, tenía un genio terrible. Cuando lo provocaban, y sobre todo cuando creía que Robin se había comportado de forma desconsiderada o injusta, podía ser duro y corrosivo. Cuando discutían, Rudi daba mil vueltas a las cosas, hasta que Robin se sentía confundida y acababa disculpándose, aun cuando la culpa no fuera suya. Él era un polemista avezado, y ella, según admisión propia, era joven y simple.[9] Al final, la dialéctica de Rudi siempre se imponía, incluso en las cuestiones más delicadas.

Nunca tuvieron hijos, sobre todo porque él se lo quitó de la cabeza, hasta el punto de intimidarla. Cuando hablaban del tema, las objeciones de Rudi pasaban por encima de los deseos de ella como una apisonadora. Se negaba en redondo. Decía que, en parte, había sobrevivido a la guerra porque no tenía hijos. Estaba convencido de que la presencia de Helena y Zuza en su vida lo había convertido en un hombre vulnerable. Se había vuelto débil, se dejaba llevar demasiado por los sentimientos. No podía correr el riesgo de volverse aún más débil.[10]

Por mucho que dijera que aquello lo aburría, y a pesar de los ocho mil kilómetros que Auschwitz distaba de Vancouver, fue incapaz de desentenderse por completo del asunto. Todo había empezado unos años antes, cuando, a raíz de los artículos del *Daily Herald*, la Fiscalía de Fráncfort se había puesto en contacto con él para que los ayudase a preparar el juicio que iba a celebrarse en breve contra una docena de hombres de las SS que habían trabajado en Auschwitz. Rudi viajó a Alemania en 1962, mucho antes de que muchos, quizá la mayoría, de los supervivientes del Holocausto se sintieran capaces de poner un pie en ese país. Así empezó una relación con la Fiscalía alemana que se alargaría durante décadas y que se tradujo en múltiples comparecencias como testigo en juicios contra los criminales de guerra nazis.[11] Rudi era el sueño de cualquier fiscal. No solo hablaba con fluidez varios idiomas, sino que además lo recordaba todo y aportaba una visión inusualmente panorámica del campo. Los nazis se habían esmerado para que casi nadie presenciara el proceso de matanza en masa de principio a fin. Rudi, ciertamente, nunca había formado parte del *Sonderkommando* ni había trabajado en el interior de los crematorios, pero había visto con sus propios ojos casi todas las demás etapas de la secuencia que conducía a ese desenlace.

Rudi testificó, entre otros, en los juicios de Hermann Krumey y Otto Hunsche, los secuaces de Adolf Eichmann en Budapest. En el transcurso de uno de esos juicios, Rudi tuvo sus más y sus menos con el juez que presidía el tribunal. En varias ocasiones, el juez interrumpió su testimonio para corregirle la gramática, hasta que Rudi se hartó y dijo que si su alemán no era inteligible por culpa de su uso incorrecto de la «versión alemana del *conjunctivum cum accusativo*», el tribunal era muy dueño de ponerle un intérprete de eslovaco y volver a empezar. Por lo visto, después de eso el juez se contuvo un poco.[12] En agosto de 1969, una vez terminados los juicios y las posteriores apelaciones, Hunsche fue condenado a doce años de prisión, y Krumey, a cadena perpetua.

A veces, Rudi no era un mero testigo, sino el iniciador de los procesos. Eso también había empezado unos años antes. Al terminar la guerra, Rudi había recibido una oferta de trabajo extraordinaria. El subcampo de Auschwitz conocido como Buna se había convertido en un importante centro industrial, tal y como Himmler había soñado, solo que ahora estaba bajo la dirección del Estado polaco y no de las SS. A Rudi lo habían invitado a ocupar un puesto como químico industrial. A pesar de que había viajado tanto a Polonia como a Alemania, adonde muchos como él no se aventuraban a ir, aquello habría sido demasiado incluso para él. No podía olvidar la sangre derramada para construir aquel lugar. De hecho, lejos de olvidar, Rudi y un grupo de supervivientes demandaron en 1961 al conglomerado alemán IG Farben, que seguía operando a pesar de que su explotación de mano de obra esclava había quedado acreditada. Rudi y los demás exigían una compensación retroactiva por haber trabajado en la construcción del complejo. Un tribunal de Alemania Occidental les concedió a cada uno de ellos dos mil quinientos marcos alemanes (que hoy equivaldrían a unos seiscientos veinticinco euros), pero no obligó a la empresa a indemnizar a las familias de los esclavos que habían perdido la vida. Para IG Farben, la sentencia fue una auténtica ganga. En palabras de Rudi, el 90 % de la mano de obra de la empresa no había costado más que «la calderilla que le pagaban» al comandante del campo de Auschwitz, Rudolf Höss.[13]

En 1963, Rudi puso en marcha un proceso de otro tipo, esta vez contra el último hombre de las SS con el que había hablado en Auschwitz y uno de los integrantes del brutal trío que supervisaba Kanada. Rudi había sabido que el *Unterscharführer* de las SS Otto Graf estaba vivo y que, como el joven Adolf Hitler, se ganaba la vida como pintor en Viena. Tan poco le temía a la justicia, que ni siquiera había sentido la necesidad de cambiarse de nombre. La Austria de posguerra no tenía prisa en exigir responsabilidades a los nazis, y hubo que esperar hasta 1971, cuando Rudi ya vivía en Vancouver, para que Graf fuera finalmente detenido y juzgado por treinta delitos penales. Una vez más, Rudolf Vrba compareció como testigo de cargo, en calidad tanto de víctima como de perito. Graf fue declarado culpable, pero de un crimen que había prescrito.[14]

La acusación contra el camarada de Graf, el hombre al que Rudi y los demás conocían como *der König von Kanada*, el Rey de Kanada, tampoco parecía haber avanzado demasiado. Su caso salió a la luz durante los procesos de Auschwitz, celebrados en Fráncfort a mediados de la década de 1960, pero no llegó a los tribunales hasta 1987. La acusación principal contra Ernst-August König era haber participado en el gaseamiento de más de veintiún mil reclusos del llamado «campo de los gitanos» (el sector BIIe, a poca distancia del BIIa, el sector de Birkenau donde estaba Rudi) en 1943 y 1944. Las acusaciones contra König provenían de un grupo que representaba a los sintis y a los romaníes en Alemania y que contaba con tres supervivientes de Auschwitz residentes en Canadá para respaldar los cargos. Uno de estos era Rudolf Vrba.

Sin embargo, en cuanto Rudi entró en el juzgado de Siegen comprobó que el hombre sentado en el banquillo de los acusados no era el despiadado capataz al que había conocido en el almacén donde se guardaban los bienes sustraídos a los muertos. Según sus propias palabras, el hombre del banquillo «había matado a un número incalculable de gitanos, pero no era el *König von Kanada* de las SS».[15] El reo era un guardabosques jubilado que se definía a sí mismo el «ángel de Auschwitz» y que juraba no haberle hecho daño a una mosca en su vida. En 1991 fue condenado a cadena perpetua por haber matado con sus propias manos a tres prisioneros sintis y haber colaborado en dos gaseamientos masivos en los que murieron otras 3258 personas.

No obstante, el *König von Kanada* que les había hecho la vida imposible a Rudi y los demás esclavos del *Kommando* de ordenación no consiguió eludir por completo las redes de la justicia. El juicio de su aparente tocayo acabaría salpicándolo de una forma bien curiosa.

Un día, durante la vista, la Fiscalía llamó como testigo contra Ernst-August König a un hombre que se había convertido en un admirado cantante de ópera en Essen, la ciudad natal del acusado. Dicho cantante se llamaba Heinrich-Johannes Kühnemann, pero a Rudi le bastó verlo prestar juramento para saber que ese tal Kühnemann que señalaba tan tranquilo al acusado era en realidad el *König* de Kanada. Hasta tal punto estaba seguro de que la justicia no iba a dar nunca con él que no había dudado en presentarse en un juicio por crímenes de guerra como testigo de cargo. Declaró ante el tribunal que había sido guardia en Auschwitz, pero que no había tenido nada que ver con las matanzas; al contrario, añadió, gozaba de popularidad entre los reclusos. El juez le advirtió que no estaba obligado a declarar, pero Kühnemann insistió: no tenía nada que esconder.[16] Con lo que no contaba era con que allí estuviera Rudolf Vrba, el hombre que tenía registrados en su extraordinaria memoria cada edificio, cada cargamento y cada rostro que había visto en Auschwitz.

Kühnemann fue juzgado en el tribunal regional de Duisburgo entre 1991 y 1993, y Rudi compareció una vez más como testigo. Sin embargo, el hombre de las SS no cumpliría pena de prisión; de hecho, ni siquiera llegaría a dictarse sentencia, ya que el juicio se interrumpió en 1993 por razones médicas; el torturador de Kanada estaba demasiado enfermo.[17]

Rudi vivía en la otra punta del mundo, se había casado con una mujer joven a la que aseguraba que el tema de Auschwitz lo aburría; y, sin embargo, Auschwitz no lo dejaba en paz. Con el paso de los años, su producción científica se ralentizó. Durante los años en Praga y Carshalton, había sido muy prolífico: veintitrés artículos completos en revistas académicas en poco más de quince años. En Vancouver, solo escribió ocho en tres décadas. En todo ese tiempo, no obtuvo ningún ascenso: hasta su jubilación mantuvo la misma categoría docente con la que había entrado en 1967.

Su guerra contra el viejo enemigo nunca cesó, aunque ahora la librara desde su despacho en la Columbia Británica. Estaba en contacto con el cazador de nazis vienés Simon Wiesenthal, sobre todo para lo que tuviera que ver con los criminales de guerra que se habían instalado en Canadá, entre otros Josef Nemsila, antiguo oficial de la Guardia de

Hlinka, que falleció antes de poder ser juzgado por capitanear una unidad responsable de deportar judíos a Auschwitz y asesinar a civiles eslovacos.[18] Rudi y Wiesenthal también estaban en contacto a propósito de Mikulás Polhora-Pomfy, quien según Wiesenthal había sido el comandante del campo de tránsito de Nováky, el primer lugar donde Rudi había estado detenido.

Uno de los objetivos que Rudi persiguió con especial ahínco fue a Joseph Kirschbaum, que había desembarcado en Canadá en la década de 1960, pese a haber sido secretario general del Partido Popular de Hlinka. Kirschbaum, que vivía felizmente en Toronto, donde trabajaba como historiador y cabecilla de la Liga Eslovaca de Canadá, había sido uno de los funcionarios que se reunieron con Adolf Eichmann en Bratislava en noviembre de 1938 para debatir la solución al «problema judío» de Eslovaquia.[19] Rudi hurgó tanto en su historial bélico en Europa como en su nueva vida en Norteamérica, y recopiló material suficiente para llenar cuatro gruesos expedientes.

En Auschwitz, Rudi comprendió, quizá antes que otros, que en el método de los nazis había un elemento esencial que posibilitaba el asesinato en masa: el hecho de negar que lo estuvieran llevando a cabo. El engaño, la insistencia en que los judíos no eran asesinados, sino que simplemente los reasentaban, contribuía a que la matanza siguiera su curso y formaba parte integral del sistema. Su crimen se basó desde el principio en abusar de la confianza.

En las décadas posteriores a la guerra, Rudi se dio cuenta de que la negación seguía ahí, solo que se presentaba bajo una apariencia distinta. Pervivía de forma tácita en la Checoslovaquia comunista, donde era tabú mencionar que los nazis se hubieran cebado especialmente con los judíos con el fin de eliminarlos o incluso que los niños judíos checos hubieran sido asesinados en cámaras de gas. Pero en Vancouver era algo palmario y rotundo.

En los años setenta, Rudi ya había estado en contacto con todo el mundo —desde Aleksandr Solzhenitsin hasta la Oficina de Investigaciones Especiales del Departamento de Justicia estadounidense— para hablar del creciente fenómeno de la negación del Holocausto. Les seguía la pista de cerca a Robert Faurisson en Francia, a Wilhelm Stäglich en Alemania y a Arthur Butz en Estados Unidos, pero su choque más directo fue con el alemán Ernst Zündel, que había fijado su residencia en Toronto. En 1985, Zündel fue juzgado por lo penal por difundir noticias falsas mediante la publicación de un panfleto titulado *¿Murieron realmente seis millones?* Aunque era Zündel quien se sentaba en el banquillo de los acusados, en verdad lo que se juzgaba era la realidad del Holocausto. Rudolf Vrba sería uno de los testigos principales.

Lo interrogaron durante horas. Exceptuando sus memorias, aquellos días que pasó en el juzgado de Toronto fueron la mayor oportunidad que tuvo Rudi de dar testimonio de todo cuanto había visto y hecho. La sala le cedió la palabra para que describiera detalladamente su paso por Buna, el brote de tifus, el trabajo en Kanada y la *Judenrampe*, las selecciones, los barracones y los recuentos, así como su fuga y el informe que coescribió con Fred Wetzler. «Me escapé y advertí al mundo», dijo al tribunal.[20]

También en esta ocasión Rudi tuvo sus más y su menos

con alguien. Esta vez, su antagonista no fue el juez, sino el abogado del acusado, Doug Christie. La estrategia de este consistía en poner en duda el relato de Rudi, empezando por su autobiografía: si conseguía demostrar que ese texto, escrito por un superviviente de Auschwitz, no era fiable, caería por su propio peso que el Holocausto tampoco podía considerarse como la verdad. Christie hurgó una y otra vez en las supuestas incoherencias de aquel relato. Se mostraba escéptico en lo tocante a la fuga. ¿Era posible que, una vez fuera de la pila de madera, Fred y Rudi hubieran logrado salir del campo sin más?

—Efectivamente —respondió Rudi.

—Sin brújula.

—Efectivamente.

—A oscuras.

—Efectivamente.

—A través de un territorio en el que nunca habían estado.

—Efectivamente.

Cuando se sentía presionado, ya fuera en la sala o en cualquier otra situación, Rudi solía echar mano del sarcasmo. Christie preguntó cómo Vrba podía estar tan seguro de que, por el mero hecho de haber visto a miles de personas entrar en las cámaras de gas, estas hubieran sido asesinadas. «Entraron un cuarto de millón de personas y nunca vi salir ni a un solo civil —replicó Rudi—. Es muy posible que todavía estén allí, o que hubiera un túnel y ahora estén en China; si no, es que fueron gaseados».[21] Cada vez que Christie cometía un error relacionado con la geografía o la cronología de Auschwitz, Rudi aprovechaba para meter baza: «Me facilitaría las cosas si hubiera hecho sus deberes», le decía, cual profesor de universidad que amonesta a un estudiante obtuso.[22]

Hubo algún que otro contratiempo. Rudi tuvo que admitir que en sus memorias de 1963 se había permitido alguna licencia «artística»,[23] que el libro se parecía más al boceto de un dibujante de juicios que a una fotografía, más a un conjunto de recuerdos que a una obra historiográfica erudita y con notas a pie de página. Quizá fuera demasiado orgulloso para admitir lo que sin duda era obvio para cualquier lector del libro: que aunque la historia era fidedignamente suya, la prosa era obra de Alan Bestic, un periodista de la vieja escuela y con mucho oficio.

Con todo, puede decirse que, en general, Rudi estuvo muy mesurado. Su presencia en la sala resultaba imponente. A cada momento abandonaba el estrado para ponerse delante de un retroproyector y, puntero en mano, orientaba al jurado a través de sus diagramas y bocetos del campo de exterminio. Poseía una memoria excepcional y sin fisuras. Cuando el juez le pedía que se centrase en el tema en cuestión, se mostraba siempre cordial e incluso atento. En el fondo estaba haciendo lo que había deseado desde que era adolescente: dar un paso al frente y explicar al mundo la verdad sobre Auschwitz.

Al final del juicio, Zündel fue declarado culpable.[24]

28

«Conozco otra salida»

Algunos de los principales cronistas del Holocausto buscaban a Rudi, conscientes de que seguramente podía aportar una perspectiva privilegiada del *modus operandi* de Auschwitz-Birkenau. Se convirtió en una de las fuentes más preciadas de Martin Gilbert, el biógrafo oficial de Winston Churchill, cuyo libro *Auschwitz and the Allies* [*Auschwitz y los aliados*], de 1981, relata cómo el *Informe Vrba-Wetzler* dio a conocer a Washington y Londres la verdadera función de la fábrica de muerte, lo cual dio pie a un trascendental debate en ambas capitales sobre las ventajas y los inconvenientes de bombardear las vías del tren que conducían al campo. En la década anterior, Rudi había sido entrevistado para dos documentales muy aclamados, aunque de factura muy distinta. El primero formaba parte de la serie de televisión británica *The World at War* [*El mundo en guerra*], que dedicó un episodio al intento de aniquilación de los judíos por parte de los nazis, en el que Rudi irradia un inquietante aire de estrella de cine. El otro fue *Shoah*, la epopeya de nueve horas y media de Claude Lanzmann. El director francés entrevistó a Rudi durante casi cuatro horas en noviembre de 1978, aunque la cinta no se estrenaría hasta siete años después. Muchas de sus escenas se rodaron al aire libre, en las calles de Nueva York, con Rudi enfundado en un abrigo de cuero de color crema. También aquí, la de Vrba es una presencia que no pasa desapercibida en la pantalla; con su espesa melena oscura y sus pobladas cejas, recuerda a Al Pacino en *El precio del poder*. En una secuencia determinada, Lanzmann le pregunta a Vrba por la mecánica de Auschwitz: cómo se descargaba a los judíos de los trenes para subirlos a los camiones y enviarlos a las cámaras de gas. Con su acento centroeuropeo intacto, pese a llevar una década viviendo en Norteamérica, Rudi responde de forma detallada y gráfica; pero también hace hincapié en lo que para él fue siempre lo esencial: «Toda la maquinaria de muerte reposaba sobre este único principio: que la gente no sepa ni adónde va, ni qué les espera. Los recién llegados debían marchar en orden y sin pánico hacia las cámaras de gas».[1] Unos años después del estreno de *Shoah*, la Canadian Broadcasting Corporation (la cadena pública canadiense) le pidió a Rudi que volviera a Auschwitz para rodar un nuevo documental. Era 1990, el Muro de Berlín había caído, Polonia se estaba abriendo, pero Auschwitz todavía no era el cuidado espacio museístico y conmemorativo en que se convertiría más tarde. Birkenau, en concreto, estaba totalmente dejado, parecía un páramo.

Un día, cuando Rudi, Robin, el director y su equipo, integrado por técnicos polacos, dieron por finalizada la jornada —durante la cual habían rodado algunas tomas sin autorización en el interior de Birkenau—, se dieron cuenta de que les habían cerrado las puertas. Se encontraban encerrados en el campo. A todos se les puso la carne de gallina solo con pensarlo, pero uno de ellos mantuvo la calma. «No os preocupéis. Conozco otra salida», dijo Rudi, sin pizca de ironía.[2]

Todos esos años, tanto en su correspondencia con historiadores o en sus entrevistas para documentales, Vrba puso mucho cuidado en mencionar siempre a su compañero de fuga, Alfréd Wetzler, a pesar de que su distanciamiento no había hecho más que aumentar desde que Fred se había casado con aquella superviviente de Auschwitz.

El motivo, en parte, era político. A Rudi lo asombraba que su viejo amigo pudiera seguir viviendo en un sistema totalitario. Para él, el hecho de que Fred no se hubiera ido de Checoslovaquia equivalía a una aquiescencia implícita con la opresión comunista. Rudi quería ayudarlo; incluso le enviaba dinero cuando podía.[3] Sin embargo, desde su punto de vista, si Fred Wetzler hubiera detestado vivir allí, habría tenido una opción: escapar. Ya lo había hecho antes.

El telón de acero que los separaba tuvo también otra consecuencia: sus recuerdos de la extraordinaria hazaña que habían realizado juntos comenzaron a divergir. Fred no había plasmado su versión de los hechos de forma directa, sino a través de una novela publicada con seudónimo, o mejor dicho, el nombre falso que le habían asignado cuando Walter se convirtió en Rudolf Vrba: Jozef Lánik. El libro se titulaba *Čo Dante nevidel* [*Lo que Dante no vio*] y en él Rudi aparece como Val, un joven valeroso, pero también impulsivo, hasta el punto de que a menudo no tiene en cuenta las consecuencias de sus actos. Fred también había concedido un par de entrevistas, aunque a historiadores, no a cineastas, y es en estas donde más se percibe la brecha entre los recuerdos de ambos.

Los antiguos camaradas discrepaban en detalles más o menos importantes,[4] pero su mayor desavenencia tenía que ver, como era de esperar, con quién había ideado el plan de fuga.[5] Fred Wetzler consideraba que no había recibido el reconocimiento que se merecía, un sentimiento compartido todavía hoy por lo que queda de la comunidad judía de Eslovaquia, aquellos que, como él, se quedaron en el país (hay quien gusta de referirse a su testimonio como el *Informe Wetzler-Vrba*, dándole a Fred la preeminencia que según ellos le corresponde). «Me entristece que la mayoría de la gente recurra a Vrba para conocer tanto lo esencial como lo accesorio en lo referente a nuestra fuga —le escribió a un historiador en 1984—. Yo nunca he intentado sacar provecho ni de la evasión ni de mi participación en la resistencia. Ellos viven en Occidente —añadía refiriéndose a Rudi y a otros antiguos presos de Auschwitz—. Se han beneficiado y siguen beneficiándose del pasado y ponen por escrito todo lo que pueden. El libro de Vrba despertó mucha indignación entre algunos prisioneros, porque en él se hizo pasar por promotor y líder de la fuga. Puede que en Occidente se lo hayan creído».[6] Arnošt Rosin compartía parte de la rabia que Fred sentía hacia Rudi. «En su libro, Vrba habla de Wetzler como si fuera una maleta que se llevó a cuestas, no un compañero», le dijo a otro superviviente.[7]

En realidad, Fred y Rudi se peleaban por migajas. Ninguno de los dos era famoso. Rudi había aparecido en unos cuantos documentales, pero teniendo en cuenta la hazaña que habían consumado juntos, no puede decirse que fueran celebridades. Incluso en Israel, el país que una vez al año cesa toda su actividad para recordar la Shoá en silencio, costaba encontrar a quien se acordara de Vrba y Wetzler. Su historia no se enseñaba en los colegios y las memorias de Rudi no se tradujeron al hebreo hasta 1998, y aun entonces gracias a una infatigable campaña organizada por la académica Ruth Linn, de Haifa. En Yad Vashem, el archivo, museo y monumento conmemorativo oficial del país sobre el Holocausto, situado en Jerusalén, el *Informe Auschwitz* llegó a archivarse sin el nombre de sus autores. Cuando los historiadores se referían al él, solían hablar de «dos jóvenes fugados» o «dos eslovacos evadidos», como si la identidad de las personas que habían llevado a cabo tan formidable proeza fuera algo secundario.[8]

¿Cómo se explica esta relativa falta de reconocimiento? En el caso de Wetzler, el hecho de que viviera lejos de la vista de los autores e historiadores occidentales, que por consiguiente ni siquiera reparaban en él, desde luego no ayudó. En cuanto a Rudi, pese a ser una persona accesible y un entrevistado ejemplar, su testimonio no era fácil de vender en Israel ni entre la mayor parte de los judíos de la diáspora. Ese público habría escuchado encantado la historia de su fuga y su intento de contarle al mundo lo que estaba ocurriendo en Auschwitz, pero lo malo es que Vrba iba más allá de eso: se negaba a contar un relato moralmente agradable en el que los únicos villanos fueran los nazis; en lugar de ello, insistía en atacar a Kasztner y a los dirigentes judíos húngaros, así como al consejo judío de Eslovaquia. Les reprochaba no haber difundido su informe y, en el caso eslovaco, haber confeccionado aquellas listas por cuya culpa Rudi había terminado a bordo de un tren de deportación.

Lo que convertía a Rudi en un testigo aún más incómodo era su tendencia a calificar de «sionistas» a los judíos a los que echaba la culpa de todo. Rudolf Vrba era partidario de Israel:[9] creía que su existencia como Estado era positiva para los judíos y para el mundo, pero era incapaz de contener sus iras frente a los sionistas que, en su opinión, habían traicionado al pueblo judío, empezando por Kasztner y, según él, los antiguos dirigentes israelíes que lo habían secundado.

Kasztner, sin duda, era sionista, al igual que algunos de los miembros del Grupo de Trabajo que tomaron nota del testimonio de Fred y Rudi en Žilina y a los que Rudi reprochaba que no informasen de inmediato a los judíos que quedaban en Eslovaquia; pero también lo eran varios de los héroes que habían intervenido en aquella historia. George Mantello, el inverosímil representante de El Salvador que contribuyó a que el informe llegara a la prensa de todo el mundo, era sionista.[10] También Moshe Krausz, el jefe de la Oficina de Palestina en la capital húngara, el cual hizo circular la copia que finalmente llegó a Mantello y más tarde, junto con Raoul Wallenberg, desempeñó un papel crucial en el plan de los «pasaportes protectores» que salvaron a decenas de miles de judíos de Budapest. Otro de los fugados de Auschwitz, Arnošt Rosin, también era sionista,[11] al igual que Josef Weiss, el amigo de Rudi que lo ayudó a sacar copias clandestinas del informe en Bratislava. Varias de las personas a las que Kasztner engañó, desinformó o traicionó eran tan sionistas como el dirigente húngaro.[12] Y viceversa, algunos de los judíos que, en opinión de Rudi, habían tomado decisiones egoístas o inmorales no solo no eran sionistas, sino que a veces incluso eran antisionistas. Rudi, por ejemplo, era muy crítico con Fülöp Freudiger, un dirigente judío que, como Kasztner, negoció su salida de Hungría por su cuenta. Pues bien, Freudiger era un judío ortodoxo sin vínculos con el sionismo. En otras palabras, el movimiento sionista, como todos, produjo tanto santos como pecadores mientras estuvo bajo el yugo de los nazis. La respuesta humana al horror del Tercer Reich fue muy variopinta y rara vez obedeció a líneas ideológicas.

Rudi tendía a utilizar la palabra *sionismo* a la ligera para referirse a los judíos con autoridad que, desde su punto de vista, lo habían perjudicado a él y a otros como él. Nunca presentó ninguna razón de peso de por qué la ideología sionista pudo haber movido a personas como Kasztner a actuar como lo hicieron, más allá de insinuar veladamente que el sionismo estaba dispuesto a sacrificar al grueso de los judíos europeos con el fin de salvar a una minoría que luego fundaría un Estado judío en Palestina.[13] Le habría resultado muy difícil demostrar tal cosa, ya que muchos sionistas se habían jugado la piel para sabotear a los nazis y salvar vidas judías, sobre todo los jóvenes sionistas que lideraron la resistencia armada en los guetos de Varsovia y Vilna, entre otros lugares. A la vista de lo tóxico que acabó revelándose el caso de Kasztner, aprovechado décadas más tarde por los antisionistas más recalcitrantes de Europa y Estados Unidos como prueba de los supuestos males inherentes al nacionalismo judío, puede entenderse que dar voz a alguien como Rudolf Vrba se interpretara como un riesgo.[14]

Rudi, además, no estaba muy dispuesto a matizar su mensaje para hacerlo más aceptable; al contrario, a menudo empleaba un lenguaje corrosivo. En su correspondencia privada, alegó que una líder muy admirada del Grupo de Trabajo de Eslovaquia, una mujer que acabó asesinada en Auschwitz, «fue partícipe de la traición y la conspiración contra las desafortunadas víctimas judías. Lo hizo al servicio de los nazis, acaso en cooperación con el contubernio sionista y rabínico dominado por los nazis».[15] Sugería que Kasztner, al igual que Hitler, creía en una «raza superior». En 1974, un estudiante que lo entrevistó para el *Harvard Crimson* —y que por lo demás simpatizaba con él— llegó a la conclusión de que Rudi no solo albergaba un «profundo resentimiento», sino que era «antisionista, anticomunista e incluso algo antisemita, sobre todo con respecto a los judíos estadounidenses».[16]

El problema era más aún grave en Israel. Cuando Ruth Linn trató de aprovechar la tardía publicación de las memorias de Rudi en hebreo para la concesión de un doctorado *honoris causa* en la Universidad de Haifa, halló una acerba oposición. Durante la conferencia previa a la ceremonia de entrega del título, con Rudi ya a punto para recibir el homenaje, un profesor leyó una carta de protesta. Varios historiadores escribieron a la prensa israelí elogiando el heroísmo de la evasión de 1944, pero expresando asimismo sus reticencias hacia Vrba (y sugiriendo que, puestos a repartir laureles, también debería haberse reconocido la contribución de Fred Wetzler).[17] Algunos de los antagonistas de

Vrba actuaban motivados por la convicción de que todavía había motivos para defender a Kasztner. Otros, sobre todo los historiadores israelíes de origen judío eslovaco, no podían admitir los ataques de Rudi a los dirigentes judíos de Bratislava, que según ellos habían hecho todo cuanto podían ante una situación moralmente abominable.

Las críticas más sonadas contra Rudi fueron las del decano de los historiadores israelíes del Holocausto, Yehuda Bauer. Aunque más tarde describiría a Vrba como «un auténtico héroe del Holocausto»,[18] Bauer también lo consideraba «arrogante»[19] y creía que el «profundo odio de Rudi hacia los dirigentes judíos, el sionismo, etcétera» le ensombrecía el juicio.[20] Discrepaba totalmente de él en algo que este sostuvo durante décadas: que las cosas habrían sido muy distintas si los dirigentes de Budapest hubieran informado de lo que sabían a los judíos de a pie de las provincias húngaras que, ignorantes de todo, subieron a los trenes que los llevaron a la muerte. A juicio de Bauer, los judíos de la Hungría rural disponían de ciertos indicios: aunque no conocieran el *Informe Vrba-Wetzler*, circulaba suficiente información —a veces gracias a los soldados que regresaban del frente— para saber que la deportación significaba la muerte. El problema, añadía, no era que la información no se hubiera divulgado, sino que no había sido bien asimilada. Los judíos húngaros no interiorizaron los datos de los que disponían para convertirlos en *conocimiento*. La información nunca se tradujo en una convicción capaz de inducirlos a actuar.

Rudi no refutaba esa argumentación casi filosófica sobre la naturaleza del conocimiento en el plano teórico; sencillamente creía que, en ese caso concreto, se basaba en una premisa fáctica errónea: en su opinión, los judíos de Hungría no habían tenido suficiente información para plantearse nada. Se les habían escatimado los hechos.

Rudi obtuvo su doctorado *honoris causa* y la traducción tardía de sus memorias, pero todos aquellos años de reticencias por parte de los principales académicos de Israel le pasaron factura: por ejemplo, le impidieron entrar en el panteón de los venerados supervivientes del Holocausto. Rudi mantuvo correspondencia con el premio nobel Elie Wiesel, y en el documental de *The Word at War* su intervención aparece justo después de la de Primo Levi;[21] sin embargo, no gozaba de su misma fama, en parte porque ellos eran escritores y él no, pero también por otro motivo más sutil: Rudolf Vrba siempre se negó a ajustarse a la imagen que el mundo espera de un superviviente del Holocausto.

Esto resulta evidente en *Shoah*, la película de Lanzmann. El resto de los entrevistados parecen ancianos encogidos y traumatizados por el pasado. Hablan con voz queda, como acongojados por lo que presenciaron. A Rudi, en cambio, se lo ve bronceado, rebosante de salud y vigor. Habla con voz fuerte y segura. Parece una generación más joven que todos los demás; cuesta creer que viviera los mismos acontecimientos treinta y cinco años antes. Gasta un humor sardónico y sarcástico, y sonríe como si lo divirtiera la demencial sinrazón de lo que narra, incluso cuando describe lo indescriptible. Lanzmann, como entrevistador, no deja de señalarlo: «¿Por qué sonríe tanto cuando habla de esto?», le pregunta. «¿Qué debería hacer? —responde Rudi—. ¿Llorar?».[22]

Rudi sabía que no encajaba con lo que él denominaba

«el cliché del superviviente confeccionado al gusto de cierta clase de público»: él no pronunciaba aforismos edificantes ni consolaba al auditorio diciendo que, al fin y a la postre, el ser humano es bueno.[23] Era implacable y estaba furioso. Como consecuencia, Rudolf Vrba fue durante casi tres décadas una figura periférica, incluso dentro del pequeño mundo de la memoria del Holocausto en Vancouver.

Su mensaje resultaba molesto y él era un mensajero incómodo. Durante años, no mantuvo ningún vínculo con la comunidad judía de la ciudad donde se había instalado, y no solo porque hubiera cortado todos los lazos con la práctica religiosa o porque casi nunca pusiera los pies en la sinagoga, sino también porque sospechaba de oficio de los líderes del colectivo. En una ceremonia en conmemoración del levantamiento del gueto de Varsovia, arremetió con tanta vehemencia contra la comunidad judía de Vancouver que los presentes se preguntaron si se refería a ellos o a los dirigentes de Budapest que, según él, lo habían traicionado durante la guerra.[24]

La universidad de Rudi celebraba todos los años un simposio sobre el Holocausto para estudiantes de secundaria, pero quienes organizaban las mesas redondas con supervivientes nunca lo invitaban, pues temían que sacara a pasear sus «acusaciones y su rabia» delante de medio millar de jóvenes de dieciséis y diecisiete años.[25] Según la organización, podía esperarse que el resto de los supervivientes compartieran sus vivencias sin incurrir en comentarios de tipo político ni aprovechar su intervención para dar rienda suelta a sus iras; pero no podía decirse lo mismo de Rudolf Vrba.

Y aun así, Rudi acudía al simposio. Se quedaba fuera del salón de actos —con un elegante abrigo de cuero y un sombrero de fieltro con una pluma en la banda—,[26] mirando a hurtadillas desde la distancia. Al cabo de un rato, se marchaba en silencio. Y así todos los años.

Todo esto significa que muchos de quienes trabajaban estrechamente con Rudolf Vrba no conocían aquel hecho capital de su vida. Uno de sus colegas se molestó mucho al verlo aparecer en *Shoah* cuando la película se transmitió por la televisión canadiense. Un día le preguntó si todas las atrocidades que había descrito en la cinta eran ciertas, a lo que el otro contestó, mordaz: «No lo sé. Yo solo era un actor que recitaba su papel».[27]

Rudi era reservado y muy selectivo a la hora de hablar de su pasado. Cuando se ponía a hablar sobre el tema, nada garantizaba que la conversación fuera a ser agradable. Solía hablar del Holocausto de manera torrencial, declamando monólogos que no admitían interrupción y que giraban una y otra vez sobre el mismo tema: la traición de Kasztner y el resto de las personas que no habían difundido su mensaje.[28] Sus compañeros eran conscientes de que Rudi podía ser brusco, agresivo, arrogante y, cuando se movía por su territorio, insistente y autoritario. Cuando hablaba, tendía a agarrar del brazo a su interlocutor para enfatizar lo que estuviera diciendo. Algunos se maliciaban que si Rudolf Vrba nunca había ascendido de categoría como profesor, no se debía a que el suyo ya no fuera un campo de investigación puntero, sino a que su carácter podía ser insufriblemente difícil. Otros se preguntaban si a lo mejor era tímido o padecía ansiedad. Notaban que evitaba las grandes reuniones, que le costaba socializar y que, aunque tenía colegas, por lo visto tenía pocos amigos íntimos.

Sin embargo, otros veían en él a un hombre muy distinto. A pesar de todo lo que había presenciado y sufrido, Rudolf Vrba no había perdido las ganas de vivir y el talante aventurero que lo caracterizaban de adolescente. Pensaba que había que disfrutar la de vida, incluso cuando casi no tenía dinero en el bolsillo. En 1967, cuando abandonó Londres con destino a Vancouver, no lo hizo en avión, sino que cruzó el Atlántico en barco hasta Montreal y luego atravesó Canadá de punta a punta en tren, solo por divertirse.[29]

Le encantaba viajar, ir a restaurantes, cafés y hoteles, explorar nuevas ciudades o pasarse tres horas almorzando en el club de la facultad.[30] También sentía un placer casi infantil con cosas que a otros les parecían normalísimas: las llamadas telefónicas internacionales, la radio y la televisión, los antibióticos y los analgésicos, el vino francés y el *whisky* escocés.[31] Cada vez que daba un paseo en batea por el río Cam con uno de sus nietos ingleses en el regazo y un cigarrillo en la mano, se le estampaba una amplia sonrisa en el rostro. Cuando había tormenta, Rudi miraba por la ventana y se regocijaba con su buena suerte: «¿A que es precioso? Y nosotros a cubierto», decía con tono de quien sabe lo que es andar desnudo en lo más crudo del invierno polaco.

Podía ser vanidoso en relación con su apariencia. Siempre le había gustado lucir lo mejor posible, y era capaz de cambiarse de ropa varias veces en el transcurso de un solo día, aun cuando no hubiera nadie a quien impresionar, excepto su propia familia.

Tenía un sentido del humor más bien simplón. Le gustaban las bromas pesadas. Gracias a su acento y a su apariencia, podía engañar a los desconocidos para hacerse pasar por lo que le viniera en gana. Una vez se ganó el interés de un grupo de atractivas mujeres con las que había coincidido en un crucero diciendo que era de Irán, primo de un príncipe persa. En Viena, al oír que vivía en Canadá, un alemán supuso que debía de ser indígena, un «indio». Rudi le siguió la corriente y, cuando el hombre le preguntó cómo había aprendido a hablar tan bien el alemán, respondió que en su tribu existía la tradición de que el primogénito del jefe, como era su caso, debía aprender la lengua de Goethe. Al alemán le pareció una costumbre muy admirable.[32]

Aquellos a quienes permitía entrar en su círculo, veían que Rudolf Vrba no se había dejado derrotar por la vida. Al contrario, la saboreaba. Pero su resistencia pronto se vería puesta a prueba otra vez por culpa de la que, para él, sería la peor experiencia que le hubiera tocado soportar. No ocurrió en Auschwitz ni en los años cuarenta. Ocurrió en la otra punta del mundo.

29
Flores del vacío

Rudolf Vrba había ejercido de padre a distancia con sus hijas, Helena y Zuza, durante la mayor parte de su vida. Las veía cuando viajaba a Inglaterra o cuando ellas lo visitaban en Vancouver, pero la mayor parte de la relación tenía lugar a través de postales de vacaciones, cartas y alguna que otra llamada telefónica. Ellas le escribían («¡Querido *tata*, QUÉ ALEGRÍAAA saber que vas a venir!») y él les respondía animándolas para que estudiasen o dándoles consejos paternales. Cuando Helena contaba algo más de veinte años, la relación con Rudi pasó por un bache. Las cartas se hicieron cada vez más infrecuentes hasta que, por espacio de tres años, dejaron de escribirse. Rudi estaba dolido por varios motivos: Helena no le había dado las gracias por un regalo de cumpleaños, sino que se había limitado a depositar el cheque que él le había enviado, «como si yo fuera el tío rico y tonto que vive en América»;[1] la muchacha tenía más contacto con Gillian, una exnovia de Rudi, que con él;[2] además, había sido el último en enterarse de que Helena había obtenido el título de médico, por lo visto porque «consideraba que no merecía la pena» comunicárselo.[3] Helena, por su parte, se había convertido en una feminista comprometida y veía en su padre a un machista empedernido.[4] Rudi sospechaba que su hija mayor había absorbido gran parte de la hostilidad que su madre todavía le profesaba.

La situación se deterioró especialmente en 1979, cuando Helena, cuya semejanza física con Rudi era por entonces asombrosa, anunció su intención de ampliar sus investigaciones en materia de medicina tropical trasladándose a Papúa Nueva Guinea para estudiar la malaria.[5] Rudi se opuso en redondo. Su «sexto sentido» le decía que aquello iba a acabar mal y le transmitió su preocupación a su hija de forma gráfica y directa.[6] Algo borracho, le escribió: «Esto no es una buena idea, no eres una persona lo bastante fuerte. Vas a volver metida en una caja».[7]

Helena hizo oídos sordos a su aviso y se trasladó al Pacífico, donde trabajó en una clínica de la pequeña aldea de Yagaum y al poco tiempo se enamoró de Jim, uno de sus compañeros. El inconveniente era que Jim tenía esposa en Australia. A principios de mayo de 1982, Helena le escribió a su hermana Zuza diciéndole que Jim estaba a punto de regresar a casa: «Ahora mismo estoy entre ultradeprimida y eufórica (¿por qué?), pero espero que el domingo por la tarde habré tocado fondo definitivamente».[8] En efecto, a las dos de la tarde del domingo 9 de mayo de 1982, a menos de quince días de su trigésimo cumpleaños, Helena Vrbová estaba muerta.

El certificado de defunción indicaba «presunto autoenvenenamiento con fármacos» como causa del fallecimiento. Había ingerido una sobredosis de cloroquina, un medicamento antimalárico. Al lado del cadáver se encontró una botella de vino a la que le faltaba una tercera parte del contenido y una nota.[9] En tinta azul claro, en una hoja de papel pautada de tamaño A4, había un mensaje escrito en forma de poema dirigido a Jim. «Hasta las cosas fuertes se rompen —había escrito Helena—. Llevo tiempo batallando con esto: escucha mi miedo y mis gritos de desesperación [...]. No tengo miedo, solo miedo a fracasar».[10] A su lado también había un libro. Se titulaba *Flores del vacío*.

Rudi tenía muy claro que «la muerte de Helena fue la peor experiencia» de su vida.[11] Sí, le explicó en una carta a su otra hija, a la que se dirigía como Zuzinka, en Auschwitz había visto la muerte, el hambre y la tortura, y sí, había sido testigo del asesinato de más de un millón de personas. Pero el suicidio de su primogénita era un golpe aún más duro, porque ahora «se enfrentaba a una catástrofe horrible sin ninguna posibilidad de defenderse». Ni siquiera contra los nazis se había sentido tan impotente como en ese momento.

Se hundió en la desesperación. Todos los días sufría lo que llamaba «ataques de llanto».[12] Le costaba trabajar y no hacía otra cosa que dormir. Le enviaba a Zuza cartas interminables —una de ellas de cuarenta y dos páginas— en las que desvariaba y se hacía una y otra vez las mismas preguntas: ¿por qué Helena había hecho eso? ¿Tenía él alguna culpa? ¿Por qué su hija había cortado lazos con él tres años antes? «¿Qué hice mal? —escribió—. ¿Debería haberle dado a Helena más de mi fuerza, mi resistencia y mi amor por la vida? Es una pregunta a la que no dejo de darle vueltas».[13]

A lo mejor no debería haberle confesado los temores

que le inspiraba su decisión de ir al Pacífico tres años antes. Pero no había podido evitarlo. «Cuando estaba en Auschwitz, tuve la *premonición* "ilógica", pero clarísima, de que saldría vivo de allí y tendría el privilegio de hacerle daño a los peores enemigos de la humanidad: los nazis —le escribió a Zuza—. Tuve la *premonición* de que el destino de Helena era morir en Papúa Nueva Guinea, y en su momento grité con fuerza».[14]

Despotricaba contra todo, a veces contra las autoridades de Papúa Nueva Guinea; a veces contra Gerta —a la que acusaba de apropiarse de las cartas y los papeles de Helena para tejer «una red de mierda»—; a veces contra Zuza, que según él hacía gala de un «sentimentalismo patológico» al conservar las cosas de Helena;[15] y a veces contra la propia Helena, por tener casi tan «pocos escrúpulos» como su madre y haberse deshecho de él «como si fuera un trapo viejo».

Intentó recuperar el control de sus emociones utilizando los mismos instrumentos que tan bien le habían funcionado en el pasado: la razón y el razonamiento científico. Del mismo modo que en su momento se había convertido en un estudioso de la evasión, ahora se convertiría en un experto en la cuestión del suicidio. Conforme examinaba el caso de Helena a la luz de la bibliografía académica, comenzó a bombardear a Zuza con artículos publicados en revistas especializadas. En última instancia, todo parecía reducirse a una pregunta clave: ¿era el libre albedrío o la bioquímica del cerebro lo que empujaba a una persona a quitarse la vida? Analizó línea por línea la nota de suicidio de su hija, que ocupaba varias páginas. Encontró estudios según los cuales el índice de suicidios era mayor entre las personas con raíces en el antiguo Imperio austrohúngaro y entre aquellas con estudios de Medicina. Dado que Helena, nacida en Praga, encajaba en ambas categorías, Rudi se preguntó si acaso su hija estaba doblemente condenada.

A veces dudaba incluso que hubiera sido un suicidio. El dictamen del forense no era concluyente, y Rudi —y también Gerta, a decir verdad— tenía la impresión de que seguía habiendo cabos sueltos. Quiso que la nota encontrada junto al cuerpo de Helena fuera sometida a un análisis caligráfico, para corroborar que la había escrito ella. Y le provocaba una gran frustración que las muestras de la autopsia se hubieran perdido, lo cual suponía que ya no había posibilidad de que un patólogo de Londres determinara la causa de la muerte. Le pidió a Zuza que examinara las cartas de Helena en busca de «pistas ocultas». También le pareció detectar «irregularidades» en los extractos bancarios de Helena. «¿Tenía algún enemigo?», les preguntó a quienes habían trabajado con ella en Papúa Nueva Guinea.[16]

Otros quizá no habrían cuestionado tanto aquel veredicto, sobre todo teniendo en cuenta algo que hasta entonces Rudi no había sabido: que Helena ya había intentado suicidarse, o algo por el estilo, más de una década antes. A los dieciséis años, se había cortado las venas. Estaba involucrado un hombre mayor que ella y, entre todos los lugares del mundo, había ocurrido precisamente en Alemania. Sin embargo, en su momento nadie había informado a Rudi, y eso no hizo más que acentuar su rabia.

Aun así, Rudolf Vrba se negaba a dar por cierto lo que otros consideraban obvio. Dos elementos de su pasado le hacían temer más aún las consecuencias de admitir que su hija se había quitado la vida. El más obvio era Auschwitz.

«Lo que pasará —le dijo a su mujer— es que la gente va a decir: "Se suicidó porque su padre sobrevivió al Holocausto"».[17] No quería que se viera a Helena como una víctima tardía del nazismo, como si la sombra de Hitler hubiera llegado hasta la segunda generación. Le parecía una idea absurda.

Pero es posible que hubiera también otro temor, uno que se remontaba aún más atrás en el tiempo. Al menos dos parientes de Vrba le habían dicho a Robin que el padre de Rudi no había fallecido a causa de una infección viral, como siempre le habían hecho creer a él. Según ellos, Elias Rosenberg se había suicidado por pura desesperación tras perder su molino como resultado de la depresión económica.[18] Eso habría conferido un cruel matiz a cierto comentario que un grupo de aldeanos le había hecho al pequeño Walter cuando este se dirigía a su casa aquel día fatídico y que él nunca había olvidado: «¡Eh, judío! Tu padre ha resucitado», habían dicho. ¿Quería decir eso que Elias había sobrevivido aparentemente a un intento de suicidio poco antes de que los vecinos se burlaran del niño, pero había muerto unas horas después? Rudi se negaba a creerlo.

A lo mejor si refutaba esas explicaciones era porque, de algún modo, lo habrían hecho responsable del destino de su hija, si no por sus acciones, sí por sus genes. No quería tener nada que ver con el nihilismo que simbolizaba el suicidio, un nihilismo que chocaba de frente con su determinación de vivir la vida y vivirla plenamente. Rudi describía el suicidio como una «bala que rebota»: no solo se lleva una vida, sino que alcanza a todo aquel que se halla cerca.[19]

Siguió devanándose la cabeza mes tras mes, año tras año. Se convirtió en una obsesión. Rudi se decía que había conseguido aguantar el tipo; estaba seguro de que sus colegas no notaban lo mucho que sufría. Pero cualquiera con dos dedos de frente lo habría adivinado: cuando recibió el encargo de entrevistar a los aspirantes a ingresar en la Facultad de Medicina de la Universidad de la Columbia Británica, el tema que eligió fue el suicidio. Uno de los aspirantes acabó llorando.

La muerte de su hija hizo tambalear sus más hondas convicciones. Rudi se había distanciado de la religión siendo apenas un niño, pero ahora invocaba a su «Creador», cuya «increíble misericordia [...] me sacó de un infierno donde muchos mejores que yo perecieron en una muerte espantosa», y explicaba que había recibido el «mensaje» de que Helena había sido llamada «desde lo alto». Le dijo a Zuza que había vuelto a rezar y que ambos tenían que recuperar la normalidad, porque su dolor y su pena perturbaban el «alma» de Helena.[20]

Aquel científico realista, aquel hombre que había inventariado la masacre sirviéndose del lenguaje frío y distante de la estadística, ni siquiera se atrevía ahora a mencionar la muerte. En lugar de ello, hablaba de la «desaparición» de Helena. Empezaba la sexta década de su vida y todo lo que antes parecía sólido se estaba derritiendo.

Y, aun así, no estaba vencido. En 1990, ocho años después de la muerte de Helena y poco después de la caída del comunismo, Rudi regresó por fin a su tierra natal. Aunque no las tenía todas consigo —de hecho, se cubrió su tatuaje de Auschwitz con un esparadrapo, por si acaso—, consiguió pasear por las calles y los barrios de lo que antaño había sido su casa. Durante uno de esos paseos, tuvo un arrebato de lucidez. Robin y Rudi habían empezado a discutir otra vez sobre el tema de siempre: ¿se suicidó o no se suicidó? Sus discusiones solían derivar en círculos viciosos, pero ese día, de repente, el círculo se rompió. Rudi puso fin a la discusión, sin más. No quería seguir hablando de eso. Por fin, pensó Robin, había empezado a sanar.

No era la primera vez que Rudolf Vrba caía de bruces en la lona abatido por un golpe que habría destruido a muchos, si no a la mayoría. Pero tampoco era la primera vez que sacaba fuerzas de flaqueza para volver a levantarse. Había sobrevivido, y quería vivir.

30
Demasiados para contarlos

Los años ochenta y noventa le reportaron un reconocimiento algo mayor que el que había recibido hasta entonces, ya sea por su aparición en *Shoah* y en el banquillo de los testigos durante el juicio de Zündel o por el gradual deshielo de las relaciones con aquellos que hasta entonces habían mantenido hacia él un frío distanciamiento. La Universidad de Haifa le concedió el doctorado *honoris causa* en 1998; un año antes, la comunidad judía de Vancouver lo invitó a dar un discurso en un importante acto en recuerdo de la Noche de los Cristales Rotos de noviembre de 1938, cuando los nazis y sus acólitos protagonizaron los disturbios que resultaron en el destrozo de los escaparates de los negocios judíos y el incendio de cientos de sinagogas. Rudi habló de lo que, para él, era un aspecto vergonzosamente olvidado de la guerra del nazismo contra su pueblo, es decir, su función como generadora de ingresos a través del saqueo del patrimonio de los judíos: su dinero, sus propiedades, su pelo, sus dientes de oro.

Invitaciones como esa y otras le producían satisfacción,

pero seguía siendo cierto que la inimaginable proeza que habían llevado a cabo Rudi y su viejo amigo de Trnava todavía no gozaba del debido reconocimiento. En 1988, Fred Wetzler había muerto en Bratislava, «amargado, borracho y olvidado», en palabras de Ruth Linn, la valedora de Vrba en Israel.[1] En sus últimos años, Fred había trabajado en una biblioteca. De vez en cuando, algún lector tomaba prestado *Čo Dante nevidel* de Jozef Lánik y se maravillaba ante el heroísmo de aquella historia, pero el bibliotecario nunca dejó entrever que Lánik era él, que era él quien se había fugado de Auschwitz.[2]

Rudi se había convertido en el único custodio del recuerdo de aquella misión. La fuga se había basado en tres supuestos. En primer lugar, la creencia de que el mundo exterior no tenía conocimiento de los horrores de la solución final, de que el planeta Auschwitz vivía en un estado de eclipse permanente que lo ocultaba a las miradas de los habitantes de la Tierra. En segundo lugar, la convicción consiguiente de que, si los aliados no habían actuado para detener aquella matanza porque ignoraban su existencia, a buen seguro actuarían para ponerle fin en cuanto la conocieran. En tercer lugar, y sobre todo para Rudi eso era lo más importante, una fe absoluta en que cuando los judíos comprendieran lo que significaba Auschwitz, se negarían a subir a los trenes de deportación, obstruyendo así la maquinaria nazi de la muerte, hasta entonces lubricada a fuerza de secretismo y mentiras.

En las últimas décadas de su vida, estas tres certezas se verían sacudidas.

Rudi, ciertamente, nunca halló motivos para dudar que

una parte del mundo exterior —los judíos— no sabía nada de Auschwitz. Rudi lo había comprobado por sí mismo. Cuando hablaba con los recién llegados elegidos para trabajar como esclavos mientras los registraba en el campo de cuarentena, jamás encontró un solo prisionero que supiera nada de las cámaras de gas de Auschwitz antes de bajar del tren.[3] Su convicción quedaría reafirmada una y otra vez durante los años de la posguerra. Yehuda Bauer podía alegar que «un gran número de judíos húngaros estaban al corriente de los asesinatos en masa que tenían lugar en Polonia»,[4] de los cuales habrían tenido noticia a través de rumores o de informes, pero Elie Wiesel hablaba en nombre de muchos supervivientes, y aún más víctimas, cuando sentenció: «No teníamos ni idea de lo que nos esperaba en Auschwitz».[5] El nombre del lugar no «despertaba ningún recuerdo ni evocaba miedo alguno».[6] Wiesel fue uno de esos judíos húngaros que siempre estuvieron en la inopia, incluso después de que Fred y Rudi se fugaran y escribieran su informe. Según él, «nadie se preocupó de decirnos: no vayáis».[7]

Por tanto, Rudi nunca vio nada que alterase su convicción de que los judíos de Europa ignoraban lo que los nazis les tenían reservado. Sin embargo, con el paso de los años descubrió que el resto del mundo no estaba ni mucho menos tan engañado como suponían él y Fred mientras contenían la respiración en su agujero subterráneo.

La ambición nazi de librar al mundo de los judíos no era un secreto, ni mucho menos. El titular de primera plana del *Los Angeles Examiner* del 23 de noviembre de 1938, quince días después de la Noche de los Cristales Rotos, proclamaba: «Los nazis advierten al mundo de que los judíos serán exterminados, a menos que las democracias los evacúen». El propio Adolf Hitler lo había anunciado el 30 de enero de 1942, al declarar que «el resultado de esta guerra será la completa aniquilación de los judíos», amenaza que no hacía sino repetir, y casi con los mismos términos, otra pronunciada tres años antes.[8] Ese mismo año, los aliados vieron y oyeron pruebas suficientes para saber que aquello no era un mero desiderátum. En diciembre de 1942, mientras Rudi y los demás prisioneros eran obligados a cantar «Noche de paz» para sus captores de las SS, el Gobierno polaco en el exilio hacía público un discurso titulado «El exterminio masivo de judíos en Polonia bajo ocupación alemana», dirigido al embrión de lo que luego serían las Naciones Unidas.

Los mandatarios de las potencias aliadas habían recibido testimonios directos de la guerra que los nazis libraban contra los judíos. En 1943, tanto Anthony Eden como Franklin Roosevelt se habían reunido con Jan Karski, un polaco no judío de ascendencia aristocrática que se había introducido de incógnito en el gueto de Varsovia (en dos ocasiones) y el campo de tránsito de Izbica, y cuyos informes constituían la base del documento del Gobierno polaco. Karski describía fusilamientos masivos y aseguraba que los judíos eran introducidos en trenes de carga que los trasladaban a unos «campos especiales en Treblinka, Belzec y Sobibor», supuestamente para su reasentamiento. «Una vez allí, los supuestos "colonos" son asesinados en masa», afirmaba Karski.[9] En diciembre de 1942, Eden tomó la palabra en la Cámara de los Comunes para leer una declaración, suscrita por los doce países aliados, en la que se condenaba la «bestial política de exterminio a sangre fría» practicada por los nazis, extremo este confirmado por «numerosos informes». Los diputados mostraron su apoyo guardando silencio. Poco después, en 1943, el Vaticano averiguó que los judíos asesinados por los nazis se contaban por millones: Roma había recibido la información de su nuncio apostólico en Estambul, monseñor Angelo Roncalli, el futuro papa Juan XXIII.[10]

Todo esto lo supo Rudi décadas después de la guerra, en gran parte gracias al libro *Auschwitz and the Allies* de Martin Gilbert, publicado en 1981 y en el que Rudi era uno de los entrevistados clave. El estudio de Gilbert ponía al descubierto el hecho de que, después de todo, Londres, Washington y otros tenían constancia de que los nazis estaban intentando eliminar a los judíos de Europa, aunque solo dispusieran de un conocimiento somero de Auschwitz, aquel «destino desconocido» del este. No solo eso, sino que Gilbert iba más allá y desmontaba la segunda de las convicciones que había llevado a Fred y a Rudi a escapar: la idea de que, una vez informados de la masacre, los aliados reaccionarían.

Rudi, desde luego, sabía perfectamente que los aliados no habían bombardeado Auschwitz ni las vías de ferrocarril que conducían al campo, ni siquiera después de que él y Fred prestaran su declaración. Sin embargo, gracias a Gilbert, empezó a comprender lo que había detrás de esa pasividad y comprobó lo equivocado que estaba al creer que lo que impedía actuar a los aliados era tan solo la falta de información. Gilbert demostró que había consideraciones políticas y militares, por supuesto, pero también que aquello obedecía en parte al «escepticismo y la incredulidad [...] e incluso a los prejuicios».[11] Estos últimos alimentaban a los primeros. «Asunto conocido —se leía en un memorando de la Oficina Colonial, redactado en Londres el 7 de diciembre de 1942, en respuesta a los informes de asesinatos en masa—. Los judíos han echado a perder su causa por culpa de las exageraciones de los últimos años».[12] El texto completo del *Informe Vrba-Wetzler* suscitó una respuesta similar por parte del Ministerio de Asuntos Exteriores: «Aunque deba tenerse en cuenta la habitual tendencia judía a la hipérbole, estas declaraciones son terribles», escribió Ian Henderson el 26 de agosto de 1944.[13] Menos de quince días después, un colega del mismo ministerio aseguraba: «En mi opinión, el ministerio pierde una cantidad desproporcionada de tiempo ocupándose de las lamentaciones de estos judíos».[14] Nada de eso se le había pasado por la cabeza al joven Walter Rosenberg.

La fe que había movido a Fred y Rudi recibiría un nuevo golpe con la llegada del nuevo siglo y la desclasificación de los archivos. Según Gilbert, con independencia de lo que en su momento se supiera sobre la solución final en general, Auschwitz había seguido siendo un «destino desconocido» o, de forma igualmente vaga, «algún lugar del este» cerrado con un sello hermético: lo que ahí ocurría no había trascendido.[15] Esto era cierto a todas luces en el caso de los judíos que llegaban al campo, pero también en el de la sociedad en general —ya fuera la de Suiza, Gran Bretaña, Estados Unidos o cualquier otro país—, que apenas había oído la palabra *Auschwitz* antes de que el informe de Fred y Rudi apareciera en los periódicos a finales de junio de 1944.

Sin embargo, nuevas investigaciones publicadas un par de décadas después del libro de Gilbert demostraron que, en los círculos del Gobierno de Londres y de Washington, el velo de la ignorancia era mucho más fino.[16] Desde 1942, grupos de exiliados polacos venían recibiendo noticias sobre Auschwitz y su función a través de los miembros de la resistencia de su país, incluidos algunos prisioneros no judíos que habían logrado escapar del campo: personas como Stanisław Jaster, que en junio de 1942 hizo circular clandestinamente un testimonio que hablaba de la matanza de judíos, o el miliciano Witold Pilecki, que antes de su huida en abril de 1943 ya había enviado información en la que mencionaba el asesinato de judíos.[17] Es más, aquellos informes habían llegado a manos de quienes tenían poder de decisión.

Hay que reconocer que el Gobierno polaco en el exilio, con sede en Londres, no hizo gran cosa por dar a conocer lo que sabía. Eso se debió en parte a la influencia de algunos nacionalistas de la línea dura, que preferían restar importancia al sufrimiento del pueblo judío, y en parte a que los polacos en el exilio acataban las decisiones de un Gobierno británico que había optado por relegar la masacre judía a los márgenes de su labor propagandística por temor a que la causa de la guerra perdiera el apoyo popular (Whitehall quería que los británicos no tuvieran la menor duda de que estaban librando aquella guerra por su propio bien, no para salvar vidas judías).[18] Los datos de la inteligencia polaca que llegaban al gran público tendían a ser fragmentarios y poco sistemáticos. Incluso las versiones más íntegras e inéditas de los documentos polacos carecían de la ambición, el detalle o la profundidad del *Informe Vrba-Wetzler*. Ni eran tan contundentes ni tuvieron el mismo impacto, pero lo cierto es que existieron y que hasta treinta y cinco de ellos llegaron a Occidente antes que el testimonio de Fred y Rudi;[19] algunos de sus datos incluso se publicaron en la prensa. Aun así, los funcionarios y demás individuos con conocimiento de lo que sucedía en Auschwitz no actuaron, en general por las razones ya consignadas por Gilbert: la concentración en otros objetivos bélicos y la falta de simpatía hacia los judíos (a menudo teñida de chovinismo) y cierta reticencia a creer que tales horrores pudieran estar ocurriendo. Cabe interpretar que cuando Churchill le preguntó a Eden: «¿Qué se puede hacer? ¿Qué se puede decir?» no estaba expresando un horror inefable, sino más bien la necesidad práctica de asesoramiento de quien ve que lo que hasta entonces era secreto sale a la luz.

Ya a una edad avanzada, Rudi tuvo que afrontar la realidad de que su yo más joven se había equivocado al creer que los aliados no sabían nada y que acudirían al rescate de los judíos si alguien los informaba. Por lo menos, podía aferrarse a una última convicción: la de que si los judíos de Hungría hubieran sabido lo que él y Fred habían escrito en su informe, se habrían negado a ir a la muerte.

Rudi se aferró a esa creencia, pero en sus últimos años vio cómo hasta eso quedaba en entredicho. Varios historiadores argumentaron que, aunque Rezső Kasztner y los demás no hubieran retenido el *Informe Vrba-Wetzler*, el resultado habría sido más o menos el mismo. Oponer resistencia no habría sido posible dada la ausencia de varones judíos en edad de combatir, la falta de armas, un paisaje llano con pocos lugares donde esconderse y una población local indiferente u hostil hacia sus vecinos judíos. Rudi tenía respuesta a todo eso: los judíos no necesitaban organizar una resistencia formal para sabotear o ralentizar el operativo nazi; habría bastado con generar algo de caos, con sembrar el pánico para que se produjera una estampida en el andén. Eso habría obligado a los nazis a cazar ciervos en lugar de ovejas.

Pero había una objeción que pesaba mucho, en parte por el lugar de donde provenía. Poco después del estreno de *Shoah*, Rudi conoció a un hombre que lo había visto en la película de Lanzmann y que viajó a Vancouver desde Suecia, donde vivía, para expresarle personalmente su gratitud. Ese hombre estaba convencido de que Rudolf Vrba le había salvado la vida. Se llamaba Georg Klein. Cuatro décadas antes se llamaba György Klein y trabajaba como ayudante del secretario en el consejo judío de Budapest.

A finales de mayo o principios de junio de 1944, el jefe de Klein, un rabino y miembro del *Judenrat*, le habló de cierto «documento de máximo secreto» que había recibido el consejo. Era un informe escrito por unos jóvenes judíos de Eslovaquia que habían escapado de uno de los campos de aniquilación de Polonia. El rabino dijo que se lo mostraría, con la condición de que el joven ayudante no compartiera su contenido con nadie, salvo sus familiares y amigos próximos. A continuación, le entregó una copia en papel carbón del *Informe Vrba-Wetzler* en húngaro.

Al leerlo, Klein sintió una mezcla de náusea y satisfacción intelectual. La primera porque ahora conocía el destino de su abuela y sus tíos, que habían sido deportados, y la segunda porque sabía que lo que estaba leyendo era la verdad. «El lenguaje seco, fáctico, casi científico, las fechas, las cifras, los mapas y la lógica de la narración tenían sentido —escribiría Klein más tarde—. Nada más tenía sentido».[20]

Klein fue de inmediato a ver a su tío, un reumatólogo cuya consulta se encontraba en la acera de enfrente. Klein, que todavía era un adolescente, le explicó lo que había leído. La reacción de su tío lo dejó atónito. El hombre se enfadó tanto que estuvo a punto de darle una bofetada a su sobrino. «Se puso colorado, sacudió la cabeza y levantó la voz». ¿Cómo era posible que György se creyera semejante disparate? Aquello era inconcebible, no podía ser.

György visitó a otros familiares y amigos para contarles lo que había leído en el *Informe Auschwitz*. Enseguida detectó un patrón. Los jóvenes le creyeron y se pusieron a hacer planes para evitar la deportación, pero los de mediana edad, los que como su tío tenían personas a su cargo, empleo y propiedades —los que tenían mucho que perder—, se negaban a creer lo que oían. Era como si la idea de abandonarlo todo, de pasar a la clandestinidad, de vivir con documentación falsa o de encaminarse a la frontera en plena noche les impidiera creérselo. György no escapó hasta que lo llevaron a una estación de tren y vio los vagones de ganado esperando.[21] De repente recordó lo que había leído en aquellas hojas de papel carbón y, aun a riesgo de que le pegaran un tiro, echó a correr.

Más de cuatro décadas después, Klein estaba sentado en el club de profesores de la Universidad de la Columbia Británica con el hombre que, sin saberlo, le había salvado la vida. Georg dijo que él mismo era la prueba de que, aunque el *Informe Vrba-Wetzler* se hubiera difundido, no habría dado el fruto que Rudi ansiaba. De la docena de personas de mediana edad a las que Klein había advertido, ninguna le había hecho caso.[22]

Los dos hombres pasaron un buen rato conversando sobre el asunto. Rudi insistía en que a Georg no le habían creído porque era joven: las cosas habrían sido distintas si el *Informe Auschwitz* lo hubieran difundido dirigentes judíos en los que la gente confiaba. Pero Georg replicaba que, salvo los jóvenes, nadie habría movido un dedo, independientemente de quién hubiera dado el aviso. Estaban acostumbrados a obedecer la ley. Desobedecer significaba exponer a sus hijos al peligro de ser acribillados en el mismo andén. Ningún padre se habría arriesgado a ello, aunque lo hubieran prevenido de que al final del trayecto los aguardaba la muerte. «La negación era la salida más natural».[23]

Discutieron hasta la saciedad. Rudi estaba empecinado en que los judíos de los trenes por lo menos tenían derecho a decidir con conocimiento de causa, derecho que les habían hurtado las personas que los mantenían en la ignorancia ocultándoles las pruebas que él tanto se había arriesgado por revelar. Georg, por su parte, se reiteró en que muy pocos habrían actuado de manera distinta, aunque se hubiera respetado su derecho a saber.

Lo cierto es que el argumento de Georg Klein no era nuevo para Rudi, que ya había tenido ocasión de constatar esa verdad tan obstinada como incómoda: la de que a los seres humanos les resulta casi imposible concebir su propia muerte.

Al fin y al cabo, otro de los fugados de Auschwitz había vivido en persona esa misma situación a los pocos meses de haberse evadido. En un amargo giro de los acontecimientos, la Gestapo había capturado a Czesław Mordowicz a finales de 1944 y lo había enviado en un cargamento de regreso a Auschwitz. Durante el trayecto, les dijo a sus compañeros de vagón que sabía lo que les esperaba. «Escuchad —les suplicó—, vais de camino a la muerte».[24] Czesław los instó a que saltaran con él del tren en marcha. No solo se negaron, sino que empezaron a gritar, a golpear las puertas y a llamar a los guardias alemanes. Arremetieron contra Mordowicz y le propinaron tal paliza que lo dejaron incapacitado. Al final no pudo saltar del tren y acabó de nuevo en Birkenau. Y todo por haber avisado de algo que sus interlocutores eran incapaces de creer y se negaban a escuchar.

Incluso entre los prisioneros de Auschwitz, donde el aire hedía al humo de la carne humana, había quienes se negaban a creer lo que podían ver y oler. Un antiguo esclavo de Josef Mengele describió cómo los prisioneros que sabían perfectamente lo que ocurría en las cámaras de gas reprimían ese conocimiento cuando les llegaba la hora de hacer cola para que los ejecutasen a ellos.[25] De hecho, el propio Walter Rosenberg había caído en ese error: en su primer día de trabajo en Kanada, había tratado de restar importancia a las «vagas sospechas» que lo asaltaban sobre el destino de los propietarios de aquellas maletas llenas de ropa.

Cuesta comprender el horror cuando nadie ha presenciado nunca nada parecido. Cuando el agente encubierto Jan Karski visitó Washington para informar al presidente Roosevelt de los ataques nazis contra los judíos, se reunió también con el juez del Tribunal Supremo Felix Frankfurter. Karski le contó al juez lo que había visto en Polonia. Frankfurter lo escuchó durante veinte minutos hasta que al fin dijo: «No me lo creo». Un diplomático presente en la sala terció para defender la credibilidad de Karski, ante lo cual el juez intentó explicarse: «No digo que mienta. Digo que no le creo. Son cosas distintas. Mi mente y mi corazón están hechos de tal modo que no puedo aceptarlo. No. No. No».[26]

Terminada la guerra, Hannah Arendt admitió que, cuando leyó el despacho del *New York Times* desde Ginebra en el que se revelaban los datos clave del *Informe Vrba-Wetzler*, ni ella ni su marido se lo creyeron. Él opinaba que «no podía ser cierto porque, desde el punto de vista militar, matar a civiles no tenía ningún sentido».[27]

La fuga de Walter se había basado en su convicción inicial de que conocer los hechos podía salvar vidas, de que la información podía ser el arma con la cual neutralizar el plan nazi para eliminar a los judíos. Haber sido testigo del destino del campo familiar checo y de la fe inquebrantable de sus reclusos en que de algún modo se salvarían —aun a pesar de que a su alrededor todo indicaba lo contrario— le había enseñado que la verdad era más complicada: la información es necesaria, desde luego, pero nunca es suficiente. Porque la información, además, hay que *creérsela*, sobre todo cuando implica una amenaza mortal. Al menos en esto, Rudi y Yehuda Bauer podrían haber estado de acuerdo: la información solo deviene conocimiento cuando se combina con la creencia. Y solo el conocimiento lleva a la acción.

Cuando le preguntaron por el Holocausto, el filósofo judeofrancés Raymond Aron dijo: «Lo sabía, pero no lo creía. Y como no lo creía, no lo sabía».[28]

Rudolf Vrba era consciente de todo esto y, sin embargo, se mantuvo en sus trece. Discutió al respecto con Georg Klein durante los pocos días que pasaron juntos en Vancouver, dando largos paseos por Stanley Park. Klein se alojaba como invitado en casa de Robin y Rudi, donde asombraba a la pareja levantándose a las cinco de la mañana. El diálogo entre ellos no terminó ahí; poco después, en París, compartieron un largo almuerzo, que acabó empalmando con la cena, con otros dos científicos. Nada de cuanto dijo Klein quebró el espíritu de Rudi.

A Klein lo maravillaba que, a pesar de todo lo que había pasado, Rudi fuera capaz de vivir la vida, de animar a sus estudiantes, de charlar con los camareros.[29] Sería lógico que alguien que ha sufrido tantas pérdidas irreparables —la de su pueblo, la de su hija— se atrincherara en la negación o en la depresión. Pero Rudi, no. Lo que él había conseguido era algo durísimo a la par que admirable: cargar a cuestas sus pérdidas y, al mismo tiempo, vivir.

Rudi, en efecto, amaba la vida y estaba ávido de más. En mayo de 2005, llamó a Robert Krell, un destacado miembro de la comunidad judía de Vancouver y profesor de la Facultad de Medicina de la universidad. Al principio, Rudi había desconfiado de Krell —al fin y al cabo, era uno de los capitostes de la comunidad judía—, pero poco a poco fue venciendo sus reservas. Krell era un judío neerlandés nacido en 1940 que había pasado sus primeros años de vida escondido. Con el tiempo, aquel niño furtivo y el fugitivo de Auschwitz se habían hecho amigos. Y ahora Rudi estaba con él al teléfono: «Robert, tengo que hablar contigo».[30]

Rudi le contó a Krell que tenía cáncer de vejiga desde hacía unos diez años; no había dicho nada hasta entonces. Aparte de su mujer, no lo sabía casi nadie, ni siquiera Zuza. Según la última revisión, el cáncer había penetrado hacia una capa más profunda.

Pero Rudi no había llamado a Robert para mantener una lúgubre conversación sobre su final inminente. Lo que ocurría era que no le gustaba cómo lo trataba su urólogo y se preguntaba si Robert podría hablar con él. Krell llamó rápidamente al médico y lo puso en antecedentes de su paciente. Teniendo en cuenta el pasado de Rudolf Vrba, era comprensible que viera a los profesionales sanitarios con cierta suspicacia.

Poco después lo operaron: le extirparon la vejiga y algunos tejidos más. El pronóstico era esperanzador, el tumor había desaparecido y Rudi aparentaba setenta años en lugar de casi ochenta y dos. Había estudiado las tasas de supervivencia del cáncer de vejiga, así como todo lo relacionado con la enfermedad, y bromeaba diciendo que se daba por satisfecho si llegaba a los noventa y dos. A lo mejor no batiría el récord de su casi indestructible madre, que había fallecido en 1991 a los noventa y seis años, pero no era una mala marca. No estaba dispuesto a arrojar la toalla; quería vivir.

Lo malo era que las células cancerosas habían aprendido de su anfitrión: se habían fugado y, tras desprenderse de la vejiga, se habían metastatizado en las piernas. Los médicos de Rudi modificaron el tratamiento para centrarse en paliar el dolor. Ya había sufrido suficiente en la vida; Krell le dijo que no tenía por qué aguantar más.

Sus amigos creían que el desenlace podía haber sido

distinto. Opinaban que si Rudi se hubiera puesto antes en manos de especialistas, en lugar de investigar por su cuenta y automedicarse, su cáncer podría haber tenido cura. Pero Rudi siempre se había empeñado en no mostrar debilidad —«¿qué pasa?, ¿eres un *Muselmann*?»—, en no parecer vulnerable a ojos de Robin, de sí mismo, del mundo. Y ese empeño acabó revelándose como su mayor debilidad.

Su salud declinaba de un día para otro. Pero ese periodo también le trajo un consuelo que no había conocido en décadas. Por primera vez desde los años cincuenta, veía a su hija todos los días. Zuza, que por entonces trabajaba como editora de libros infantiles en Londres, lo dejó todo para estar al lado de su padre en Vancouver durante los últimos meses. A veces hablaban de filosofía; otras, de Helena. Su relación no siempre había sido fácil, pero esos últimos meses estuvieron llenos de ternura. Rudi, siempre con su talante científico, decía que a Zuza la quería tanto que su amor llegaba «a nivel celular».[31] Ella era su única hija viva, y él era su *tata*.

Rudolf Vrba falleció a las 19.25 horas del 27 de marzo de 2006. En las semanas anteriores a su muerte, Rudi se mostró reacio a hablar de los preparativos del funeral. «Se negaba a aceptarlo —diría más tarde su esposa—, y yo le seguí la corriente».[32] No quería saber nada.

Vrba recibió sepultura en el cementerio de Boundary Bay, en la pequeña localidad de Tsawwassen, en la frontera entre Canadá y Estados Unidos. Solo hubo un panegírico, a cargo del doctor Stephan Horny, un sobrino de Rudi que vivía en Montreal. No hubo presentes suficientes varones judíos para formar un *minyán*, el cuórum para determinados ritos, y, contraviniendo la práctica judía tradicional, la ceremonia se celebró en *sabbat.* Aun así, el padre de Robin recitó el *kadish*, la oración fúnebre. Nueve meses más tarde se celebró una ceremonia de recuerdo en Vancouver a la que acudieron unas cuarenta personas.

En vida, Rudi sentía una gran satisfacción cuando se reconocía el esfuerzo que había hecho por alertar al mundo sobre la realidad de Auschwitz, pero difícilmente habría esperado que lo despidieran como a un héroe. Si el héroe se define por el éxito en su misión, él no se consideraba tal. Puede que Rudolf Vrba se reconociera más bien en la tradición del profeta judío, el que llega para advertir a los demás y se aflige al ver que nadie presta oídos a sus admoniciones.

Durante la extensa charla mantenida el día que se conocieron, una conversación que acabó alargándose diez horas, Georg Klein le preguntó a Rudi por qué seguía tan enfadado por todo lo que no había ocurrido en Hungría, en lugar de sentirse orgulloso de lo que *sí* había ocurrido gracias a su fuga. «¿No deberías estar satisfecho de haber conseguido salvar doscientas mil vidas?».[33]

No, Vrba no estaba satisfecho. Como tantos otros salvadores mejor conocidos de la misma época, pensaba menos en las personas a las que había salvado que en aquellas a las que no había podido salvar.

Pero Georg Klein no lo veía de esa manera. Sabía que debía su vida a lo que Fred y Rudi habían hecho tantos años atrás. Se había convertido en un eminente científico, había logrado grandes avances en el estudio de los tumores, avances que habían permitido refinar la inmunoterapia contra el cáncer y de los que en breve se beneficiarían millones de personas. Nada de eso habría sido posible sin Rudi. Klein había tenido tres hijos, siete nietos y doce bisnietos. Ninguna de esas vidas habría sido posible sin Rudi. Ninguno de esos chiquillos habría nacido de no ser por él.

La tradición judía dice que salvar una vida equivale a salvar al mundo entero. Gracias a su informe, Fred y Rudi salvaron a doscientos mil judíos de Budapest de la deportación inmediata a Auschwitz. Algunos morirían pocos meses después a manos de la Cruz Flechada, pero otros muchos, no. Y ninguna de esas vidas, ni las de sus descendientes, habría sido posible sin Rudolf Vrba.

Cincuenta años antes de que naciera Walter Rosenberg, y a apenas ciento cincuenta kilómetros de distancia, había venido al mundo un niño llamado Erik Weisz. Era un judío húngaro, de padre rabino, y a los pocos años se trasladó a Estados Unidos. Allí comenzó su carrera en el mundo del espectáculo, primero como trapecista, luego haciendo juegos de magia y finalmente como escapista. Se hacía llamar Harry Houdini.

Rosenberg también fue un escapista. Escapó de Auschwitz, de su pasado, incluso de su nombre. Escapó de su país de origen, de su país de adopción y hasta del país que vino luego. Escapó, escapó y escapó, pero nunca consiguió librarse del todo de los horrores que había presenciado y cuya existencia había revelado al mundo.

Cuando vivía en Inglaterra en los años sesenta, cada vez que iba en coche al centro de Londres desde su casa de Sutton, veía las chimeneas de la central eléctrica de Battersea y lo primero que le venía a la cabeza eran los crematorios de

Birkenau.[34] Cada vez que un radiólogo de Vancouver lo trataba de forma ruda, lo primero que pensaba era que tenía un aire «a los SS».[35] Cuando el cáncer se le extendió y ya no fue posible operar, le dijo suspirando a un amigo: «Al final me ha pillado la Gestapo».[36]

Su vida quedó marcada por las experiencias sufridas en la adolescencia, pero no dejó que eso lo hundiera. Cuando su hija Zuza cumplió cuarenta y cuatro años, Rudi le envió una carta de felicitación en la que le recordaba que el cuarenta y cuatro era su «número de la suerte».[37] Entre paréntesis, y a modo de explicación, escribió «44 070», el número que le habían tatuado en Auschwitz, y subrayó los dos primeros dígitos. Para él, ese número no representaba una maldición; al contrario, creía que le había traído una gran fortuna. Al fin y al cabo, había sobrevivido y se había fugado. «Espero que a ti también te traiga suerte», añadía.[38]

Rudolf Vrba fue un genio del escapismo cuya hazaña se cuenta entre las mayores proezas del pasado siglo. Al evadirse de Auschwitz, consiguió lo que casi ningún judío había logrado hasta entonces, y eso le permitió contar al mundo lo que allí había visto. Y si bien es cierto que nunca escapó del todo de la sombra del campo de exterminio, también lo es que vivió una vida plena que le permitió desarrollar todo su potencial como ser humano. Logró dedicarse a la ciencia y al estudio; fue marido, padre y abuelo; ayudó al mundo y a la historia a conocer la verdad del Holocausto; y, gracias a él, decenas de miles de personas tuvieron una vida larga y dichosa, y también los hijos, nietos y bisnietos de estos, que fueron tantos que ni siquiera Rudi habría sido capaz contarlos a todos.

Agradecimientos

Un libro como este sería imposible sin la amabilidad de otras personas. En primer lugar, gracias a Robin Vrba por la paciencia demostrada a lo largo de tantas horas, por permitir que me asomase a la vida que compartió con Rudi, por responder a un sinfín de preguntas y por poner a mi disposición un rico almacén de recuerdos, papeles amarillentos y fotografías descoloridas. No menos generosa fue Gerta Vrbová, novia de juventud y primera esposa de Rudolf Vrba, quien pasó conmigo las últimas semanas de su vida rememorando un mundo desaparecido mucho tiempo atrás y me entregó una maleta llena de cartas de su exmarido, muchas de las cuales narran experiencias inconcebiblemente dolorosas. Gracias también a su hija Caroline, a su hijo Peter y a su nieto Jack, así como a los amigos y colegas de Rudi en Vancouver —entre ellos, Chris Friedrichs, Robert Krell y Joseph Ragaz— por compartir conmigo sus recuerdos de ese hombre extraordinario.

Son legión los estudiosos que con su generosidad me han echado una mano, empezando por Nikola Zimring, que me ayudó a interpretar las partes más elusivas de la historia de Vrba y Wetzler. La colaboración de Yehuda Bauer,

Paul Bogdanor, Ruth Linn, Deborah Lipstadt y Nikolaus Wachsmann, así como de David Gur, antiguo miembro de la resistencia húngara, fue decisiva, al igual que la de Peter Klein, hijo de Georg, y Richard Bestic, hijo de Alan. Tim Radford accedió a hacerme de intérprete de los escritos científicos de Rudi y lo hizo con la claridad que lo caracteriza. Quisiera tener un agradecimiento especial para Karen Pollock, directora del Holocaust Educational Trust, desde donde lleva a cabo una labor inestimable. Pollock me facilitó una pista que se reveló esencial en el momento de emprender este viaje. Una parte de los beneficios de este libro van destinados a su organización.

Aparte de mis conversaciones con historiadores, familiares y colegas de Rudi, este libro se basa en el testimonio de los supervivientes del Holocausto, en documentos que recogen los acontecimientos de ese periodo y, sobre todo, en las palabras del propio Rudolf Vrba. Además de sus memorias, Rudi dejó un copioso archivo personal de cartas y escritos que se conserva en la Biblioteca Presidencial Franklin D. Roosevelt de Nueva York. Me gustaría dar las gracias a Kirsten Carter y su equipo por haberme ayudado a acceder a dicho archivo, aun a pesar de la covid.

Cumple dar las gracias a Szymon Kowalski y Teresa Wontor-Cichy, del Museo Estatal de Auschwitz-Birkenau, por haber respondido a muchas de mis preguntas, así como al equipo de Yad Vashem en Jerusalén y a Allen Packwood, del Centro de Archivos de Churchill en Cambridge. Gracias también a Gordon Brown por haberme puesto en contacto con él y por haberme animado a sacar adelante este proyecto.

Estoy en deuda con Marcelina Tomza-Michalska, por haber sido mi guía e intérprete en Polonia, y con Jarka Šimonová, por haber hecho lo mismo en Eslovaquia. También quisiera dar las gracias a Peter Švec por responder a mis preguntas mientras recorríamos un tramo de la marcha anual Vrba-Wetzler, una ruta conmemorativa que pasa por los lugares recorridos por la pareja de prófugos y que, en parte, existe gracias a la inspiración de Zuza, la hija de Rudi, ya fallecida.

Este libro no podría haber caído en mejores manos que en las de mi editor Joe Zigmond, de la editorial John Murray. Él y Jocasta Hamilton han sabido conjugar el entusiasmo con la cordura, ayudados por el esmero y la profesionalidad de Caroline Westmore y el tino del corrector Peter James. En Estados Unidos, se impone dar las gracias a Sara Nelson y Kris Dahl, por su tranquilizadora sagacidad. Tanto en Londres como en Nueva York, todo el mundo supo apreciar la importancia de esta historia sin más elementos de juicio que mi convicción de que había que contarla.

El equipo de Curtis Brown fue mucho más allá del deber: Viola Hayden demostró ser una lectora sumamente perspicaz, y Kate Cooper y Nadia Mokdad obraron milagros para trasladar esta historia al gran público. Al frente de todo, como siempre, estuvo Jonny Geller, que no solo es el mejor agente que cualquier autor pueda desear, sino que desde hace cuatro décadas es también un amigo leal. Un paseo juntos por el bosque puso este libro en marcha; sin él, no existiría.

Una vez más, me complace dar las gracias a Jonathan Cummings por su exhaustiva (y sin duda agotadora) labor de investigación, durante la cual examinó hasta el último detalle. Se zambulló en la historia conmigo y juntos escarbamos en archivos, recorrimos los bosques de Eslovaquia y caminamos entre los fantasmas de Auschwitz. Le estoy profundamente agradecido.

Por último, gracias también a mi esposa Sarah y a mis hijos Jacob y Sam. Este no es un tema fácil de tratar. Si lo he conseguido, se debe a su paciencia, su humor y su amor. Los aprecio más con cada año que pasa.

JONATHAN FREEDLAND
Londres, marzo de 2022

Créditos de las imágenes

Alamy Stock Photo: 7 abajo/Keystone Press. Archivos del Museo Estatal de Auschwitz-Birkenau: 3 arriba/foto Stanislaw Kolowca 1945: 3 abajo, 4, 7 centro derecha. © 2022. Foto Scala, Firenze/bpk, Bildagentur fuer Kunst, Kultur und Geschichte, Berlin: 7 arriba izquierda. Biblioteca Presidencial y Museo FDR: 5 abajo. Cortesía de Caroline Hilton: 6 centro derecha. Archivos Nacionales, Kew, Reino Unido: 5 arriba/PREM 4/51/10. Colección privada, cortesía de Hans Citroen: 2 abajo. Sovfoto/Universal Images Group/Shutterstock: 1 abajo. Museo Conmemorativo del Holocausto de Estados Unidos, cortesía de Yad Vashem: 2 arriba. Dominio público: 8 arriba/creada por Claude Lanzmann durante la filmación de *Shoah*, usada con permiso del Museo Conmemorativo del Holocausto de Estados Unidos y Yad Vashem-Autoridad para el Recuerdo de los Mártires y Héroes del Holocausto, Jerusalén. Cortesía de Robin Vrba: 1 arriba, 6 arriba izquierda y abajo, 8 abajo.

Siglas

APMAB: Archiwum Państwowego Muzeum Auschwitz-Birkenau (Archivos del Museo Estatal de Auschwitz-Birkenau), Oświęcim.

CZA: Archivos Sionistas Centrales, Jerusalén.

FDRPL: Biblioteca Presidencial Franklin D. Roosevelt, Hyde Park, Nueva York.

JTA: Agencia Telegráfica Judía.

NA: Národní Archiv (Archivos Nacionales de la República Checa), Praga.

USHMM: Museo Conmemorativo del Holocausto de los Estados Unidos, Washington, D. C.

YVA: Archivo Yad Vashem, Jerusalén.

Notas

Prólogo

1 Wetzler, *Escape*, p. 108.
2. Wetzler, «Testimony», p. 37.
3. Wetzler, *Escape*, p. 111.
4. *Ibidem*, p. 108.
5. *Ibid.*
6. Wetzler, «Testimony», p. 38.
7. Vrba, *I Escaped*, p. 271.
8. Wetzler, *Escape*, p. 124.
9. Gilbert, *Auschwitz*, p. 196.
10. Wetzler, *Escape*, p. 125.
11. *Ibidem*, p. 124.
12. *Ibid*, pp. 134-135.
13. Vrba, *I Escaped*, p. 274.
14. Vrba, «The Preparations», p. 247.
15. Wetzler, «Testimony», p. 36.
16. *Ibidem*, p. 38.
17. Wetzler, *Escape*, p. 134.
18. *Ibidem*, p. 130.
19. Vrba, *I Escaped*, p. 275.
20. *Ibidem*.
21. Wetzler, *Escape*, p. 139.
22. *Ibidem*.
23. Vrba, *I Escaped*, p. 277.

Capítulo 1. La estrella

1. Correspondencia del autor con Robin Vrba.
2. Vrba, entrevista de Claude Lanzmann, p. 71.
3. Correspondencia del autor con Robin Vrba.
4. Vrba, entrevista para *World at War*, parte I, p. 4.
5. Kubátová y Láníček, *The Jew in Czech*, p. 22.
6. Vrbová, *Trust*, p. 11.
7. JTA, «2 Synagogues Burned in Slovakia», 14 de diciembre de 1938.
8. Vrbová, *Trust*, p. 14.
9. Vrba, *I Escaped*, p. 55.
10. Entrevista del autor con Robin Vrba, 22 de octubre de 2021.
11. Vrbová, *Trust*, p. 21.
12. Vogel, entrevista para el USHMM, p. 2.
13. Vrbová, *Trust*, p. 21.
14. Spira, «Memories of Youth», p. 43.
15. Primera página del periódico propagandístico gubernamental *Lidové Noviny* [*El Diario del Pueblo*], 21 de septiembre de 1941. El titular entero decía así: «Ya hemos despachado a los judíos: las leyes antijudías de Eslovaquia son las más estrictas».
16. Vrba, entrevista para *World at War*, parte I, p. 2.
17. Vrbová, *Trust*, p. 17.
18. Correspondencia del autor con Robin Vrba.
19. Vrba, entrevista para *World at War*, parte I, p. 12.
20. Vrba, entrevista con Lanzmann, p. 2.
21. Vrba, *I Escaped*, p. 4.
22. Vrba, entrevista con Lanzmann, p. 4.
23. Vrba, entrevista para *World at War*, parte I, p. 12.
24. Vrba, *I Escaped*, p. 1.
25. Entrevista del autor con Robin Vrba, 16 de noviembre de 2020.
26. Vrba, *I Escaped*, p. 1.
27. *Ibidem*, p. 5.

Capítulo 2. Quinientos marcos imperiales

1. Vrba, *I Escaped*, p. 34.
2. Vrba, entrevista para *World at War*, parte I, p. 20.
3. Vrba, *I Escaped*, p. 45.

4. Vrba, entrevista para *World at War*, parte I, p. 28.
5. Vrba, *I Escaped*, p. 45.
6. Vrba y Wetzler, «Report», p. 21.

Capítulo 3. Deportación

1. Vrba, *I Escaped*, p. 34.
2. Vrba, entrevista para *World at War*, parte I, p. 20.
3. Vrba, *I Escaped*, p. 45.
4. Vrba, entrevista para *World at War*, parte I, p. 28.
5. Vrba, *I Escaped*, p. 45.
6. Vrba y Wetzler, «Report», p. 21.
7. *Ibidem.*

Capítulo 4. Majdanek

1. Vrba, *I Escaped*, p. 52.
2. *Ibidem*, p. 56.
3. *Ibid.*, p. 60.
4. Museo Estatal de Majdanek, «Living Conditions», disponible en <https://www.majdanek.eu/en/history/living_conditions/13>.
5. Cesarani, *Final Solution*, p. 659.
6. Vrba y Wetzler, «Report», p. 23.
7. *Ibidem*, p. 22.
8. Fackler, «Music», p. 2.
9. Vrba, *I Escaped*, p. 64.
10. *Ibidem*, p. 65.
11. *Ibid.*, p. 67.
12. Vrba y Wetzler, «Report», p. 24.

Capítulo 5. «Éramos esclavos»

1. *The World at War,* Thames TV, capítulo 20, «Genocide», 27 de marzo de 1974.
2. Vrba, I *Escaped*, p. 73.
3. Vrba, testimonio ante el Tribunal del Distrito de Ontario, p. 1333.

4. Wetzler, «Testimony», p. 26.
5. Vrba y Wetzler, «Report», p. 1.
6. Langbein, *People*, pp. 70-71.
7. Długoborski y Piper, *Auschwitz*, vol. II, p. 17.
8. Levi, *If This Is a Man*, p. 103 *(trad. cast.: Si esto es un hombre*, p. 98).
9. Langbein, *People*, p. 120.
10. Vrba, *I Escaped*, p. 81.
11. *Ibidem*, p. 82.
12. Vrba y Wetzler, «Report», p. 24.
13. Vrba, *I Escaped*, p. 112.
14. *Ibidem*, p. 94.
15. Vrba, testimonio , p. 1247.
16. Vrba, *I Escaped*, p. 113.
17. Vrba, testimonio, p. 1248.
18. Rothman, entrevista, p. 14.
19. Greif, *We Wept*, p. 368 n. 24.
20. Vrba y Wetzler, «Report», p. 24.
21. Vrba, testimonio, p. 1248.
22. *Ibidem.*
23. Vrba y Wetzler, «Report», p. 24.
24. Vrba, testimonio, p. 1250.
25. *Ibidem*, p. 1252.
26. *Ibid.*, p. 1251.
27. *Ibid.*, pp. 1330-1331.
28. *Ibid.*, p. 1332.
29. *Ibid.*, p. 1253.
30. Itzkowitz, entrevista, p. 14.
31. Vrba y Wetzler, «Report», p. 25.
32. *Ibidem.*
33. *Ibid.*
34. Vrba, testimonio, pp. 1254-1255.
35. Vrba, *I Escaped*, p. 130.
36. Bacon, *Saving Lives*, p. 47.
37. Langbein, *People*, p. 204.
38. Bacon, *Saving Lives*, p. 47.
39. *Ibidem.*
40. Vrba, *I Escaped*, p. 131.
41. *Ibidem*, p. 132.
42. Vrba y Wetzler, «Report», p. 2.

Capítulo 6. Kanada

1. Greif, *We Wept*, p. 338 n. 45.
2. Vrba, testimonio, p. 1306.
3. Greif, *We Wept*, p. 338.
4. Hart, *I Am Alive*, pp. 69-70.
5. Vrba, entrevista con Lanzmann, p. 28.
6. Vrba, *I Escaped*, p. 43.
7. *Ibidem*, p. 145.
8. Levi, *If This Is a Man*, p. 21 (trad. cast.: Si esto es un hombre, p. 19).

Capítulo 7. La solución final

1. Cesarani, *Final Solution*, p. 522.
2. *Ibidem*, p. 520.
3. Wachsmann, *KL*, p. 292 (trad. cast.: KL, p. 331).
4. Entrevista del autor con Nikolaus Wachsmann, 28 de mayo de 2021.
5. Długoborski y Piper, *Auschwitz*, vol. III, p. 121.
6. *Ibidem*.
7. *Ibid.*, p. 122.
8. *Ibid.*, p. 129.
9. *Ibid.*
10. *Ibid.*, p. 131.
11. Müller, *Eyewitness*, pp. 31-39.
12. Długoborski y Piper, *Auschwitz*, vol. III, p. 131.
13. Wachsmann, *KL*, p. 301 (trad. cast.: *KL*, p. 341).
14. *Ibidem*, p. 304 (trad. cast.: p. 344).
15. *Ibid.*, p. 307 (trad. cast.: p. 347).
16. Museo Estatal de Auschwitz-Birkenau, «The Death of Silent Witnesses to History», disponible en <http://www.auschwitz.org/en/museum/news/the-death-of-silent-witnesses-to-history,466.html>.
17. Müller, *Eyewitness*, p. 98.

1. Cesarani, *Final Solution*, p. 653.
2. Doležal, *Cesty Božím*, pp. 111-112.
3. Vogel, entrevista, p. 5.
4. Holocaust Education & Archive Research Team, «The Holocaust: Economic Exploitation».
5. Cesarani, *Final Solution*, p. 653.
6. Vrba, entrevista con Lanzmann, p. 26.
7. Cesarani, *Final Solution*, p. 654.
8. Der Spiegel, «Did German»..
9. Nyiszli, *Auschwitz*, p. 87.
10. Ryback, «Evidence of Evil», p. 68.
11. Wachsmann, *KL*, p. 314 (trad. cast.: *KL*, p. 354).
12. Cesarani, *Final Solution*, p. 654.
13. El autor de esta estimación era el *Grüppenführer* de las SS y teniente general de la policía Odilo Globocnik. Sus cifras reflejaban un botín de 100 millones de marcos, pero encontramos una nota según la cual había una cantidad material equivalente a la mitad de los activos enumerados que seguía almacenado y sin procesar, con lo que habría que sumar otros 50 millones de marcos a la cifra anterior. Además, había otros mil vagones de textiles valorados en 13 millones de marcos. Esto elevaría el total a 163 millones de marcos. Globocnik, no obstante, insistía en que se basaba en «valores mínimos», por lo que seguramente sus cálculos arrojaban unas cifras muy a la baja: «Lo más probable es que el valor total sea el doble», escribió. En tal caso, esos 326 millones de marcos son probablemente una cifra más fiable. Véase Office of United States Chief of Counsel for Prosecution of Axis Criminality, *Nazi Conspiracy*, p. 752.
14. Testimonio de Kitty Hart, en Langbein, *People*, p. 140.
15. Testimonios de Manca Svalbova y Krystyna Zywulska, en *ibidem*, p. 141.
16. Vrba, testimonio, pp. 1438-1439.
17. Vrba, entrevista con Lanzmann, p. 27.
18. Vrba, «The Preparations», p. 246.
19. Un sutil editor de la traducción danesa de las memorias de Vrba señaló que el hombre de las SS al que Vrba se había referido como Wiglep, y que aparece como Wyklef en el *Informe Vrba-Wetzler*, es «presumiblemente, Richard Wiegleb, conocido

por otras listas de personal de las SS en Auschwitz» (Vrba, *Flugten fra Auschwitz*, p. 162, n.º 3; véase también Strzelecki, «The Plunder», p. 251).

20. Vrba, *I Escaped*, pp. 152-154; Vrba, testimonio, pp. 1436-1437.
21. Los documentos de Auschwitz revelan que el cirujano era un prisionero polaco, un tal doctor Władysław Dering. En 1964, Dering protagonizó un escandaloso juicio por difamación en Londres, a raíz de que Leon Uris lo hiciera aparecer en su famosa novela *Éxodo* como uno de los varios cirujanos que habían realizado experimentos médicos en Auschwitz. Entre las numerosas acusaciones contra Dering, que el tribunal reconoció como ciertas en esencia, constaba la de haber realizado operaciones en el campo sin anestesia suficiente. Uris relata el caso en su novela *QB VII* (APMAB, *ibidem*).
22. El «libro de bloque» correspondiente al bloque 4, uno de los pocos que se conservan, se encuentra en el Museo de Auschwitz. En él consta que Walter Rosenberg fue dado de alta de la enfermería el 5 de octubre de 1942 y considerado apto para trabajar (APMAB, Departamento de Trabajo, vol. 7, pp. 77-78).
23. Vrba, *I Escaped*, p. 163.

Capítulo 9. La rampa

1. Vrba, entrevista con Lanzmann, p. 7.
2. Wachsmann, *KL*, p. 309 (trad. cast.: *KL*, p. 349).
3. Vrba, testimonio, p. 1269.
4. Vrba, entrevista con Lanzmann, p. 16.
5. Entrevista del autor con Teresa Wontor-Cichy, 6 de agosto de 2021.
6. Vrba, testimonio, p. 1271.
7. *Ibidem*, p. 1273.
8. Vrba, entrevista con Lanzmann, p. 9.
9. Vrba, testimonio, p. 1274.
10. *Ibidem*, p. 1275.
11. Vrba, *I Escaped*, p. 166.
12. Vrba, «Preparations», p. 241.
13. Vrba, entrevista con Lanzmann, p. 23.
14. Vrba, testimonio, p. 1284.
15. Vrba, entrevista con Lanzmann, p.15.

16. Vrba, testimonio, p. 1282.
17. *Ibidem*, p. 1277.
18. *Ibid.*, p. 1278.
19. *Ibid.*, p. 1277.
20. Wachsmann, *KL*, p. 311 (trad. cast.: *KL*, p. 319).
21. Wetzler, «Testimony», p. 35.
22. Vrba, entrevista con Lanzmann, p. 12.
23. Vrba, testimonio, pp. 1304-1305.
24. *Ibidem*, p. 1548.
25. Długoborski y Piper, *Auschwitz*, vol. III, p. 130.
26. Wachsmann, *KL*, p. 318 (trad. cast.: *KL*, p. 358.
27. Greif, *We Wept*, p. 228.
28. Doležal, *Cesty Božím*, p. 112.
29. Entrevista del autor con Teresa Wontor-Cichy, 6 de agosto de 2021.
30. Borkin, *The Crime*, p. 123.
31. Vrba, testimonio, p. 1279.
32. Vrba, *I Escaped*, p. 165.
33. Vrba, entrevista con Lanzmann, p. 4; Doležal, *Cesty Božím*, p. 109.

Capítulo 10. Un chico memorioso

1. Vrba, entrevista para *World at War*, parte I, p. 40.
2. Vrba, testimonio, p. 1271; Vrba, *I Escaped*, p. 255.
3. Esta frase, que en una versión ligeramente distinta suele atribuirse a Dostoievski, la pronuncia Rudolf Vrba en una conversación con Robert Krell (véase Krell, *Sounds from Silence*, p. 260).
4. Aderet, «The Mystery».
5. Langbein, *People*, p. 97.
6. *Ibidem*, p. 98.
7. Vrba, entrevista con Lanzmann, p. 5.
8. *Ibidem*, p. 6.
9. Vrba, testimonio, p. 1316.
10. Vrba, entrevista con Lanzmann, p. 6.
11. Vrba a Martin Gilbert, 12 de agosto de 1980, FDRPL, Colección Vrba, caja 2.
12. Vrba y Wetzler, «Report», p. 8.

13. Vrba, entrevista con Lanzmann, pp. 6-7; Vrba, testimonio, p. 1529.
14. Vrba, testimonio, pp. 1475-1476.
15. Vrba, entrevista con Lanzmann, p. 5.
16. *Ibidem*, p. 21.
17. *Ibid.*

Capítulo 11. Birkenau

1. Vrba, entrevista con Lanzmann, p. 37.
2. Vrba, *I Escaped*, p. 182.
3. Vrba, entrevista con Lanzmann, p. 37.
4. Vrba, testimonio, p. 1343.
5. Correspondencia del autor con Robin Vrba.
6. Vrba, testimonio, pp. 1314-1315.
7. *Ibidem*, p. 1316.
8. *Ibid.*, p. 1315.
9. *Ibid.*, pp. 1455-1456.
10. Museo Estatal de Auschwitz-Birkenau, «Christmas Eve in Auschwitz as Recalled by Polish Prisoners», disponible en <http://www.auschwitz.org/en/museum/news/christmas-eve-in-auschwitz-as-recalled-by-polish-prisoners,47.html>.
11. Vrba, testimonio, p. 1246.
12. Letreros informativos del Museo Estatal de Auschwitz-Birkenau.
13. Vrba, *I Escaped*, p. 203.
14. *Ibidem*, p. 199.
15. Kulka, «Attempts», p. 295.
16. Vrba, *I Escaped*, p. 200.
17. Cesarani, *Final Solution*, p. 527.
18. Vrba, *I Escaped*, p. 201.
19. *Ibidem*, p. 200.
20. Vrba, entrevista con Lanzmann, p. 38.
21. *Ibidem*, p. 39.
22. *Ibid.*, p. 40.
23. *Ibid.*, p. 43.

Capítulo 12. «Ha sido maravilloso»

1. Kulka, «Attempts», p. 295.
2. Vrba, testimonio, p. 1321.
3. *Ibidem.*
4. Langbein, *People*, p. 71.
5. Vrba, testimonio, p. 1357.
6. *Ibidem*, p. 1348.
7. *Ibid.*, pp. 1348-1349.
8. *Ibid.*, p. 1472-1473.
9. Declaración de Rudolf Vrba para ser presentada en el juicio a Adolf Eichmann, 16 de julio de 1961, FDRPL, Colección Vrba, caja 10; Gilbert, *Auschwitz*, p. 194.
10. Vrba, *I Escaped*, p. 202.
11. Cesarani, *Final Solution*, p. 528.
12. *Ibidem*, p. 660.
13. Entrevista con Otto Dov Kulka, en Freedland, «Every One».
14. En las memorias de Rudolf, donde los nombres suelen adoptar formas anglicanizadas, aparece como «Alice». Según Gerta Vrbová, en declaraciones al autor, en realidad se llamaba Alicia.
15. Vrba, *I Escaped*, p. 216.
16. *Ibidem*, p. 227.
17. Müller, *Eyewitness*, p. 109.
18. Gilbert, *Auschwitz*, p. 235 n. 1.
19. Vrba y Wetzler, «Report», p. 16.

Capítulo 13. Escapar era de locos

1. Vrba, testimonio, p. 1441.
2. Kulka, «Attempts», p. 297.
3. Müller, *Eyewitness*, pp. 55-56.
4. Kulka, «Attempts», p. 298.
5. Vrba, «The Preparations», p. 243.
6. Vrba, *I Escaped*, p. 248.
7. *Ibidem*, p. 252.
8. *Ibid.*
9. Rudolf Vrba donó el cinturón al Museo Imperial de la Guerra de Londres en 1999. Su número de catálogo es EPH 2722.

10. Kulka, «Attempts», p. 295.
11. *Ibidem.*
12. Vrba a Martin Gilbert, 12 de agosto de 1980, FDRPL, Colección Vrba, caja 2.
13. Vrba, testimonio, p. 1319.
14. Vrba, «The Preparations», p. 246.

Capítulo 14. Lecciones rusas

1. Vrba, «The Preparations», p. 246.
2. *Ibidem*, pp. 238-239.
3. *Ibid.*, p. 240.
4. Vrba, *I Escaped*, p. 238.
5. *Ibidem*, p. 239.
6. Vrba, «The Preparations», p. 245.
7. Vrba, testimonio, p. 1345.
8. Vrba, *I Escaped*, p. 238.
9. *Ibidem*, p. 239.
10. Entrevista del autor con Gerta Vrbová, 15 de junio de 2020.
11. Vrba, «The Preparations», p. 244.
12. Vrba, testimonio, p. 1321.
13. Kulka, «Five Escapes», p. 205.
14. Vrba, testimonio, pp. 1327-1328.
15. Wetzler, «Testimony», p. 35.
16. Vrba, testimonio, p. 1321.
17. Wetzler, «Testimony», p. 35.
18. Gilbert, *Auschwitz*, p. 193.
19. *Ibidem*, p. 194.
20. *Ibid.*, p. 193.

Capítulo 15. El escondite

1. Kulka, «Attempts», p. 296.
2. Müller, *Eyewitness*, p. 179.
3. Kulka, «Attempts», p. 299.
4. Wetzler, «Testimony», p. 36.
5. Kulka, «Attempts», p. 299. Algunas fuentes consignan que el nombre de pila de Eisenbach era Mendel, o se refieren a Getzel

Abramowicz como Gecel o Abraham Gotzel, y a Mordka Cytryn como Mordecai o Citrin.

6. Vrba, *I Escaped*, p. 262.
7. Kulka, «Attempts», p. 299.
8. Oro, según *ibidem*; diamantes, según Vrba, *I Escaped*, p. 263.
9. Kulka, «Attempts», p. 299.

Capítulo 16. «Deja ir a mi pueblo»

1. Véase la nota 4 del capítulo 28.
2. Vrba, *I Escaped*, p. 267.
3. Vrba, «The Preparations», p. 248.
4. Wetzler, «Testimony», p. 37.
5. *Ibidem.*
6. Kulka, «Five Escapes», p. 201.
7. *Ibidem*, p. 202.
8. Siegfried Lederer pasó el resto de la guerra luchando con los partisanos antinazis y vivió en Checoslovaquia hasta su fallecimiento el 5 de abril de 1972, veintiocho años después de salir de Auschwitz. Murió en el anonimato, sin que se lo reconociera ni por su extraordinaria fuga ni por su intento de advertir a los judíos de Theresienstadt.
9. Vrba, *I Escaped*, p. 267.
10. *Ibidem.*
11. Vrba, testimonio, p. 1365.
12. Vrba, *I Escaped*, p. 269.
13. *Ibidem.*
14. «El 1 de abril de 1944 llegó un cargamento de judíos griegos. De estos, doscientos ingresaron en el campo y el resto, aproximadamente mil quinientos, fueron gaseados inmediatamente», según el informe de un prisionero que escapó de Auschwitz, 28 de julio de 1944, CZA A314/18.
15. Vrba, testimonio, p. 1366.
16. Wetzler, *Escape*, p. 108.
17. Vrba, testimonio, p. 1368.
18. Doležal, *Cesty Božím*, p. 109. Vrba le explicó a su entrevistador que no supo que el 7 de abril de 1944 había sido la noche del Séder hasta exactamente cincuenta años después, al dar una conferencia en conmemoración del aniversario de su evasión.

Capítulo 17. Bajo tierra

1. Wetzler, *Escape*, p. 114.
2. La ubicación exacta del escondite en BIII, o México, no está del todo clara. En una ocasión, Vrba lo situó «trescientos metros [*sic*] al este del crematorio V» (véase Vrba, «The Preparations», p. 246), pero, a la luz de ciertos detalles que figuran en el testimonio de Vrba y Wetzler, es probable que esa distancia fuera algo mayor, lo cual situaría el escondite en la esquina noreste de México.
3. Vrba, *I Escaped*, p. 274.
4. Czech, *Auschwitz Chronicle*, p. 607.
5. Wetzler, *Escape*, p. 135.
6. *Ibidem*, p. 144.
7. Wetzler, «Testimony», p. 38.
8. Según el Museo Conmemorativo de Auschwitz, entre noviembre de 1942 y abril de 1944 hubo algunos intentos de fuga por parte de prisioneros judíos. El desenlace de la mayoría de esos casos se desconoce, pero uno tuvo un final especialmente triste: en diciembre de 1943, un agente judío de la Gestapo consiguió fugarse, pero murió tiroteado por su compañero de fuga, un prisionero polaco que, como él, también era agente de la Gestapo.
9. Wetzler, *Escape*, p. 145.
10. Vrba, testimonio, p. 1370.
11. *Ibidem.*
12. Wetzler, «Testimony», p. 38.
13. *Ibidem*, p. 39.
14. Vrba, testimonio, p. 1374.
15. Vrba, *I Escaped*, p. 278.
16. Vrba, testimonio, p. 1370.
17. Wetzler, «Testimony», p. 39.

Capítulo 18. Fugitivos

1. Kárný, «Report», p. 553.
2. Telegrama reproducido en Kulka, «Five Escapes», p. 205.
3. La segunda implantación del decreto ley sobre cambios de nombre y apellido de agosto de 1938 recogía también noventa y un nombres de mujer (véase Nick, *Personal Names*, p. 65).
4. Vrba, «The Preparations», p. 245.

5. *Ibidem.*
6. Gilbert, *Auschwitz*, p. 196.
7. Wetzler, «Testimony», p. 39.
8. *Ibidem.*
9. Vrba, «The Preparations», p. 247.
10. *Ibidem.*
11. Wetzler, «Testimony», p. 39.
12. Vrba, *I Escaped*, p. 280.
13. *Ibidem.*
14. Flaws, «Bystanders, Blackmailers», pp. 62-63.
15. Vrba, *I Escaped*, p. 285.
16. Vrba, «The Preparations», p. 247; Gilbert, *Auschwitz*, p. 196.
17. Vrba, «The Preparations», p. 247.
18. *Ibidem*, p. 248.
19. *Ibid.*
20. Wetzler, «Testimony», p. 39.
21. Vrba, *I Escaped*, p. 287.
22. Wetzler, «Testimony», p. 39.

Capítulo 19. Cruzar la frontera

1. Vrba, «The Preparations», p. 248.
2. Wetzler, «Testimony», p. 39.
3. Vrba, *I Escaped*, p. 288.
4. Vrba, «The Preparations», p. 248.
5. Wetzler, «Testimony», p. 39.
6. Vrba, *I Escaped*, p. 289.
7. Wetzler, «Testimony», p. 40.
8. Vrba, «The Preparations», p. 248.
9. Wetzler, «Testimony», p. 40.
10. *Ibidem.*
11. Vrba, *I Escaped*, p. 291.
12. *Ibidem.*
13. Wetzler, «Testimony», p. 40.
14. *Ibidem*, p. 41.
15. *Ibid.*, p. 40.
16. *Ibid.* En sus memorias, Rudolf Vrba no dice cómo se llamaba el hombre que los guio hasta la frontera eslovaca ni menciona que fuera veterano de Auschwitz.

17. Vrba, *I Escaped*, p. 293.
18. Wetzler, «Testimony», p. 40.
19. Wetzler, *Escape*, p. 179.
20. Vrba, *I Escaped*, p. 295.
21. Vrba, entrevista con Lanzmann, p. 53.
22. Vrba a Martin Gilbert, 30 de julio de 1980, FDRPL, Colección Vrba, caja 2.
23. Vrba, entrevista con Lanzmann, p. 53.
24. Vrba, «The Preparations», p. 251.
25. Vrba a Martin Gilbert, 30 de julio de 1980, FDRPL, Colección Vrba, caja 2.
26. Vrba, entrevista con Lanzmann, p. 54.
27. Wetzler, *Escape*, p. 192.
28. Vrba, «The Preparations», p. 251.

Capítulo 20. Negro sobre blanco

1. Gilbert, *Auschwitz*, p. 203.
2. Vrba, «The Preparations», p. 251.
3. Vrba, entrevista con Lanzmann, p. 56.
4. Karmil/Krasňanský, entrevista con Kulka, p. 4.
5. Krasňanský, «Declaration», p. 1.
6. Wetzler, *Escape*, p. 193.
7. Vrba, «The Preparations», p. 251; Krasňanský, «Declaration», p. 1.
8. Karmil/Krasňanský, entrevista con Kulka, p. 3.
9. Vrba, «The Preparations», p. 251.
10. Gilbert, *Auschwitz*, p. 203.
11. Wetzler, *Escape*, p. 201.
12. Steiner, entrevista con Lanzmann, pp. 79-81.
13. Vrba, entrevista con Lanzmann, p. 59.
14. Fatran, «The "Working Group"», p. 165.
15. Vrba, entrevista con Lanzmann, p. 57.
16. Vrba y Wetzler, «Report», prólogo de Oskar Krasňanský, s. p.
17. Krasňanský, «Declaration», p. 1.
18. Kulka, «Five Escapes», p. 207.
19. En la actualidad, la mayoría de los especialistas tienden a aceptar el cálculo de Franciszek Piper, antiguo director del instituto de investigación del Museo Estatal de Auschwitz-Birkenau, quien con-

cluyó que en Auschwitz-Birkenau murieron al menos 1.100.000 personas, de las cuales casi un millón fueron judíos.

20. Neumann, *Im Schatten*, pp. 178-182.
21. Vrba, «The Preparations», p. 263.
22. Miroslav Kárný se muestra escéptico acerca de esta explicación sobre la ausencia en el informe de cualquier mención explícita de la amenaza inminente para la judería húngara, y señala que el informe hace referencia a un aparente rumor sobre la llegada prevista de «grandes cargamentos de judíos griegos». Si se incluyeron rumores que tenían que ver con esa comunidad, se pregunta Kárný, ¿por qué no los que tenían que ver con la otra? Una respuesta obvia sería que Fred y Walter ya habían presenciado con sus propios ojos la llegada de judíos griegos; de hecho, ese había sido el tema de la última conversación entre Walter y uno de los SS del campo. Podría ser, pues, que para Krasňanský el asunto de los judíos griegos no correspondiera al ámbito de la especulación y, por tanto, pudiera incluirse en el informe, cosa que no podía hacerse en lo tocante a los judíos de Hungría. Otra prueba de que Fred y Walter advirtieron de los preparativos que se estaban llevando a cabo en Auschwitz para asesinar en masa a los judíos húngaros es una carta de dos dirigentes judíos eslovacos en la que se alude justamente a ese peligro. La misiva fue enviada el 22 de mayo de 1944, después de que Vrba y Wetzler relataran su historia en Žilina, pero, y esto es lo importante, *antes* de la huida de Mordowicz y Rosin. Esa advertencia solo podía basarse en la información aportada por Fred y Rudi (Kárný, «The Vrba and Wetzler Report», p. 560; Vrba a Randolph L. Braham, 17 de enero de 1994, FDRPL, Colección Vrba, caja 1).
23. Vrba, «The Preparations», pp. 254-255.
24. *Ibidem*, p. 255.
25. Wetzler, *Escape*, p. 205.
26. Vrba, «The Preparations», p. 255.
27. Trencsényi, Janowski, Baár, Falina y Kopeček, *A History*, vol. 1, p. 552.
28. Vrba, testimonio, p. 1377.

Capítulo 21. Los hombres de Dios

1. Vrba, *I Escaped*, p. 302.
2. Baron, *Stopping*, p. 181.
3. Baron, «The "Myth"», p. 187.
4. Baron, *Stopping*, p. 184.
5. *Ibidem*, p. 195.
6. *Ibid.*, p. 191.
7. *Ibid.*
8. Baron, «The "Myth"», p. 188.
9. Baron, *Stopping*, pp. 209-210
10. *Ibidem.*

Capítulo 22. «¿Qué puedo hacer?»

1. Mordowicz, entrevista, p. 24.
2. *Ibidem*, p. 26.
3. Rosin, entrevista con Kulka, p. 8.
4. Vrba a Martin Gilbert, 30 de julio de 1980, FDRPL, Colección Vrba, caja 3.
5. Mordowicz, entrevista, p. 29.
6. *Ibidem.*
7. *Ibid.*, p. 28.
8. *Ibid.*, p. 32.
9. Kulka, «Five Escapes», p. 208.
10. Rosin, entrevista con Kulka, p. 21.
11. Zimring, «A Tale», p. 381.
12. Vrba, *I Escaped*, pp. 305-306.
13. Vrba a John S. Conway, 2 de julio de 1976, FDRPL, Colección Vrba, caja 1, p. 4.
14. *Ibidem*, p. 14.
15. Krasňanský, «Declaration», p. 3.
16. Mordowicz, entrevista, p. 50.
17. Kulka, «Five Escapes», p. 210.
18. *Ibidem.*
19. Mordowicz, entrevista, p. 50.
20. Vrba a John S. Conway, 2 de julio de 1976, FDRPL, Colección Vrba, caja 1, p. 15.
21. Mordowicz, entrevista, p. 51.
22. DEGOB, «Death Trains».

1. Entrevista con Krasňanský, 22 de diciembre de 1980, en Gilbert, *Auschwitz*, p. 203.
2. Kranzler, *The Man*, p. xxii.
3. *Ibidem*, p. 91.
4. *Ibid.*, p. 98.
5. Baron, *Stopping*, p. 18.
6. Rings, *Advokaten*, p. 144.
7. Kranzler, *The Man*, pp. 208-209.
8. Bogdanor, *Kasztner's Crime*, p. 187.
9. Fleming, *Auschwitz*, p. 233.
10. Rings, *Advokaten*, pp. 140-146.
11. Fleming, *Auschwitz*, p. 233.
12. Tibori Szabó, «The Auschwitz Reports», p. 113.
13. Zimring, «The Men», p. 81.
14. Brigham, «Inquiry Confirms».
15. Entrevista con Garrett, en Rings, *Advokaten*, p. 144.
16. Gilbert, *Auschwitz*, p. 233.
17. Registro de las emisiones de las radios de Londres y Moscú, Archivos Centrales, Praga, SUA4, URP. Cart. 1170, citado en Kárný, «The Vrba and Wetzler Report», p. 559.
18. Świebocki, *London*, p. 56.
19. Fleming, *Auschwitz*, apéndice I, línea 46.
20. Erich Kulka recordó este episodio durante una conversación con Gerhart Riegner, que lo mencionó en una entrevista de abril de 1995 con Martin Gilbert en el Congreso Judío Mundial de Ginebra (Baron, *Stopping*, p. 15 n. 32).
21. Waller, *Disciples*, p. 136; Baron, *Stopping*, p. 16.
22. Gilbert, *Auschwitz*, p. 233.
23. *Ibidem.*
24. Winik, «Darkness», p. 68.
25. FDRPL, Registros del Departamento de Estado Relativos a los Problemas en Materia de Ayuda y Refugiados (Consejo de Refugiados de Guerra), Documentos e Informes Misceláneos sobre los Campos de Exterminio de Judíos en Polonia (1), caja 69; Baron, *Stopping*, p. 21.
26. Kárný, «The Vrba and Wetzler Report», p. 563.
27. *Ibidem*, p. 564.
28. Kulka, «Five Escapes», p. 207.

29. Gilbert, *Auschwitz*, p. 236.
30. Winik, «Darkness», p. 67.
31. Wyman, *America*, vol. XII, p. 104; Baron, *Stopping*, p. 20.
32. Gilbert, *Auschwitz*, p. 238.
33. Baron, «The "Myth"», p. 24.
34. Winik, «Darkness», p. 69.
35. *Ibidem*, p. 70.
36. *Ibid.*, p. 75.
37. *Ibid.*, p. 77.
38. Gilbert, «Could Britain».
39. Fleming, *Auschwitz*, p. 235.
40. Gilbert, *Auschwitz*, p. 269.
41. Tal es el parecer de sir Martin Gilbert, el biógrafo oficial de Churchill. En una conferencia de 1993, decía Gilbert: «Nunca vi a Churchill otorgar autoridad inmediata de esa manera para acceder a una solicitud» (Gilbert, «Churchill»).
42. Fleming, *Auschwitz*, p. 249.
43. Gilbert, *Auschwitz*, p. 285.
44. *Ibidem.*
45. Esta es la posibilidad que plantea Michael Fleming en *Auschwitz*, p. 250. El autor sugiere que tanto Churchill como Eden ansiaban, sobre todo, que la gente, incluso la posteridad, *creyera* que estaban actuando para salvar vidas judías. Martin Gilbert sostiene la opinión contraria: que Churchill era sincero en su deseo de ayudar a los judíos de Europa.
46. Gilbert, *Auschwitz*, p. 315. Ocurrió el 13 de septiembre de 1944, cuando un ataque aéreo estadounidense sobre Monowitz se desvió ligeramente y alcanzó tanto a Auschwitz I como a Birkenau. En el campo principal perdieron la vida quince hombres de las SS y veintitrés judíos; en Birkenau, las bombas dañaron el apartadero que conducía a los crematorios.
47. Winik, «Darkness», p. 70.

Capítulo 24. Salami húngaro

1. Vrba, *I Escaped*, p. 293.
2. Braham, «Hungary», p. 40.
3. Tibori Szabó, «The Auschwitz Reports», p. 102.
4. Porter, *Kasztner's Train*, p. 134.

5. Tibori Szabó, «The Auschwitz Reports», p. 103.
6. *Ibidem*, p. 104.
7. Correspondencia personal con el profesor Zoltán Tibori Szabó, 1 de noviembre de 2021.
8. Porter, *Kasztner's Train*, p. 136.
9. Tibori Szabó, «The Auschwitz Reports», p. 105.
10. Fatran, «The "Working Group"», p. 171.
11. Braham, «Hungary», p. 40.
12. Fatran, «The "Working Group"», pp. 173-177.
13. Braham, «Hungary», p. 43.
14. Reichenthal, «The Kasztner Affair», p. 223.
15. Braham, *The Politics*, vol. 2, p. 939.
16. Reichenthal, «The Kasztner Affair», p. 223.
17. *Ibidem*, p. 224.
18. Así lo creía Rudolf Vrba, véase el epílogo de *I Escaped*, p. 320. Lo mismo se afirma también en Tschuy, *Dangerous Diplomacy*, pp. 83-84, opinión que repite Tibori Szabó, «The Auschwitz Reports», p. 105. Sin embargo, las pruebas documentales de que Kasztner mostró el informe a Eichmann son nulas.
19. Reichenthal, «The Kasztner Affair», p. 225.
20. Kasztner, *The Kasztner Report*, p. 158.
21. Braham, *The Politics*, vol. 2, p. 955.
22. Bogdanor, *Kasztner's Crime*, p. 191.
23. Kasztner, *The Kasztner Report*, p. 129.
24. Reichenthal, «The Kasztner Affair», p. 234.
25. Kasztner, *The Kasztner Report*, p. 145.
26. Reichenthal, «The Kasztner Affair», p. 235.
27. Stark, *Hungarian Jews*, pp. 21-31. Existen datos discordantes en relación con el número de judíos deportados desde Hungría. Según un informe del coronel de gendarmes László Ferenczy, la cifra fue de 434 351. El plenipotenciario del Reich en Hungría, Edmund Veesenmayer, situaba la cifra en 437 402.
28. Vrba, «The Preparations», p. 256.
29. Entrevista de Kulka con Wetzler, 1964, YVA P.25/21/3, p. 5.
30. Vrba, «The Preparations», p. 261.
31. *Ibidem*, p. 256.
32. Vrbová, *Trust*, pp. 79-80.
33. Entrevista del autor con Gerta Vrbová, 30 de junio de 2020.
34. Vrbová, *Trust*, p. 85.
35. *Ibidem*, p. 86.

36. *Ibid.*, p. 88.
37. Entrevista del autor con Gerta Vrbová, 15 de junio de 2020.
38. *Ibidem.*
39. Vrbová, *Trust*, p. 92.
40. Entrevista con József Eliás, en Baron, *Stopping*, p. 187.
41. Entrevista con Sándor Török, en *ibidem*, p. 205.
42. *Ibid.*, p. 70.
43. *Ibid.*, p. 208.
44. *Ibid.*
45. Son palabras de Horthy al comandante en jefe de la Policía Provincial, Gábor Faragho, citadas en *ibidem*, p. 74.
46. Kulka, «Five Escapes», p. 215. Kulka sugiere que fue la entrevista celebrada en el monasterio lo que movió al Vaticano a actuar.
47. Fleming, *Auschwitz*, p. 233.
48. Kulka, «Five Escapes», p. 215.
49. Baron, *Stopping*, p. 75.
50. Braham, *The Politics*, vol. 2, p. 873.
51. DEGOB, «Death Trains».
52. Baron, *Stopping*, pp. 80-82.
53. Braham, *The Politics*, vol. 2, p. 879.
54. Baron, *Stopping*, p. 84. Para más información sobre el cambio de parecer de los dirigentes húngaros, véase Gilbert, *Auschwitz*, p. 266.
55. Informe de la Oficina de Servicios Estratégicos, citado en *ibidem*, p. 94.
56. *Ibid.*, p. 105.
57. *Ibid.*, p. 42.
58. Lévai, *Eichmann*, p. 126.

Capítulo 25. Boda con pistolas

1. Vrbová, *Trust*, p. 94.
2. *Ibidem*, p. 115.
3. Vrba, «Affidavit».
4. Vrba, *I Escaped*, p. 315.
5. Vrba, «Affidavit», p. 5.
6. *Ibidem*, p. 6; Vrba, testimonio, p. 1518.
7. Vrba, testimonio, p. 1386.
8. Vrbová, *Betrayed*, p. 31.

9. Vrba, «Affidavit», p. 7.
10. Vrba, *I Escaped*, p. 307.
11. *Ibidem*, p. 308.
12. Entrevista del autor con Robin Vrba, 16 de noviembre de 2020.
13. Vrbová, *Betrayed*, p. 71.
14. *Ibidem*, p. 49.
15. *Ibid.*, p. 71.
16. *Ibid.*, p. 59.
17. *Ibid.*, p. 66.
18. *Ibid.*, p. 69.
19. Entrevista del autor con Robin Vrba, 16 de noviembre de 2020.
20. Vrbová, *Betrayed*, p. 74.
21. *Ibidem*, p. 75.
22. *Ibid.*, p. 87.
23. *Ibid.*, p. 88.
24. *Ibid.*
25. Entrevista del autor con Gerta Vrbová, 15 de junio de 2020.
26. Vrbová, *Betrayed*, p. 105.
27. *Ibidem.*
28. *Ibid.*, p. 114.
29. Entrevista del autor con Robin Vrba, 30 de noviembre de 2020.
30. Vrbová, *Betrayed*, pp. 122-124.
31. Entrevista del autor con Gerta Vrbová, 28 de julio de 2020.
32. Vrba, «Affidavit», p. 13.
33. Entrevista del autor con Gerta Vrbová, 15 de septiembre de 2020.
34. Vrbová, *Betrayed*, p. 12.
35. Vrba, «Affidavit», p. 7.
36. *Ibidem*, p. 9.
37. Vrba, *I Escaped*, pp. XI-XII.
38. Kulka, *Landscapes*, p. 110.
39. Entrevista del autor con Gerta Vrbová, 15 de junio de 2020.

Capítulo 26. Una nueva nación, una nueva Inglaterra

1. Klein, «Confronting», p. 278.
2. Vrbová, *Betrayed*, pp. 192-203.
3. Entrevista del autor con Gerta Vrbová, 30 de junio de 2020.
4. *Ibidem.*
5. Segev, *The Seventh Million*, p. 257.

6. Arendt, *Eichmann*, p. 117 (trad. cast.: *Eichmann*, p. 173).
7. Porter, *Kasztner's Train*, p. 331.
8. Reichenthal, «The Kasztner Affair», p. 241.
9. *Ibidem*, p. 249.
10. *Ibid.*, p. 251.
11. Porter, *Kasztner's Train*, p. 343.
12. Gilroy, «Quisling Charge».
13. Porter, *Kasztner's Train*, p. 313.
14. *Ibidem*, pp. 354-355.
15. La cita del juez Shimon Agranat alude al rabino y erudito Hilel el Sabio (véase Klein, *Pietà*, p. 130).
16. Vrba, Bachelard y Krawczynski, «Interrelationship».
17. *Ibidem.*
18. Vrba, «Utilization».
19. Entrevista del autor con Robin Vrba, 30 de noviembre de 2020.
20. *Ibidem.*
21. Necrológica de Blanche Lucas, *The Times*, 21 de julio de 1994.
22. Entrevista del autor con Gerta Vrbová, 28 de julio de 2020.
23. Vrba a Zuza Vrbová, 14 de junio de 1983, p. 13, compartida con el autor por Gerta Vrbová.
24. Vrba, *I Escaped*, pp. XVI-XVII.
25. Entrevista del autor con Gerta Vrbová, 28 de julio de 2020.
26. Arendt, *Eichmann*, p. 124 (trad. cast.: *Eichmann*, p. 183).
27. Linn, *Escaping Auschwitz*, p. 13.
28. Rudolf Vrba, carta al director, *The Observer*, 22 de septiembre de 1963.
29. Vrbová, *Betrayed*, p. 254.

Capítulo 27. Canadá

1. Entrevista del autor con Robin Vrba, 16 de noviembre de 2020.
2. Vrba a Zuza Vrbová, 14 de febrero de 1983, p. 9, compartida con el autor por Gerta Vrbová.
3. Entrevista del autor con Gerta Vrbová, 15 de septiembre de 2020.
4. Entrevista del autor con Chris Friedrichs, 13 de diciembre de 2020.
5. Entrevista del autor con Robin Vrba, 16 de noviembre de 2020.
6. Entrevista del autor con Robin Vrba, 30 de noviembre de 2020.

7. Entrevista del autor con Robin Vrba, 16 de noviembre de 2020.
8. Vrba a Martin Gilbert, 12 de agosto de 1980, FDRPL, Colección Vrba, caja 2.
9. Entrevista del autor con Robin Vrba, 16 de noviembre de 2020.
10. Entrevista del autor con Robin Vrba, 30 de noviembre de 2020.
11. Vrba, *I Escaped*, p. XVIII.
12. Vrba a Benno Müller-Hill, 25 de junio de 1997, FDRPL, Colección Vrba, caja 4.
13. Vrba, *I Escaped*, p. 128n.
14. Fulbrook, *Legacies*, p. 301. Véase también Kuretsidis-Haider, «Österreichische KZ-Prozesse: Eine Übersicht», p. 20.
15. JTA, «Life Sentence».
16. Hablando del juicio, Rudi le dijo a su entrevistador: «El juez le advirtió de que no estaba obligado a testificar, pero él dijo que no tenía nada que esconder» (Doležal, *Cesty Božím*, p. 112).
17. Vrba, *I Escaped*, p. 140n.
18. Purves, *War Criminals*, F.2.b.
19. FDRPL, Colección Vrba, caja 12; véase también Czechoslovak Jewish Comunity, «Kirschbaum», p. 1.
20. Vrba, testimonio, p. 1542.
21. *Ibidem*, p. 1528.
22. *Ibid.*, p. 1461.
23. *Ibid.*, pp. 1389-1390.
24. La sentencia, dictada en 1985, fue revocada debido a un tecnicismo jurídico, lo cual obligó a celebrar un segundo juicio en 1988, en el que Zündel volvió a recibir una sentencia condenatoria. Finalmente, el Tribunal Supremo de Canadá lo absolvió en 1992 alegando que la ley contra los bulos imponía límites poco razonables a la libertad de expresión (véase <https://scc-csc.lexum.com/scc-csc/scc-csc/en/item/904/index.do>).

Capítulo 28. «Conozco otra salida»

1. Lanzmann, *Shoah*, p. 127.
2. Entrevista del autor con Robin Vrba, 2 de febrero de 2021.
3. Entrevista del autor con Robin Vrba, 22 de octubre de 2021. Hacer llegar dinero a la Checoslovaquia comunista no era fácil. Había que enviarlo vía Suiza y canjearlo por los llamados «vales Tuzex».

4. Una de las disputas más agrias entre Vrba y Wetzler tuvo que ver con si habían escapado de Auschwitz con pruebas documentales o no. En las memorias noveladas de Wetzler, los protagonistas intentan sacar dos tubos donde han guardado listas de cargamentos, bocetos e incluso la etiqueta de un bote de Zyklon B, pruebas reunidas con la ayuda de otros prisioneros. Según esta versión, uno de los tubos se perdió durante la escaramuza de Porąbka. Vrba insistía en que nada de eso había ocurrido ni podía ocurrir. Cualquier prisionero al que le encontraran un lápiz o un papel habría sido castigado por conspiración (véase Vrba, testimonio, p. 1353).

   Ambas versiones tienen sus defensores, pero hay un elemento crucial que decanta la balanza hacia la versión de Vrba. Cuando, después de la guerra, habló de su papel en la redacción del *Informe Vrba-Wetzler*, Oskar Krasňanský se deshizo en elogios hacia la «portentosa memoria» de los fugados, pero no hizo alusión a ninguna prueba documental. Si Vrba y Wetzler hubieran aportado algún tipo de documentación, seguramente Krasňanský lo habría mencionado, sobre todo en su prólogo al *Informe Auschwitz*. Pero nunca lo hizo. El episodio del camarero neoyorquino, relatado en la p. 427-428, sugiere que Krasňanský no sobreestimaba las capacidades memorísticas de Vrba.
5. Según Wetzler, la idea de escapar para advertir al mundo se fraguó en el seno de la resistencia comunista de Auschwitz. A Fred se le encomendó la misión de recopilar toda la información posible con el fin de comunicársela a los milicianos de la resistencia eslovaca, en su mayoría comunistas. En cuanto a la elección de su compañero de fuga, Wetzler sostenía que también fue una decisión tomada por los cabecillas de la resistencia, que eligieron a Walter, sin duda porque pensaron que hacía falta un compañero eslovaco valiente al que Fred conociera y en el cual confiara.

   Rudi rechazaba de plano esa versión de los hechos e insistía, por el contrario, en que la decisión de escapar y contárselo al mundo la habían tomado Fred y él, los dos últimos varones supervivientes de Trnava, y nadie más. Bien es cierto, como admite en sus memorias, que, «mucho antes de que se me ocurriera la idea, la resistencia llevaba tiempo dándole vueltas al problema de cómo sacar a la luz lo que sucedía en Auschwitz, cómo revelar sus secretos y advertir a los judíos de Europa de lo que realmente significaba la deportación»; lo único que hacía falta era «el plan adecuado, el momento adecuado y el hombre adecuado» (Vrba, *I Escaped*, p. 256). Sin embargo, cuando Walter presentó su plan de fuga a los líderes de la resistencia, estos se opusieron a él por las razones expuestas por Szmulewski en su momento: el muchacho era demasiado impetuoso, demasiado inexperto y demasiado joven para que el mundo lo creyera. Por consiguiente, y aunque recibieron la ayuda decisiva de ciertas personas —Filip Müller, del *Sonderkommando,* que les facilitó detalles sobre el proceso de gaseado, o Adamek y Bolek, los dos judíos polacos que cerraron el escondite después de que Fred y Walter se metieran dentro—, Walter sostenía que la iniciativa fue de ellos y de nadie más. Eso era especialmente cierto en lo tocante a la misión de advertir a los judíos de Hungría, «dictada exclusivamente por mi conciencia», según Rudi, y no por «un mítico comité de Auschwitz o cualquier otro sitio» (Vrba, «The Preparations», pp. 255-256). La prueba de que no existía ningún plan para que Fred y Rudi entregaran información a los partisanos comunistas de Eslovaquia es que la pareja nunca hizo tal cosa.

En cuanto a por qué Fred defendía una versión tan distinta a la de Rudi, es posible que la explicación sea bien sencilla. Rudi escribió sus memorias en Gran Bretaña; habló con historiadores y otras personas una vez instalado en Canadá. Podía hablar con libertad. Fred Wetzler vivía en un Estado satélite de la Unión Soviética donde la libertad de expresión estaba fuertemente restringida. Rudi había comprobado por sí mismo que en la república socialista de Checoslovaquia no era diplomático afirmar que las principales víctimas de los nazis habían sido los judíos. Además, Rudolf Vrba había desertado a Occidente, lo cual lo convertía en un paria en su país de origen: para Fred habría sido peligroso elogiarlo como su camarada y su igual en aquel acto de gran valor antifascista. ¿Podría ser que, en la Checoslovaquia comunista, fuera más seguro señalar a un grupo de prisioneros comunistas como héroes de esa historia? (Véase también, Zimring, «The Men», p. 43).

6. Carta de Wetzler a Kárný, 19 de noviembre de 1984, NA, Colección Kárný, caja 10; Zimring, «Men», p. 43.
7. Rosin, entrevista con Kulka, p. 8.
8. Linn, «Rudolf Vrba», p. 179.
9. Entrevista del autor con Robin Vrba, 16 de noviembre de 2020.
10. Zimring, «The Men», p. 76.

11. Rosin era miembro de Hashomer Hatzair (véase Meyer, «A Sole Survivor»).
12. Véase, por ejemplo, el caso de los paracaidistas sionistas, en Bogdanor, *Kasztner's Crime*, pp. 159-176.
13. Breindel, «A Survivor», *Harvard Crimson*, 2 de mayo de 1974, FDRPL, Colección Vrba, caja 1.
14. Quizá el mejor ejemplo del tratamiento antisionista del caso Kasztner fue la obra de teatro *Perdition* (1987) de Jim Allen.
15. Vrba a Joan Campion, 8 de agosto de 1979, FDRPL, Colección Vrba, caja 1. Vrba se refería a Gisi Fleischmann.
16. Breindel, «A Survivor».
17. Gila Fatran y otros cuatro historiadores, «En nombre de la justicia histórica», carta al director, *Yediot Aharonot*, 2 de junio de 1998; Yehoshua Jelinek, «Un héroe controvertido», carta al director, *Haaretz*, 21 de junio 1998.
18. Yehuda Bauer, carta al director, *Jewish Journal*, 28 de octubre de 2004.
19. Entrevista del autor con Gerta Vrbová, 15 de septiembre de 2020. Vrbová conoció a Bauer y se quedó asombrada al oír que el historiador usaba esa palabra para referirse a su exmarido.
20. Yehuda Bauer a John S. Conway, 23 de mayo de 1985, FDRPL, Colección Vrba, caja 1.
21. *The World at War*, Thames TV, capítulo 20, «Genocide», 27 de marzo de 1974.
22. Vrba, entrevista con Lanzmann, p. 100.
23. Vrba a Rex Bloomstein, 20 de julio de 1981, FDRPL, Colección Vrba, caja 1.
24. Krell, *Sounds from Silence*, p. 256.
25. Entrevista del autor con Robert Krell, 31 de diciembre de 2020.
26. Krell, *Sounds from Silence*, p. 266.
27. Klein, «Confronting», p. 279.
28. *Ibidem.*
29. Entrevista del autor con Robin Vrba, 22 de octubre de 2021.
30. Entrevista del autor con Robert Krell, 31 de diciembre de 2020.
31. En una carta a su hija, Rudi hace una lista de aquellos elementos de la vida moderna que todavía despiertan su asombro (Vrba a Zuza Vrbová, 18 de junio de 1982, p. 1, compartida con el autor por Gerta Vrbová).
32. Entrevista del autor con Robin Vrba, 16 de noviembre de 2020.

1. Vrba a Helena Vrbová, 13 de febrero de 1980, p. 3, compartida con el autor por Gerta Vrbová.
2. Entrevista del autor con Gerta Vrbová, 12 de julio de 2020.
3. Vrba a Zuza Vrbová, 14 de febrero de 1983, p. 18, compartida con el autor por Gerta Vrbová.
4. Entrevista del autor con Gerta Vrbová, 15 de septiembre de 2020.
5. Vrbová, *Betrayed*, pp. 11-12.
6. Vrba a Helena Vrbová, 13 de febrero de 1980, p. 4, compartida con el autor por Gerta Vrbová.
7. Entrevista del autor con Robin Vrba, 16 de noviembre de 2020.
8. Helena Vrbová a Zuza Vrbová, mayo de 1982, compartida con el autor por Gerta Vrbová.
9. Vrba al doctor Peter F. Heywood, Instituto de Investigación Médica de Papúa Nueva Guinea, 9 de marzo de 1984, compartida con el autor por Gerta Vrbová.
10. Última nota de Helena Vrbová, escrita el 9 de mayo de 1982, compartida con el autor por Gerta Vrbová.
11. Vrba a Zuza Vrbová, 28 de abril de 1983, p. 5, compartida con el autor por Gerta Vrbová.
12. Vrba a Zuza Vrbová, 14 de febrero de 1983, p. 38, compartida con el autor por Gerta Vrbová.
13. *Ibidem*, p. 10.
14. Vrba a Zuza Vrbová, 18 de julio de 1982, p. 7, compartida con el autor por Gerta Vrbová.
15. Vrba a Zuza Vrbová, 28 de enero de 1984, p. 2, compartida con el autor por Gerta Vrbová.
16. Vrba al doctor Peter F. Heywood, Instituto de Investigación Médica de Papúa Nueva Guinea, 9 de marzo de 1984, compartida con el autor por Gerta Vrbová.
17. Entrevista del autor con Robin Vrba, 30 de noviembre de 2020.
18. *Ibidem*.
19. Vrba a Zuza Vrbová, 28 de abril de 1983, p. 6, compartida con el autor por Gerta Vrbová.
20. Vrba a Zuza Vrbová, 18 de julio de 1983, pp. 6-8, compartida con el autor por Gerta Vrbová.

1. Linn, «Rudolf Vrba», p. 181.
2. La anécdota le fue referida al autor por el doctor Martin Korčok, director del Museo del Holocausto de Sereď, Eslovaquia, 7 de agosto de 2021.
3. Vrba, «The Preparations», p. 241.
4. Bauer, *Rethinking*, p. 236.
5. Wiesel, «A Survivor», *The New York Times*, 3 de noviembre de 1985, sección 2, p. 1.
6. Langbein, *People*, p. 117.
7. Nicholls, *Christian Anti-semitism*, p. 236.
8. Gilbert, *Auschwitz*, p. 20.
9. *Ibidem*, p. 94.
10. Porter, *Kasztner's Train*, pp. 182-183.
11. Gilbert, *Auschwitz*, p. VIII.
12. *Ibidem*, p. 99.
13. Kárný, «The Vrba and Wetzler Report», p. 562.
14. Gilbert, *Auschwitz*, p. 312.
15. Gilbert, «Could Britain».
16. Véanse las obras de Richard Breitman, Barbara Rogers y Michael Fleming, entre otras.
17. Fleming, «The Reassertion», pp. 3-4.
18. *Ibidem*, pp. 8-9.
19. *Ibid.*
20. Klein, «Confronting», pp. 260-261.
21. *Ibidem*, p. 263.
22. *Ibid.*, p. 274.
23. *Ibid.*, p. 275.
24. Mordowicz, entrevista para el USHMM, p. 73.
25. Klein, «Confronting», p. 274.
26. Karski, entrevista con Lanzmann.
27. Van Pelt, «When the Veil», p. 121.
28. Claude Lanzmann cita a Aron al inicio de su película sobre Jan Karski, *Le raport Karski* (*El informe Karski*, 2010).
29. Klein, «Confronting», p. 278.
30. Krell, *Sounds from Silence*, p. 261.
31. Gerta Vrbová, necrológica de Zuza, *AJR Journal*, p. 15.
32. Entrevista del autor con Robin Vrba, 22 de octubre de 2021.

33. Klein, «Confronting», pp. 274-275.
34. Correo electrónico de Richard Bestic, hijo de Alan Bestic, 24 de agosto de 2020.
35. Krell, *Sounds from Silence*, p. 263.
36. Linn, «Rudolf Vrba», p. 209.
37. Vrba a Zuza Vrbová, 23 de abril de 1998, p. 1, compartida con el autor por Gerta Vrbová.
38. Zuza Vrbová falleció en 2013, a los cincuenta y nueve años.

Bibliografía

ADERET, OFER, «The Mystery of the Jewish Boy Who Was Forced to Be Mengele's "Dog"», *Haaretz*, 8 de abril de 2021.

ARENDT, HANNAH, *Eichmann in Jerusalem: A Report on the Banality of Evil*, Penguin, Londres/Nueva York, 1994 [trad. cast.: *Eichmann en Jerusalén*, traducción de Carlos Ribalta, Debolsillo, Barcelona, 2013].

BACON, EWA K., *Saving Lives in Auschwitz: The Prisoners' Hospital in Buna/Monowitz*, Purdue University Press, West Lafayette, 2017.

BARON, FRANK, «The "Myth" and Reality of Rescue from the Holocaust: The Karski-Koestler and Vrba-Wetzler Reports», *Yearbook of the Research Centre for German and Austrian Exile Studies*, vol. 2, 2000, pp. 171-208.

— *Stopping the Trains to Auschwitz, Budapest, 1944*, University of Kansas, Lawrence, 2020.

BAUER, YEHUDA, *Rethinking the Holocaust*, Yale University Press, New Haven/Londres, 2001.

BOGDANOR, PAUL, *Kasztner's Crime*, Routledge, Londres/Nueva York, 2017.

BORKIN, JOSEPH, *The Crime and Punishment of I.G. Farben*, Free Press, Nueva York, 1978.

BRAHAM, RANDOLPH L., *The Politics of Genocide: The Holocaust in Hungary*, 2 vols., Columbia University Press, Nueva York, 1981.

— «Hungary: The Controversial Chapter of the Holocaust», en Randolph L. Braham y William J. vanden Heuvel (eds.), *The Auschwitz Reports and the Holocaust in Hungary*, Rosenthal Institute for Holocaust Studies/Graduate Center of the City University of New York, Nueva York, 2011.

— y ATTILA PÓK (eds.), *The Holocaust in Hungary: Fifty Years Later*, Rosenthal Institute for Holocaust Studies/Graduate Center of the City

University of New York/Columbia University Press, Nueva York, 1997.

— y Bela Vago (eds.), *The Holocaust in Hungary Forty Years Later*, Social Science Monographs, Boulder, 1985.

— y William J. vanden Heuvel (eds.), *The Auschwitz Reports and the Holocaust in Hungary*, Rosenthal Institute for Holocaust Studies/Graduate Center of the City University of New York, Nueva York, 2011.

Breindel, Eric M., «A Survivor of the Holocaust», *Harvard Crimson*, 2 de mayo de 1974.

Brigham, Daniel T., «Inquiry Confirms Nazi Death Camps», *The New York Times*, 3 de julio de 1944.

Cesarani, David, *Final Solution: The Fate of the Jews, 1933-1949*, Macmillan, Londres, 2015.

Chandrinos, Iason y Anna Maria Droumpouki, «The German Occupation and the Holocaust in Greece: A Survey», en Giorgos Antoniou y A. Dirk Moses (eds.), *The Holocaust in Greece*, Cambridge University Press, Cambridge, 2018.

Czech, Danuta, *Auschwitz Chronicle 1939-1945,* H. Holt, Nueva York, 1990.

Czechoslovak Jewish Comunity, «Kirschbaum, Slovakia's Aide of Eichmann in Toronto, Is Charged with War Crimes», *The Canadian Jewish News*, 27 de julio de 1962.DEGOB, «Death Trains in 1944: The Kassa List», disponible en <http://degob.org/tables/kassa.html>.

Der Spiegel, «Did German Firm Schaeffler Process Hair from Auschwitz?», *Der Spiegel*, 2 de marzo de 2009, disponible en <https://www.spiegel.de/international/germany/claim-by-polish-researcher-did-german-firm-schaeffler-process-hair-from-auschwitz-a-610786.html>.

Długoborski, Wacław y Franciszek Piper (eds.), *Auschwitz, 1940-1945: Central Issues in the History of the Camp*, traducción de William R. Brand, 5 vols., Auschwitz-Birkenau State Museum, Oświęcim, 2000.

Doležal, Miloš, *Cesty Božím (Ne)Časem*, Karmelitánské Nakladatelství, Praga, 2003.

Fackler, Guido, «Music in Concentration Camps 1933-1945», *Music & Politics*, vol. 1, n.º 1, invierno de 2007.

Fatran, Gila, «The "Working Group"», *Holocaust and Genocide Studies*, vol. 8, n.º 2, otoño de 1994, pp. 164-201.

Flaws, Jacob, «Bystanders, Blackmailers, and Perpetrators: Polish Complicity During the Holocaust», tesis de máster, Universidad Estatal de Iowa, 2011.

Fleming, Michael, *Auschwitz, the Allies and Censorship of the Holocaust*, Cambridge University Press, Cambridge/Nueva York, 2014.

— «The Reassertion of the Elusiveness Narrative: Auschwitz and Holocaust Knowledge», *Holocaust Studies*, vol. 26, n.º 10, 2020, pp. 1-21.

Freedland, Jonathan, «"Every One of Us Had His or Her Own Story of Survival. But We Never Talked About It"», *The Guardian*, 7 de marzo de 2014.

Frieder, Emanuel, *To Deliver Their Souls: The Struggle of a Young Rabbi During the Holocaust*, Holocaust Library, Nueva York, 1990.

Fulbrook, Mary, *Reckonings: Legacies of Nazi Persecution and the Quest for Justice*, Oxford University Press, Oxford, 2018.

Gilbert, Martin, *Auschwitz and the Allies*, Michael Joseph, Londres, 1981.

— «Churchill and the Holocaust: The Possible and Impossible», conferencia pronunciada en el Museo Conmemorativo del Holocausto de Estados Unidos, Washington, 8 de noviembre de 1993, disponible en <https://winstonchurchill.org/the-life-of-churchill/war-leader/churchill-and-the-holocaust-the-possible-and-impossible/>.

— «Could Britain Have Done More to Stop the Horrors of Auschwitz?», *The Times*, 27 de enero de 2005.

Gilroy, Harry, «Quisling Charge Stirs All Israel», *The New York Times*, 3 de julio de 1955.

Greif, Gideon, *We Wept without Tears: Testimonies of the Jewish Sonderkommando from Auschwitz*, Yale University Press, New Haven/Londres, 2005.

Hart, Kitty, *I Am Alive*, edición revisada, Corgi, Londres, 1974.

Holocaust Education & Archive Research Team, «The Holocaust: Economic Exploitation», disponible en <http://www.holocaustresearchproject.org/economics/index.html>.

Informe de un prisionero que escapó de Auschwitz, 28 de julio de 1944, CZA A314/18.

Itzkowitz, Sam, entrevista, Museo Conmemorativo del Holocausto de Estados Unidos, n.º RG-50.050.0006, 3 de marzo de 1991.

JTA, «Life Sentence Given to Ex-Nazi for Killing Gypsies at Auschwitz», *JTA Daily News Bulletin*, 29 de enero de 1991.

Karmil/Krasňanský, entrevista con Erich Kulka, División de Historia Oral, Instituto del Judaísmo Contemporáneo, Universidad Hebrea de Jerusalén, n.º 65 (1), 1964.

Kárný, Miroslav, «The Vrba and Wetzler Report», en Israel Gutman y Michael Berenbaum (eds.), *Anatomy of the Auschwitz Death Camp*, Indiana University Press/United States Holocaust Memorial Museum, Bloomington/Indianápolis, 1994.

Karski, Jan, entrevista de Claude Lanzmann para *Shoah*, Museo Conmemorativo del Holocausto de Estados Unidos, n.º RG-60.5006, 1978.

Kasztner, Rezső, *The Kasztner Report: The Report of the Budapest Jewish Rescue Committee, 1942-1945*, edición de László Karsai y Judit Molnár, Yad Vashem, International Institute for Holocaust Research, Jerusalén, 2013.

Klein, Georg, «Confronting the Holocaust: An Eyewitness Account», en Randolph L. Braham y William J. vanden Heuvel (eds.), *The Auschwitz Reports and the Holocaust in Hungary*, Rosenthal Institute for Holocaust Studies/Graduate Center of the City University of New York, Nueva York, 2011.

— *Pietà*, traducción de Theodore e Ingrid Friedmann, MIT Press, Cambridge/Londres, 1992.

Kranzler, David, *The Man Who Stopped the Trains to Auschwitz: George Mantello, El Salvador, and Switzerland's Finest Hour*, Syracuse University Press, Syracuse, 2000.

Krasňanský, Oskar, «Declaration Made Under Oath by Oscar Karmiel, Formerly Krasňanský, at the Israeli Consulate in Cologne, February 15, 1961», FDRPL, Colección Vrba, caja 16.

Krell, Robert, *Sounds from Silence: Reflections of a Child Holocaust Survivor, Psychiatrist and Teacher*, Amsterdam Publishers, Ámsterdam, 2021.

Kubátová, Hana y Jan Láníček, *The Jew in Czech and Slovak Imagination, 1938-89: Antisemitism, the Holocaust, and Zionism*, Brill, Leiden/Boston, 2018.

Kulka, Erich, «Five Escapes from Auschwitz», en Yuri Suhl (ed.), *They Fought Back: The Story of the Jewish Resistance in Nazi Europe*, Crown, Nueva York, 1967.

— «Attempts by Jewish Escapees to Stop Mass Extermination», *Jewish Social Studies*, vol. 47, n.os 3/4 (verano/otoño de 1985), pp. 295-306.

Kulka, Otto Dov, *Landscapes of the Metropolis of Death: Reflections on Memory and Imagination*, traducción de Ralph Mandel, Allen Lane, Londres, 2013 [trad. cast.: *Paisajes de la metrópoli de la muerte: reflexiones sobre la memoria y la imaginación*, traducción de Juan Ramón Azaola, Taurus, Madrid, 2013].

Kuretsidis-Haider, Claudia, «Österreichische KZ-Prozesse: Eine Übersicht», *Juztiz und Erinnerung*, n.º 12, diciembre de 2006, pp. 14-21.
Langbein, Hermann, *People in Auschwitz*, University of North Carolina Press, Chapel Hill/Londres, 2004.
Lanzmann, Claude, *Shoah: An Oral History of the Holocaust: The Complete Text of the Film*, Pantheon, Nueva York, 1985 [trad. cast.: *Shoah*, traducción de Federico de Carlos Otto, Arena, Madrid, 2003].
Lévai, Jenö (ed.), *Eichmann in Hungary: Documents*, Pannonia Press, Budapest, 1961.
Levi, Primo, *If This Is a Man*, traducción de Stuart Woolf, Orion Press, Londres, 1959 [trad. cast.: *Si esto es un hombre*, traducción de Pilar Gómez Bedate, Península, Barcelona, 2014].
Linn, Ruth, «Naked Victims, Dressed-up Memory: The Escape from Auschwitz and the Israeli Historiography», *Israel Studies Bulletin*, vol. 16, n.º 2, primavera de 2001, pp. 21-25.
— *Escaping Auschwitz: A Culture of Forgetting*, Cornell University Press, Ithaca/Londres, 2004.
— «Rudolf Vrba and the Auschwitz Reports: Conflicting Historical Interpretations», en Randolph L. Braham y William J. vanden Heuvel (eds.), *The Auschwitz Reports and the Holocaust in Hungary*, Rosenthal Institute for Holocaust Studies/Graduate Center of the City University of New York, Nueva York, 2011.
Meyer, Ernie, «A Sole Survivor», *Jerusalem Post*, 30 de abril de 1992.
Mordowicz, Czesław, entrevista, Museo Conmemorativo del Holocausto de Estados Unidos, n.º RG-50.030.0354, 1995-1996.
Müller, Filip, *Eyewitness Auschwitz: Three Years in the Gas Chambers*, Stein & Day, Nueva York, 1979 [trad. cast.: *Tres años en las cámaras de gas*, traducción de José Miguel Parra, Confluencias, Aguadulce, 2016].
Neumann, Oskar, *Im Schatten des Todes: Ein Tatsachenbericht vom Schicksalskampf des slovakischen Judentums*, Olamenu, Tel Aviv, 1956.
Nicholls, William, *Christian Anti-Semitism: History of Hate*, nueva edición, Aronson, Lanham, 1995.
Nick, i. M., *Personal Names, Hitler, and the Holocaust: A Socio-Onomastic Study of Genocide and Nazi Germany*, Lexington Books, Lanham, 2019.
Nyiszli, Miklos, *Auschwitz: A Doctor's Eyewitness Account*, traducción de Tibére Kremer y Richard Seaver, Arcade, Nueva York, 2001.
Office of United States Chief of Counsel for Prosecution of Axis Criminality, *Nazi Conspiracy and Aggression* (recopilación de pruebas documentales preparada por las fiscalías estadounidense y

británica), Supplement A, United States Government Printing Office, Washington, 1947.
— *Nazi Conspiracy and Aggression: Opinion and Judgment*, United States Government Printing Office, Washington, 1947.
Państwowe Muzeum na Majdanku, disponible en <https://www.majdanek.eu/en>.
Pelt, Robert Jan van, «When the Veil Was Rent in Twain: Auschwitz, the Auschwitz Protocols, and the Shoah Testimony of Rudolf Vrba», en Randolph L. Braham y William J. vanden Heuvel (eds.), *The Auschwitz Reports and the Holocaust in Hungary*, Rosenthal Institute for Holocaust Studies/Graduate Center of the City University of New York, Nueva York, 2011.
Porter, Anna, *Kasztner's Train: The True Story of an Unknown Hero of the Holocaust*, Constable, Londres, 2008.
Purves, Grant, *War Criminals: The Deschênes Commission*, Library of Parliament, Research Branch, Ottawa, 1998.
Reichenthal, Eli, «The Kasztner Affair: A Reappraisal», en Randolph L. Braham y William J. vanden Heuvel (eds.), *The Auschwitz Reports and the Holocaust in Hungary*, Rosenthal Institute for Holocaust Studies/Graduate Center of the City University of New York, Nueva York, 2011.
Rings, Werner, *Advokaten des Feindes: Das Abenteuer der politischen Neutralität*, Econ-Verlag, Viena/Düsseldorf, 1966.
Rosin, Arnošt, entrevista con Erich Kulka, YVA P.25/22, 1965-1966.
Rothman, Marty, entrevista, Museo Conmemorativo del Holocausto de Estados Unidos, n.º RG-50.477.1255, 30 de enero de 1986.
Ryback, Timothy W., «Evidence of Evil», *The New Yorker*, 15 de noviembre de 1993.
Segev, Tom, *The Seventh Million: The Israelis and the Holocaust*, Hill & Wang, Nueva York, 1993.
Spira, Karen, «Memories of Youth: Slovak Jewish Holocaust Survivors and the Nováky Labor Camp», tesis de máster, Universidad Brandeis, 2011.
Stark, Tamás, *Hungarian Jews During the Holocaust and After the Second World War, 1939-1949*, Eastern European Monographs, Columbia University Press, Nueva York, 2000.
Steiner, Andre, entrevista de Claude Lanzmann para *Shoah*, Museo Conmemorativo del Holocausto de Estados Unidos, n.º RG-60.5010, 1978.
Strzelecki, Andrzej, «The Plunder of Victims and Their Corpses», en Yisrael Gutman y Michael Berenbaum (eds.), *Anatomy of the Auschwitz Death Camp*, Indiana University Press/ USHMM, Bloomington/Indianápolis, 1994.

Świebocki, Henryk, *London Has Been Informed: Reports by Auschwitz Escapees*, Auschwitz-Birkenau State Museum, Oświęcim, 1997.
Tibori Szabó, Zoltán, «The Auschwitz Reports: Who Got Them and When?», en Randolph L. Braham y William J. vanden Heuvel (eds.), *The Auschwitz Reports and the Holocaust in Hungary*, Rosenthal Institute for Holocaust Studies/Graduate Center of the City University of New York, Nueva York, 2011.
Trencsényi, Balázs, Maciej Janowski, Monika Baár, Maria Falina y Michal Kopeček, *A History of Modern Political Thought in East Central Europe*, Oxford University Press, Oxford, 2016.
Tschuy, Theo, *Dangerous Diplomacy: The Story of Carl Lutz, Rescuer of 62,000 Hungarian Jews*, William B. Eerdmans, Grand Rapids/Cambridge, 2000.
Vogel, Michael, entrevista, Museo Conmemorativo del Holocausto de Estados Unidos, n.º RG-50.030.0240, 14 de julio de 1989.
Vrba, Rudolf, «A Source of Ammonia and Changes of Protein Structure in the Rat Brain During Physical Exertion», *Nature*, n.º 176, 1955, pp. 117-118.
— «Utilization of Glucose Carbon in Vivo in the Mouse», *Nature*, n.º 202, 1964, pp. 247-249.
— «Affidavit in Application for Naturalisation as a British Citizen, 10 January 1967», 1967.
— entrevista para *The World at War*, Museo Conmemorativo del Holocausto de Estados Unidos, n.º RG-50.148.0013, 1972.
— Entrevista de Claude Lanzmann para *Shoah*, Museo Conmemorativo del Holocausto de Estados Unidos, n.º RG-60.5016, 1978.
— testimonio ante el Tribunal del Distrito de Ontario, entre su majestad la reina y Ernst Zündel; ante el honorable juez H. R. Locke y el jurado; P. Griffiths en representación de la Corona, D. Christie en representación de los acusados, 361 University Ave., Toronto, Ontario, 7 de enero de 1985.
— «The Preparations for the Holocaust in Hungary: An Eyewitness Account», en Randolph L. Braham y Attila Pók (eds.), *The Holocaust in Hungary: Fifty Years Later*, Rosenthal Institute for Holocaust Studies/Graduate Center of the City University of New York/Columbia University Press, Nueva York, 1997.
— *Flugten fra Auschwitz*, People's Press, Copenhague, 2016.
— H. S. Bachelard y J. Krawczynski, «Interrelationship between Glucose Utilization of Brain and Heart», *Nature*, n.º 197, 1963, pp. 869-870.
— y Alan Bestic, *I Escaped from Auschwitz: The Shocking True Story of the World War II Hero Who Escaped the Nazis and Helped Save Over*

200,000 Jews, edición de Nikola Zimring y Robin Vrba, Racehorse, Nueva York, 2020.

— y Wetzler, Alfréd, «Report», FDRPL, Informes de la Junta de Refugiados de Guerra, caja 7, carpeta «German Extermination Camps», disponible en <http://www.fdrlibrary.marist.edu/_resources/images/hol/hol00522.pdf>.

Vrbová, Gerta, *Trust and Deceit: A Tale of Survival in Slovakia and Hungary, 1939-1945*, Vallentine Mitchell, Londres, 2006.

— *Betrayed Generation: Shattered Hopes and Disillusion in Post-War Czechoslovakia*, Zuza Books, Cambridge, 2010.

— Caroline Hilton y Peter Hilton, «Zuza Jackson (née Vrbová), Born Prague 3 May 1954, Died Cambridge 17 September 2013», *AJR Journal*, vol. 14, n.º 4, abril de 2014, p. 15.

Wachsmann, Nikolaus, *KL: History of the Nazi Concentration Camps*, Little, Brown, Londres, 2015 [trad. cast.: *KL: historia de los campos de concentración nazis*, traducción de Cecilia Belza y David León, Crítica, Barcelona, 2017].

Waller, Douglas C., *Disciples*, Simon & Schuster, Nueva York, 2015.

Wetzler, Alfréd, «Testimony of Alfréd Wetzler, 30 November 1963», APMAB, Colección de Testimonios, vol. 40, 1963, pp. 24-49.

— *Escape from Hell: The True Story of the Auschwitz Protocol*, traducción de Péter Várnai, Berghahn Books, Nueva York, 2007.

Wiesel, Elie, «A Survivor Remembers Other Survivors of "Shoah"», *The New York Times*, 3 de noviembre de 1985.

Winik, Jay, *1944: FDR and the Year That Changed History*, Simon & Schuster, Nueva York, 2015.

— «Darkness at Noon: FDR and the Holocaust», *World Affairs*, vol. 178, n.º 4, invierno de 2016, pp. 61-77.

Wyman, David S. (ed.), *America and the Holocaust: A Thirteen-Volume Set Documenting the Editor's Book, The Abandonment of the Jews*, Garland, Nueva York, 1991.

Zimring, Nikola, «The Men Who Knew Too Much: Reflections on the Historiography of Rudolf Vrba and Alfréd Wetzler's Escape from Auschwitz-Birkenau and Their Attempt to Warn the World», tesis de máster, Universidad de Tel Aviv, 2018.

— «A Tale of Darkness: The Story of the Mordowicz-Rosin Report», en Rudolf Vrba, con Alan Bestic, *I Escaped from Auschwitz: The Shocking True Story of the World War II Hero Who Escaped the Nazis and Helped Save Over 200,000 Jews*, edición de Nikola Zimring y Robin Vrba, Racehorse, Nueva York, 2020.

Índice